美文选粹

第一辑

主编———

古耜

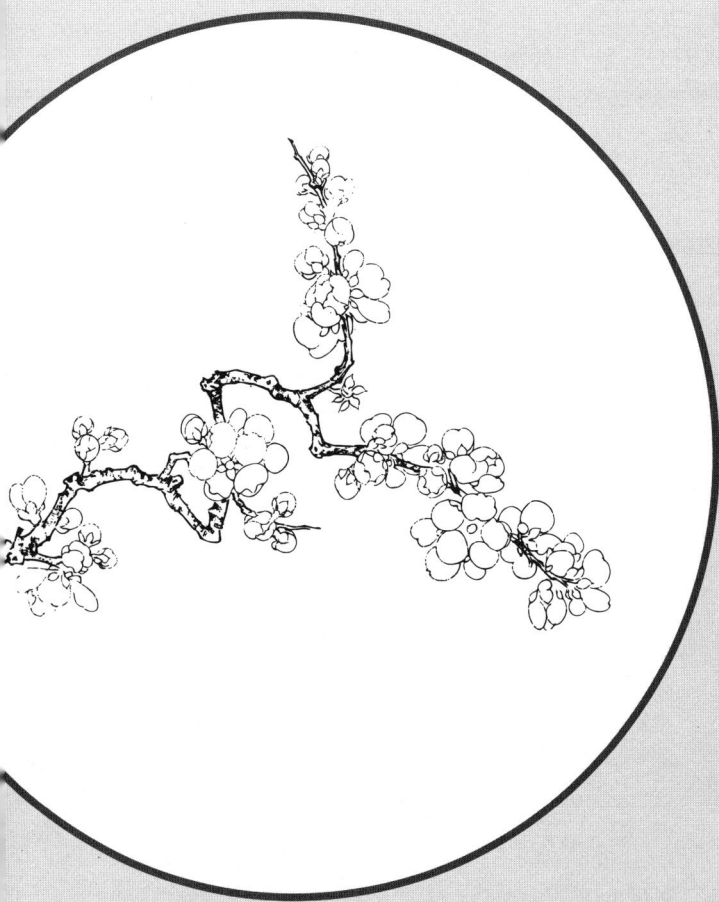

中国言实出版社

图书在版编目（CIP）数据

美文选粹. 第一辑 / 占耜主编. -- 北京：中国言
实出版社，2023.12
ISBN 978-7-5171-4620-9

Ⅰ.①美… Ⅱ.①古… Ⅲ.①散文集－中国－当代
Ⅳ.①I267

中国国家版本馆 CIP 数据核字（2023）第 204585 号

美文选粹 第一辑

责任编辑：王建玲
责任校对：张天杨

出版发行：中国言实出版社
　　地　址：北京市朝阳区北苑路 180 号加利大厦 5 号楼 105 室
　　邮　编：100101
　　编辑部：北京市海淀区花园路 6 号院 B 座 6 层
　　邮　编：100088
　　电　话：010－64924853（总编室）　010－64924716（发行部）
　　网　址：www.zgyscbs.cn　电子邮箱：zgyscbs@263.net

经　　销：新华书店
印　　刷：北京铭传印刷有限公司
版　　次：2024 年 1 月第 1 版　2024 年 1 月第 1 次印刷
规　　格：880 毫米 ×1230 毫米　1/32　12.125 印张
字　　数：260 千字

定　　价：65.00 元
书　　号：ISBN 978-7-5171-4620-9

目 录

泥墙小院记

梁　衡

在大城市里住了五十年的高楼，忽然怀念起当年在县城里住过的那个平房小院了。

河套农村的习惯是没有院子的，平地起房，门前堆放些生产、生活用品，就是一个家。苏东坡云："此心安处是吾乡。"在这里，安个房子就是家。这大约与邻近牧区有关，"牛马到处即是家"，原住民少，住户都是上几辈从内地走西口过来的，而最早的走西口就是春来秋去，搭个窝棚，收几斗粮食就往回走。后来逐渐有人定居，但流动性仍很大，向无砖墙瓦房。我在农村劳动时住的土房子，开门就是公路、农田，一片白云映蓝天，八百里河套在眼前。

后来到县城工作，有了机关宿舍。但也只不过是在城边空地上修几排平房，不像北京的那种机关大院、部队大院。其后续的细节还得靠住户自己去完成，而我分到的房子又是最西边的一间，紧靠大路，总得有个短墙来遮挡一下吧。

河套农村盖房基本不用砖，这里是千万年形成的黄河冲积平原，最不缺的就是黄土。秋后庄稼收罢，选一块平整的土地漫上水，待水渗尽土还未干时，用石磙子将地碾平压实。再用一把齐头大铁锹如切豆腐一般，一脚踏下翻起一块湿土立于平地，横成列，竖成行，如士兵列队。秋阳融融，天高气爽，土块慢慢变干，这就是起墙盖房的基本材料，当地名"坷垃"，有俗语："坷垃磕墙墙不倒，光棍跳墙狗不咬。"我们这批机关宿舍也是用坷垃垒成的，只不过多了几层青砖垫底。

怎么修院墙，这倒难不住。常言道，在家靠父母，出门靠朋友。我们这一群同是天涯沦落人的老五届大学生，本来就是有难同当，有事共忙的。朋友圈子里有一位杜逯，比我大八岁，我们都叫他老杜。他早分配来几年，人地两熟，是我们这几个城市学生娃"荒野求生"的主心骨。他虎背熊腰，孔武粗壮，小时在农村长大，放羊割草打兔子，无所不能。在大学运动会上还拿过十项全能第一名。他人极有趣，用方言讲故事，笑得你眼泪直流，而要讲起山村鬼故事，又让你毛骨悚然，夜晚不敢出门。现在新房修整的事他不请自到。我们从河边拉回一车土，七手八脚地浇水和泥，自制了一批土坯，晒干后垒了墙，还留出一个缺口，用废木条钉了一个篱笆门。靠南墙根又盖了"凉房"（土冰箱），北窗下垒了"炭仓"（当地烧大块煤，不说煤而曰炭）。晨昏出入，鸟鸣雀噪，居然也有了家的味道。

虽然有了工作，却专业不对口，不免胸中郁闷，人闲岁月长。垒墙的成功倒勾起了我对泥瓦活的兴趣。碰巧，看到一本推广农村节柴灶的小册子，便又动了改灶的念头。虽然是干部宿舍，但还是农村的做法，一盘东西大炕占了半间屋子，算是卧室。隔墙厨房一口大锅，烧开水及做饭，蒸、煮、炒、炸、烙都是它。传统老灶，火苗一着就被吸入炕洞，热利用率很低。我就参照小册子上的知识找来一个废脸盆，去底坐于火上，成夹层炉膛。兵法云：围三缺一。在盆的左、右、后三处各开一个洞，逼着火苗反向舔锅底一圈后再从夹层里抽走。这即小学自然课上就学过的水管锅炉原理。新灶盘成后，火焰呼呼作响，开一锅水节省一小半时间，一炮打响。我不禁大喜，就如瓦特发明了蒸汽机。

我忙邀圈里的朋友来家吃饭，醉翁之意不在酒，而在炫耀我的发明。厨房新改灶，门外新垒墙，在那个学非所用的年代，这点新玩意儿足可以让人快乐好几天。当时又逢大家结婚成家的年龄，我就常被请去给新房改灶，沾沾自喜，风光一时。干活时一般是新郎打下手，手上忙，嘴上也不能闲着，谈论最多的自然是新人们的恋爱故事。那时讲成分，说出身，大学生在县城里要找个对象都不容易。我印象最深的一次聊天是新郎本科中文系毕业，却找了一个初中文化的县妇联主任，现在看来很不般配。但新郎说："就这，她还通过县委组织部调阅了爷（我）的档案，把我的三代出身都查了个遍。"我打趣说："你只身走西口，落魄于此，居然抱得一个妇女主任归，该知足了！"

当然，小日子的全部绝不止于垒墙盘灶，最重要的还得学会怎么吃。塞外冬长，土豆、白菜吃半年。在村里劳动时，我印象最深，当年吃的第一口春菜是七月十五日摘的西葫芦。这在北京已是盛夏，而西葫芦也应该算是秋菜了。冬储菜的品种很单调，主要是土豆、白菜。地上挖一深窖，放置其中，窖口覆以厚稻草和棉门帘。而腌菜则主要用白菜、雪里蕻。办法也很粗放，将白菜去外帮，整棵码入缸中，一层菜一层盐，讲究用大粒而不得用粉状盐。我至今也不明白，盐的化学成分一样，为什么要专挑特定的外形。我怀疑就像鲁迅在《父亲的病》里说的，蟋蟀必须是原配，似乎昆虫也要贞洁才能配药，这盐也要不失童贞。雪里蕻则还要多一道工序，洗净控干水，放在洗衣板上用盐粒揉搓后，再码入缸中。到后来，又兴起一种盐水腌西红柿。专捡秋后霜打已经不可能再熟的绿西红柿（名拔蔓子果，意即最后一茬，连果带蔓子一起拔了）腌，为的是便宜。那时市面上已经有了防腐剂，放入一小包半年不坏，青翠可人，很受欢迎。现在知道这如同毒药，绿的生西红柿、防腐剂对人体都有害，可当时无知无畏，是一种穷快乐。一年将尽，秋风送爽，挖窖腌菜真忙，颇有点"深挖洞、广积粮"的气派。到隆冬季节就少出门了，三五好友"晚来天欲雪，能饮一杯无"？

　　转眼冬去春来，院子里残雪已渐存无几，柳梢也染上了一抹新绿。一天，我正隔着玻璃窗伏案写稿，突然院子里传来一声呼叫："小梁，不好了，你的院墙要倒！"我赶忙掷笔出门，说话的正是老杜。只见他一边围着墙来回走动，一边还用手摩挲着墙面。在两墙相接的直角处，西墙向外倒去，裂开一条上宽下窄的大缝，足可探进一个拳头。我头皮发麻，惊出一身冷汗，这要是倒塌，不但前功尽弃，还可能砸着行人。老杜直摸着脑袋说：

"咋就给爷（我）出了这档子事？"满脸的遗憾。一会儿又安慰我："不咋，大不了到秋天推倒重来。"我说："先看几天，实在不行，又得辛苦你。"

这样大约有一周时间，我每天一起床就抬头看窗外，外出回来也先摸摸这堵墙。就这样日出日落，就像朱自清说的，看着日光每天"伶伶俐俐"地跨过短墙，像做错了什么事慌慌地逃去，裂缝却还在加大。终于有一天，我有了一个大发现，罪魁就是这"伶伶俐俐"的日光。我房子的前面还有一排房，挡着短墙的东面晒不上太阳，而西边是一条空阔的大道，西晒的阳光却可以畅畅快快地照到西墙根，冻土变软，墙就向西倾斜了。我立即跑去找老杜他们，报告这个重大发现。大家即刻来到现场"会诊"，多数人认为应立即拆掉墙，以绝隐患。我却认为既然是受热不均惹的祸，何不给东墙吃点偏饭，沿墙基开一道沟挖去冻土，让热气直接软化墙根。众人哄笑："快不要瞎想了，这是一堵上千斤重的墙，又不是一根随风摆的墙头草。"我说："试试看，也许它还能自己摆回来。你们先留着力气，试验失败，秋天干活不迟。"我找来一把铁镐，沿东墙根小心地开了一条尺宽的浅沟，又在墙头立了一根垂直木棍，好参照观测墙倾角的变化。

功夫不负有心人。三五天后，那墙竟开始向东一丝一丝地扳回，而且随着天气一天天变暖，那墙回心转意的速度也日渐加快，眼看就能恢复原样了。我每天用铁铲小心清除沟内当日化软的冻土，好让温暖的空气能直接地亲吻冰凉的墙脚。大约过了半个月，那斜墙不但回归正位，连直角处犬牙龃龉的土坷垃，竟也一个一个地重新咬合在一起。我大奇，谁道人生不由己？门口斜墙尚能直！今天晚上一定要用我的风火灶炖一锅酸菜猪肉粉条，和朋友来一场庆功宴了。墙歪自正，一时成了我们这个小区的新闻，常有人驻足或专门跑来观看。直到半个世纪后，当时住在我前排的田聪明已是新华社社长，我们在北京又同住一个院子，他一见面还谈起这件往事。

在那些穷而平淡的日子里，难得抓住这个快乐的小尾巴，作为茶余闲话，当然也少不了起哄。有的说："你这个文科生，无师自通，投错了胎，该去学工。"有的说："你京城修道，又沙漠里练功。这身武功可以出国去承包比萨斜塔的扶正了。"若干年后，我有机会出国到意大利，还真的专门去看了一回比萨斜塔。塔因太斜，已不许游人靠近，我在暮色苍茫中遥望塔影，想现代科技已经能平移一座大楼，能定向爆破一百多米高的烟囱，就不能定向注水，扳回这位固执的斜塔老人？

人的命运就像飞鸟嘴里的一粒种子，不知会跌落何处，又怎样发芽。现在想起来，塞外安家，修墙改灶，就像小孩子过家家。教育学上说，儿童的游戏就是学习，而游戏是无所谓目的的。塞外六年正好是刚走出校门，一个社会人的童年，这些不经意间的游戏给我带来了童年的欢乐。多少年后，我这个文科生真的写了一本畅销书《数理化通俗演义》。难道这书的胚芽早已埋在那堵斜墙和那个新灶的火苗里？

这不是我一个人的故事。

原载《光明日报》2023 年 1 月 6 日

三种节奏

———

南　帆

　　渐渐从闲常的日子中辨识出三种节奏，似乎是一个有趣的发现。有时，一天要在三种节奏之中穿梭几个来回，可以顺便对比一下。节奏——怎么说呢？肯定不是某种固定的物质，不会是一幢楼房，也不是一棵树或者一座山峰。诸多生活表象纷至沓来，又倏忽而去。节奏是生活运行速度制造的节拍吧！

　　这么说有些抽象，举个例子。譬如，信手翻开一本唐诗或者宋词，立即会感到诗词里的生活慢了下来，仿佛离开疾驰的轿车换乘悠然的小舢板。"人闲桂花落，夜静春山空。月出惊山鸟，时鸣春涧中"，或者"众鸟高飞尽，孤云独去闲。相看两不厌，只有敬亭山"，诗句背后是另一种缓慢的生活节奏，从容不迫；古人当然要喝酒，要下棋，还要相思，这些事情慢慢地做，下棋的对手"有约不来"，那就在灯下"闲敲棋子"，每一次相思起码一个晚上，要不怎么说"情人怨遥夜，竟夕起相思"；至于"日长睡起无情思，闲看儿童捉柳花"以及"细数落花因坐久，缓寻芳草得归迟"，日子缓慢得仿佛要停下来了。因为放慢了节奏，许多匆匆一瞥甚至视而不见的景象终于进入视野：清澈水流之下的石块，细雨悄悄湿了衣裳，两只白鹭贴着江面飞过，竹篱上的一茎菊花摇晃在微风中，"桃花细逐杨花落，黄鸟时兼白鸟飞"，"小荷才露尖尖角，早有蜻蜓立上头"，如此等等。是不是只有古人才能享受如此清闲的节奏？现在的人们每一天忙得七荤八素，刚刚放下电话又拿起了表格，疾步赶到会场的时候已经是最后落座的那一个。这种日子哪里还有闲情听风观云，对花赏月，过了一天甚至连有否出太阳都没能想起来。日复一日，开始与结束，太快了，不知不觉老之将至。

当然，这种清闲是古代诗人慢慢写出来的。诗人一个字一个字地推敲，斟酌沉吟，"吟安一个字，捻断数茎须"，如若配上乐曲吟诵，时光似乎被拉得更长。没有堆积如山的繁杂事务，超然独立，犹如落日晚风之中的一棵树。读一读唐诗宋词就是享受这种慢。一些时尚的网络小说怂恿主人公"穿越"到古代，赶到宋朝或者清朝当一个武侠大打出手，或者谈一场轰轰烈烈的恋爱，他们没想到古代诗人讲究的恰恰是那个"不闻窗外事"的悠然。

古代诗人制造的幻象吧？合上那一册薄薄的唐诗或者宋词之际，正坐在风驰电掣的高铁奔赴异地参加一场商务会谈。下车之后要见许多人，说许多话，与一些人建立新的长期联系，进而形成复杂的情节。无数的偶然与不确定从各个方向涌入生活，哪里还是古代诗人那种水流花谢，空山无人的节奏？这已经是长篇小说或者电视连续剧了。说对了，现在最为时髦的就是长篇小说或者电视连续剧。人们开始意识到，工业时代的机器正在悄悄地调动生活的节奏。铁路与火车，四通八达的高速公路网络，密集的国际航班，电报逐渐淘汰，电话已经从语音发展到视频，卫星中转的信号从南半球折射至北半球。各种机器分布在众多领域，废除了某些古老的故事基础，衔接起另一些前所未有的社会关系。书生赴京赶考，中了状元之后成了负心汉，一无所知的痴心恋人仍然在寒窑苦等若干年——现今怎么可能再有这种情节？一个电话不是一清二楚了吗？当然，负心汉与痴心恋人的情节还在延续，可是，形式完全不同了。款爷与"小蜜"、贵妇与帅哥，还有娱乐圈一个比一个惊爆的八卦消息，种种眼花缭乱的交织、穿插、邂逅或者长距离跳跃无不依赖机器的中转。只要删除电话、汽车与飞机，这些情节立即瘫痪。古老的故事基础之中，负心汉通常充当主动者，只有他们才可以云游四方，广交天下朋友，痴心恋人的角色理所当然由女人承担。现在不同了——女人也能利用电话、汽车与飞机。所以，许多故事之中的性别角色正在倒转。

古代的诗人常常与二三知己分享自己的诗作。哪一首诗日后传遍天下是不可预计的事情，顺其自然罢了，没有人事先操心。可是，长篇小说或者电视连续剧并非如此。长篇小说是大型的文化生产，投入的精神成本远远超过短小的诗词，以至于作者期待必要的回报。古代的说书是瓦舍勾栏的一个项目，听众的人数意味着回报率。现代的出版社与印刷厂作为连锁机构保障长篇小说传播的技术支持与经济收益，改编为电视连续剧是另一种传播体系赋予的附加值。印刷机器形成的印刷文化同时构造了一个时代的心智形式。我们这一代仍然默认印刷文化的环境。我们的思想速度、表述标准以及书写效率无不向印刷文化靠拢。所谓字斟句酌或者下笔千言，无形地以书籍作为衡量。书籍是精神产品成功的必然归宿。著作等身，书房里壮观的书橱，出版社令人咋舌的发行量，图书馆望洋兴叹的藏书，书籍是不言而喻的基本单位。我们不会像老子的《道德经》那样，仅仅用五千来字阐述如此玄妙的哲理，因为那时的文字只能写在竹简之上，一片竹简容不下几个字。享用纸张构造的书籍是很久以后的事情。许多人现在敲击电脑键盘作为写作工具，但是，心智或者表述仍然遵从印刷文化的节奏。屏幕上的文字仍然遵从书籍的标准——许多文字最终还是印刷成书。

但是，我听到了另一种敲击键盘的节奏，啪啪地响得如同瓦片上的骤雨。这是软件工程师的手法。修理电脑的时候，他们手指之下的键盘似乎始终在响。后来我才知道，一些人的文字书写也是这么快——我说的不是速记员，而是网络小说作家。许多网络作家每日至少上传八千字，这是养家糊口的基本工作量。敲出八千字的键盘马不停蹄地响成一片。这时，印刷文化遗留下来的作家目瞪口呆。他们耗时两年写出一部五十万字的长篇小说，网络小说作家只要两个月。键盘与屏幕带来文学生产力的疯狂提高，昔日的文学产量成了一个笑话。几十万字的"侏儒"怎么好意思称为"长篇小说"？网络上的长篇小说往往上千万字。作家可能忘了先前写过哪些情节，同一部小说内部各种人物的失联、无疾而终、死而复生或者张冠李戴乃是常见的事情。不论那些传统作家流露出多么不屑的神色，网络文学的节奏正在将愈来愈多的读者召集在手机周围。

另一些称之为"键盘侠"的人也将键盘敲得飞快。他们居然在网络上吵嘴，兴致勃勃打口水仗。食指一点鼠标，这些即兴的文字立刻进入公共空间，什么深思熟虑、惜字如金无不成为过气的教条。有话就说，网络上的许多帖子后面跟随一大串评论，拥戴、支持、嘲讽、恫吓、挖苦、警告以及各种表情符号一应俱全。我们曾经在家里或者会议室吵嘴或者打口水仗，但是不会堂而皇之地将这些闲言碎语印刷出来——多浪费呀。然而，"键盘侠"肯定不服气。他们对印刷文化的遗老遗少反唇相讥：得了吧，不要自以为是了。必须跟上时代，以前你们也是这么说。网络时代的帖子、吵嘴、口水仗就是流行文体，甚至还有独具一格的"弹幕"评论。"弹幕"评论"亦步亦趋"作品的剧情，二者相映成趣。作品结束之际，亦即评论收场之时。立竿见影，音停响息，只有网络才能造就这种"快"。哪怕是无关紧要的明星绯闻，早五分钟知道也值得自豪。"加速主义"概念已经隆重登场，谁知道电子魔术还会变出什么？"阿尔法狗"？元宇宙？ChatGPT？慢吞吞又怎么能赶得上？

我曾经表示一个感慨：手头的动作越来越快，手边的事情却越来越多。只有在忙得喘不过气的时候，我们才会想一想唐诗或者宋词之中的日子。多数日子里，我们不知不觉沉浸于紧锣密鼓的节奏，网络时代的各个方面都在提速，一辈子仿佛活出了三辈子的效果。那么多的消息，那么多的评论；那么多的演出，那么多的八卦；那么多的带货直播，那么多的网购与快递；那么多的结婚，那么多的离婚；那么多的会议，那么多的观念；世界如同旋风一般从眼前掠过，快就是快感。庸俗的财迷念叨时间就是金钱，无敌的武林高手认可快就是赢。古往今来，天上地下，激烈的竞争就是讲究一个"快"。乌龟向往兔子的速度，兔子向往豹子的速度；标枪向往弓箭的速度，弓箭向往步枪子弹的速度；汽车向往飞机的速度，飞机觉得能像火箭那么快就好了——唯快不破。

可是，慢一点又会如何？我想起了一则轶事：一批物理科学家定期相聚，一起交流学术思想。一位科学家的反应似乎总是比其他人慢一拍。许多人已经开始发表观点的时候，他似乎还没有弄清问题的要义在哪里。奇怪的是，深入的分析表明，他慢悠悠说出的结论多半是对的。快和慢是一回事，对或者不对又是另一回事。我在哪一本书上读这一则轶事？这一位科学家叫什么名字？怎么也想不起来了。当年的读书囫囵吞枣，读得太快以至于没有记住。

原载《文学报》2023 年 4 月 13 日

故乡的烙印

———

陈　彦

　　文学是什么？对于我，她是生活与阅读相互刺激、发酵的产物，是对过往生活储存的持续开发整理。无论走到哪里，我都会在一闪念或梦中，复现曾经生活与居住过的乡村、城市，有时半夜醒来，会突然发蒙，这是睡在什么地方？

　　我是一生更换过好多次故乡的人，命运注定是个行者。当我在西安以南的大山深处镇安县出生时，其实离县城还很远，那里许多人甚至一辈子都没进过城。我的出生地是松柏乡，那时叫松柏公社，父亲在那里当公务员。随后，父亲又调动到红林、庙沟、余师、东风、柴坪等几个乡镇，我从父母、亲戚和山民背上移来搬去的。

　　那时觉得世界好大，今天看来，也都只是一二十公里的路程。我在那里获取了对大山的绝对概念和印象，至今描写起来似乎仍然近在咫尺。记忆中的山民，忠厚与善良不仅表现在宽阔的脊背上，更表现在木讷的脸庞与温热的心肠里，你不需要设防，他就能把迷路的你，指引到山重水复的大路旁。

如果说那是第一故乡，在我心头，其实还细细划分着松柏坳、老庵济、庙沟口、余师铺、冬瓜滩、柴家坪这些不容混淆的更小地标。十几年前，我又把这些地方走了一遍，许多老路已经不在，竹林茅舍、山间小溪也甚稀罕，更寻访不到好多故旧，一打听，都说出去打工了。至今，我也常回去，因为父亲长眠在那里，但已是匆匆过客。

后来我终于进了县城。那时进城的交通并不发达，很多次都是骑自行车"上县"，中途要翻一个高高的土地岭梁，自行车得顺小路驮到梁顶才能继续骑。遇见下雨下雪天，还需掏钱雇当地的"冰上走"往上扛，自己也得给脚上绑了"铁稳子"或草绳做爬行状。一旦折腾上梁，幸福的日子可就来了，那简直就是"一骑绝尘"般的野马脱缰。不过也有好几次，畅美得跌进排水沟里半天爬不起来。后来这条路越修越好，竟然有四十八公里，而我那时常常是要骑大半天的，还不算栽进排水沟里揉胳膊揉腿、找鞋找钱包的时间。

县城生活恰恰是我最具青春朝气的时期。那时男士们多穿喇叭裤，且长发飘飘，我都有具体操作实践，并且喇叭裤口不比别人小，扫进裤管的灰尘也不比别人少。飘飘长发永远深深埋藏着耳朵，手表却是要露出来的。即使知道太阳当顶是正午，也会不时抬起胳膊把表细看一二，那不是时间问题，而是"表现"问题。

小城那时才一万多人，聚集在一口大瓮一样的底部，瓮盖即蓝天。一条河流顺着山脚蛇入蛇出，形成了回水湾一样的弓背，街道、单位、住家户，就像点进沙窝的落花生，越生越多，地盘也越涸越大，有些端直就涸到坡上去了，又有了些山城风貌。老县志上说，清代乾隆年间有个从湖南来的知县叫聂涛，好不容易考上进士，却被分派到穷乡僻壤来做官，很是不乐意。全县当时才七百多户人家，满打满算四千张吃饭的嘴，还吃不饱，监狱的犯人却多得关不下。他就特别灰心地想回老家当乡绅去。他爹是个老中医，接到儿子颇有怨言的家书，及时带着家眷从湖南赶来，而且一边帮老百姓看病，一边到牢房里给那些因饥寒起盗心的囚徒把脉。同时也从中医理论角度帮儿子探索"知县"之道，说只要把这满当当的"监狱病"治得没人可关了，就算没白考一趟进士。官做得再大，要是与老百姓一毛钱关系没有，顶啥？聂涛由此在镇安一干八年，离任时，户口与人丁都成倍增长。监狱也"十室九空"，都回去打猎、垦荒、筑路、养蚕、缫丝、吊酒、办学堂去了。随后，聂涛果然从山乡小县调到关中大县凤翔高就。那是苏东坡官场起步的地方。但他很快选择了"挂冠离去"，觉得此生能治好一小县足矣。这个故事，对家乡的人文影响颇大，老百姓一直在念叨、传唱。这是小城"史记"中温暖、励志的篇章。

　　我进县城时，全县已有二十七万人，二百九十公里外的西安，是小城全部生活的风向标。有人从西安带回无尽的新潮玩意儿，包括新的生活方式，让小城心脏加速跳动起来。歌舞厅一夜之间开出三十多家。录像厅、镭射影厅里的武打枪战声穿街过巷、不舍昼夜。街面上能放下一台球桌的地方，几乎都仄仄斜斜摆满了。凡临街的墙面，一律掏空或凿洞，陈列出色彩斑驳的各种电器与时装。夜半总会被摔碎的啤酒瓶声惊醒，那是要延续到凌晨三四点的夜市在骚动。我印象最深的是这个县城的阅读活动和文学写作热潮，很多青年在无数文学杂志的带动下，建立起了文学梦，并竞相书写起身边的变化来。也不知什么时候，这群人又随着社会大潮的新涌动，各奔前程，进西安、去深圳、下海南、包矿山、跑生意，只有少数人坚持下来。我也由散文小说创作爱好转向编剧。随后，就以专业编剧的身份调进了西安。我始终把镇安县城称为第二故乡，因为此前的六个乡镇，无论如何也只能打包成一个故乡了，虽然在我心中那仍是六个不同的小故乡。尤其在儿童和少年时期，那简直是魔方的六个面，哪一面都呈现出非常新奇与独特的"超大"样貌。今天看来，它们的确都十分狭小，但对于当时的我，那就是"走州过县"行万里路了。从地理上把那六小块"魔方"与县城拉近后，我又翻越秦岭，走进了十三朝古都西安。

那时对西安的唯一了解，就是我姥爷是那个地方的人。姥爷生在西安郊区一个叫等驾坡的地方。西安周边类似等驾接驾护驾的地名很多。因家口太重，又逢战乱，十五岁时，姥爷即成游民，漫无目的地翻过秦岭，无意间"流窜"到了镇安县的柴家坪。幸喜他有商业头脑，发现这里街面上卖的小商品，比西安贵好几倍，有的甚至十几倍、几十倍，而山货又便宜得要命。他就弄了些兽皮、火纸、药材返回西安，换了手电筒、发卡、顶针、五色线之类的"零末细碎"，折回柴家坪卖出。一来二往的，姥爷最后再过秦岭时，就能雇起八个"脚子（脚夫）"挑东西，还有扛鸟枪、拎铜锤吓唬土匪的护卫。做到全国解放时，家产已是柴家坪的半条街了。后来公私合营，让姥爷做经理，他觉得自己没文化，不会开会，不会讲话，不会念报纸文件，就选择给公家做饭去了。这倒是让全家都吃上了商品粮。他一直安安生生，活到去世。那时他是柴家坪唯一的西安人。我进西安时，他已作古。每每翻越秦岭时，我都会想到姥爷雇的那八个"脚子"，据说他自己也是脚夫中的一个。难以想象，那时姥爷他们走一单趟需要半个月。而我进西安时，坐车只需八小时，下雨下雪天另讲。可现在，十八公里秦岭隧道一通，已经把镇安到西安的距离缩短到一小时了。我在西安生活了近三十年，那是真正的第二故乡。但我心里还是把它定为第八故乡。因为，那六个儿时走过的乡镇，还有县城，太刻骨铭心了。

西安之大，是因秦川八百里骤显阔绰疏放。我有幸住在古城墙下的端履门外，门里不远处，就兀立着两千多年前的大儒董仲舒墓。墓旁的街道叫下马陵，皇帝到此都得下马。其余入城者，自是皆需整好衣帽，绑好鞋带，呈端方、肃虔状。三十年，我始终就住在这个地方。从我家进到端履门，只有八分钟路程。一进门，迎面就是举世闻名的碑林博物馆。即使吃完午饭，溜达着去看几通碑刻，回去稍事休息，也能赶上下午班。如果要上城墙，进门左拐就是阶梯。上到顶端，从城垛豁口看内城，脚下是一千三百多年的唐槐数棵，根须裸露，瘦骨嶙峋，树冠却枝叶繁盛，那才是真正的大唐遗株，依然生命葳蕤，雄强向天。再朝远处瞧，古城就尽收眼底了。昔日的皇城，如今多是寻常百姓住，竹笆市、案板街、炭市街、五味什字，都曾是漫卷的烟火气。尤其是钟鼓楼旁的回民坊，日夜人潮涌动，那是我常去吃羊肉泡的地方。羊肉泡是西安名吃，有时为抢到一个座位，会在人后站立许久，看人家细嚼慢咽，直到两腿相互转换重心数次，才能挨上半个臀尖。

从城墙朝南看，一眼就能晀见我家窗户。再远，便可悠然见终南山了。那是一个充满了诗情画意的山脉。说到诗，我常常不是一下想到大唐长安的那些千古名流，而是想到一个叫陈学俊的今人，他是中国科学院院士，作为我国热能工程学科创始人之一，业余时间却爱写诗。我为创作一个舞台剧，曾在西安交大住了很长时间，数次拜访青年时代举家从上海"西迁"西安的陈院士。他们夫妻却更愿意给我吟诵自己创作的诗歌，每每让我这个晚辈坐着，他们站着朗诵，不时还配合以抒情动作。诗中充满了对故土与西部的眷恋。斯人已作古，诗情满长安！这座城市不知孕育催生了多少诗意的人文星斗，华灯初上时，你站在城墙上，仿佛还能听到或正在听到许多超强心脏的跳动声。当然，这里还夹杂着一种特别浑厚的声音，那就是城墙根下的古老秦腔。这是来自民间的腔调，大苦大悲、大欢大爱，给这个城市铺上了厚厚一层普通生命的精神路基，让跟大小雁塔一样耸立的地标，似乎都有了坚实而可靠的沉雄底座。

故乡的牵挂是激情澎湃，也是愁肠百结、绵绵不绝的，更是剪不断理还乱的。在京城，常常一觉醒来，以为是睡在西安的老房里。而在西安，又常常梦见镇安和那六个乡镇的硬板床与土炕。前些年，回老家是常有的事，现在离得远了，已日渐不便。

2021 年清明节，我回去给父亲扫墓，算是最近一次回第一故乡。每次回去都能听到很多故事，它们是我创作素材的重要来源和补充，有喜兴的，也有揪心的，这次听到的就是一个很揪心的故事。我打听了好多年的玩伴牛娃子，突然有了消息。那是儿时的"铁杆"，但已死去十几年了。他是开拖拉机摔死的，为一家老小奔日子，拉一车山货，连人带拖拉机扭麻花一般扣到了沟底。他的生命定格在三十几岁，而他的音容笑貌在我心中终止于十一岁，后来再没见过。那时他上树、攀岩比猴子更利索。我吃过他掏的鸟蛋，是在青石板上煎成的蛋饼。家乡人为过上好日子，可是要比山外人多付出成倍，甚至好几倍的代价，但他们依然在朝前奔突着。

抽象地说，故乡既是山川、风物，也是亲情、友情与祖宗的灵魂所在。总有人出走，到天下去闯荡，也总有人回来或固守。我大伯父的儿子就守着祖坟过了一辈子。我祖爷爷是武昌战乱与发大水时，沿汉江而上，企图寻找"世外桃源"而来到了柴家坪。可柴家坪也不安定，他就又攀到对面一个叫上阳坡的酷似母亲怀抱的山洼地带安顿下来。由此繁衍生息，坡前坡后都是陈姓人家。我爷爷是读书人，做过柴家坪中心小学的校长，要求儿女识文断字。我父亲和二伯父都给公家做事。大伯父文化程度最高，却选择了"耕读传家"。过年时，我见他给人写对联，红纸能铺满碾麦的大道场。他已作古，可他的长子已然"钉"在了上阳坡的老宅子里。我们都叫他大哥。大哥也识字，能读《水浒传》、《三国演义》和《七侠五义》，但职业是犁地的犁匠。那把木犁我抚摸过，儿时也试着犁过，犁铧却扎不进土地的深处，总是让两头牛顺地皮拖得飞跑。而在大哥的手上，扶犁简直是一种享受，只单手握把，另一手执鞭，留下嘴跟牛说话。有时一面坡上就他和两头牛，却能说一天，像在骂，但更多的是指引与鼓励。大嫂子也是犁地的一把好手，大哥累了，她就接过犁把，把牛吆喝得麻利而顺溜。他们有个共同爱好：喝酒，喝自己吊的苞谷酒或甘蔗酒。度数不高，不上头，却很解乏。家乡有句俗语：早晨三盅，一天威风！他们不仅早上起来一人一壶，中午也是一人一壶，晚上回去还是一人一壶。吵架不多，打架稀疏，一辈子过得还算和美。最痛苦的事，是大儿子出门挖矿挣钱，塌断了腰，后来到底去世，两口儿就越发爱喝。有时还划拳、猜宝、打老虎杠子地喊几声。晚辈让到河边镇上去住，他们说太闹腾，就守在离祖坟一百多米远的地方，早出晚归对牛弹琴歌唱。山前山后的土地，在他们的耕耘中，还始终保持着我儿时记忆中的生机。他们都已是七十多岁的人了，但仍能吃能喝能干，日子也殷实消停，灶头的腊肉吊着几百块，瓮里的自酿酒囤着上千斤。

我总想，大哥才是故乡和土地的最忠实守望者。我们走得再远，大哥都像定盘星一样死死扎根在真正的故土上。我的文学也从这里生长起，并努力想在故乡以外有所收成，但根本还是想把那么多故乡的烙印，也可以说是时代与历史律动的微声，以发酵过的方式，传递给更广大的世界。

原载《光明日报》2023 年 3 月 2 日

吴祖光在武家庄

刘江滨

　　武家庄是太行深处的一个普通小山村，隶属于河北邢台市信都区（原邢台县）。因曾经有一位文化大家的足迹气息留在这里，虽然只有数月时光，但山川大地仿佛濡染了书香灵气，小山村平添了几许雅致。

　　此人为吴祖光，中国文学史上声名显赫的剧作家，代表作有话剧《凤凰城》《正气歌》《风雪夜归人》、评剧《花为媒》、京剧《三打陶三春》等。1945年他在重庆担任《新民报·晚刊》副刊编辑，想方设法拿到毛泽东词作《沁园春·雪》，将其首次公开发表，在山城乃至全国引起巨大轰动。他的夫人乃家喻户晓的评剧艺术家新凤霞。

　　在一个阳光灿烂、云疏风清的日子，我专赴武家庄采访，探寻吴祖光的影迹屐痕，回味岁月沉积的陈酒佳酿。很庆幸，当年与吴祖光有过密切接触的几位村民都还健在，虽皆年过八旬，但依旧精神矍铄。他们亲切地称吴祖光为老吴，回忆往昔，深情款款，眼神里流溢着怀念和钦佩。几位老人你一言我一语，互相补充，有时又互相讨论，往日的剪影便一帧一帧鲜活地拼接起来。

1966年早春二月，天气很冷，山风很硬，这天一辆大客车停在了武家庄村头，有二十多人下了车，其中就有四十九岁的吴祖光。他们便是来武家庄蹲点的"四清"工作队。分两批进驻邢台县的"四清"工作队有不少文化部系统的名人，除中国戏曲研究院的吴祖光外，还有中央美院的叶浅予、靳尚谊和电影厂的谢添、葛存壮、于洋等人，派驻到各个村庄。吴祖光被分配到武家庄第三生产小队，和社员们同吃同住同劳动。

吴祖光与另一名同志入住到贫协主席王申贵家。王申贵原名王身贵，还是后来吴祖光给改的字。乍见吴祖光，白白净净，文质彬彬，身上散发的气息不仅迥异于村民，也与上边来的干部不同，是个大文化人。那年王申贵二十三岁，还没结婚，母亲去世时间不长，家里只有父亲和弟弟三个光棍汉。父亲患有哮喘病，常年卧床，弟弟小，王申贵便负责给吴祖光他们做饭。一个大小伙子，粗手笨脚，不擅厨事，家里又穷，颇有些难为情。吴祖光笑着安慰他说，没事没事，你吃啥我吃啥，你喝水我也喝水。那时生活条件非常艰苦，几乎没有白面，王申贵就擀杂面条、煮饼子，想着法儿尽其所能。吃饭没菜，因不种菜，连咸菜都没有，干嚼。吴祖光起初吃不惯，难以下咽，常常吃不饱，田里的活儿耪锄耕耘挑水浇地都十分累人，吴祖光便拿半块饼子揣兜里，饿时再吃两口。一种常吃的干粮是柿子拌糠：武家庄山梁沟壑，房前屋后，长满了柿子树，柿子熟透了，摘下来将果浆与糠和在一起，晒干，再碾碎，拌了吃。吴祖光在王申贵家里吃了半个月，又改吃派饭，即轮流到每户村民家去吃，每天交给主家一毛钱，一点四斤粮票，晨午各半斤，晚上四两。王申贵老人说起这些，仍然带着心疼的口气说，唉，老吴受苦了，来时手背上有坑（窝），走时明显瘦多了。

白天下地劳动，晚上睡前熄了煤油灯，屋里黑黢黢、静悄悄的，三个人躺在一个土炕上，天南海北闲聊。吴祖光聊他写的戏，聊他在重庆、在北京、在北大荒的日子。还聊起他的婚事，说他和新凤霞认识，老舍是媒人，结婚那天是赵树理写的喜帖，后来专门宴请了他们到他家里，以示庆贺。

生产队差不多每天晚上开会，念报纸，学文件，学习"老三篇"。开会的地点就在王申贵西邻支书家里。王申贵老人带我们去了老支书家，主人早就另迁新居，旧宅仍然保持原来的模样。这是个四合院，不过非常狭窄。正屋和东西厢房都是石头垒成，倒是不显得旧。正屋面北，门框贴着对联："春风杨柳万千条，六亿神州尽舜尧。"是毛主席《七律二首·送瘟神》中的诗句，字迹有些漫漶，但可分辨。横幅已不见了。左右门板分别贴着"毛主席万岁，共产党万岁"，繁简体混合。红纸有些褪色泛白了，但底色依然。屋子分里外间，里间盛放杂物，外间为堂屋，大约能坐二十来人，靠墙摆有一张桌子，三把圈椅。我眼前一时恍惚，仿佛看见灯影幢幢中，吴祖光身着干净的白衬衫，坐在一把圈椅上神情专注地念报纸、讲解"老三篇"。时任小学教员的吴士明回忆说，老吴的声音抑扬顿挫特别好听，印象深刻的是有一次讲《愚公移山》，真是生动形象、深入浅出，老百姓听得入迷。

散了会，有时候吴祖光会帮着会计温增如就着昏暗的灯光算账。"四清"初期的意思就是"清工分、清账目、清仓库、清财物"，看村里的干部是否多吃多占，多了退赔。

从老支书家出来，是一条东西走向的小街，两侧的核桃树、柿子树茂盛苍翠，叶子绿得能滴出水来，洒出片片浓荫。王申贵老人指着东邻后墙说，这里有一块黑板报，由工作队的青年才子们负责来办，隔一阵就拿粉笔嘎吱嘎吱写。通常老吴站在一旁看，边看边指导。我想，吴祖光是名报编辑出身，办黑板报自然是小菜一碟了。王申贵说这石头房子还是以前的房子，我这才注意到，黑板虽然已大部分脱落了，但墙上还残留着边缘部分一块不规整的水泥板，依稀还能瞧出点黑色。阳光下，我忽然觉得身影和吴祖光叠合在一起，当年他就站在我的位置也说不定呢。

略有闲暇，最吸引吴祖光双腿的不是后边的山，也不是一旁的河，而是村小学，在那里可以看报纸。吴士明老人回忆说，老吴每次来主要是看《人民日报》，最喜欢看的版面是副刊，精彩段落常常用笔画出来。吴士明说，别看人家是北京来的大作家，特别随和，平易近人，一点架子都没有。有时看完报纸两人也闲聊几句。有一次，吴士明问吴祖光，汉字一共有多少个？吴祖光说，常用的一万多个吧。吴士明问，那你能认识多少字？吴祖光答，九千多、万把字吧。吴士明大为惊奇，又有些不信，就拿出字典专挑一些生僻的字"考考"老吴，结果还真憋不住人家，厉害厉害，不服不行。而且村里人说的方言他都能准确写出来，也收集了不少方言土话。吴祖光写字速度非常快，你说完了，他也写完了，你说啥都能给你记下来。

在武家庄的几个月，吴祖光从未离开过，也不曾回京探亲，靠通信与家人联系。经常给他写信的是二儿子吴欢，好像正准备升初中。他对儿子要求很严，每次收到儿子的来信，都把错别字标出来，贴八分钱邮票跑到公社寄回去，让儿子改正重新誊抄了再寄回来。不在孩子身边，吴祖光只能通过这种方式教育管理孩子。

吴祖光差不多个把月都会收到北京寄来的木匣子，是些日常药品以及清凉油什么的。王申贵说，吴祖光身体还好，不记得他吃过药，倒是有一次记得很清楚，吴祖光把寄来的药给了他父亲，还亲自倒上水，看着他父亲吃了药，神态自如像家里人一样。王申贵至今感念不已：那些药很贵，当地没有，吃了药，父亲好了许多，自己非常感动，老吴是个好人呀。

那时王申贵还不是党员，吴祖光经常做他的思想工作，鼓励他入党。王申贵觉得自己条件不够，吴祖光勉励他说，你干得不赖，要加入组织，才能更好地开展工作。吴祖光离开之前，王申贵入了党，后来一直是村干部，直到1992年因年龄关系离岗。王申贵老人动情地说，老吴在政治上关心我、帮助我，对我的影响是一辈子的。

王申贵从口袋里拿出一张照片，是吴祖光一家五口的全家福，可惜照片已受损，只能看到新凤霞和两个孩子——后来我在吴祖光《一辈子——吴祖光回忆录》一书中看到了原貌。照片背面写着字，清晰可辨："国江同志留念 / 吴祖光 /1966.7.24/ 寄于北京。"原来，这是吴祖光从邢台回到北京后，给同在工作队的王国江寄的照片。吴祖光信上说，让村里乡亲们都看看。但很快王国江也走了，故而王申贵他们一直没看到。然而，这竟成了王申贵的一桩心事，始终记挂着。好在王国江是邢台隆尧人，并不远。2019 年，王申贵和村里几人专程去了趟隆尧，此时王国江已去世十几年了，时间也过去了五十多年，但王国江家里人还一直保存着照片。王申贵说明来意，王国江的遗孀和孩子都十分通情达理，并为王申贵和武家庄的乡亲们对吴祖光的深情厚谊所感动，就将照片交给了王申贵，从此他便珍藏在家里。尽管照片有损，却依旧视若珠玉，更见情深。

新凤霞著《我与吴祖光》中有记："1966 年 7 月，祖光从邢台刚刚回来……"此时，"四清"结束，吴祖光离开了武家庄。那天，吴祖光在公社开完会，来到他经常看报纸的小学，与教师吴士明告别。他说，要走了，我一介书生给不了你什么，给你写几幅字留个念吧。当场濡墨挥毫写了四个条幅，吴士明清楚记得其中一条是"长江后浪推前浪，一代更比一代强"，不用说这是对孩子们的一个期许。吴士明将这四个条幅都贴在了墙上。谁知时间久了墙壁返潮，条幅都坏掉了。吴士明老人至今还懊悔不迭，说白白丧失了难得的艺术珍品，这是他一生最大的憾事。

吴祖光要走了，提上行李，看了一眼又一眼住过的东厢房，对朝夕相处数月之久的王申贵说，你以后到了北京一定找我啊，我好找，在文化部一打听就知道。但王申贵终究没去北京找过吴祖光，在他心里，吴祖光是大人物，能机缘巧合萍水相逢已是天大的幸运，哪里还能去打扰人家。然而，吴祖光一直是他的牵挂，就像牵挂一个亲人。在以后漫漫岁月里，他始终关注着、打听着吴祖光的消息和动向，他去世的日期记得一丝不差。有一次，他在电视里看到吴欢讲述父亲吴祖光的故事，不知不觉竟泪流满面。

吴祖光当年住过的屋子，已翻盖一新，红砖卧顶，新式门窗。窗前有一棵花椒树，绿叶婆娑，青色的果实密密麻麻，隐隐袭来馥郁的香气，不禁让人想起《诗经》的句子："椒聊之实，蕃衍盈升。"而武家庄也已全然不是旧时的模样，穷山沟变成了花果山，村民过上了城里人的日子。我想，若吴祖光先生天上有知，定会为之深感欣慰的吧，他的如椽巨笔又该如何描绘这沧桑巨变呢？

原载《中国艺术报》2023 年 8 月 16 日

我是两只羊抑或万千棵草

——

艾　平

我是两只羊。

一只羊让我的血液浓郁而清澈，给予我足够的体力，使我至今不惧怕去翻山越岭，也给予我持久的热能，使我一年年得以战胜零下四十摄氏度的严寒，另一只羊在我的大脑里保留记忆，让我知道自己在哪里生，在哪里长；一只羊在我的眼睛里释放光泽，让我不在年龄面前丢失春风里的第一抹绿，另一只羊在我的眼睛里扩大视野，让我环视天、地、人，知道原来人与羊的区别并不大，都属于泥土；一只羊在我的头脑里提供脑脊液和多巴胺以及氧，让我思维灵动，行作敏捷，成为一个生命不息劳动不止的工蜂，另一只羊在我的脑子里不停讲述，告诉我什么是一个自然之物的自知之明，它领着我在梦境中走得很远，穿越一片墨色的森林，望不尽那翡翠色的天边……它也常常在梦醒时分提示我——花正被风摘走，路被风沙掩埋，草原在褪色，让我忧虑，让我深思，于是我的脚像羊那样，不由自主地躲过灯红酒绿的都市，迈向碧水回环、莺飞草长的地方，去做一个把草原认作母亲的写作者。

每一个草原人，生命中都有两只羊：一只是羊肉的羊，另一只是羊群的羊。一只羊指向你的口腹，另一只羊介入你的灵魂。你转换在这两只羊中间，有时候感到拧巴，有时候感到纠结，更多的时候是不知不觉。

在空旷而辽远的草原上，牧羊人下马而坐，看云起云落，也看着散漫于起伏开阔之间的羊群。地平线浑圆，只有她的身影凸起，羊群时而像栖落在她肩头的云朵，时而和云朵连成一片，在草浪上漂游。这是我的知青姐姐李军华只身牧放八百只羊的场景，当年她只有十八岁。当她给我讲起这个四十多年前的故事时，依然热泪盈眶，十分激动，好像一切发生在昨天。她高中还没毕业，就下乡到了牧区，没有什么经验，只是跟着几个老知青出过几回牧，为了"踩一脚牛屎，炼一颗红心，永远扎根不动摇"，她坚决请缨承担了这个任务。

天气很好，清风吹拂，正午热起来，大地静谧安详，羊在打盹，像一团团白色的大花朵。她为此激动不已，也十分陶醉，很浪漫地开始写一首昂扬的赞美诗。在某一个不经意的瞬间，她一抬头，看见羊群像散花一样疏散开了，羊儿三一堆、五一群地走出去差不多有一二公里，并且还是朝着不同方向走的。她有些着急，因为她尚不知道，歌曲中出现的牧羊姑娘和现实版的出牧大相径庭。由于草种的分布和疏密程度的不同，聪明的羊一般不会聚在一起吃草，它们早都养成了且食且寻觅的习性，好的牧羊人要时刻俯瞰四周，看看哪里水草丰美，然后把羊群像撒网样疏散开，时不时地还要归拢一下，控制它们以免走散。这样放牧，羊不会扎堆抢食，导致过度啃损草场，也不会原地践踏草原。要想羊膘肥体壮，绝对不是拿着一本书，往草地上一躺那么轻松惬意的事。牧人和羊必须使用同一个指南针，那就是草。

如果说草原是天人合一的地方，那么牧人就是在大自然母体中与羊一起长大的孩子。草原上的羊是不会停留在某一个位置原地不动的，新鲜牧草的气味就像一双无形的手，时刻牵着羊鼻子不松开。草是羊的命，羊是牧人的命，草和羊告诉牧羊人，你属于大地，一切都必须依顺大地。

李军华姐姐说，她刚想上马，突然听到背向的羊开始咩咩地叫起来，不一会儿，所有的羊开始聚拢，叫声像大合唱似的形成了偌大的阵势。这是怎么了？李军华姐姐环视周边，我的天！原来有一只大狼正在身后靠近，离她已经不足十米远了。好在李军华姐姐想起了老牧民的话，放牧时套马杆万万不能离手，狼害怕圆圈形状的东西。于是她奋力上马，甩起套马杆，皮绳在空中展开圈套，狼一愣，随即逃走了。这时李军华姐姐发现自己已经吓得浑身发抖，无法下马了。李军华姐姐说，羊绝不是所谓待宰的羔羊，羊在草原上生存千万年，躲避食肉动物的袭击是它们生命的本能，其身心已经进化出种种令我们诧异的基本功。我问她，羊明明背向她，为什么能发现身后有狼出现呢？羊有后眼。羊的双眼位置偏向头的两侧，使其具有宽广的视野。当羊瞳孔扩大时，状为矩形，绵羊视角270度至320度，山羊视角320度至

340 度。当羊竖起身子爬山的时候，可以看到后面的万丈深渊。

李军华姐姐说是羊的眼睛救了她，看起来是她在管理羊，岂不知是羊一点点在引导着她。春天羊儿会自己找到阳坡分娩；夏季羊儿会自己找到草药吃，染一身药味，自然驱蚊虫；秋天它们到处找成熟的野韭菜花种子吃，为抵御严寒囤积脂肪；冬天，暴风雪来了，智慧的头羊准能为羊群和牧羊人找到避风的山坳……

李军华姐姐的讲述，让我沉思良久。不由想起一件令人唏嘘的事。一个牧民的儿子，在城里寄宿长大，从幼儿园开始，耳边的声音就是上大学，上大学，到大地方去，到没有暴风雪的城市去。后来，大地方并没有给他提供一席温床，也没有为他展开一张哪怕并不辉煌的人生蓝图，倒是家乡草原悄然地在环保时代显示出无限的生机，于是他回归草原，立志从牧羊开始，做一番事业。某日他看到几只羊进入了河中，便不顾一切地冲到河里去抓羊救羊，结果羊安然无事，没有经验的他却被河水推倒，一腔青春热血险些付诸东流。若是他事先知道山羊会游泳，绵羊可以漂浮在水面上，事情就不会有这样的结果。

我在草原行走，印象最深刻的是春天看接羔。如果母羊在分娩的过程中受到了惊扰，或者分娩后嗅到小羊羔的身上有生疏气味，便不会去舔小羊羔身上的黏液，也不会让自己刚刚生下来的婴儿吸吮乳头，这时候草原的额吉们会给母羊唱劝奶歌，用哀婉的歌声影响母羊的情绪，劝母羊接纳自己的孩子。母羊起先总是无动于衷，老额吉就一个小时又一个小时地唱着，歌词很简单，就是模仿母羊分娩的声音——陶爱格……陶爱格……而更多的歌词，是草原母亲们即兴唱出来的，其曲调哀婉深情，充满了无以言说的内涵，折戟的鹰，离群的雁，铺天盖地的大雪，一匹消失在远方的老马，一只丢失了婴儿的摇篮……只有饱经沧桑的草原母亲，才会唱出这么多的忧伤和坚韧，我听一次落泪一次，甚至凄声难掩。但是你看老额吉，她神情平和，像一棵风雪中的老树，一动不动，直唱到母羊回头，温情地靠近小羊羔，小羊羔战战兢兢地开始吃奶，渐渐和母羊亲昵起来，老额吉才会抬起沉重的身子，揉搓着僵硬的膝盖站起来，就在她抬头的那一刻，我看见了她脸上那泉水一般的泪光。

游牧的往昔，草原母亲总是在默默地承受，承受暴风雪，承受瘟疫，承受失去孩子，承受男人的粗野，一辈子的忧伤和沉郁，与谁倾诉？当沉默已然成为草原母亲的习性，劝奶，或许就是她们最为淋漓的表达，最为呕心沥血的倾诉。老额吉在羊的母爱被唤醒之时，获得了来自另一种生命的呼应，就像一位艺术家经过漫长的沉寂，在落幕时分忽然被浪潮般的掌声击中，才发现自己原来正处于深深的理解和响应中。而我作为一个写作者，在老额吉的劝奶歌结束的时候，悟出世上最珍贵的砥砺，不在所谓的高光时刻，不在获奖的典礼上，而是获得了一直在文字中倾听着自己，并且能够向你会心一笑的那个人。在草原上，从一种生命到另一种生命，是一曲从早晨唱到落日的长调，也是一场岁月的远征。在草原的春天里，我常常看到人与羊心领神会的时刻。

而在另一个空间里，我浑然不知地让心中的羊变成了另外一只羊。

我们在高谈阔论，从席面上的全羊宴，谈到成吉思汗行军途中，将铁帽子翻过来煮羊肉，从此有了涮羊肉；从忽思慧的《饮膳正要》中有七十多种用羊肉和羊内脏做成的美食，谈到本地著名美食烤全羊、羊血汤、手把肉、鱼羊一锅鲜、酥羊尾、酸羊奶……我们大快朵颐，乐此不疲，从色味香形以及鲜嫩或软糯，涉及羊的分解——上脑、羊腿肉、羊脯，羊扒、羊巧等，继而进入色味香的渊源，一致认为草原特有的瞬间完成的宰羊方式，从人性的角度，避免了羊死去之前的恐惧和痛苦，也使肉质新鲜，保持原有的韧性。话题不断深入，终于找到了呼伦贝尔草原羊肉好吃的根本原因，那就是草好。

呼伦贝尔草原只有一百天的无霜期，羊最喜欢的豆科植物有三十多种，羊可选择食用的药用植物有五百余种，这些牧草拼尽全力在短暂的无霜期里开花结子，完成生命基因的永续，所以不论什么品种的草都不会长得很高，通身却很饱满丰腴。呼伦贝尔的羊，每天觅食路途十七八公里，就是为了进食最有营养的牧草，它们每天大约吃掉十斤新鲜牧草。或许可以这样说，大地为羊提供了牧草的盛宴，羊最终变成了人类的盛宴，而我们在享受羊肉的盛宴时并没有想到，美味的源头原来是草。从食物的角度看，粮食、肉类、蛋类都源于草，而人类就是草的养子。我们不知道自己的生命中有万千棵草。没有人会想这样一个问题——从羊的角度看人类，用草的角度看羊，从终结的意义上看生命，这一切都合情合理，没有什么形而上可言。

我是两只羊抑或万千棵草。

不论我们是否愿意承认，每一个人最初都是生态塑造出来的。生态决定历史，历史决定文化，文化在时光里浸润心灵。李军华姐姐每年都要回一次呼伦贝尔，看羊群，看草，看花开遍野，看草籽乘风而去，当然也要吃羊肉。

原载《美文青春阅读》2023 年第 7 期

三角梅阳台

———

彭　程

一年多来，家里的阳台成了三角梅的天地。

多年间，妻子曾经养过多种花，如今却把别的种类几乎都送人或处理了，专心侍弄三角梅。阳台上的空间，每天都是繁花似锦，闪耀着众多的色彩。

三角梅学名"光叶子花"，别名众多，像"簕杜鹃""九重葛""宝巾花""南美紫茉莉"等。但"三角梅"是最普遍的叫法，想来是因为这个名字准确地概括了花的样貌，好记又好念。每一朵花都有三片叶子状的花瓣，质地很像薄薄的纸片，手指头拈捏上去的感觉很惬意。三片花瓣组成一个三角形，中间挺出三根细长柔弱的花蕊，顶端小米粒一般大小，与花瓣相同的颜色。

前年冬天在海南的一次小住，让妻子喜爱上了这种在当地随处可见的花卉。住处旁的庭院里，就长着好几棵三角梅树，高大茂盛，树冠完全被团团簇簇的花朵覆盖，颜色各异，极其艳丽，仿佛悬浮在半空中的云霞，衬托着热带的碧蓝天色和耀眼阳光，生机勃勃。她当时就表示，回去后要买这种花来种。

三角梅对阳光和温度要求高，客厅的阳台朝南，最为适宜。喜爱距不知餍足，常常只有一步之遥，妻子也不断地修改养花计划，扩展数量。阳台地面上很快摆满了花盆，就又在护栏扶手上安装了两个铁架，搁放了几盆。后来，又在天花板外缘的窗帘杆轨道上安上挂钩，也悬吊了几盆。一个三层的三角梅立体花园就这样建成了，七八平方米的空间里，共有二十几盆。

花不少，却没有重样的。耳濡目染久了，我也大略知道了它们的名字。有的来自花的颜色，像"绿樱""雪紫""黑美人""白雪公主"等；有的出自枝条或树桩的形状姿态，像"飘枝""独杆""提根"等；有的则与原产地相关，像"漳红缨""广红缨""云南紫"，就分别产自福建漳州、两广各地和云南高原，而"印度画报""加州黄金""波伊斯玫瑰"等名字，显然是宣告它们有一个域外的身份。

三角梅花期很长，一年四季里，阳台上都是流光溢彩。特别是天气晴朗时，外面是蓝色的晴空，阳光透过整面落地玻璃照射进来，这时从几米外的地方逆着阳光看过去，花朵和叶子都洁净清爽，闪着光亮，近乎透明的样子。尤其是垂吊下来的几盆，花叶贴在玻璃上，叶脉纹理都清晰可辨，有一种剪纸般的效果，又似乎镶嵌在上面，既悦目又赏心。若把被阳光镀亮的玻璃想象成一池清水，真是有几分疏影清浅的味道。而那些粗细高矮各异的根桩和枝干，则有一种坚实真切的质感。

花长得茁壮茂盛，首先要归功于养花人的用心投入。

妻子以高度的热情来做这件事情。她读花卉种植的书，上网查询有关知识，下单购买小铁铲小铁耙等专业园艺工具，还加入几个养花微信群相互交流。她每天写日志，记录下每一盆花的生长和护理情况。花盆里的腐殖土，也是专门跑到远郊公园挖取的。担心外出几天无法浇水，安装了自动浇花滴水器，可以通过手机远程操控。绿色的窗玻璃过滤了不少阳光，她想换成透光更好的普通白色玻璃，但小区物业不同意，只好另想办法，安装了专门的植物补光灯，时常打开一会儿，补偿光照的不足。

每天早上起床后，来不及洗漱，她先要走到阳台上看花，宣布哪一株新开出几朵花，哪一株长出了几片叶子，哪一根枝条又伸长了一寸，这一棵绿樱看上去真是仙气飘飘，那一棵重瓣怡锦花朵的样子多像绒球，如此等等，从来不缺少话题谈资。她以痴迷于某件事情的人常见的喋喋不休，津津乐道于每一点细微的变化，仿佛别人也同样感兴趣似的。如果不是她提醒，这些差异我是分辨不出的。尤其是有一天，当她看到一株放在角落里、本来以为枯死了的根桩，底部长出一片绿叶时，那种喜出望外的表情，难以形容。

三角梅很常见，尤其在南方地区到处生长，因而也有大量的诗词吟咏。唐诗名篇《春江花月夜》的作者张若虚，有两句诗写形摹状十分精确，让我尤其喜欢："含蕊红三叶，临风艳一城。"除了个别品种外，三角梅并没有香味，仿佛在证明完美的事物是不存在的。但这一点遗憾，被它色彩多样而浓艳张扬的魅力给弥补了。我记得有一次看足球比赛电视直播，巴西啦啦队的年轻女郎们，头上插满了五彩缤纷的三角梅花朵，配合着热情奔放的加油呼喊声，吸引了看台上人们的目光。用三角梅作头饰，是巴西女性常见的打扮，这个国度正是三角梅最早的故乡。

每天，阳台的木地板上，都有一些不同颜色的花瓣，有的是被家里的猫给抓挠下来的，多数是干枯后自然飘落的。但夭亡的同时，也总是有新的生长和绽放，因此看上去始终都是那么繁茂，好像不曾变化。

然而，一些善感多思的灵魂，不肯忽略这一类的区别。获得诺贝尔文学奖的川端康成，晚年写过一篇有名的散文《花未眠》。他住在旅馆里，凌晨四点醒来时，看到壁龛花瓶里一枝海棠花正在孤零零地绽放。想到它一年只能开一次花，盛开后不久就会凋零，他的心中不由得生出一缕忧伤。字里行间，是从自然景物中引发出的人生感慨，折射出日本文化中鲜明的"物哀"色彩。

但这篇作品的总体色调还是明朗的。尽管海棠花哀伤、孤独，花期短暂，却仍然昼夜不停地盛放，让他感动于生命力的坚韧，进而引发和表达了关于美的思考，诸如自然的美是无限的，而人感受美的能力是有限的，一生中都要努力培养、反复陶冶，才能增进这种能力。只有一千多字的短文，是他的美学宣言，又仿佛是对自己文学生涯的总结。

像我们这样的普通人，尽管缺少作家的那种敏感细腻，但也不妨从所闻所见中获得一些基本的感发，如川端康成在散文中谈及的"美是亲近所得"。关注越多，系念越深，对于对象之美的感受也就越发真切强烈。欣赏这些花儿时，我的确也感觉愉快，但若想达到妻子那样深切的程度，就要格外沉浸、时刻念兹在兹。付出和酬报之间，遵循着自己的比例法则。

一天中，她的身影频繁地出现在阳台上。有时拿着剪刀剪枝，有时举起喷壶浇水，有时蹲下去松土或施肥，拈出树根边的枯叶败花，有时踮起脚将头顶上方某一枝斜逸的枝条扶正，再用花艺胶带固定好。更多的时间还是站在旁边，看看这一株，瞅瞅那一棵，观赏自己劳作的成果。为了更好地记录下花卉的美，她还自制了白色背板，为每一株花拍下特写照片。经过这样的处理后，照片上的花朵具有一种别样的美，让人联想到那个源于生活而高于生活的美学命题。

这件事情，已经成为她生活中的一项重要内容，一种真实的情感寄托。作为一个不劳而获的受益者，在这种氛围中浸淫久了，某些时候，我也仿佛体会到了她的心情，获得了一种代入感。

这一天，我又一次读了法国作家圣埃克苏佩里的著名童话《小王子》。

童话中，飞行员因飞机故障迫降在撒哈拉大沙漠里，遇到一个来自外星球的小王子。小王子爱上了一朵玫瑰花，而且与一只聪明的狐狸成为朋友。狐狸将自己悟出的生活真理告诉小王子：对一件事物，用心去看才能看得清楚；爱就是责任。他特别强调："你要对你的玫瑰尽责。"

小王子的爱情受到过挫折。他的玫瑰花有一些虚荣，对他谎称自己是宇宙中独一无二的，因此当他看到一座盛开的玫瑰园时，非常伤心。不过，在狐狸的引导下，小王子认识到，他的玫瑰虽然看上去与成千上万朵别的玫瑰类似，但因为他给她盖过罩子遮雨，竖起过屏风挡风，清除过毛毛虫，听过她的埋怨和吹嘘，所以他的那朵玫瑰在世上是唯一的。在这里，重要的一点是：他们建立了关系。

那么，因为与眼前的这些三角梅建立了关系，它们便成了不可替代的。妻子的牵挂和欢喜，也正是从这种联系中生长起来。在公园里和花卉市场上看到的花卉，尽管可能更美，有些还会散发出浓烈或轻淡的香气，观赏时也让人心旷神怡，但与自己养育的花朵相比，毕竟存在着某种感情上的差异。

就像三角梅花开四季一样，期待这一处阳台花园，能够带给我们长久的愉悦和慰藉。

原载《光明日报》2023 年 2 月 3 日

漫漶的口味

云　德

　　口福之欲纯属人之天性，也是人类幸福感产生的一个重要来源。鉴于个体口味的千差万别，许多口福并非人人都能消受，不少人吃什么、不吃什么，经常成为纠缠一生的心结。幸欤？憾欤？的确是个值得玩味的话题。童稚时期贪甜，可谓无糖不欢，对各种甜食贪多无厌；稍长，开始喜咸，各类菜蔬少盐不香，寡淡无味的婴幼食品再没兴趣。这个年龄段，人的味觉相对单调且纯粹，与思维的单纯相对应，味道的选择总体上也倾于简单，大致会拒绝各种怪味食物。到了由少年向青年过渡的阶段，味蕾发育日渐成熟，人们开始着意追求更多的味觉刺激，乐于尝试更为复杂多样，尤其是略带怪味的口感。有些人闯关成功，单纯的口味渐次漫漶开来，有了更宽广的食物容纳尺度，从此"昆乱不挡"、胃口大开，成为各类酸、辣、苦、麻和臭味食物的积极拥趸；有些人则尝试失败，从此对诸如略带苦辣酸臭味的食品望而却步、噤若寒蝉，注定了一生与许多美食无缘。

其实，人类对于食物的选择既受所处生存空间的制约，也受个人生理状态和心理因素的影响。特殊的在地资源、气候、环境等自然条件决定了食物的供给品类和结构，促成了地域族群固有的饮食习惯。排除先天的抑或是由某种疾病造成的特殊味觉感受，大部分人饮食口味的选择都是在长期生活习惯中逐步培育形成的。比如，生活在北方的人们普遍口味偏咸，江浙沪一带则偏向于清淡鲜甜，即便在贪辣的大西南，重庆四川一带喜欢麻辣，而云南贵州的少数民族地区则嗜好酸辣，等等。尽管现代社会流通渠道和供给方式发生了巨大改变，但人们的生活习惯仍然十分顽强地延续着。普通食物还好说，它们有着广泛的接受群体，而那些略带怪味的食品被接受与否，则存在巨大个体差异。从某种意义上可以说，口味不仅是个生理现象，而且还需要心理的深度参与，有时候心理接受要比生理接受来得更加困难。这或许也是许多怪味食品相对小众的诱因。事实上，只要突破了心理障碍，生理上的接受尺度肯定具有更大伸缩空间。本人经历的两次尝试苦瓜和臭豆腐留下的痛苦却也难忘的记忆，或许就是最好的佐证。

二十世纪八十年代中期，单位有位南方籍的老大姐每天带饭来机关上班，中午同事一起吃饭，她会非常热情地把当时北方很少见到的苦瓜与大家分享。我之前不仅从未吃过苦瓜，而且心里还存有小时候被长辈捏着鼻子灌中药遗留的对苦味浓浓的恐惧感。当半勺苦瓜入口的瞬间，一股如同中药般的涩苦滋味顿时溢满口腔，不仅直冲大脑，而且咽喉立刻有了反胃的液体上涌，我转身跑进洗手间，把吃的东西几乎全部吐光。大姐不但没有与同事一起嘲笑我，反倒一脸认真地开导说，苦瓜味苦性凉，是夏季清热祛暑、益气明目、健脾开胃的最佳食品，不仅要吃，还要多吃，年纪轻轻的小伙子这点苦算得了什么?！说完她把饭盒里的苦瓜悉数拨到我的碗里，鼓励我拌着米饭继续吃。这位经历过革命战争洗礼的老前辈既然把吃菜上升到能否吃苦的高度，七尺男儿岂能这般怯懦！众目睽睽之下，我只好鼓足勇气、闭住呼吸，把一口配上米饭的苦瓜硬吞下去。出乎意料的是，苦瓜下肚之后，口腔反馈的不再是苦涩，而是略带甜味的清香气息。脑子里好像迅速明白了"苦尽甘来"四个字的真切含义。从此，我接受了苦瓜。从最初需加辣、加糖、加醋以祛苦，到后来直接清炒，最后发展到凉拌生吃，苦瓜成了家里一年四季离不开的常备蔬菜。这次对苦味的生理跨越，极大增强了我的味觉耐受力。与此相关的还有另一个重要收获，就是现在可以尽情享受不加任何牛奶与糖的意式所谓"一口香"的苦咖啡。

吃臭豆腐的经历是在皖南山区支教时留下的。当时山里生活较为清苦，一帮年轻人会不时相约去城里改善一下伙食。一进屯溪徽州老街，立马有股奇怪的臭味袭来，寻味望去，饭店门口有一排张罗着卖臭豆腐的小摊，掩鼻走近细看，大半盒块状豆腐悉数长着灰茸茸的菌毛。臭了（意味着有毒）的东西竟敢公开叫卖，我着实被吓了一跳。走进饭店，依然心有余悸，但无法抵挡大家争相要去品尝臭豆腐的热情。上菜后有赞赏的、有摇头的，我属于态度坚决的反对派，宁死不屈。就这样，好几次饭局下来，同事们全部失陷，只有我成为孤立的顽固派。为彻底解决最后的堡垒户，他们使出坏招，派女士端着臭豆腐坐我身边敬酒，连哄带骗让我"入坑"。美女同事充分施展其特有的死缠滥磨的看家本领，先讲当年朱元璋做乞丐时，如何因饥饿难耐，捡起别人丢弃的变质豆腐油煎食之，滋味刻骨铭心，后来从戎当了统领，一路凯歌攻占安徽，全军以嗨吃臭豆腐庆功，从此让臭豆腐扬名天下；又讲，抗战时期屯溪属于后方，众多的逃难人口无法保障食品供给，物以稀为贵，炎热夏日发臭的鳜鱼舍不得扔掉，遂以臭豆腐工艺作参照，试着加辣烹制，未曾想不但没有吃坏身体，而且还奇香无比，由此创出一道安徽特色名菜；再讲，臭豆腐如何跟酸奶成分相近，含有大量植物性乳酸菌，不仅具有极高的营养价值，而且还有良好的和胃健脾、调节肠道之功——硬是苦口婆心、不依不饶，公然挟持相喂。碍于情面，只好闭着眼睛咬下一小块，虽然开始有点恶心，但咀嚼起来臭味全无，吞下去也没见反胃表现，平生与臭豆腐就此结缘。而后，臭豆腐、臭鳜鱼、臭苋菜，一概来者不拒，一发而不可收。此事一晃过去了将近四十年，吃徽菜的习惯一直坚持下来，追忆每年的饮食清单，从未缺席过臭豆腐和臭鳜鱼的身影。两次特殊的餐食经历清晰表明，人的味觉和饮食的选择确乎受着生理和心理双重因素的作用与驱动。尽管人们存在由生存环境造成的饮食习惯和味蕾发育不同形成的口味差异，但人所共有的相同生物结构决定了这种差异微乎其微。除了一些对特殊气味和食物有过敏反应者之外，大部分人只要敢于冲破自我预设的心理屏障，接受怪味食物的潜在可能还是巨大的。既然饮食是生命的燃料和原动力，轻易给口福设限岂不可惜！早在马王堆出土的帛书《老子》甲本中就有"五味使人口爽"的记载；《周礼》也有"以五味五谷五药养其病"的说法；《黄帝内经》更有"草生五色，五色之变，不可胜视。草生五味，五味之美，不可胜极。嗜欲不同，各有所通。天食人以五气，地食人以五味"之说；《管子》中亦特别强调"滋味动静，生之养也。好恶喜怒哀乐，生之变也……是故圣人齐滋味而时动静，御正六气之变"。可见，辨五色、食五谷、尝五味、调六气，顺生而养气，皆生命之本，人们没有任何理由不尽最大努力去善待自己。既然辣椒、苦瓜、臭豆腐归于美味，既然榴莲、蝉蛹、飞蝗、毛蛋、豆虫蛹和竹节虫之类的食物别人可食，只要下定决心、拿出勇气，忌食者们也不妨大胆尝试一下，说不定尝试本身就是一次难得的生命体验。人生既然经常遭遇千辛万苦，被动的生命体验人们都能承受，品尝点自己不那么待见的美味，总比经受来自社会的各种磨难或许要轻松很多。美味的定义因人而异，美味的认定也是变动不居的。少不更事的年月，人们年少不识愁滋味，经历过人生的风雨和世事的沧桑之后，五味杂陈的酸甜苦辣吞咽多了，浓浓的苦涩滋味便会弥散到心灵深处。沉痛的挫折和教训，既让我们变得聪明，也教会了我们隐忍、抗争、收敛和自我调适。一个人跌跌撞撞地一路走来，慢慢也就如此这般、理所当然地成熟起来。当年视为畏途、难以入口的苦瓜、麻辣和臭豆腐之类，比之人生的苦痛简直不值一提。正像《红灯记》里李玉和被叛徒出卖后遭日寇抓捕，李奶奶以酒为儿子壮行时，李玉和留下的一句名言："有您这碗酒垫底，什么样的酒我全能对付！"当生活的苦酒一再饮过以后，回头再品异味的食物，肯定感觉今天的味道早已不再像过往那么辣、那么苦、那么臭了。是味觉已迟钝，还是心理更强大，抑或二者皆有。

此时此刻，漫漶的口味告诉你，味觉上的酸甜苦辣咸，已经不再是昔日单向的生理感觉，而是倾向于更为复杂的心理感受。因为多彩的人生曾经这样昭示过，被生活一再淘洗且遍体鳞伤的你，笑的时候未必高兴，也许是无奈；点头称是的时候未必是赞赏，也许是客套；痛的瞬间未必受伤，也许是心动；怒的发泄不一定是仇恨，也许是释放；哭出来的看似是泪水，实际更可能是发自内心的情感波动。谁能说，这口中的滋味，心中的意味，不是源自人生况味的心理投射？！

原载《工人日报》2023 年 3 月 19 日

在水一方

罗张琴

　　海风拍打着岩石。海水不如想象中那般蓝，淡淡的秋日，阳光一铺，粼粼地，似乎就过渡成了雍容华贵的银白色。近处，多的是凭海临风捕捉人生诗意的成年面孔，偶尔也有那石头缝里搜寻小虾小蟹的小脑袋一惊一乍地从"诗意"里冒出，给人一阵莽撞的欣喜。远处，一座银色通道蜿蜒逶迤飞架海上，有两座耸立的斜拉桥桥塔互相倾向对方，像极两岸紧密而热切地握手、交谈。

　　随手一框，正想拍张深圳湾大桥的照片微信传给阿英，一片来历不明的"墨黑"水域让向下拉回的视角有了些许变异的不适。常年与水打交道，神经尤其敏感，似乎水域变异的不适感已经通过视神经转为某种痛感。痛感迅速蔓延。一颗心开始烟熏火燎。

是直排入海的生活污水，是无意倾漏的工业原料，还是只是清洗硕大砚台时的黑迹残留？……反正，每一种设想都使人难受。焦灼的手指凌厉一转，手机冲墨黑"咔嚓"一声棒喝，微信对话框里的那张照片，仿佛成了民间法官固定下来用来兴师问罪的某种证据。

"时光之机，好神奇。记得吗？多年前，也在这，我拍过一张照片给你。"微信那头的阿英显然没有理会我的粗暴，或者说她根本忽略了那团刺眼的墨黑水域，她全部的兴奋点此刻集中指向过往岁月里的一张老照片。

阿英比我小很多岁，大概十一二年前，我还在县关工委上班，她还是中国农业大学的学生。在一个国际公益组织做志愿者的阿英，从北京出发，和团队一起辗转江西、贵州等省的贫困地区做一个关于未成年人犯罪的项目调查。阿英负责江西，她来永丰县时，具体对接人就是我。

几天时间，于陌生人，不过是寻常生活中的短暂擦肩，于我俩，却几乎是命运隐喻下的深刻交集。那天，陪阿英到公安局查阅一些未成年人犯罪的案卷，雏稚帮中的失足少女群，斧头帮里的混世小魔王，不断从卷宗中跳出，张牙舞爪的。眼睛里就像长了芒刺，血液不受控制往上突涌，很快又向下流失，毫无防备的身体变得冰凉，仿佛置身深不见底的冰窟窿。掩卷，出公安局的大门，世界下起瓢泼大雨，属于卷宗里的童年就此发了霉。

"爱没有生根发芽的土壤，心灵没有阳光雨露的滋养，人生没有润物无声、春风拂面的教化，他们成长的生态是缺损的，怎么能不出问题？"阿英说，"帮助一两个人、帮助一两个家庭是没用的，事实上，更需要全社会关注的是孩子尤其是留守孩子的生存生态。"某种意义上讲，那一刻，是小小的阿英启蒙了我对"生态"的认知，无论是自然生态，还是各种生存生态，它一定是一个闭环的整体，建设抑或修补，需追根溯源，多点发力，系统治理。之后几天，我们舍弃冷漠卷宗，自作主张，去了几个乡镇走访留守儿童，收集他们的微心愿。

"车票很贵，我好久好久没见到爸爸妈妈了，很想有一张车票，能让我去到爸爸妈妈打工的城市，给他们一个惊喜。"

"我从来没有过过六一儿童节，也没收到过生日礼物，很想有一个很特别的礼物让我知道节日是什么滋味，生日是什么滋味。"

"奶奶的衣服太旧了，我很想送奶奶一件新衣服。"

"妈妈说她很想我，我想拍一张美美的照片寄给她。"

……

我们把记在本子里的这些微小的心愿逐一整理，向阿英所在的机构提出申请。申请邮件发送出去的那个瞬间，我们神情庄严，呼吸洁净，像是盼望某个期待已久的喜讯降临。机构回复的邮件让阿英和我击掌相庆，很快，阿英带着一个叫璐的小女孩去了深圳，给小女孩父母以惊喜；而我则领着一个叫香的小女孩北上进京，看天安门仪式感满满的升旗。

阿英说的那张照片，就是她带小璐去深圳、陪着小璐一家子到深圳湾大桥看海时拍的。

我在大脑的记忆宫殿里飞快检索出那张照片：水天一色的蔚蓝，黝黑的一丛岩石上，立着一只小小白鹭……

白羽黑腿，长喙如铁，纤巧流线的体态，俊逸逍遥的风姿，扶风可借力上青云、掠水可照影话桑麻、天生丽质的白鹭是家乡的市鸟。美而自在，女孩取名为璐，蕴含着父母对她的最朴素愿望。

阿英当时是通过 QQ 将照片传给我的，没有任何阐述，也没附加任何表情。隔着电脑冷静的屏幕，我试图揣测、分析并解构这张照片：蓝天，白云，海水，岩石，统统是白鹭存在的背景。宏大的背景，壮阔明亮，蒸腾着时代蒸蒸日上的美好。在波澜壮阔的"大"中，"小"更不容忽视，白鹭正是与"大"对应的那抹"小"。白鹭那种小而纯洁、小而葱茏、小而玲珑、小而蓬勃的美，总使人想到青青幼苗、想到朵朵花蕾、想到襁褓的婴儿、想到蜷曲在怀中刚刚要发育长大的少女。小小的美，嵌在宏大叙事里，楚楚动人，万般孤独，使人心里斜逸出一种"飘飘何所似，天地一沙鸥"的强烈悲怆与虚无来。

我愿意这样认为，在阿英看来，璐就是那只白鹭，或者说，白鹭的倒影里暗藏着无数如璐一样的孩子。一生二，二生三，三生万物，终有一天，那些没有闯进镜头的璐们会与镜头之外的鲜花绿树碧草一起被更多的人所注目；终有一天，迁徙之鹭的来处与归处、家乡与他乡会被一座类似于横跨海峡两岸的深圳湾大桥的存在所连通。

时代向前发展，必然有无数个分娩物以各种面貌、各种方式在不同阶段娩出，那些意料之中又或是意料之外的分娩物，大部分成为幸福生活之树上的累累硕果，小部分则不可避免地将幸福果实挤向狭长阴影处。

深圳是改革开放的前沿，很长一段时间，是分娩"留守"与"环境"问题的重镇。回家就业的阿英坦言自己实在接不住"留守"那份沉重，她退而求其次，选择去一家与自然环境修复紧密相关的机构工作。阿英说，长久地住在同一套房子里、长久地保有重要的东西的价值观或许回不去了，不想将来的日子，连青青禾苗、澄澄黄花都成为浮在雾霾里的某种念想。阿英还说，自然环境若能不断向好，一定能为其他领域的生态缺损提供更多的修补可能性，且让我们怀有信心并倾注全身力气在属于各自需要守护的那片山河之上。

福田区红树林建设、南山区区域污染治理、盐田区空气达欧盟标准、龙岗区流域河流治理，从 QQ 到微信，每接触一起优秀案例、完成一个生态清单、听闻一种先进理念、摸索一套处理经验，阿英或多或少总会记得分享给我。参与的，没参与的，我总能看到阿英或大或小的骄傲与欣悦。

望得见山，看得到水，记得住乡愁；绿水青山就是金山银山；蓝天、碧水、净土保卫战，河长制湖长制，最美长江岸线治理，美丽乡村建设；鱼死网破的残害，唇亡齿寒的平衡，上下求索的突破，你来我往的竞争，辅车相依的慰藉，共生共存的喜悦……去到水利系统上班后，有些东西，一点多过一点地，慢慢从我心里激活。心想着，江西生态底子好着哩，当这块金字招牌闪闪发光时，像璐父母一样在外务工的乡亲肯定会立马"呼啦""呼啦"飞回家。

因为璐的存在，鹭被我们叠加了太多美感之外的好感，毫无疑问，成为我和阿英关注最多、聊得最多的一种鸟。从美学审美到动物学观察，从动物学观察到生态学讨论，每次和阿英交流这些，就像春天的手摸在丝绸上，就像煦暖的风吹在脸庞上。

古称雪客现又名鹭鸶的涉禽，是鄱阳湖的夏候鸟。它们喜暖，喜欢栖居在水边、湿地，以鱼虾、青蛙等小动物为食，对生态环境要求很高，几乎成了衡量环境质量的活指标。每年二月底开始，它们陆续从南方越冬地飞临鄱阳湖繁衍生息，一直住到十一月，与刚刚到达的冬候鸟们一起构成万鸟齐飞的壮丽景观。

鹭从南方来，可究竟"南方"是哪儿，我和阿英请教了许多人，也没能得到一个标准的答案。找不到答案的我们，很不科学地假定"南方"就是阿英所在的深圳。这样一种不科学的假定，反倒催生出类似古诗词里"我住长江头，君住长江尾。日日思君不见君，共饮长江水"的亲厚感来，这是我们没想到的。

"白鹭家族有五个分支，即大白鹭、中白鹭、小白鹭、黄嘴白鹭和岩鹭，'人口'一度很兴旺。近代以来，随着人类对环境的干扰破坏，加上由于它纯白色羽毛价值高、是人类极为偏好和觊觎的贵重装饰品而导致的猎杀不断，种群数量明显下降，其中黄嘴白鹭已被国际鸟类保护委员会列入世界濒危鸟类红皮书；而习惯于在岩石上栖立、岩缝里繁衍的岩鹭是中国十一种高度濒危鸟类之一，在我国已难得一见。"

阿英微信发来的资料，学院风格浓厚。我没有她那样的学术底子，只能用笨方法，一天天跟着那些资深鸟类摄影师去滨湖地区蹲守。

丰水季节的鄱阳湖，河湖一体，芳草萋萋，水满鱼肥，人在其中，犹如置身大海。白鹭趁北风集群而迁，数量从几十只到上百数千只不等。它们抵达鄱阳湖后，会派出少数精锐部队对往年营巢地进行察访。这些精锐部队在往年营巢地所在树林的上空盘旋，侦察几圈后折回，接着，歇息在滩涂的这群白鹭会集体再次探访，持续几天，觉得没问题了，便全体飞来定居，可机灵呢。

没有求偶前的白鹭是群居的，捕鱼也是围猎式的。浅水湖沼边，铺天盖地的白鹭，聚在一起，用脚赶鱼，鱼动之后，又争先恐后用长喙猎取。

鹭鸟的爱巢通常筑在水边附近树木的向阳隐蔽处，距地面高度大多为十几米，最高不超过二十米，也有的会筑在矮树下的草丛间。筑巢枝一起选。选好后，一只鹭会将筑巢枝四周的枝条踩平或折断，整理出巢址，就近折枯枝铺在上面。另一只鹭站立旁边梳羽及担任警戒。

通常，雏鸟要出壳，会用嘴巴去啄壳，再自行钻出，天生发育不良实在是啄不破的，成鸟会帮忙啄一个小洞再扒拉开蛋壳。刚出生的白鹭全身湿润，眼紧闭，嘴大头小腹壮，活脱脱像一只脱了毛的鹦鹉，可丑了。

下雨天用翅膀遮雨，大晴天用身体挡太阳，不停控制巢内温度，不停飞离巢区觅食，多时一天三十多次……两成鸟在育雏期的细致与温情很是让人动容。当湖区许多农民告诉我，他们其实很讨厌白鹭时，我大吃一惊。漠漠水田飞白鹭，一块块水汽泱泱、碧浪翻涌的稻田，多像是大自然赐配给白鹭的画框呀。画框里的白鹭，灵动，清新，雅致，多美呀，怎么会讨厌呢？

"好看不能吃""值钱不敢卖""大量捕食青蛙，踩踏稻田""剪子嘴，偶尔会偷吃田里作物"……这些似乎无可厚非的理由，让我很有些不平静。忍不住就跟阿英吐起槽来："说来说去，大家看待事物的好与坏、白与黑，还是站在一个觉得人类是地球主宰、自然主人的立场上。对人有用、能产生实实在在的物质价值就是我们喜欢的'白'；对人有害、不能产生实实在在的物质价值就是我们讨厌的'黑'。我们忘了甚至不承认白鹭也是一种生命，它们也要生存。"

"可不是！"一向有些少年持重的阿英发过来一个愤怒的表情，"尤瓦尔·赫拉利在《未来简史》说四十亿年来，自然选择不断调整和修补人类的身体，让我们从阿米巴变成爬行动物，再到哺乳动物，现在成为智人，但没有理由认为智人就是最后一站。现在人与动物之间的关系，很有可能就是未来超人类和人类之间的关系。如果不从我们周围的动物开始谈起，就不可能真正论及人类的本质及未来。如果哪一天，地球上仅余人类，会怎么样？"

阿英这个问号使人心惊肉跳，我为此莫名生了很长一段时间的气，鹭的话题就此陷入长久沉寂，直到某天，阿英在微信里丢过来一张照片，关于鹭的讨论重新接续起来。

照片是长大的璐发给阿英的。长大的璐，挥别家乡，在都昌县工作和生活。而她的父母早从深圳回到家乡，成为当下发展很火的乡村旅游产业中的小小农场主。有一搭没一搭，一家人总记得要快递一些自家有的东西给远在深圳的阿英，有时是一箱杨梅，有时是一盒猕猴桃，有时是一包干莲子，有时是几罐自家做的霉豆腐。只是，阿英一直没习惯坦然接受这些乡土之物，每每收到，总是搓手，并开始浏览某宝网页，耗心耗力，给璐或璐的父母挑选其实很难挑选的礼物。

命运中的一些偶然，说出来，或会有故意的嫌疑。看看，璐发给阿英的居然也是一张鹭鸟的照片。阿英告诉我，加入当地民间保护候鸟协会的璐，业余时间做了大量保护鄱阳湖候鸟的志愿服务。那天，璐慕名去了传说中很有名的江南第一鹭村达子嘴村，在苍鹭林附近，拍下了这张照片。璐很喜欢自己拍的这张照片，让阿英帮忙取个有意境的好名字，她想投稿参加一个生态主题的摄影比赛。

我认真看照片：湖面一望无际，清水与天相接，一只苍鹭，立在水中间。同样是宏阔的背景，同样是一只鹭鸟，孤独感与悲怆感没有了，扑面而来的，是"且看云卷云舒"的淡定和"胜似闲庭信步"的从容。

"在水一方，怎样？"我问阿英。

半分钟后，阿英回我，已将"在水一方"送出并祝璐好运。

山水生态是人间气象的折射，有时候，人的气质、时代的气息很大部分都与山水生态相呼应，我跟阿英说，我一定要立刻去到那里，实地查验下"在水一方"的质地。

鄱阳湖上都昌县。离水很近的都昌，日子是长在湖上的。

湖面上从早到晚漂浮着阳光。苍鹭涉水而行，细长的两条脚杆交替着高高提起，弯折九十度，四只带蹼的趾爪蜷缩如拳，稍稍停顿后，脚杆下斜，张开的趾爪如一片嫩叶无声落下，那优美的行进节律仿佛两把小提琴在重奏。飞时，翼展近一米，敏捷又迅速；静时，单腿直立，一动不动，宛若雕像。

达子嘴村的徐坤福和往常一样，背着手去苍鹭林巡视。杉树，松树，樟树，苦楝树，竹子……长在背后山上的这些树都是达子嘴的老朋友，一代代人被风雨吹老，树却愈发地苍郁繁茂起来。苍鹭纷纷在此筑巢生子，最多的一棵树有鸟巢三十多个，真是要把人的眼都给数花了。

二十年前的一个春天，树叶由鹅黄转为淡绿。两只苍鹭在背后山的林子上空悄然盘旋，激动不已的老徐长久跪在祖宗牌位前祈祷，祈祷苍鹭能真正留下来。在老徐心里，苍鹭是有大智慧的，它们不鲁莽、不焦虑、不贪婪，最懂细水长流。老徐招呼村里几位老庚（同一年出生的朋友）与他一起，每天义务巡林护鸟。

绝顶聪明的苍鹭，自然也懂得达子嘴人的友好，第二年，它们以集群二十几只的方式回应人的善意。达子嘴人高兴坏了，他们组建了以老徐为队长的巡护队，24小时安排人巡林，确保苍鹭不被人猎杀，不被人毁鸟窝、掏鸟蛋；他们栽种了越来越多的树；担心春季鄱阳湖里的鱼不好捕，他们还特意疏浚了六口小池塘，以每家凑份子的方式每年购买五六千斤小鱼投放到池塘里，为苍鹭开设"专属食堂"。

二十年过去了，背后山的林子从过去的十余亩扩展成今天的三十多亩，苍鹭也从过去的两只聚集到今天的四五千只；二十年过去了，达子嘴人丁越来越兴旺，日子越过越红火。

那么长的讲述，善解人意的阿英一直用体恤的沉默支撑着我实地查看后难以言表的激动。

"山水灵秀，有时也不只是大自然的造化之功，对吧！"阿英发过来一个抱抱，幽幽地在微信里说。我从表情包里选了一个"嗯嗯"，图片一亮，仿佛苍鹭会心飞过。

深圳湾的风，吹来人群的一阵惊呼。走近一看，墨黑果真是惊呼里所说的声势浩荡的鱼群。逆流而上的鱼，一条一条，挤在一起，不停涌动，海面焕发无限生机。

"蒹葭苍苍，白露为霜。所谓伊人，在水一方。溯洄从之，道阻且长。溯游从之，宛在水中央。蒹葭萋萋，白露未晞。所谓伊人，在水之湄。溯洄从之，道阻且跻。溯游从之，宛在水中坻。蒹葭采采，白露未已。所谓伊人，在水之涘。溯洄从之，道阻且右。溯游从之，宛在水中沚。"

在我的理解里，伊人，不只是使男子思慕的女子，更可以是人生的一切理想。念头一闪，又想起十年前，深圳湾的那张老照片，当时，我一直盯着岩石上的白鹭，可也许，亲爱的阿英，她看见的，其实是水面之下成千上万的鱼群呢。

好在，鹭也好，鱼也罢，都在水一方，溯游从之就是了。

原载《百花洲》2023 年第 1 期

一帘波荡一层云

———

王　芸

　　在挺立的竹与平展的纸，在浑圆与纤薄、坚硬与绵柔之间，是清水的淋洗、日光的漫射、月光的漂白、石灰的腌渍、旺火的蒸煮、木碓的捶打、纸药的化合、文火的烘烤，是交付悠长时光的发酵、腐蚀、风干，是人的耐心、汗水和经验浇灌……"片纸非容易，措手七十二"，从竹到纸复杂的蜕变过程，通过他的讲述在想象中徐徐展开。

　　此刻，蜕变已至"尾声"，竹不复为竹，纸尚未成纸，如絮浆料在水，一池幽深。我们环立在水槽边，看他双手握住帘柄，送一席竹帘入水，轻荡来去间，细密的竹帘上落下一层似有若无的雾色。停帘轻卷提起，薄雾落在一旁的纸堆上，犹带有清晰帘纹。此谓"抄纸"，纸有了雏形。纸堆渐渐增厚，木榨下压，逼出水分。揭起一层，贴上石壁，温火在夹壁间游走，此谓"焙纸"。少顷，湿气尽除，揭起，如轻云飘过，一纸安落案上。

这动作，他做了四十多年，从笨拙到流畅，轻重缓急，递收行止，手头自有分寸，心中自有拿捏。四十年间，与竹纸的蜕变逆向而行，他从一张"白纸"成熟为一根挺立的"竹"——国家级"非遗"项目铅山连四纸制作技艺代表性传承人，大名章仕康。

这纸经历了尘世间的千锤百炼，虽薄如蝉翼，却柔中含韧，可染五色、吸墨痕、涵朱章、显文字，抗时间涓水穿石之力，越空间狭窄或苍茫之限，传达意绪，联通神思，接续起万千根脉。

在铅山，按照不同的原料配方、制作流程、手法，纸被赋予不同的命名：连四纸、毛边纸、关山纸、表芯纸、荆川纸……铅山的友人告知当地有一首民谣，姑且名之《四白歌》："第一白来高山雪／第二白来瓦上霜／第三白来白小姐／第四白来连史纸……日头收得高山雪／厨烟收得瓦上霜／书生收得白小姐／先生收得连史纸。"歌谣中吟唱的白白的纸，名"连史"，又名"连四"，是铅山最为著名的纸，赋予这座小小的县城千年不萎的"妍妙辉光"（明代高濂《遵生八笺》）。

章仕康出生在一个叫累马岭的地方，武夷山脉的偏僻山野，漫山竹林，村后一条古道通往福建，云雾常年缭绕处有一道关隘云际关。古时挑着担子的挑夫穿云破雾来去，担子里卧着纸，纸聚向一个叫陈坊的古镇，在那里登船去到河口，沿信江入鄱阳湖，再至长江……明代铅山县志《铅书》有云，"铅山惟纸利天下"。偏僻的累马岭窝在深山中的二十多座瓦房旁，也栖落着一个个纸槽、篁锅，那是乡人习见的物什，与生计有关，与温饱有关，与一个人的一生有关。章仕康的父亲、爷爷、太爷爷，做了一辈子纸。他十三岁学习焙纸，再向手工做纸的纵深处潜游，将竹纸蜕变的过程一一经历，直到像父亲一样做得娴熟，比父亲做得更为得心应手。可连四纸的"生命史"并非一路高光，章仕康经历过纸槽干涸、篁锅寂寞的时段，他为了生活出走他乡，伐过木，去矿山当过爆破员，做过室内装修，开过煤饼店，绕了长长的路，可只要复兴连四纸的召唤一发出，他便回归了父辈的轨迹，与竹纸缠绵半生。在清寂的累马岭，他伐嫩竹，开纸槽，启篁锅，晒黄饼，捶白饼，擦亮属于铅山一张纸的"妍妙辉光"。

在一张照片中，章仕康站在垒起的竹堆上，身后山坡翠竹环绕，而他脚下堆叠成阵的是立夏前夕初生枝叶的嫩竹，带着新鲜的砍伐的伤口，即将开始漫长蜕变的第一环节："坐地阴干"。他引来泉水反复浇淋，竹在自然之境兀自发酵，缓慢解体，待人工去壳剥丝，纤维条分缕析而出，之后入浆池反复淹料，经溪水反复冲洗，入篁锅反复蒸煮，纯碱、纸药一一参与进来……一年时光划指而过，方有"一帘波荡一层云"的美妙收获。

麻、树皮是最初的造纸原料，"唐末五代时，开始出现竹纸……宋元时期，竹纸开始名闻天下"（潘吉星《中国造纸技术史稿》）。铅山成为竹纸重镇，与其自然风物有关。铅山多竹，漫山遍野的竹，砍而复生，生生不息。铅山多水，自石缝泉眼中涌出，那清澈的水色仿佛携带着明亮的鸟鸣，穿山越石而下。铅山植物繁密，之中有"杨桃藤、毛冬瓜、椰根、水卵虫、楠脑、鸡屎柴"（丁智《连四纸之乡铅山记忆》），都是上佳的纸药。铅山多石灰，为竹的蜕变、纸的涅槃而生提供不可或缺的辅力。铅山多煤，为担负着几度蒸煮之责的巨大篁锅，输送丰沛的火与热力。铅山多江河，桐木江、杨村河、陈坊河等几大水系贯布县域，天然通达的水道赋予一个蜗居在武夷山北麓的小小县城连通世界的可能。

历史上铅山纸业之盛，从二十世纪八十年代编写的《河口镇志》可窥一斑："自清乾隆年间起，河口镇的商业已达鼎盛……本镇纸庄、纸栈、纸号、纸店有几百家，乡间从事纸业生产的工人已拥有二万余人丁，乡间纸槽有二千三百余张，每年可售银四五十万两。江浙绸绢布匹各店，均用铅邑纸张包装，华北一带更为其主要销路。"位于信江之滨的河口镇，曾有"八省码头"之誉。至今，"九弄十三街"形态依然清晰。癸卯年春天，我们穿过五里长街，一堡、二堡、三堡，青石路面落刻着车痕足印，门楣上仍存"天禄遗风""吉州福地"和模糊难辨的文字。兴发号酱园、悦和源字号、祝荣记纸号、邮政局、吉生祥药号、世界书局、恒孚煤油栈、德昌线号、朱裕立钱庄、兴隆口杂货纸店、朱怡丰商号、陈隆兴布店、金利合药店的门面，如一串老去静穆的身影，依然以花纹繁复、精雕细琢的细部，无声地诉说着这里过往的喧嚣与繁盛。屋宅高墙间窄窄的巷弄曾经人头攒动，直抵沸腾的河岸。据清乾隆年间《铅山县志》记载，这里"货聚八闽川广，语杂两浙淮扬；舟楫夜泊，绕岸灯辉；市井晨炊，沿江雾布；斯镇胜事，实铅山巨观"。五里长街容纳了一千四百多家店铺，十大码头沿江排开，依然无法尽数接纳往来船只，常有船只三天无法靠岸，江面千帆林立。那时，纸是铅山派出的与世界结盟的使者。

铅山有连四纸，以薄透柔韧、不腐不蠹而成为印刷古籍的上佳纸料，是文化传承的载体；亦有素朴、平易、包容的毛边纸，质薄松软、色泽淡黄，有极好的托墨吸水性，墨汁迅疾渗入纸的肌理而保留遒飞的笔形与意绪，乃日常习练书法的上佳纸品。

春和景明时节，油菜花像脆亮的高腔回荡山野，我们走进铅山门石村。两山夹一河，沿一条细路入村，民舍旁卧一口篁锅，添柴口积了如墨色的烟灰。据说这篁锅还不时被填满、被点燃，一次可蒸煮四千斤竹丝，旺火持续十二小时。升腾如云的烟雾，仿佛小村酣畅的呼吸吐纳。

再几步，路边一串水池，有的池中清水浸泡竹丝，有的石灰腌渍竹丝。一线清冽的溪水自山中而来，水流欢脱，农妇在水边洗衣，脚边网中养了几尾细鱼。再往前，竹林渐密，路边现一座低矮的红砖房。走进去，小小的空间塞得满满实实，大小水槽都由石头凿空，日光从一侧的窗口探入，照不透屋子深处的幽暗。

半明半暗的光线中，两位师傅正在抄纸，手中竹帘比章仕康所用的小了不止一半。看起来颇为年轻的抄纸师傅李文虎年已五十，做了三十年纸。手工制作毛边纸的传统一直在门石村延续，纸槽、篁锅才得以原生态地保存下来。李文虎还记得小时候，村中有三十多张纸槽，八百多名做纸工。他从父亲那儿学得手艺，而今一天抄纸十二个小时，可成纸一千三四百张。冬天不歇时，水冷，他会温火煮一小锅水，抄一会儿纸泡一会儿手……纸销往上饶广丰一带，有纸商收购，一百九十八张毛边纸为一把，价格约八十元。一张张纸，铺就了一家人的安稳日子。

尽管机器造纸已全面覆盖生活，可铅山手工竹纸的光华不曾萎谢，始终有一位位、一代代传承者以微薄之力，呵护着那一盏微光。铅山之行，认识了一位名静的女子，十多年前她从四川平武嫁到铅山，与纸结缘。十多年来，她与另一女子玲结伴，一直走在传承铅山连四纸的路上，她们在陈坊建起纸槽，制作传统的连四纸，也研发与时代脉搏契合的纸品。她们的梦想，便是擦亮属于连四纸的"妍妙辉光"，使之光亮如星、常新。

原载《文艺报》2023 年 5 月 17 日

扬州往事

——

高洪波

那年我真的很幸运，居然在春秋两季造访扬州，而且所住的地点都在东关街上：春天是长乐客栈，秋天在街南书屋，一墙之隔。春天走扬州，为诗歌而来，参加《诗刊》的活动。记得拖着拉杆箱在夜雨中走过长长的小巷时，自己仿佛不经意间穿越回到明清时代，石板凸凹，古巷幽静，及至住进长乐客栈，更有进入武侠影片外景地的感觉。那一夜与一个朋友走上街头觅醉，在一位胡老汉的小店里吃他炸的臭豆腐，喝买自旁边食品店的姜酒，细雨飘飘，酒香伴着臭豆腐的特殊滋味，把"烟花三月下扬州"的意蕴阐释得淋漓尽致。然而当时我不知道自己置身的地方就是著名的东关街，号称浓缩了扬州历史的一条街道。秋天再走扬州，我已不再懵懂，目的性非常明确：出席江苏省作协与省旅游局的一次采风活动。主办方让作家们每人选择一处景点进行采访创作，我便选择了扬州的东关街。陪同我的是文讲所老同学、江苏省作协副主席周桐淦，扬州师院的毕业生；另一位是杜海，扬州市作协主席，地道的扬州土著，激情洋溢的诗人。就这样，我用一个下午的时间仔细地游走于东关街头，先从城门进入，这可是宋代东门城楼，和宋高宗赵构关系极大，扬州当时是他的"行在"，即皇帝出行时暂住的地方，虽然被北方强悍的金人赶到南方，可赵构的谱儿不小，以扬州为行宫，进行了他所处的那个时代的高规格基建，从此奠定下扬州城以后数百年的格局。东门城楼面对古运河，外观为城门，内里却改造成一座博物馆，既浓缩了扬州千年历史，又体现了扬州人的机智。也就是在这座独具特色的城门楼博物馆里，我看到了关于扬州最为完整的介绍，应该说扬州最早的出名归功于荒唐且又才华卓著的隋炀帝，刚巧他的墓不久前被发现，使我的扬州之行多了一个话题。杨广迷恋扬州特产琼花，为此丢了江山和性命，这在历代帝王中绝对是个异数和另类。但真正让扬州出名的却是"烟花三月下扬州"的诗句，是"腰缠十万贯，骑鹤上扬州"的潇洒，以及晚唐杜牧的名句"二十四桥明月夜，玉人何处教吹箫"中睥睨天下的气势。据说晚唐时的扬州，人口五十万，仅次于长安和洛阳！而那时的东关码头，停泊着日本、韩国的商船，街面上有珠宝店、茶叶店、瓷器店、绸缎店以及叫卖"胡饼"的餐馆，绝对是千年前超一流的世界级大都市。

走在十月的东关街头，仿佛步入一条千古长街，人流涌动，商铺林立，这里有古老的东关街百货商场，也有精巧尖新的各种铺面。譬如"行走扬州"，店主是东北汉子，卖的是各种充满小资情调的小清新纪念品，柜台上挂一招牌，上写五个字：灵魂奢侈品！有物质而直指精神，可见这店家的时尚。再走几步，是有"老街足艺"招牌的足疗馆。扬州三把刀名扬天下，修脚刀是其中之一，更妙的是门口有一对联，上联是"指间三昧妙"，下联是"足底五云轻"，端的有文化韵味。看我欣赏此联，杜海插话道："这对联是我拟而且亲自书写的！"言罢颇为自豪。杜海该自豪，他生于斯长于斯，不但在东关街的巷子里长大，而且办公地点也在这附近的琼花观，他过一会儿要领我们去实地看看。"老街足艺"的对面是"皮五书场"，皮五是扬州坊间的喜剧人物，类似新疆的阿凡提，内蒙古的巴拉根仓，贵州的谎张三，属于集智慧幽默于一身的民间传说人物。"皮五书场"其实是一间大茶馆，是"皮包水"与"水包皮"扬州习俗的重要组成部分。茶馆人不多，可能还不到上客时间。门口的抱柱联很俏跳，郑板桥体的两句诗：从来名士能评水，自古高僧爱斗茶。杜海领我们走进一条窄且深的小巷，巷子里住着一个专画扬州的画家陈扣俊。在陈扣俊的画室里，我们欣赏了他凭才情、想象与史料绘出的《清代扬州二十四风景图》，这些在《扬州画舫录》记载过的景致，譬如绿杨城郭、香海慈云、梅岭春深等，借助当时画家的丹青妙笔传世，但几百年来的沧桑巨变，实景早已荡然无存，陈扣俊却凭着一个扬州画家的浓浓乡情与才气，还原、赋予了昔日扬州二十四景"完整的洵美面目"。陈扣俊笔下的扬州二十四景，亦真亦幻，亦远亦近，亦疏亦密，既历史又现实，韵味十足。补充一句，我俩同庚，都属兔，"老三届"中人。告别陈扣俊，杜海兴冲冲领我们走进另一条小巷。东关街的小巷纵横交错，像血管一样向这座老城输送着物质与精神的双重营养。这次我们要造访的是扬州的一处袖珍私家园林，叫作"祥庐"，主人杜祥开在祥庐中热情接待了我们。说实在话，我们是沾了杜海的光。这窄小的庭院中居然有一座小亭，亭名"祥云"，有一联极雅致：鹃开花弄影；琴弹鱼跃波。杜祥开的夫人叫周琴，女儿叫杜鹃，这一联嵌入了一家三口的人名，主人焉能不乐！当然这又是杜海的杰作。祥庐的小小客厅布置得十分典雅，小阁楼上则挂着不少照片，都是来参观过的人，其中不乏社会名流。桌上有笔墨纸砚，主人让留言，我信手写下八个字：小巷深深，诗意悠悠。这是身处祥庐最真切的感受。走出祥庐，杜海邀我们去市文联坐坐，大家沿巷子信步走去，不一会儿就到了位处观巷的琼花园，琼花园亦有醒目的联语，金灿灿地写道："明月三分州有二；琼花一树世无双。"

难道这园子里就是杜海的办公地？杜海骄傲地点点头，刚要领我们进园，这时我扭脸一望，对面的一处所在吸引了我的注意力，门口挂着两块牌子，一块是"扬州市孤独症儿童康复训练基地"，另一块是"广陵区雏鹰儿童发展中心"，都与儿童相关，这可是我最感兴趣的领域。我们信步走了进去，先看见了绿色的儿童活动场，又看见屋子里面大大小小的球，各种运动器材摆放不少，还有坐在小凳子上辅导儿童的女老师，怎么看都像是一所幼儿园！只是带孩子的家长们表情严肃，不苟言笑，也不与我们交流，这到底是怎么回事？找到办公室的负责人孔兰君打听，她告诉我们这里的前身的确叫"琼花幼儿园"，后来才改为扬州首家孤独症儿童康复训练定点机构的。交谈中，我们了解到原来孔兰君正是因为自己孩子患病后四处求医，最后放弃了工作专门陪同孩子治病，历千辛经万苦，总算治好了自己的孩子，也从此选择了这个大家不太了解但对任何一个患病儿童家庭都极其重要的职业。从孔兰君那里我知道了儿童孤独症即儿童自闭症，一种起病于三岁前，以社会交往障碍，沟通障碍和局限性、刻板性、重复性行为为主要特征的儿童神经广泛发育障碍性疾病。它是任何一个家庭都害怕的魔鬼诅咒，是父母心中永远的痛苦与无奈。孔兰君却通过自己的亲身经历，决心挑战这一儿童发育障碍疾病，她说这种病要早发现早治疗，0—6岁是康复的关键期，越早干预治愈比例越高。这个雏鹰儿童发展中心从 2008 年 2 月组建以来，已先后帮助数百名小患者进行康复，这真是一件功德无量的善举。走东关街，入琼花观，没料到偶遇孔兰君，我感动，杜海吃惊，而同行的周桐淦以一个资深报告文学作家的敏感为寻觅到新题材开心无比！琼花观里曲水回廊，美；琼花台上古韵悠悠，雅。可此刻，在暮色里我已再无心绪欣赏，街对面的"孤独症""雏鹰"几个红色大字，以及稚气十足的自闭症孩子，还有一间间系统训练室、语训室、音乐室和游戏活动室攫住了我的心，古老扬州的秋意，在暖融融的夜色里包裹起了我，路灯亮了起来。这真是个意想不到的收获！

原载《中国社会报》2023 年 3 月 18 日

我想我的马

鲍尔吉·原野

　　大群牛羊拥挤在公路上，汽车鸣笛也不躲开。牛羊满山遍野，边走边找草吃。今年旱，六月中旬了，草还没盖住地面，白音温都的牧民正赶着自家的牛羊转场去塔林花草原夏营地。看到这样的场景，我下意识地想告诉老父亲。接着心里咯噔一下，父亲已经去世了。

　　在镇政府，我看见一个两岁的女孩在大厅纳凉，她庄重地伸出手，跟往来办事的牧民握手，好可爱。我想说给我父亲听。他一定是盘腿坐在床上，身体摇晃，露出微笑，仿佛见到了小女孩。但是，父亲去世了。心又咯噔一下。

　　父亲去世四年了，我尽量回避与他有关的事件和物件。这几年，我没去草原，去了会想起父亲，仿佛他就在那里。草原上，干牛粪发出草药的气味，排队飞行的大雁，翅膀反射着阳光。被晒得灰白的木轮车边上，牵牛花（蒙古语叫媳妇花）开放了，傍晚它们会收拢花瓣，像一支支雨伞。我想把看到的一切都告诉父亲，却无处说，我感觉自己孤孤单单。

父亲性格刚直，说人论世，言语激昂。进入八十岁，他变得柔软安静。到九十岁，他几乎不说话，趴窗台看绿地上的花朵和天上的白云。父亲度过九十一岁生日后，开始说他的战马。马的名字叫沙日拉，意思是带点黑灰斑点的白马。

父亲说，辽沈战役打沈阳的时候，国民党的黑飞机飞得像树梢那么高，机枪连串扫射。骑兵目标大，没地方躲，好多战友牺牲了。战马低头嗅主人身上的血，不离开主人。他说："战争啊，比电影看到的残酷。"炮弹爆炸，四处是残破的血肉。按理说动物应该在炮火中逃散，但是马不离开自己的主人。我父亲说："沙日拉是一匹多好的白马！"

我怕父亲情绪激动，扶他到床上躺下，说："你别想过去的事了，享受幸福的晚年吧。"

父亲说："沙日拉爱用鼻子嗅我身上的味，我也喜欢马的汗味。我想我的马。"

2019 年 7 月，父亲的身体开始虚弱。10 月 1 日上午，电视直播新中国成立七十年庆典，我们早早把父亲扶到沙发上，身体两边放了两床棉被。十点整，电视播放《开国大典》纪录片。七十年前的这天，我父亲参加了开国大典阅兵式，他是内蒙古骑兵白马团的战士。我父亲目不转睛地看完电视画面，说："我没找到我的马。"

那天晚上，我们看完电视准备休息，父亲从卧室走到客厅，站着，像要宣布一件事，他说："我的马……""马"字没说出来，眼泪已在他脸上流淌，灰衬衣像雨衣一样挂在身上，空空荡荡。我上前扶他，感觉他在颤抖。他说："我的马在哪儿？"

母亲说："快睡觉吧，你说你的马在抗美援朝时被送到朝鲜去了。"

父亲躺在床上说："我想我的马，我感觉孤孤单单。"最近听了章琴瑙日布唱的一首歌："说起唯一的故乡，眼泪落下来，自己都没察觉。说起唯一的马，眼泪落下来，自己竟不知道。"好像在唱我父亲。父亲以前说起马兴高采烈，夸马的眼睛、马的鬃毛。现在提起马，他的脸上挂着泪水也不擦，浑然无觉。

我父亲活了九十一岁，经历九死一生。走到生命的终点，他忘记了世间所有的荣辱，却忘不了那匹战马。父亲说："我的马也会想我。"

一个月后，2019 年 11 月 8 日，父亲溘然辞世。如果有天堂，他会在那里见到他的马。在天堂的绿草地上，他和白马一同徜徉、云游。

原载《光明日报》2023 年 8 月 25 日

江州寻陶潜

——

钱红莉

一

二十世纪八十年代末，供职于长江轮船航运公司的父亲常年奔波于九江—上海航线。每次短暂停留芜湖港码头，他必拎一兜鱼回家给我们姐弟仨改善伙食。这些鱼在驳船厨房冰柜被冻得坚硬，周身遍布碎钻光芒。是滋味丰腴的江鱼。

每当船靠九江码头装卸，担任政委一职的我父亲，无须再做思想政治工作了，上岸去九江菜市，采买江鲜。十天半月的，少年的我每闻江畔"嘟嘟"鸣笛，内心便颇为欢欣，大抵是我爸爸的船到港，又有鱼鲜可食了。

那是个凭票供应副食品的穷乏年代。

故，小城九江于我少年记忆里，也曾深深印刻过一笔。

二十余年后的晚秋，来到九江，似多了一层故旧的熟稔。

字面意思看"九江"，无非九条江河汇合处，实则不然，这里的"九"当虚词解，是众水汇合之意。嗯，我更喜欢它的古名——江州，氤氲着无限诗性的一座小城，一条大江傍城而过。陶潜在此做过江州司马，白居易亦如是。

车子一直往南疾驰，过太湖地界，便是赣地——平畴野畈里，铺着黄金的晚稻。车窗外忽现白亮亮湖水，接天莲碧，南方气息乍出，心头霎时起了凉意，想必九江到了。

出车站，天蓝得清正，庐山剪影是淡墨写意，简净冲和，时隐时现。深秋的风颇为温热，深秋的阳光裹着一层馨香。

一座城市何以拥有如此多湖泊？有水的地方自有灵性。酒店坐落于湖畔，八里湖、赛城湖携手相依。落日徐徐，映照两湖碎金，橘橙、玫瑰红相互交织，有众神汇聚的虚幻。

二

我心里只有陶潜。

别人在陶潜的田园诗里读出了闲适恬淡，我读出的唯有困苦忧惧——年岁愈长，愈甚。

终于来到柴桑区，陶渊明纪念馆坐落于此。解说大姐一身紫丝绒，脸盘丰盈，正大仙容的气质，她大约不知眼前这班人皆操持文学这一行当，大方自信地引领我们进进出出。

我像个游魂漠漠然四处晃荡。院中，翠竹修篁，洒下浓荫一地。荷池干涸，莲蓬枯如青铜。秋风徐徐，阴影处颇有寒意。

最后一爿小屋内，玻璃长柜里陈列一帧陶潜的《山居图》，大姐热情招呼众人来看，她指这里，复指那里，仿佛我们手持《辋川集》去终南山寻访王维遗踪那么珍重。末了，进入忘我之境的她，滔滔迭迭大段背诵《归去来兮辞》，抑扬顿挫，有音韵之美，令独自面墙而立审视陶潜一生行旅图的我忽然哽咽，泪水大颗大颗往下滚……慌忙摸出墨镜，狼狈而窘迫，仿佛听闻别人的讥讽：这人莫非有病，室内戴墨镜？彼时此刻，似与他心意相通，体恤着他精神上的困苦、愤激。这首辞赋，也是他的精神自况，千年之后的我们来读它，也是温习着他清洁的人格。故欧阳修才要说，《归去来兮辞》是东晋唯一文章。诗赋文章向来是一个人的灵魂自传，映照出的正是他的心性、骨骼。

一直觉着，陶潜是天下文人中第一等真人，他守住了知识分子的个体尊严，岂止不折腰？我最佩服的是他的坦然自若，《归去来兮辞》小序写得何等坦诚：

余家贫，耕植不足以自给。幼稚盈室，瓶无储粟，生生所资，未见其术。亲故多劝余为长吏，脱然有怀，求之靡途……

如此磊落坦荡，亦无寒酸相，彻底超脱于主流俗世之外。大多文人，一贯擅长半遮半掩，早早丢失掉安身立命的"趋真精神"。现实里，我给予一个人最坏的评价，无非——文假，人更假。

时间之河顺流而下，一路自晋、隋、唐，到宋，有了一个苏轼，被一贬再贬，何等困苦受辱，怎么就不曾崩溃过？因为他谪居黄州时，便早早找到了精神支柱陶潜啊！苏轼生命中的这一段，虽说早前于史料中厘清过脉络，但，直至真正伫立江畔眺望对岸黄冈，方才恍然有悟：黄州、江州两地何等之近。黄州当地政府也曾辟了一片东坡荒地给苏轼，可惜地力欠肥沃，根本种不出粮食。东游西逛排遣苦闷的苏轼，日日饮酒迟归。时不时乘扁舟一叶，过江到访庐山东林寺、西林寺，此地正是陶潜故乡，一下抓住了灵魂知音。

日后，为了向这位东晋第一人致敬，他自黄州、惠州、儋州，一路书写"和陶诗"不辍。

或许，苏轼不折不曲随遇而安的性格，正是为陶潜精神所滋养着的。《赤壁赋》中"寄蜉蝣于天地，渺沧海之一粟。哀吾生之须臾，羡长江之无穷。挟飞仙以遨游，抱明月而长终"的宇宙观，不正呼应着《归去来兮辞》中天地自然的和谐吗？二人性情迥异，陶潜的困苦皆藏于诗文的肌理中，不深拓，看不见。苏轼外露些，但两人终究殊途同归，皆走向了"怀良辰而孤往"之境，也是"倚南窗以寄傲，审容膝之易安"的向内求索。

三

到得当下，陶潜还有一位异域追随者——美国汉学家比尔·波特。这位汉学家前来柴桑数次，一直想去陶墓（军事基地）拜谒，一回回失落而归。最后一次，这位老人托付站岗小战士帮自己带瓶酒给陶潜，拍张照片寄给自己……

他一直等，不曾等到过。

还是比尔·波特，他有一年重走苏轼和陶诗之路，黄州、惠州、儋州、宜兴……每至一处，便站在苏轼遗迹前读一首苏诗……一名始终有着天真之心的异域赤子，令我这个中国诗文爱好者深感羞愧。

这次来九江，也想着去陶墓看看，可惜行程内未有安排。打听到陶墓大约在四十余公里处，若执意离队前往，热情好客的东道主想必又要额外安排车辆。平生最怕给人添麻烦，并非一种思想负担，简直上升至道德谴责了。踌躇久之，作罢。

继续往柴桑乡下深入。午餐在村里吃了茭白、萝卜苗、小河鱼。门前便是南山，视野开阔，储养着满谷满坡野草闲花。秋阳正烈，如焰如瀑。

我把南山看了又看，心里什么也没有，眼前的一切都是空的，天是空的，山也是空的，无有来路归途——人类生死一场，可不就是"终归当空无"？

他做公务员十三年。四十一岁时，受叔父引荐，独自一人往彭泽，履任县令一职。履职八十余日后，乡官前来视察，旁人令其束带迎候，深觉灵魂受辱的他，忽然恼了，索性不干了，辞官回乡。

这个乡，便是柴桑——中国诗歌史上熠熠生辉之地。

一个文人，岂能种好地？难免窘迫，内外交困。但，你看他的田园诗中丝毫不见怨尤，孜孜白描天地自然之美。偶尔的一次低落情绪，见《乞食》诗。长期营养不良的他，大约罹患低血糖症吧。一日，饿得心慌，敲了陌生人家的门。主人一看是大诗人，欣然开门纳客，恭敬招待。末了，他又添愧疚，怅惘一声，我不能像韩信那样报答一饭之恩了。

何等自责啊。

你说一个人为了不违逆自己心性，执意溺陷于世俗窘境之中，得要付出多少孤勇？他的嗜酒成瘾，正是排遣精神困苦的根源吧。人非神佛，除了孤勇，矛盾想必也是有的。

高滔出尘之余，该有多少困顿挣扎？一个有格的人，也是千疮百孔的人。主流俗世的失败，正是他的勋章。

中国的诗歌史，三篇辞赋不能绕过去。屈原的《楚辞》里，有愤慨激烈。陶潜的《归去来兮辞》，转为冲淡平和。苏轼的《赤壁赋》，彻底明心通透。这三人的诗文内核中，有一种共通的东西，那就是知识分子的温暖心肠，以及不曾折曲的气节。近年，我读鲁迅古体诗，竟也读出了屈陶苏的影子。

四

最后一站，去瑞昌夏家畈。客车迎着夕阳疾行，广袤田畴间一条逼窄小路，近旁湿地，遍布芒草芦苇，此时一齐白了头。一条小河逶逶迤迤跟了我们一路，香蒲丛丛簇簇，白鹭如琴键，并非弹奏寒露之歌，而是立于河畔静候游鱼……我扒着车窗，一路痴望过去，它们一身洁白，参禅般肃穆未动。

颠颠簸簸中，到达目的地，夕阳一忽儿衔山而去，寒气浸人。这里是长江四大家鱼科研基地，水产教授富于感染力地为我们上了一节"鱼类简史"课。中等身材的他，古铜肌肤，一件平常夹克，若不开口，一定泯然于众人。可是，一个内心丰富的人，一旦操持起自己热爱的专业，能够瞬间把众人折服。原本平凡的一个人，忽然有了光。

每年五月至七月，洞庭湖中的青鱼、鳙鱼、草鱼、鲢鱼们开始下子。这星辰一般的鱼子顺江而下，漂流至瑞昌段，滚滚江水就也把小鱼子们孵出了苗。这些小鱼苗每一阶段都有一个诗性名字：春花、夏花、冬片……尔后，这些小鱼苗被捞起，以奶粉等好食材饲养之……全国餐桌上出现的四大家鱼，三分之二的鱼苗，均来自瑞昌。四大家鱼，是不能人工繁殖的。天生野性的它们犟得很，非要于洞庭湖自然繁殖，顺江而下地成长。

任凭人类科技如何发达，有些自然规律，也还是不可违逆的。仔细端详玻璃瓶中小如微尘的鱼苗标本，当真令人敬畏。

鱼研所墙上有一科普，自问自答式。问：什么是鱼？答：是一种终生生活在水中，用鳃呼吸的……生物……

那么，什么是人呢？人大约是一种能够直立行走，用肺呼吸的，有着喜怒哀乐的那么一种生物吧。

回程时，天已黑透，西南方向隐约有群山剪影，暮霭虚白，庞大绵长，沿着山脚游走……此情此景，正应了陶潜那句："暧暧远人村，依依墟里烟。"

洪荒宇宙中的时间轴，说长也短，说短也长，江州这广袤的一片土地，都是陶潜的故乡啊，他所热爱的天地自然之景，我也领略过了的。千年之前，千年之后，一切不曾改变过。无论日升月落，无论星挪辰移，人类的一颗诗心大抵是相通的。

夜色愈发深了，恍恍然，几欲盹过去，望着车窗外掠过的遥遥星火，惊觉天地之间没有人，唯余群山暮霭。

原载《散文》2023 年第 6 期

名山之外

孙　郁

　　我在辽南的一个县文化馆工作过两年多。那是四十多年前，我才二十出头。刚入职的时候，正赶上人事变动，新上任的馆长是牛正江，在文化界有些名气。馆里有三十多人，下设创作组、曲艺组、美术组、摄影组、文物组。我的主要任务是随两位老师搞创作，顺便编一张文艺小报。牛馆长是老创作员，二十世纪六十年代中期因为在《人民日报》发表二人转作品而出名。那时候他五十多岁，满脸皱纹，瘦瘦的身材，嘴里叼着一个大烟斗。平时话少，见人很谦和，点头微笑着。主持会议时，也很谨慎，不太愿意表态。因为老实，对于复杂问题常常是绕着圈子走，现在想来，这大概与他的经历有关。

　　老牛虽然软，但审稿子比较严，创作组的同志有点意见。那时候思想解放的风吹来，新的审美被青年人所喜爱。可时髦的东西有时摸不准，易出现争议。他总是与大家商量，能否再持重一点，不要冒进。我那时候满脑子外国文学，对于乡俗的东西不太喜欢，但老牛说，咱们的小报，就是要有点泥土气，要到乡下走走，搜集点民间的文学来才好。

那几年我没少跑乡下，见了一些业余作者，发现他们几乎都认识老牛，自称是他的学生。老牛自1950年起，就是创作辅导员，影响了几代人。大家都佩服他的学识，视其为知古明今的人物。有一年春节，我到一个公社去了解文化活动的情况，在离海边不远的一个村子里，正在排演新编的拉场戏，演的是老牛帮助一个作者改编的作品。一棵大树下，搭起一个不大的台子，下面上百个村民安静地坐着。锣鼓响起，演员很灵动地穿来穿去，唱腔亦美，众人的感情，都被调动了起来。

创作组都是搞戏曲的，张老师、刘兄都有好的作品，特别是刘兄的影调戏创作，在国内属于一流的。我不太懂戏曲，但慢慢地还是想写一点什么。不久也写了一个评剧剧本《山枣树下》，农村题材，叙述的是二十世纪七十年代乡下人的故事。老牛看了，觉得不行，但怕打击我的积极性，就说慢慢改，把学生腔抹掉就好。后来给创作组的老师看，他们都是相似的意见。我这才感到，自己是悬在空中，不接地气，不由得也为自己着急。

馆里有几位奇怪的人，一位叫老杨的，名字忘记了，是负责文物调查的，老牛和他聊天时，总说些个古镇的庙宇与碑碣之事。老杨的人生有些坎坷，曾下放在乡下多年，走遍了县里许多地方，摸清了许多古物的遗存分布。印象里，老杨醉心的那些古董之类，大家都不感兴趣，觉得有点遗老气。但老牛不这样看，馆里开会的时候，就强调大家下乡时，留意一下民风和汉代以来的文物，如果发现，要及时报告，云云。

有一次我和老牛去复州古城开会，一路上听他讲古城的沿革，有滋有味。我在古城生活多年，对于胡同内外的历史知之甚少，但老牛如数家珍。他搜集了许多历史材料，所到之处，都要作点记录。城里有个说评书的，与老牛熟，他肚子里那些明清的传说，都被老牛写到本子上了。还有一个民国时期有名的二人转演员，艺林掌故很多，也被老牛注意到了。他看重民间遗存，对于当时时髦的演出不以为然，以为是轻飘的东西。但因为过于关注本土的东西，所以便对于新的事物，显得不太敏感，作品也还停留在二十世纪五十年代的理念里。我那时唯新是求，对于他的许多话，还是不能理解的。

二十世纪八十年代初，省里号召整理民间文化沿革，文化馆的人才意识到老牛学问的价值。不过大家都是对付一下，并不认真。他却是一点点做起的，史料爬梳，田野调查都有。我发现他对于隋唐时期的文物有些感受，这些在辽南很多。我们编的那张小报上，刊登了不少介绍文章，想起来一部分与他的理念有关。我还随着几位搞音乐的老师到山里找老的艺人录下不少旧二人转的曲词，调子都有点土，有的地方甚至有些不雅。回来放给大家听，老牛说，去伪存真，留瓢破壳，还是有价值的。

我青年的时候好高骛远，觉得在土洋之间，后者才是最该补课的吧。不久去念大学，毕业后，分配在北京的文物部门工作。那时候已经受过一点专业训练，接触了些地方史研究专家，恍然感到，早期的工作经历，对于自己不无益处。确切地说，对于乡俗的认识，是从文化馆的时代开始的。只是那时候年轻，并未细致研究过地方志与风俗史，说起来十分遗憾。这期间写过不少家乡的文章，参考的都是老牛的文章。手里有一本县政协内部出版的《复州史话》，就是这位老馆长所作。他还写过《复州往事》《复州城南牛氏谱书》《牛正江文艺作品选》等书，对于辽南风土人情，多有记录。有些话题很偏，比如古建演变、山川草木、辽代城池、窑业、农业税、度量衡、伪满洲国的殖民方式等，都介绍得清清楚楚。

印象里他受过很好的古文训练，新中国成立前也教过书，但他身上没有士大夫气，带有一点民间艺人的真气。他写的书，远离着桐城派的调子，在什么地方是受到赵树理的暗示。老牛对于旧学是下过一番功夫的，比如复州城的历史，是他最早系统整理出来的，从战国的燕国辽东郡，说到三国，又言及契丹之音，还有明永乐以来的烟云，又据《全辽志》《奉天通志》《盛京通志》《复县县志》考证的复州城池原貌，是后人了解古城的主要依据。还有一些野史的资料，互相参证，很少虚言，娓娓道来之间，杂趣缭绕。

有时候翻阅他的书，就感到他是个很会讲故事的人，其文字融文人笔记、民间传说为一体，记录了许多被遗漏的往事，比如娘娘宫地区的戏楼，复州湾的盐业，大岗寨的瓷窑，羊官堡的烽火台，都有不少旧岁风雨，一些传说也含有被时光掩埋的爱恨。有些旧事，倘不是他整理过，我们永远也不知道了，比如日寇占领辽南期间的罪恶，民间的抗日运动等，他勾勒了许多。侵略者怎样掠夺粘土矿、煤矿，"阿部开拓团"如何强占土地，以欺骗的手段剥夺农民的权利，都是近代史不能忘记的一页。老牛对于史书没有记载的东西格外注意，《复州史话》不都是野史演绎，多带真迹。比如对于辛亥革命期间的风云的记录，就有血有泪，所写的几位烈士，形象逼真。文章靠文物说话，借考证思索，飘散的烟云，在其文字里凝成一幅幅可感的画面。就我所读的乡邦文献而言，他的书真的属于上品。

在一百零一岁的时候，老牛写了一本回忆录，仅仅留给几个孩子看，没有流布的意思。那后记写道：

> 古语说："健康之精神，寓于健康之身体。"此话不假，我是深有体会。我今年已逾百岁，到了期颐之年，脑力减弱，体力衰退，提笔忘字，写句话能漏好几个字。我写文章是学习文言打下的基础。改写白话后，经常出现文言的痕迹，因此有的词语就有了生涩的感觉……
>
> 我写这本回忆录，不出版，只想打印十几本供子女阅读，知我一生都做了些什么事情就可以了。

老牛于前几日安静地离开世界，终年一百零二岁。按照乡俗的理解，算是"福寿全归"。古人说"习之有常，养之有素"，老牛是不凡之人，这是对的，但重要的是，他还是一个"誉之不喜，毁之不怒"的民间文学写作者。在变动的时代，一直保持自己的本色，这是常人不易做到的。一般人写作品，不免有点表演的欲望，说大一点，乃欲博得一个虚名，想起来，我自己也不能免俗。但老牛甘于平淡，文字呢，多是写给山里的百姓和身边的孩子。我从他儿子传给我的文字里，看到了老人超俗的一面：不求功名，生活简朴。那结果是，其文简，其心静，其意真。读他的文章，忽觉得一些流行的文章多为陈词，要在那表演的文字里看到存在的本原，大抵是难的。这个世间，有些不想藏之名山的笔墨，却真的有传之后人的价值。看看古来的一些乡贤著述，多是如此吧。

原载《文汇报》2023 年 7 月 14 日

暮　事

谢宗玉

　　五十刚过，我在故乡向阳的山岗，栽了一棵松树。百年后那捧骨灰，就埋在树下吧。

　　裸埋。要不了几年，里面的钙、磷、碳，就会被吸收。然后树就是我，我就是树。凭借此树，我可以立在矮岗，岁岁年年，东望丘陵，西望溪泉，南望原野，北望群山。

　　最初，我打算栽一棵稍好的树，可被人劝住了。这些年，故乡佳木，多被剪枝挖蔸，移栽到了城里。有那么一些家伙，专干这营生，翻山越野，走乡串村，寻找名木佳树，看中就挖，全然不管这树与他有没有关系。反正很多村子，只有几个老人守着，就算有人要把一座山移走，他们也不会出来打探。对方越是明目张胆，昏聩的他们越会觉得名正言顺。等打工的儿孙返回故乡，问及村事，往往一问三摇头，仿佛一年到头，他们也不曾住在村庄。

若栽名树，可能没等我去世，树就被人挖走了。这还算好的，不好的，是我葬下了，树的根、干、枝，跟我已有了很深关联，这时再被人移走，或站在城市的马路边吸尘，或站在陌生的院落里思乡，那才难受呢。虽然那时我可能没什么感觉，可现在的我有感觉呀，我不愿浸透我因子的树，活成那样子。我就想它与故乡别的草木无所事事地站在矮岗，承接天风野雨。

树栽好后，很多天我都神清气爽，也可以说是气定神闲。尘世间，那些令人生厌的累赘与琐碎，似乎在看不见的地方，灰飞烟灭了。很多困于生的不好情绪和意念，也消失不见了。

之后，我又做了两件事，身心就更为安宁了。

一是交代后事。也不是正儿八经的那种，怕吓着儿子，只是餐前漫不经心的闲聊。我死之后，不要折腾什么追悼会。受作家之名所累，这几年，我没少写悼词，因与死者生前不熟，悼词不免写得大同小异。往往拿上一人的悼词，稍微修改，就变成了下一人的。一份程式化的功绩，一腔虚头巴脑的抒情。正是这种悼词，反而证明了人生的可笑与虚无，一点意思都没有。

这个年纪，正是父辈们离世高峰。刚开始，还会认真对待。话说有位作家，英年早逝，生前只与他通过一回电话，我却跑去参加人家葬礼。知道的人，说我礼信好，可其实我不是一个很在乎虚礼的人，我去送他，大概只是出于对死亡的敬畏。

葬礼参加多了，心中的异样感也就没有了，死亡变得平常起来。跟吃饭睡觉一样，能不平常吗？一出生，我们就在一天天消亡。少年时尚还懵懂，过了中年，身体里藏着的时光，就如飗飕而过的穿堂风。难怪圣人感叹：逝者如斯夫。

若是瓜熟蒂落的那种离世，就连最亲的人，心情都不会有多少起伏。他们从容接待来宾，说一些嘘寒问暖的闲话。偶尔唇角展笑，外客也不会觉得失礼。若没有哀乐环绕，催生浅浅悲戚，一场葬礼同一场聚会没多少区别。

葬礼结束，人们摘下胸前白花，彼此大声而热情地招呼起来，尘世勃勃生机，顿时扑进追思厅，把弥漫的悲情一下子冲散了。从殡仪馆到停车场，一路都是高谈阔论的人们。大家表情生动，精神饱满，充满了生趣和活力。约饭、约牌、谈生意、聊八卦、扯工作，不在话下，就像刚参加一场婚宴或寿宴出来。

农村的葬礼，还喜欢搬个音箱，唱上几天几夜，有的比婚礼还喜庆，《好日子》《好运来》《美丽的心情》《红红的日子》轮番播放，女歌手声音甜得像蜜，挠得人心又暖又痒。音量又大，七里八里的村庄都听得到，把葬礼搞得像过大年一样热闹。

生前我都不喜欢聚会，死后又哪会喜欢这些？徐志摩说，悄悄是别离的笙箫。深合我意。再说了，无论化妆师怎么涂脂抹粉，都遮不住遗容的死气和衰败，我才不想让人看到呢。

白布一遮，送入焚炉，尘归尘，土归土，多简洁。炉火熊熊时，血脉相连的家人站在一旁，注目凝神，漫思过往，对死者和生者来说，才是最妥帖的慰藉。葬礼的主调，是清冷，是肃穆，喧哗不是。

再是处理藏书。年轻时买好多书，炫耀式地买，仿佛书多就表示学问深。每次来客望着四壁图书，一脸惊叹的样子，就觉得特虚荣。后来发觉，记住了的，才是学问。记不住的，书放在家里跟放在图书馆，没有区别。到了这个年纪，有时甚至连读过的与没读过的，都分不清了。记忆就像流沙，无论握得多紧，最后都会一一从指缝中漏掉。凡夫俗子，脑容量本来就不大，还漏得这么快。有什么办法呢，我已经配不上拥有这么多书了。

趁家里二次装修，我把它们全捐给了文学院图书馆。我相信放在那里，比放在家里好，要不然这一堆书，以后会让儿子犯难呢。我见过好几个老作家生前当成宝贝的藏书，死后全让儿孙论斤贱卖了。

我从小就培养儿子的人文素养，可有什么用呢，最后他还是成了一名纯粹的理科生，对着满壁图书，正眼都不看一下。一台电脑似乎就可以让他沉醉一生。这个社会变化太快了。

那么隔代馈赠，将图书留给未来孙子好不好？

还是算了吧，等孙子长大，社会又会发展到哪一步，谁知道呢。他真要喜欢读书，自己选购就是。

还记得文章第一次被刊登时的情景，拿着样书，反复看，反复读，仿佛能读出花来。待发表文章成为常态，也就没多少兴奋感了。现在样刊寄来，连拆封的兴趣都没有，也不知这是怎么了？少年时立志要做作家，真成作家了，却没有多少荣誉感。

这些年，文章一篇一篇地发，书一本一本地出，样书、样刊和样报，存了满满两柜子。敝帚自珍，没有与藏书一起捐赠，现在倒不知要如何处理了。

据说卡夫卡、爱因斯坦、华生等人，去世前烧了不少作品，疑是不自信，怕影响身后名，所以要把未出版的作品焚毁掉。我就不东施效颦了。这点东西，就交由儿孙处理。如果能留几册，传下去，以示祖辈中曾有一个写文章的，当然好。如果不想，就全送垃圾站吧。

想想真是可笑，年少自负，以为再过一百年，我的书仍有读者，人家还能从书中，复原我翩翩佳公子的模样。现在才知自己想多了。我人还没死，书就失去了再版机会，而书一旦没有了新读者，就意味着死亡。

都说艺术家越老越香。有一天我蓦然回首，发觉那个曾藏身的文坛，不知什么时候，离自己已如此遥远。更让我吃惊的是，对这种状态，我竟安之若素，大概是看清了这急流飞瀑的时代吧！江山代有才人出，各领风骚三五年，有什么好失落的。只有个别文坛遗老，才会恋栈昔日荣光，死死抓住话语权不放，在门可罗雀的心灵广场，一个人张灯结彩，自说自话。

后事安排好了，心意就畅达了，再不缩手缩脚、忧馋畏讥，也知道"从心所欲不逾矩"是一个什么状态。以前没有说过的话，想着没大错，现在说几句也无所谓。以前没有做过的事，想着无大碍，现在做几件也不在意。一辈子波平浪静，晚年真要起点波澜，也不是不可接受，无非多一种体验罢了，真要受不了，大不了把离世时间提前。总不能比年少时活得更小心翼翼吧？

消极吗？一点都不。内心通透了，日子反而过敞亮了。既然余生不多，每个日子都很珍贵，就再不会为不值当的事物伤神，再不会为不相干的人懊恼。身外物，该弃的已弃，该放的已放。钱财名利，皆为虚妄。人生就像一场秋收，将所有日子颗粒归仓，就算完整了。人生也像一场交响乐，序幕清朗、高潮激越、结尾平和。等最后一个音符弹出，尘事种种，全部清零。

从这点来说，我不太赞同老骥伏枥、志在千里的说法。临到老了，还去攻城略地，势如卷席，自以为还能向天再借五百年，谁知大限说到就到，就如电影里蝎子王的亡灵大军，看着气势汹汹，转眼就化作了风烟雾尘。

生不掌握在自己手中，已属无奈，死就得稳妥谋划，完美收官。绝不能如高潮时崩断的琴弦，如迁徙时忽坠的飞雁，如交战时断裂的利剑。来世一遭，不留尾巴和挂碍，才是对此生最好的致敬。

原载《散文》2023 年第 10 期

湖山小品（二题）

徐　迅

癸卯六月初九游雪湖记

熟悉的是湖，陌生的也是湖。雪湖、学湖、南湖……熟悉的是"三湖"依然连在一起，依然是碧波荡漾，荷叶蹁跹。红莲、白莲星星点点，局促地开放在湖之一隅，在铺展的绿荷上娇羞羞的，探头探脑。大片的湖水倒映着蓝天白云……远山近塔、阁楼和三两的楼台亭榭倒映在湖水里，也映入我眼帘。这就是我不熟悉的湖光山色了。不熟悉的还有湖中的一座座石桥，汉白玉般的大理石桥有一座设有九孔，说是为了对应雪湖藕的九孔十三丝。我见九孔的石桥下湖水波光粼粼的，像是雪湖调皮的笑。

以前雪湖没石桥。到了雪湖也不见湖光塔影，只看到湖面上挤满了绿的荷、红红白白的莲花；只看到湖边疯狂生长的菖蒲，叫得出名或叫不出名的野草、杂花，还有蝴蝶、蜻蜓、水鸟、翠鹰……湖边有稻田、菜地，有乡野泥土与荷的气味，有农人劳作的气息。雪湖藕脆爽若雪梨，不同于别的藕有七孔，有九孔十三丝。传说朱元璋与陈友谅大战鄱阳湖，路过这里吃了雪湖藕，登基后便让这藕成了明王朝的贡品，称"雪湖贡藕"。后来，这里叫作雪湖、南园，有塔影空悬、酒帘斜挂、新雨春涨、桃花流水。山光柳色，暗香轻吐，就有人趁藕花风晚，泛舟湖心……湖边还有一幢建筑名雪湖志馆，县志编修徐蕃以"思君长在雪湖边，西窗夜雨巴山话"的诗为朋友送行。与他同代的诗人刘斯极说湖："佳境渐能入，还过莲叶东。鸭头羞水绿，人面映花红……"民国时，这里有座飞檐翘角、气势恢宏的奎星阁："飞阁耸东隅，看浪拥雪湖，涤尽瀛寰尘俗；凭栏观北斗，望峰排天柱，撑开世界文明。"任过山东多地县令，官至直隶知州的邑人吴士钊辞官返乡，当地官员在奎星阁为他接风。遥望天柱，纵览雪湖，他就写了此联……不过这些历史的碎片零星散落，我们看不见摸不着，看得见摸得着的只有雪湖的藕。我亲眼看到过农人采藕，他心满意足地咧嘴，举起的雪湖藕就像举起大地遗落的一锭锭碎银。

雪湖这回决计从乡野女孩变成小家碧玉。我说雪湖似一位小家碧玉，是说现在雪湖里的一切，似乎都在朝着精致的方面建设。巍峨的文峰塔、舒王阁辉映下的雪湖，已浅现的楼台亭阁、小桥湖水、白石嶙峋、曲径通幽……如当年雪湖胜景重现。但因雪湖刚刚从乡野中脱胎而来，一切又都显得那么的小心，比如荷莲开着樱桃小嘴一般的花蕾，苍翠的古树小心翼翼地被绳索牵引，支架着。只有我以前未曾留意过的粉美人蕉，正"大刀阔斧"地开在湖边。花枝喧闹，似乎在嫌莲花开得不够热烈，要给雪湖镶一道金边似的。带雨红妆湿，迎风翠袖翻，我就疑心它是专门来与红莲争奇斗艳的了。

在知道雪湖要改造之前，我专门骑着自行车转了转，想留住雪湖美丽质朴的一些记忆。我拼命地对雪湖拍照，雪湖的树、水草、荷花和荷莲，雪湖小巷的人家、水井、袅袅炊烟……我想留住雪湖曾经沉沦的乡土映象，留住我在雪湖边生活和工作的记忆。但这次走进雪湖，我感觉我的努力失败了。这湖还是叫湖，荷还是叫荷（听说也不一定），但眼前的那湖，那湖边的一棵树、一棵草，一切都让我感到十分的陌生……平添或恢复的塔阁桥椅、楼台亭榭，古典虽然是古典，但似乎无法把我带回从前。这里已经美其名曰"雪湖公园"了。进了公园，我听到了高音喇叭一阵阵有节奏的音乐，看到了晨练的人们跳的广场舞、跑步者矫健而又匆匆的背影。这里的气息显然发生了变化。一个湖一个湖地转着，坐在舒王台前，我凝视着文峰塔，突然听到了两位老者的一番对话："这里有一座阁叫潜峰阁，过去史书里写着呢！""还有一座奎星阁，上了年纪的人怕也还记得……""那怎么现在叫舒王阁呢？""说是为了纪念王安石。王安石在当宋朝宰相之前，在这里做过大官，他在这湖边读过书……"

听了他们的对话，我心里就有一种冲动，我想对二位老者说，王安石在这里做的不是什么大官，但他在这里当了三年的通判，对这里充满了感情，以致后来被封了舒王。他曾夜夜在雪湖边的天宁寨秉烛读书。建舒王阁纪念他真的挺好，因为雪湖不仅需要九孔十三丝的藕种子，也需要读书的种子，一粒粒饱满的读书种子。

安溪访茶

出了厦门高崎机场，就直接奔向安溪。沿途一堆堆、一朵朵、一株株、一棵棵、一片片、一叶叶的绿扑面而来，让人目不暇接。这种绿，横看竖看都像是茶的叶片，安溪茶的叶片。乌龙茶的故乡，铁观音的前世……仿佛观看或者品尝安溪的茶，都有一个长长且美丽的序幕，只是这序幕因为这种绿，并不显得枯燥。接待的朋友似乎怕我们路途寂寞，一路上不停地向我们讲着乌龙茶、铁观音……尽管不是眉飞色舞，但他的眉宇间洋溢着一种自然。这自然便是茶的自然、人的自然、生命的自然。

到了安溪，朋友又迫不及待地带我们上山。上的山就是茶山。看茶或喝茶。到了大宝峰的茶庄园，满目青翠，山山如黛。茶树一溜一溜的，都是灌木丛状。庄园的主人掐下一株嫩芽，芽叶尖尖的，紫红如紫笋。我觉得这茶与家乡绿茶没什么区别，但细看起来，感觉树丛还是有些坚硬，有些矮。茶山除了茶，还有树，带香的花树，有桂花、黄蝉花……有桂花不稀奇，稀奇的是有音乐。细听不是音乐，是佛经，是佛教经典音乐《大悲咒》，一遍又一遍的，佛乐在山间回旋着，在茶树间回旋着，在茶园回旋着。庄园的主人说，茶是有灵性的，天天听着《大悲咒》，就满山欢喜，满心欢喜。喝茶就是喝一种欢喜。坐在茶山喝茶，先喝熟香，再尝红贵人。我们也听音乐。茶欢喜，我们津生神驰，也是满心欢喜。

吃过晚饭，还是喝茶。这回走进的是街边一家老固茶业，喝的是老固野实。问了半天，才明白"老固"大名陈老固，是铁观音茶的制茶大师。进去他先摆了三道茶，让我们品尝，喜欢清香的喝清香，喜欢浓香的喝浓香，喜欢陈香的喝陈香。清香和浓香好理解，陈香便像一个女孩的名字，陈年的香、陈年的事似乎都泡在一壶里了……陈老固显得憨憨的，但说起他的茶，说起他有一株丰盈的茶树，说得眉眼生辉。他眉眼一生辉就将一钵茶送了我们一位朋友，然后与我们的朋友拍照留念，不亦乐乎。听说铁观音的故乡有一棵母树，我们没有看到。听说陈老固也有一种茶的母树，我们也没有看到。

上清水岩拜谒清水祖师，说的还是茶。清水岩所在地叫蓬莱镇。有了蓬莱便有了仙气，茶也是仙气十足。传说清水祖师在清水岩种植过几棵野生茶，数量极少，但若采以嫩芽而制之，冲泡后味道甜甜的，名曰祖师甜茶。好茶自然有好水，好水就是清水岩的泉水。清水岩有一口圣泉，当地人说，圣泉长年不竭，用圣泉之水泡茶，自然是甘冽绵长、清醇无比。

这清水祖师也是安溪铁观音的始祖。史料记载，安溪铁观音的传播与清水祖师大有关系。只是余生也晚，清水祖师的甜茶是喝不到了，享受到的只是祖师的一缕清风。清水祖师俗名陈荣祖，法名普足，宋庆历七年（1047 年）正月生于离安溪县不远的永春县小姑乡（今岵山镇铺上村），开悟即祈雨度人济世，成名后驻锡在蓬莱山的清水岩。当地人说，清水祖师一生修桥、行医、绿化、祈雨，不断为民做善事，成了善的化身，成了众人心中的佛。宋廷封他为昭应广惠慈济善利大师，民间尊称他为祖师公、清水真人等。他还与妈祖、保生大帝（祖籍安溪感德石门）分别被称雨神、海神、药神，成为闽台一带三大民间信仰。游罢清水岩，我们被引到一间小房里喝茶，说是让我们尝尝祖师甜茶。小口小口地抿着，嘴里甜甘如蜜，心里甘之如饴。

游罢清水岩，知道我们在蓬莱镇，毅达兄赶来了。他陪我们在农家小店吃过中饭，又陪我们看蓬莱镇的古民居，边看边谈，我们说这里的古民居依山而建，民居低矮，怕是为了防台风；我们说这里古民居屋脊如燕尾，似游燕恋巢，满是乡愁……就是不谈茶。但回到了酒店，他谈的还是茶。茶具是现成的，茶是他随身带的。他说这几天成天陪朋友喝茶，包里就剩下几种茶了。一遍遍地喝，先是瑞泉，再是肉桂。有一种肉桂，朋友说不好喝，他就捧上岩上肉桂、仙岳、木莲妙香……都是一些奇奇怪怪的茶名字。茶在奇怪的名字里显出自己的前世今生。无论那名叫得出或叫不出，他泡得如行云流水，我们喝得口舌生香。

到了安溪，自然还是要喝安溪茶。喝了一阵子的岩茶，就有人喊，还是喝安溪铁观音。有朋友知道我来自安徽，来自桐城派的故乡，就说这铁观音茶的传说与桐城派的大祖方苞有关。方苞时任礼部侍郎，清代安溪人王仕让通过方苞给乾隆皇帝献茶，乾隆皇帝见这茶形似观音，叶如铁，故赐名铁观音。至于方苞为何对安溪的茶情有独钟，是因为安溪是宰相李光地的故乡。方苞曾因桐城派另一老祖戴名世案株连下狱，正是一代名相李光地舍命救了他。朋友说得头头是道。不过，不说这个，且喝茶吧！朋友把前一天从庄园里带回的名为"铁霸"的铁观音泡上了。一天，就这样在蓬莱仙境的茶里度过了。数了数，这一天我们竟喝了十二种茶，仿若在安溪当过县令的清代进士谢宸荃所说的"一日旷游一日仙"，欲仙欲醉的。喝毕茶，主人准备了一些纸和笔。想了想，我便写了一句"云根拨笋，安溪访茶"。心里说，到了蓬莱仙境，绕不开的就是茶啊！

原载《红豆》2023 年第 9 期

远　游

陈蔚文

一

当名字变成一个床号，14床，我又一次进入到一段白色时间中。那天是周日，还有一周过小年。趁中午阳光晴好，洗头洗澡，午睡了会儿。下午阿姨来打扫，我正往大锅里注入开水，准备用来泡父亲送来的一大袋子菜，江南老家的"落汤青"，用盐开水泡几天就变成了别有风味的腌菜。

突然身体右侧一阵疼痛袭来，熟悉的，在近年已发作过几次的痛。

我在桌前坐下，喝了口茶，在网上看了些轻松内容，期待痛的缓解与消失。

然而没有。它延续到夜晚，十点半我发微信给曾给我治疗过的二附院主任。我描述了症状，问他可否来拍片。

他回了，根据他的判断，我十之八九是旧疾复发，但科室已没有床位。为此他打电话给同事又确认了一遍，一张床也没有，他说："你赶紧去一附院挂急诊。"

没有他的催促，或许我会拖到次日。他的催促让我从床上爬起，穿衣，只拿了手机和先生出门——这一走，直到七天后我才回来。

二

因为是呼吸类疾病，医院按重急症处理，安排了加急 CT。结果出来，确是复发了，第四次复发。许是因为体虚，许是因为久咳，或其他不可知——与病打交道多年，你越来越知道"不可知"在病中的比重。没有为什么，没有显因，就是摊上了。

住院部所幸还有一张空床，下午才空出的。

次日下午主任来，建议手术，安排在次日第二台。

当别无选择时，平静下来。晚上 9 点后不能喝水进食。因为右半侧身体疼痛，躺下都费力，只能侧身睡。半夜护士进来查房，再是邻床老太呻吟，"我好难受"，她不停叨念着。她的儿子，一个面目温暾的中年男人从病房外的椅上起身进来，给她倒水，大声问询。这个男人和他从深圳回来的姐姐轮流夜值。

老太太是因为基础糖尿病而导致的一些状况入院的，已住一周。也许从病情考虑，她的饮食被限制，她一直要求吃这吃那，女儿不答应，只少少地喂她一些食物。从老人的胃口看，她显然好多了。病友们说，她已是相当幸运的一位老人。

为何到半夜她就叫唤呢？"她就这样，白天睡足了。"从深圳回来的女儿说，就像可以理解为老太太的夜半难过是出于臆感，或是有意考验儿女的耐心。

三

近中午 11 点，手术室来接。手术床在地面移动，发出咔隆隆的金属摩擦地面的单调声。熟悉的声音，一如熟悉的疼痛。声音传导到侧卧的背部，经历这些年的折腾，我已无惧，或更准确地说，想早些缓解病痛的愿望战胜了对手术的恐惧。

痛不欲生、痛之入骨、切肤之痛、痛楚彻骨……这些词语像泛着寒光的刀刃，又像一条毒蛇嘶嘶作响的舌信子，在人体内游走，或驻于某处，释放毒液。

我对痛的最初印象是患胃癌的外公，他在生命最后阶段瘦削异常的面庞显示痛残酷的折磨，那还是二十世纪八十年代中期，疼痛医学远没有今天发达。

上了手术床，头顶是圆形无影灯。面部被罩上一个罩子，医生开始询问姓名年龄，核对信息，还有身高体重，以确定麻醉用量。主刀的主任还没出现，也许他只有等病人麻醉后才会现身。

麻醉通过之前预置的手背输液管流入，冰凉清晰地滑动，当滑动到脑部，意识瞬间有点模糊。

醒来时，听见有人唤我的名字："醒醒，睁开眼。"我像从某条幽深的海底隧道遣回。

手术当晚，已是12点多吧，突然一个女人匆匆推开半掩房门，进病房，她径直奔向洗手间，关门。

是谁？深夜这般突兀地进来，老太太的女儿也发现了，她从椅上起身，敲洗手间的门。门没开，老太太女儿在门外质问："你谁啊？谁让你进来的？"

冲水声。女人出来，嗫嚅着，说是医生让她来借用下的。

哪个医生？你是病人家属吗？是家属怎么不到自己房里用洗手间？

女人低头匆匆走了，不知如何辩驳的仓皇。

老太太半夜又开始叫唤，"我好难受"，她女儿问她哪里难受，老太太说不出，只不停哼。绵长，一哼两钟头。

护士进来查房，记录术后体征；有家属在走廊打电话；呼叫护士的摁铃声……术后第一晚，伴随着这些声响，几乎未眠。

次日上午，医生通知有个单间空出，下午可搬。病房靠近走廊顶头，双床，方便家属陪护。安静不少。能睡得好些了吧？但当天深夜，突然又匆匆进来一女人，虽看不清脸，但可以肯定不是前晚的那个，她同样直奔洗手间。怎么回事？

向护士反映，护士说，应是楼下ICU的家属，四楼无公用洗手间，家属经常上到五楼，随机找间病房解决内急。

"也不容易。"先生说了句。我想到头天深夜，匆匆进病房的女人，即使在不明亮的灯下，也能看出她疲惫的面色。ICU内是她什么人呢？必是至亲才会深夜守候吧。ICU内，至亲是否又能脱离险急？

四

术后四十八小时，镇痛泵卸去。引流管还在体内，连着引流瓶。外物的侵入势必造成身体的不适与疼痛，加上不时的咳嗽震动伤口也会造成疼痛。

世界卫生组织将疼痛的等级划分成五种程度，末两种Ⅲ度（重度疼痛，疼痛持续，难以忍受，无法正常生活及休息，必须应用药物才能缓解）和Ⅴ度（严重疼痛，疼痛持续，且伴随血压、脉搏等变化），应当就是人难以耐受的程度了。

1979年，国际疼痛学会在世界范围对疼痛进行了定义。《中国疼痛医学杂志》的翻译为：疼痛是一种与实际或潜在的组织损伤相关的不愉快感觉和情绪情感体验，或与此相似的经历。

岂止是不愉快？是痛苦，是折磨。但同时有资料说，痛是人类进化的结果，它可以使我们免受更大的伤害；痛会提醒我们正处在或大或小的身体危机之中，同时也引导医生用最恰当的方式去解除这种危险。无痛病人之所以危险，是因为无痛不但会使病人自己失去警觉，而且会使医生错失正常的审断。

但，显然不是所有的痛都能得到解除。晚期病人的痛就是无解的，痛，消耗着已虚弱不堪的肉身，将其榨干。

痛是身体发起的求生信号，也是能反噬生命的毒焰。

凡耐受过疼痛折磨的人，都能理解"安乐死"的必要吧。比起死的恐惧，对痛的恐惧更甚。

因此，疼痛治疗不只是身体医学，还应当是伦理学、人类学。疼痛事关人的基本尊严与权利。是谁说，早年，人们认为痛是神灵对人类的处罚，它对德行出现污点的人类起到警告与惩罚作用。不，痛和谐德无关，痛只是人类肉体机制先天存在的缺陷，它理应被现代文明与技术的进步逐渐克服。

2007 年，疼痛在我国第一次作为一级诊疗科而确认存在，代码"27"。这意味着，疼痛本身被作为一种疾病对待。它不再只用来考验肉体的意志力和忍耐度。

比起重症病人的痛，我知道我的痛已算轻量级，可这并不能因此取消痛的真切存在。即便想到曾忍受酷刑的英雄，也不能使我的痛化作乌有。它细密地，固执地存在于我的感知中，每咳一声，伤口震动一次。夜晚睡前，我服用了两颗止痛药。

人，只能独自面对痛苦。

据说曾有记者问史铁生："当你失眠，或者身体疼痛的时候会做什么？"

史铁生回答："写作。只有写作是我身体疼痛时唯一的精神寄托。"

史铁生是我敬重的作家，这个回答我不知道是不是他的原话，如是原话，他的境界是我无法企及的。当身体疼痛时，我什么也做不了，最经典的阅读也不能稀释这痛。我只能在房内转圈，或靠着床头，等待痛的放过。

痛，是人类原初的恐惧，癌症的疼痛发病率高达百分之八十四，"有时候给患者带来希望的是每天九十毫克的吗啡，而不是靶向药"。

五

镇痛泵卸去后，身体疼痛明显。深夜，两颗止痛药大概提供了四小时的镇定。听见雨声，天已灰蒙。

再难受，也会好起来的，可那些好不起来的人呢？譬如ICU病房内的病患，此刻他们能听见窗外的雨声吗？若能听见，会不会有些留恋？还是其实他们已不想囿于这具痛苦肉身中，被各种抢救设施缚牢，想早些解脱而去，融入天地间的雨声中呢？

那个半夜哼叫的老太太听说明天出院，虽然她自己不情愿，并为此和女儿发生不快。女儿怪她在医生面前一直说自己"好难过"，影响出院。"你猪脑壳啊！"女儿的看似玩笑藏着没说出的话。我们这么些人围着你，没有自己的生活吗？女儿穿红色运动衫，六十多岁，看上去麻利能干，她急着回深圳带外孙。她每天和外孙视频，在医院的耐心已到极限。

次日上午，路过她的病房，老太太独靠床背，一脸茫然地似注视虚空，儿女去办出院手续了。这个瘦小的老太太，丈夫早逝，她一直独居，近年住进养老院。她不想出院，是否因为不想结束儿女在身边陪护的时光？在八十岁的衰弱中，兴许她恍惚自己还是可以撒娇的女孩，亲人一叫即到，送汤喂药。儿女各自散去后，留给她的只有孤独。她夜半哼叫的"我好难过"可能是真的，不一定全是肉体，还有走向终点的途中感到的惶恐。

六

手术前一天，女友发来微信，告诉我，她父亲去世了。此前，在 ICU 几日，病情似有稳定，却又急转直下。

"妈妈看到了从爸爸身体里拔出的长长的胃管，不寒而栗，对我说：'如果我病危，一定不要给我插各种管子，哦不，是千万别送我进 ICU，进了那就由不得自己了。'"

女友的妈妈是《秋园》的作者杨本芬阿姨，八十岁时她写下自己母亲的故事，又写下自己的故事，连续出版了好几本书，获得许多奖项与读者共鸣。

女友和妈妈说到预嘱，告诉她可以先立下身后心意，并说自己再过一些年头，也准备这么做。杨阿姨第二天就写了，告诉女儿放在哪个抽屉。那晚的席间，她又说起愿望：生命的最后时刻别让她受罪，让她平静地死在自己家中，让儿女一定要照她的心愿办。

我想我也会和杨阿姨、女友一样选择。事实上不少"病危"是器官老化带来的衰竭反应，是最基本的生物学过程，非要人为干预，让人成为仪器的配角而延缓几天"活着"，实无必要。

人活着应当坚强，但不能只为坚强而活着。"生命不息，抗争不止"成为对人类忍受能力的一个极高赞美，这赞美有时成了隐形绑架，带来过度治疗和病患的巨大痛苦——人，无非血肉之躯，注定存在抗争的局限性啊！

"我更主张理智的悲观主义，而不是虚假的乐观主义，"《从容的告别：如何面对终将到来的衰老与死亡》一书的作者，同时也是在 ICU 工作多年的重症专家希尔曼说，"我们要讨论治疗带来的负担是否会超过收益，临床医生经常会过高地估计治疗措施的意义，而低估其伤害。"这位有人文精神的医生呼吁以患者为中心，纠正对医学的误解——并不是不惜一切代价延长患者生命就是"医学"。

绝大多数人对如何走向终点没有真正的选择权，因为对死亡的禁忌，在他们尚清醒时，这个话题也不会付诸讨论。

2022 年，深圳成为全国第一个实现生前预嘱立法的地区，规定如果患者立了预嘱"不要做无谓抢救"，医院要尊重其意愿，让病人平静走完最后时光。

其实我很想和年迈的父母聊一聊这个话题，但始终没有机会，难以说出口。长期以来，对死亡的禁忌使有关死亡的话题变得凝重，乃至丧气，但这的确又是无数家庭，也是后现代医学要面对的问题。

对新生，人们做好了迎接的各种细致准备。面对死亡，人们却常惶遽上阵，当我们想和即将离去的亲人讨论些什么，听听他们的心意时，他们往往已无法再说出……

七

术后第五天，布满注射瘀痕的右手输液时突然手掌濡湿。血管堵塞，漏液了。护士拔针，在左手重新找血管，用最细的针进针。

输液缓慢坠落，我在手机小程序上随意找了本《相约星期二》，多年前的一本畅销书。美国作家米奇·阿尔博姆创作的自传式小说。故事真实讲述了作者的恩师莫里教授在辞世前的十四个星期，每个星期二给米奇所讲授的最后一门人生哲理课。

年逾七旬的社会心理学教授莫里在1994年罹患肌萎缩性侧索硬化，这种病是肌肉神经方面的绝症，肌肉会逐渐萎缩，导致死亡。莫里教授时日无多。米奇每周二都上门与教授相伴，聆听老人最后的教诲，并在他死后将这些教诲整理出版。

某种意义，万物是循环的。树叶化作腐殖，蒸气变成雨水，人会以某种方式回归万物。

非常喜欢布莱森在《万物简史》中的一段话：

> 在构成我们身体的数以亿计的原子中，每一个原子都肯定穿越过很多恒星，并且曾经是数以百万计的有机体中的一部分，这其中包括其他人类成员，然后按照它们的方式，变成了你这个人。

死亡无疑是大自然基于现实做出的合理安排，不然，人类会出现如萨拉马戈的小说《死亡间歇》中写的荒诞场景——死亡被取消后，一代又一代人汇入耳目昏沉的浩浩大军，即使他们衰老病变，仍不准离开。哲学和宗教也失掉意义，蒙田先生说过，探讨哲学就是学习如何去死。现在全都不死，宗教和哲学也就没有存在的理由……

之前人们认为死亡是种灾难，现在发现"不死"是种新的灾难，就像太阳没完没了地照射，永无夜晚和月光一样。萨拉马戈用黑色的荒诞击碎了"不死"的人类愿景神话。

八

南方的小年，出院。整整七天没出过医院楼层，街道上的喧闹有几分可亲。

回家休养，仍是翻闲书消磨时间。日本作家小川糸的《狮子之家的点心日》中，主人公雫小姐查出自己罹患不治之症，并已发展至晚期，"我以自己的方式努力与它抗衡过，面对它的强势，终究败下阵来。于是，此刻的我坐在这艘客船上，离开了长期居住的公寓，解除了租赁合同，并决定在狮子之家聊度余生"。

"从某种意义上说，生与死是一体两面般的存在"，带雫小姐参观的护理师停下脚步，对她说，"区别只在于从哪一侧推开那扇门。"

在"狮子之家"度过最后时光的客人，如果去世，正门入口处的蜡烛会被点亮二十四小时。

译者说："年初和夏天时，两位对我来说格外重要的亲人相继离世。记得译写的日日夜夜，我的内心清晰地分裂为几个自我。一个同自身的悲痛抗衡，一个同女主角交谈，一个同作者交谈，还有一个仿佛提着灯笼，与读者站在萤火明灭的水面之上，遥望尘世。"

"萤火明灭的水面之上"，这多像一幕告别的场景啊：死是生的倒影，水面之下是另一个世界，当人走到尽头，便会自然地滑向水下世界。水面上的人，倘若深夜举起灯笼，会见到水下想见到的身影。

生与死是互为映照的镜像。

雯小姐最终走得安详。在以治愈为目的的医疗体系中，这样的离去像个童话，同时也让我们思考：人们可以有更体面、温煦的告别方式吗？临终能否得到更多关怀？"狮子之家"描绘了一种可能，离开理应有更多选择。在山间，在湖畔，在海边，又或是在家中，死亡伴随静谧、理解，而不是冰冷、恐惧，就像迎接新生命的鲜花与欢笑，在通向终点的路上，也应当有温柔的芳草，微风吹过，像送别一位即将远行的游子。

原载《西部》2023 年第 5 期

小城长汀

潘向黎

　　早就听说闽西有一个很美的小城：长汀。后来又听到这样一句话：中国有两座最美的小城，一座是湖南的凤凰，一座是福建的长汀（新西兰作家路易·艾黎语）。凤凰多年前就去过了，长汀却一直无缘相见。暮春 5 月，终于有机会与几位朋友同游长汀，自然欣然前往。

　　小小山城，竟有大美。长汀之美，得一个"翠"字。一路上层层叠叠的山，远远近近的绿。这里的山曾经是光秃秃的，因为最近二十年的努力，才有了这样的植被。而且这里的树种很多，绿的层次非常丰富，中间还点缀着一簇簇的白花和粉花，车速快，来不及看清是杜鹃还是桐花。

　　在长汀，我还看到了很多古树，长汀县南山镇邓坊村淋漓锥古树群是福建省最美古树群之一，卧龙山下的长汀县博物馆

（汀州试院旧址）里有唐代的双柏，树高都超过二十米，树围一株四米、一株四点二米，植于唐代大历年间汀州筑城之时。纪晓岚在《阅微草堂笔记》中写道："福建汀州试院，堂前二古柏，唐物也。"长汀一中里的香樟树有六百年树龄，巨大华美的树冠已令我等喜悦，没想到，几天后到濯田镇美溪村，竟然看到了一千二百多年的老樟树。西谚有云："即使是上帝，也不能在三个月里造成一株百年橡树。"其实是上帝也不喜欢一株速成的百年橡树吧！当一棵悠然自在地穿越了漫长时间的千年香樟出现在我们面前的时候，除了惊讶地睁大眼睛，我们竟然无法说出一句合宜的赞叹。

那棵树真是一个奇迹，美，自在，又像一个阅尽沧桑、值得依赖的长者，那么温厚地庇荫着村民今天的生活。

长汀之美，得一个"古"字。山中有这样一座古城，古城中又有这样一条江。这座国家历史文化名城，古称汀州，汉代置县，唐开元年间设置汀州，是唐代福建的五大州之一。从唐到清的一千多年，一直是州、郡、路、府的治所。雄浑壮观的古城墙和济川门、巍峨精美的惠吉门城楼，都见证了汀州的千年繁华和人世沧桑。漫步在这个小城，不经意间就会遇见古迹和古建筑：三元阁、云襄阁、古汀州试院、龙潭戏台、朱子祠、卧龙书院、临汀驿……漫步店头街，又见打铁、木工、雕刻、刻印、竹器、纸扎、纸伞等近百种传统手工艺。深山之中的丁屋岭建筑群，是那么匠心独具、古朴自然，又如临水照花的美少年一般别有幽怀。

更不用说客家人古风犹存的风俗和热情淳朴的人情了。整个长汀，就是一座古意淋漓的小城。

长汀之美，得一个"润"字。汀江穿城而过，翠屏环绕，古树参天，空气清新，气候湿润宜人。不但山川、树木、空气是润的，在长汀，饮食、茶饮也无一不润：饮食多用本地食材，且长汀人注重原味，不用繁复、重口味的调料，因此这里的美食格外温润。这里茶风很盛，几乎家家饮茶，清香茶汤从早到晚润唇齿、润心肺。长汀人重视书法，在很多地方可以看到古代名士直至当代作家莫言、冯骥才等的题字，许多人家壁上都悬着书法，孩子、青年人也研习书法，墨香日夜润情趣、润性灵。

除了著名的龙潭戏台，各处村子里也随处可见古戏台。我们遇见了好几个戏台上都有别处请来的戏班子在表演，台下的村民坐在木凳和椅子上，嚼着当地名物花生和豆腐干，看得津津有味。而不远处，现炸的灯盏糕刚出油锅，暗绿的艾草粿刚出蒸笼，散发着难以抵御的香气。这样的日子是润的——滋润。

长汀之美，得一个"韵"字。这里对文物古建筑的保护非常重视，管理者思虑得周全，手势也清楚，不但整旧如旧，而且建新如旧，使得整个小城恢复原有风貌，又徐徐焕发新的光彩。这里的商旅开发有条不紊，能兼顾保持良好生态和淳朴民风，意在让古朴丰茂的小城保持幽静、自在、与世无争的风味——那是古汀州从容风雅之韵。

汀江夜游的时候，美妙的夜景有几秒钟令我想起了秦淮河夜游，但是，马上意识到：这里是长汀。因为沿岸建筑风格不同，两岸的氛围也完全不同。长汀有长汀的"韵"：千嶂里，楼台掩映汀江碧。

此行最大的惊喜，是位于东大街的大夫第给我的。这座"八闽第一雕花楼"，大门楼上最引人注目的是精致如剪纸的一千六百多个斗拱，以及清代进士伊秉绶所书的横匾"秀起汀水"。大夫第汇聚了汀州客家建筑的经典要素：木雕、石雕、砖雕和灰雕，设计匠心独具，工艺精巧华美，还保留了众多名人题写的楹联匾额。整个建筑充满了博物馆气质，而建筑本身又是一件艺术品。

那天是晚上了，登上二楼，夜汀江就在我们眼前。在那里凭栏饮茶，四下开阔明爽，清风徐徐，芳气四溢，一时恍若身在天上。

惊喜还不止于此——我们背后是精美的木雕和花窗，透过它们可以看到一楼灯火通明的天井和厅堂，古老灿烂的历史呼吸可闻，而对面是汀江，浩浩荡荡，日夜奔流，诉说着不息的生命、奋斗和希望。这一幕，是长汀留给我最美的画面，它连接了古代、今天和未来，充满了无限寓意。

原载《解放日报》2023 年 6 月 15 日

豆子的境遇

王兆胜

日常生活中，米面是主食，豆子为副食。不过，豆子种类繁多，非常实用，深得人们喜爱。最常见的有黄豆、绿豆、红豆、黑豆，也有豌豆、芸豆、扁豆、蚕豆、茴香豆等，大家喝粥、吃菜、饮酒、养生往往都离不开它。然而，不少人对豆子有偏见，多贬损语，不太好的说法有"目光如豆""胆小如豆""豆渣脑筋""箪豆见色""两耳塞豆""豆重榆瞑"等。

豆子很小，在食物中，除了米，恐怕就属豆子小了。不过，豆子虽小，但作用甚大，它是人体所需蛋白质的主要来源，还是去火、利尿、消暑的良材。豆子像米一样，单看上去很小，汇集在一起就成为山、变成河，囤积起来更加丰实饱满与流光溢彩。据科学研究，豆子的蛋白质高达35%—40%，一向被认为高蛋白的猪肉也只有20%。炎热夏天，一碗绿豆汤可立马解暑降温，功效远甚于绿茶甚至药物。当豆子经由传送带运送至粮仓，堆积如山，聚集在　起的豆子也有了富足感和温暖感，再也不是单独时候的孤独渺小，很容易被忽略了。

与地瓜、土豆这类生长于地下的植物比，豆子多了些自豪和张扬，它悬挂于豆秸之上，顺着篱笆上爬。不过，它一般不会登得太高，而且喜欢被豆荚包裹，有点深藏不露。豆蔓开花，那一树一片的豆花特别亮眼，仿若是一些翻飞的蝴蝶，有点非人间物的感觉。眉豆开花，其艳丽无比，将它们说成仙女下凡也是可以的。眉豆花是大地的语言，也是天空的符号，还是神仙在人间点亮的彩灯，这样的美往往是可遇而不可求的。

挂在空中的豆荚像一张张名片，成为童年乡村的亮丽风景。不过，很快地就有阵阵轻风吹过，在阳光的照耀下，早熟的豆子就会爆裂，像早产儿似的呱呱落地，并与金黄的枯叶一起点缀着大地。此时，豆子非常寂寞，也多了些孤独与茫然，它们仿佛在用圆满与晶亮诉说秋意，也为自己的一生画上一个个圆满的句号。

那些收割后的晚熟的豆子，连棵带荚一起被运到打豆场，庄稼人摇动长扁豆似的连枷把豆子打出来。此时，孩子们就会听到阵阵夹杂着欢乐与痛苦的声响，这是来自豆蔓和豆荚，也是由连枷发出的。为了将豆子与豆荚分开，农民用大木锨将它们高高扬起，豆子被送上天空，充分享受自由飞扬的快乐。这是豆子会飞的时光，也是它身居豆荚时做的好梦。

作为果实，红薯与土豆有些呆头呆脑，甚至显得特别愚蠢，而豆子却显着灵光。如细加观察，每颗豆子上都长了眼睛，那是心灵的外化，还有着一种别样的美丽。特别是红豆，这个被人们寄寓哀思的爱情信物，其实有着一种不自美的天然之美。红豆中有朱红、柿子红、橘红、亚红，这是红中显出的富于变化的各种层次，也包含"中国红"的各种颜色。红豆的外表有火一样的激情浪漫，内心却是纯正、自然、宁静、悠然的。豆子特别是红豆还会变成眼睛，被那些做面人点进工艺品，于是王八配上绿豆眼，白兔子长了一双红豆眼。

"煮豆燃萁"连同曹植一起对"豆子"与"豆萁"充满悲悯。其实，豆子的苦难与磨砺远非如此。豆子被磨成面粉，豆子被人放在嘴里咀嚼，豆子被长期腌制，豆子被蒸、煮、炒、爆，哪一种都不是人能忍受的。其实，"豆"这个字本身就是蒸锅的形状，上有盖子、下有火、中有口（也是锅）。"俎豆"是古代祭祀的器具。这样看来，用"俎豆"来"煮豆燃萁"，会让人们生出更多的感怀。但豆子可能不这样想，作为植物，它生来就是为人类所用，以牺牲精神奉献出自己，只是有的人感恩，有的人熟视无睹罢了。当然，在豆子中，也有"石豆子"和"铜豌豆"，这些豆子中的异类让人既爱又恨。"石豆子"像石头，仿佛铁了心不为人所用；"铜豌豆"如风月场上的老手，"蒸不烂、煮不熟、捶不匾、炒不爆、响当当一粒铜豌豆"，根本不理会人的想法。

豆子的"硬""实""圆""满"，都是好寓意。据说，不少围棋高手对局，由于用时过长，没时间正常用餐，又要费尽心力和耗尽体能，于是发现用炒黄豆充饥和补充能量的妙法。还有个成语叫"撒豆成兵"，"豆子"虽不能用来战斗，但在著名军事家手上都是兵器。豆子还能派上其他用场：农民分房、分家、分地，有时就用"豆子"抓阄；延安时期的民主选举，不少农民用豆子投票；还有人在做重大决定时犹豫不决，也喜欢抛豆子以下决心。

小时候，农村有一种风俗，用胡萝卜和豆面做灯。家中能放的地方都放上一盏灯，除了给灶王爷，还会给粮仓、猪圈、鸡舍、磨房等送灯。用完了，就会将珍贵的豆面灯回收利用，切成面条煮着吃。清明时节上坟送灯，胡萝卜灯是红色的，豆面灯是金黄色的，闪烁跳动的灯火苗是红色的，送灯人的心是虔敬与惶恐的。当离开走远之后，向墓地蓦然回首，还能看到如豆的豆面灯在夜色中闪烁，这既是一种贴心的陪伴，又是一种细心的倾听与无尽的诉说。

一直忘不了豆子变成豆芽的过程，特别是它亮相的那一刻：水泡的豆子被盖上湿布，置于暖室，豆子就开始做梦了，甚至会有一股股的梦香。有一天，突然打开盖布——这如新婚的盖头，映入眼帘的是簇新、亮丽、明澈的豆芽。黄豆芽露出金质，绿豆芽多了灵光，这是一个从现实进入梦境又回到人间的过程。豆芽是从豆子身上长出来的，豆芽苗壮成长，原来的豆子却日见消瘦，很快变皱变老变小，有的几乎看不到了。绿豆芽长长的，让人怀疑它是从一粒小豆子中生成的。当加上老醋清炒，绿豆芽就会变得透明，在嘴里咀嚼还会发出脆响，那是一粒豆子毫不保留的全部奉献。有时，吃着这样的绿豆芽，常怀念父母，那些将所有日子与辛劳都奉献给儿女的伟大生命。黄豆芽似乎更有营养，它也有长长的嫩芽，但留下的豆瓣嚼在嘴里还是那么香醇，它的营养一半给了豆芽，一半留在豆瓣中。豆芽可能代表的是瓷实厚道、缺言少语的豆子的心事，我甚至能从豆瓣和豆芽中听到豆子所说的话，那是关于柔弱、干净、纯粹、坚韧的寓言。如将豆芽看成豆子开出来的心花也是可以的，它并不比豆子结子前的花朵逊色。

豆子变成豆腐是脱胎换骨的过程。它彻底改变了豆子的形状、颜色、味道，也让豆子以另一种形式长久保存。当豆子遭受千磨万压，当豆浆经了卤水的点化，当在密封后得到长久的修炼，豆子一下子有了灵魂，也有了楚楚动人之美，这不只是说它有了美好的容颜，更是说它有了新的味道与内涵，特别是变得更有营养和可以不断翻新。豆腐还与豆腐脑、豆腐花、豆腐丝、豆腐皮有关，还可进一步成为豆腐乳——让人销魂的一种美味。豆腐乳往往被装进瓶子里，以密不透风的方式挤压在一起，既连又分，整体与个体并存。人如果像豆腐乳一样生活，恐怕一分钟都撑不下去；豆腐却排列整齐，进入只有自己才能理解的修行。

臭豆腐是豆腐的变异，也是豆腐身上长出的"怪胎"。在此，白嫩变得黢黑，香气变为臭气，美变为丑。不过，吃过臭豆腐的人都知道，真正的香味是那种回甘，它藏在所有现象背后，或者说在时间的深处，以及人的灵魂中。这也是为什么很多人放着日常豆腐不顾，专找臭豆腐，这不只是回忆，更有说不出的沉醉，是一种灵魂的对话。这也是豆子从发芽、开花开始，永远也不会想到的结果。

熬粥，特别是腊八粥，是国人的最爱，也是中国文化的代表与象征。将不同的原料放在一起，像红枣、核桃、百合、米、枸杞等，再加上豆子，于是就有了混合着各种原料的食品。原来，各种原料是互不搭界的，然而，经过温火、水、时间、耐心，豆子开始与其他材料融合，慢慢变得黏稠起来，并有了温情蜜意，也有了一家人和平共处、融为一体的共情。

有人给孩子起名叫"豆豆"，鲁迅笔下写过豆腐西施，人们常用"刀子嘴、豆腐心"形容一个人，"豆蔻年华"中的豆蔻指的是十三岁少女，《憨豆先生》塑造了"憨豆"这个可笑可爱的形象，"厨子"和"厨房"都离不开一个"豆"字，明清小说《豆棚闲话》是关于豆棚之下的故事集萃，等等。看来，豆子无所不在地充满着人们的生活，并有一些窖藏的深意和值得思考的内容，只是人们深受豆子恩惠而不自知罢了。

有时，需要听听人们说"豆子"；但更多时候，也要好好听听豆子在说什么，以及它们是怎么诉说的。

原载《美文》2023 年第 5 期

再坐一会儿

———

阿微木依萝

他以前可不会跟我说，哦，再坐一会儿吧，他只会说，赶紧滚蛋。

出于所有人必须对自己父亲的尊重，我就必须尊重他，才不会被人诟病。那么，这位有点儿麻烦的老人家，我就应该耐着性子跟他说，啊，亲爱的老爹，您需要吃点儿什么东西呢？

只要他还能张嘴动一动，我就肯定他还能往嘴巴里塞点儿食物。习惯了咀嚼的嘴，绝对不会再习惯嘴里空荡荡。

实际上我非常烦躁。

实际上他也非常烦躁。

这些年我们各自的生活都有点儿问题。他的身体有慢性病，跟我母亲的婚姻一直就很糟糕，现在更是破得像一块抹布。而我刚离了婚，正在享受我那孤独的、壮美的日子。他最近一些时候独自在家，也在享受他的生活。我们烦躁的原因可能在于，这种独处的日子被对方打乱了。

我的独处很容易被人看作偷偷疗伤，多么可怜，多么需要有人陪伴，但事实并非如此，我太清楚陪伴的危险以及陪伴的不可靠，犹如生活中的水泡，我知道什么东西在什么时候会突然从水的底面冒出来，鼓出一个圆形耳朵似的泡泡，紧接着，我就知道它会在什么时候炸掉。我在享受破灭之后，那些碎落的声音，我现在十分得意，生活里居然响起了竹叶被雨水砸翻的——"哗"的那一声，太像某种安全感，破灭，反而使人不再害怕，就像风，谁也没有见过，可谁都知道，它终于是万物之中最茂盛的那一个。我一点儿也不希望被人干扰，什么人都不能，亲生父亲也不能。但这个老家伙生病了，旧疾复发，这意味着他的个人时光，也暂时结束了。

早些时候我那位嘴硬心软的妹妹急匆匆告诉我，我们的亲爹可能要面临生命危险，他的心脏血管狭窄百分之七十，偶尔有头晕症状。来吧，我想象到，医生会给他说：我们给您的心脏减一减压，放几个可爱的小支架，它们会像一双小能手，把您的血管稳稳地撑开。

妹妹的语气搞得很悲伤，她最大的问题就在于突然间就悲伤起来，在我还没有准备好的时候，猛地给我来上这么一招。我就必须跟上她的节奏，不然呢，又要说我过于铁石心肠。

为了配合悲伤，我就必须跟着悲伤。但是，啊，去他妈的，我根本不是这样一个随时随地可以悲伤的人，我最大的行径是遇到再糟糕的事情，顶多会抬起脑袋骂一句他妈的，这原因在于，我满肚子的委屈和早些年喝饱的风，沉积得像我的某种依靠或力量，越是突然的灾难或者什么，就反而使我更以不惧的神态站于人前，这显得我像个无情无义的人。他们会觉得我的心硬得像一块花岗石，而我的某些做法，在道德模范面前，简直是个女流氓。我得说些好听的话。如果我不想被最亲的人猜忌和指责，就得跟他们一起坐在某块屋檐下，呜呜的，流一些该死的毫无意义的眼泪。

流眼泪是很轻松的事情，我完全可以做得比谁都入戏，哭一场，这太熟悉了，没有人的时候我可以经常这么干，像哭着玩一样，像我的家里缺水一样，流一些在眼眶外面冲一冲眼角，当是洗了一把热水脸。有时候不受控制跟朋友喝醉的时候，我也经常失态，突然就流眼泪，开启了水龙头一样的热水脸模式。但谁管它呢，如果我实在过意不去，第二天就会挨个儿地表达歉意，丢脸啦，完蛋啦，我以后尽量不这样啦之类。事后我还是我。

这是父亲遗传给我的，这位老家伙，他现在需要我照顾。是他们觉得他需要我照顾。

他从医院里逃出来了。

这会儿，他已经逃到了他的老高山上，杀了一只鸡炖在锅里。

如果他怕死的话，上战场那年他就死了。

遵守某种自然规律，谁也逃不脱的，人不生病，又怎么有理由去死呢？治得好的就治，治不好的别浪费时间，他要他那体面和有质量的生活。当医生规劝他给自己的身体里放些小零件，他就坚持说自己的原装货更好。如果原装的东西坏了，那就坏吧。就是这样的坚定思维，使得他最终逃出了医院，自己回老家杀鸡庆贺去了。

我送他做血管造影的时候他有点气恼，这也很正常，这在他看来，相当于自由要终止了，要被合起伙来摘掉他的翅膀。几乎要从椅子上站起来，骂我们多管闲事。他坐在椅子上发抖，是啊，那会儿，多可怜的老家伙，可他本可以不那么可怜，是我们坚持把他送进医院。正是冬天，他穿着医生给的病号服，单薄的病号服，别的病友把椅子上一块小被子裹在自己的腿上，一寸也没有分给他，他什么都没有，我也什么都没有带进来。他们让他坐在手术室门口的椅子上等号。我去签字。我居然掌握着他的生死。只要我说，放零件，医生就会放；只要我说，不放零件，他们就不放。不放零件可能随时会心肌梗死，放零件呢，也可能会感染，总而言之，放比不放安全。那我怎么能做主呢？拿着签字笔，就像拿着掌握他生死的权杖，我抖了抖就把签字笔放下去。我决定大胆地告诉他实情，就像打仗的时候，谁也不会隐瞒敌情。他说他知道，死就死呗。那时候他已经做完血管造影出来了，扶着墙出来。

他逃走的那天我还在炖鸡肉，心里盘算着，该不该趁着月黑风高，潜入医院，在他床头丢下一碗鸡汤再跑。他自己先跑了。他的理由是，血管造影太他妈疼，杀猪似的，把他的手腕破个洞，造影剂引入心脏，之后又给他喝很多水，再把造影剂排出来。他可以打仗，可以立刻去死，但就是不能接受那种，躺在那儿仿佛任人宰割，任人同情，漫长的痛苦和悲惨的样子，又不好跳起来反抗。他不要那样。他宁可随便找一个让人笑掉大牙的借口。

　　他以前不会跟我说，哦，再坐一会儿吧，他只会说，赶紧滚蛋。尤其现在，他的这锅鸡汤已经炖好了。他喜欢独自一个人待着。我是可以随时出现在他眼前的，假设我愿意的话，就像幻影，他血管里的响声，如果他说，走远一些，像空气一样飘到风的前面，我就会头也不回地飘过去。我从他那儿继承来了一些比较荒凉的生命元素，让我不要打扰，我就会消失得无影无踪，他要是突然死了，我不会写很长的悼文，我只会写一句简单的话：您已经死了。我对他的敬爱是冷冰冰的，就像他敬爱他的父母，也是这种样子。我们这种性子的人，很难把自己的情感热腾腾地抛在亲人跟前，他从不会对我说，女儿我爱你，我也从不会说，我最亲爱的父亲。我们给对方的力量只能是那些冷冰冰的话。比方说，他做完血管造影扶着墙壁出来那会儿，我应该幸灾乐祸地跑过去对他说，您这个样子像一只秃尾巴狗，您没事儿吧，您不至于翘辫子吧？如果我这样说了，我敢保证他会更高兴。

　　我宁愿长长久久地待在某个荒原上。

　　他也宁愿长长久久地待在某个荒原上。

　　如果我现在跟他说，生命的本质就是研究自己，翻开自身每一根骨头、血肉和脑海里每一滴思想，看到自己的丑陋和美好，破碎和圆满，神性和魔性，而这些，只有独自蹲在荒原上能完成，别的任何东西，只是头顶拂过的影迹，偶尔也会为这些影迹着迷并继而观察它们，从而加深自己，从而发觉某些更为悲壮的真相之后，还愿意坐在荒原上。他一定听得懂我在表达什么。因为这个时候，我们对生命的把握和感受得心应手，这会儿，我们根本不需要坐在一起，但我们坐在一起，即使并没有真正地实现这个坐在·起的愿望，也毫无关系，我们就当是已经坐在一锅热腾腾的鸡汤跟前，我们所追求的这点儿人间的幸福感觉，它在突突突地冒着热气，主要是他追求的幸福画面，我对鸡汤并没有太深的感情，我有自己喜欢的食物和味道。再坐一会儿吧，我亲爱的女儿，你让我感到骄傲，我听到他这样说，就会坐下来，不管是不是真的听到他这样说，也会认为这句话没有虚假，这时候，我们彼此多么关心，我将会看到他那白发顶上中间秃了一片，苍老而空泛。

原载《散文》2023 年第 9 期

落星墩·鄱阳湖

——

刘上洋

一

我朝着落星墩走去。

扑面而来的情景，我以为是幻觉。落星墩不是鄱阳湖中间的一个小石岛吗，怎么变成了一片大草原？

但这又是真真实实的存在。

放眼望去，草地平阔远大，莽莽苍苍，从庐山脚下一直伸向鄱阳湖的深处。无风时，如毯，如毡；风来时，如波，如浪。也许是季节关系，有些青草已经枯黄倒伏，使无边的绿色浸透着一种苍凉。

十月中旬的天气，因久旱无雨，显得分外干燥。脚下是一条被无数脚印在草地上踩踏出来的新路。路上人来人往，绵延不断。两旁摆满了各色各样的小摊。有卖鱼干的，有卖板栗的，有卖饮料的，有卖小食品的，有卖儿童玩具的，摊主的叫卖声此起彼伏，还不时传来顾客的讨价还价声。沿途隔段距离，就有一处用充气塑料搭起来的儿童乐园，不少儿童在那里上下跳跃，内外穿梭，尽情享受着他们这个年龄的快乐。

草地的远处，一辆辆小车任意地奔驰，扬起一阵阵滚滚的沙尘，碾压出一道道杂乱的辙印。有些人在草地上搭起了帐篷，在那里野炊娱乐。有些人在草地上支起了遮阳伞，在那里招揽游客。三轮摩托车、电动车、自行车随意地摆放着，到处都是乱糟糟的。

落星墩上就更是人满为患。人们争先恐后爬上岩墩，用手机拍照和摄像。不知是哪来的一个旅游团队，几十个人站成几排，前面的人拉着一条红色横幅，以落星墩为背景，在拍照留念。还有人竟然弄来了几匹马，租给游人，让他们骑着从落星墩前飞驰而过。最惹人眼球的，是几个漂亮的女青年把落星墩作为网红打卡地，兜售着她们的生意。

落星墩及其四围宽阔的湖床，成了一个十足的旅游地。

我站在草地上，心里感到非常难受，甚至有些疼痛。不知鄱阳湖的其他地方，是否也都像落星墩这样？

于是，我来到了落星墩对面的鄱阳湖老爷庙水域，那里平时水深流急，波涌浪卷，被人们称为鄱阳湖的"百慕大三角"。可如今，这里沙滩裸露，湖面狭小，萎瘦成了一条河流，没有了那种叫人望而生畏的凶险莫测。湖底露出了一座明代修建的石桥，长2930米，宽1.2米，松木桥墩，长条花岗石桥面。因其有 983 个桥孔，因而被叫作"千眼桥"。石桥两边的湖床全部龟裂，密密麻麻的裂缝铺开了一张巨网，上面全是干枯的贝壳。湖岸则成了沙山，人踏上去，深陷沙里，滑上滑下，滑来滑去，每走一步都异常艰难。吹起的沙子打到脸上，有些生疼。没想到这里也成了人们旅游的地方，不少人在古石桥上欢蹦乱跳，拍照留念。他们只知开心好玩，全然不知干涸的湖水在痛苦呻吟。

离开老爷庙，我的脚步又踏进了鄱阳湖沿岸的万户镇和周溪乡。因为湖水急剧退缩，这里的鱼儿来不及随着湖水进到深水区，导致大量的鱼儿在湖滩上搁浅，也有不少的鱼儿滞留在开裂湖床缝隙的残水里。这时，许多村民趁机赶来，蜂拥而上，一个劲儿地捡鱼，有的拿着蛇皮袋，有的提着大箩筐，一边捡一边往里装。尽管鱼儿狂甩尾巴把他们溅成了大泥人，但人人都毫不在乎，狂捡不停，据说一天捡鱼可达五六万斤。殊不知，他们捡的不是鱼，而是一条条鲜活的生命，而且这些生命随即就会化作餐桌上的佳肴，化作市场上的俏货。

接下来，我又到了鄱阳湖南矶山湿地保护区，干旱使这里成了无边无际的大草原。要不是岸边牌子的提醒，还以为是到了呼伦贝尔大草原的深处。市民把这里当成了新的游乐胜地，草地上，停满了一排排小车，挤满了旅游观光的人群，搭满了五颜六色的帐篷，飘荡着烧烤的炊烟。随处可见人们丢弃的塑料垃圾，脚印和车印碾压出的光秃秃平地，像长在绿色草地上的癣疤，难看极了。

我还在网上和报纸上看到，在鄱阳湖的核心区段，不少摄影爱好者，架着"长枪短炮"，有的甚至操弄无人机在湖中盘旋，进行所谓的"艺术摄影"，干枯的沙滩、大片的草地，随湖水退缩而分叉的江河，统统在他们的镜头中成了一首首美丽的抒情诗，灾难被美化，干旱成美景，甚至成了人间仙境。

整个鄱阳湖区，变成了一个个落星墩，变成了一个个巨大的游乐场。

我的心底也不由变得干旱，裸出了一片沙滩，长出了一片草地。

二

我曾无数次到过鄱阳湖，记忆中的落星墩不是这样的。

相传，落星墩是天上的星星坠落到鄱阳湖上形成，像一颗星星浮在烟波浩渺的水面。郦道元在《水经注》中写道："落星石，周回百余步，高五丈，上生竹木，传曰有星坠此而名焉。"宋人蒋之奇在诗中写道："今日湖中石，当年天上星。"因为落星墩的独特与神奇，所以在它的岸边设立了一个星子县，相距大约一公里。最初的落星墩，只是一块巨大的岩石，宋代初期曾在上面建立寺庙，明代又加建了亭台楼阁。如今的落星墩上，中间是一座寺庙，一边是一座七层宝塔，另一边是一座二层六角的亭子。看上去，既显得古色古香，又带有某种神秘意味。

经过落星墩，于我最深刻的印象有两次。第一次是到鄱阳湖调研。那是一个风和日丽的天气，我们一行乘着机动船，在湖上缓缓行驶，犁开的浪花像银线般翻涌。四周水域空漾澄澈，一望无际，天光云影辉映着碧波万顷，飞翔的鹭鸟伴随着汽笛声声，好一派波澜不惊的万千气象。在星子县城附近的水域上，落星墩这座微型小岛悠闲地浮在波浪滔滔的湖面上。它既像一颗闪烁在水上的星星，又像一顶露在水面的皇冠。在浩瀚水势的衬托下，显得极为精巧美观。壮阔和妩媚在这里以一种近乎完美的比例，绘出了一幅天然水墨画。

第二次是1998年。从6月中旬起，天像漏了底，雨下个不停，导致江河水位猛涨，长江和鄱阳湖发生百年一遇的特大洪水。我乘船察看鄱阳湖的洪水情况。由于水位突破历史最高纪录，加上风雨肆虐，湖上波涛怒吼，浊浪排空，把沿湖大堤打得千疮百孔，随时都有溃决的危险。当船行至星子县城附近水域时，只见落星墩全部被水淹没，只有几座建筑在滚滚的浪头中瑟瑟发抖。这时，我仿佛听见落星墩在呼喊：快救救我吧，实在是撑不住了！然而我知道，在威力巨大的洪水面前，人类的力量是非常渺小的，唯一的办法是等着洪水的自然退去。

不过，洪水时的鄱阳湖，虽然十分恐怖，让人胆战心惊，但呈现出一种别样的气势。你看，这时的湖面分外壮阔丰满，波浪分外凶猛澎湃，张扬着一种肆无忌惮的野性，奔卷着一种前所未有的狂放，迸发出一种难以想象的能量，激荡起一种无坚不摧的力量，具有海的博大，海的汹涌，海的阳刚，海的震撼，真可谓不似大海，胜似大海。

不知为什么，我忽然觉得，比起风平浪静的鄱阳湖来，洪水滔天的鄱阳湖更让人喜爱。因为这才是鄱阳湖的本色，才是生命奔涌的鄱阳湖，才是真正意义上的鄱阳湖。

这不由让我想起以往的鄱阳湖。由于冬季寒冷少雨，鄱阳湖每年也会出现一段枯水期。落星墩和湖区其他地方的湖滩也会裸露，有些干涸的湖底也会长成草地，但那是一种纯净的裸露，是一种纯净的绿色，没有人们旅行的身影，没有肆意狂奔的车轮，没有到处乱丢的污物。只是到了近些年，观光旅游、休闲旅游成为一种时尚，干旱的鄱阳湖才出现了今天的乱象。

这或许是人们的物质和精神生活水平提高以后带来的一种弊病吧！

三

也许是天公有意考验，今年的鄱阳湖，早早地干枯了，而且干枯在夏秋交替之际的丰水期，干枯在落星墩本应是汪洋一片之时。

由于天气异常，从 7 月起，江西久旱不雨，南昌和鄱阳湖等地更是零降水，再加上长期高温天气的炙烤，长江和鄱阳湖水位迅速下降。8 月 6 日，鄱阳湖代表站星子站水位降至 11.99 米，进入枯水期，比 1951 年有历史记录以来提早 100 天。9 月 6 日，星子站水位退至 7.99 米，鄱阳湖进入极枯水位期。9 月 23 日，秋分这天，星子站水位退至 7.10 米，刷新了历史最低水位。到 10 月 26 日，更是降到了 6.90 米，鄱阳湖通江水体面积缩小至只有 240 平方公里。到 10 月底，鄱阳湖和江西全省，2022 年重度干旱 112 天。

于是，江西发布了历史上首个枯水红色预警。

特度重旱，不仅给沿湖地区群众的生产生活带来了严重影响，给湖区动植物的生存繁衍构成了巨大威胁，而且由于大量人群和机动车涌入落星墩等裸露的鄱阳湖区，大量的垃圾、秽物和机油等严重地污染了湖床，使本来因特大干旱遭到破坏的湖区生态环境雪上加霜，以致到了无法承受的程度。

鄱阳湖经受着一场前所未有的生态灾难。

这种生态灾难，迅速波及和威胁到鄱阳湖的周边地区。

10月4日，随着冷空气南下，呼啸的北风刮起了鄱阳湖滩的大量沙子，致使南昌出现了罕见的沙尘暴天气，PM2.5指数突破500。黄沙蔽天，满城昏暗，污染爆表，令人窒息，连呼吸都感到困难。

我们常常哀叹洪水的威胁，但其实，比起洪水来，干旱的威胁更大。洪水来得突然凶猛，但可以及时知晓，而干旱的到来却是静悄悄，神不知鬼不觉；洪水淹没的往往是"一条线"，而干旱所及往往是"一大片"；洪水造成的损失大多是显性的，而干旱造成的损失大多是隐性的；洪水一般都是"过路水"，而干旱一般都是"蹲地鬼"。所以，从某种程度来说，旱灾更可怕。

灾难是最生动、最实际的教科书。它让人警醒，让人深思，给人以刻骨铭心的教训。

水是人类的生命之源，水是人类文明的摇篮。鄱阳湖是江西的母亲湖，是长江中下游的重要水源地，也是全国和全球的重要湿地。危害鄱阳湖就等于危害人类自己，善待鄱阳湖就等于善待人类自己。保护鄱阳湖，珍视鄱阳湖，已到了刻不容缓的时候了。

为了不使特大干旱中的鄱阳湖区生态环境恶化，在中共江西省委和省政府的统一部署和指挥下，有关地方采取了一系列保护措施。在落星墩，些志愿者主动组织了垃圾捡拾队；在江豚和候鸟集中区，当地村民自动组织了救护队；湖口、都昌、波阳、余干、永修、南昌、新建等沿湖地区，都制定了不准随意进入湖区的禁令；鄱阳湖自然保护区也发出了有关通告，并联合有关部门进行专门检查监督，及时发现和处理损坏湖区环境的人和事。

我们应当呵护鄱阳湖的每一棵草，每一寸土，每一条鱼，每一只鸟。

千万不要把鄱阳湖底长出的成片青草，当作人奔车驰的大草原。

千万不要把鄱阳湖底露出的古代石桥，当作网红景点来打卡。

千万不要把搁浅在鄱阳湖滩上的大量鱼类，当作美味佳肴来捡拾。

千万不要把鄱阳湖干枯后江河的无奈分叉，当作大地的生命之树来歌咏描绘。

千万不要把鄱阳湖饥渴难耐的另一种窘相，当作一种新鲜奇异的风光来旅游。

此刻，鄱阳湖最需要的，不是人们探寻追逐的好奇足迹，不是文艺家们追逐的诗情画意，不是人们对湖里动植物的胡乱索取，而是人们爱惜自然的敬畏之心，是人们切切实实的保护行动。

当然，保护鄱阳湖，归根结底是要保护地球的整体自然生态环境。这就需要我们人类改变自己的思维方式。只有心灵纯正了，思维端正了，我们才能从根本上建设好生态文明，使青山常在，绿水长流，把类似的特大水旱灾害造成的损失降到最低，让鄱阳湖永远保持一湖清水。否则，不仅落星墩会由水上景观变为陆上景观，鄱阳湖也会干枯，更为严重的是，地球最终会渐渐干枯，人类的血液也会渐渐干枯。

原载《星火》2023 年第 2 期

锡壶记

——

简 心

一

新鲜的日头从观音岭垴拱出来，照到鹤堂对门山埂，枞山壁上立刻有了一道金线，整个村坊像浇了一层糖卤子。坊坋河已然长了一岁，风拍打着门脑上的大红春联，那些田垄间的稻草垛子，以及河坝上的荆柴、篁竹、古樟、桐梓，那都是霜雪们守岁的家。

新年，就这样悄悄来了。

年初一到十五鹤堂人叫元宵肚。家家都在走亲戚，不是待客，就是做客。新郎官上门，妇娘们回娘家，娘家人送回门……捡茶食，煨水酒，切腊货，酒娘蛋，炒黄元米果，猜拳行酒令，四盘八宴……上家去了到下家，这屋请了那屋请，等到整个屋场亲族轮请遍了，好，过山过埂送客回去，宾主倒个，接力似的，又一轮新的主客招待。

而就在这走村过寨迎来送往中，老锡壶始终是举足轻重却不动声色的角。

"客家客家，好客之家。"鹤堂人将自己对人情之好的理解，全部盛装在迎来送往的那把酒壶里。

一会儿宗厅捡茶食呢，快将楼梁上的茶篮取下！母亲灶间笑盈盈地忙碌着。

笾笪上的番薯干、南瓜酱，蒸了晒晒了蒸，早已洇出了糖卤子，一片片从盅里取出装盘；吊了一冬的萝卜从瓦檐笾圈里摘下来，捏到浸菜盅里氽酒娘，剁成粒子拌好辣椒下酒。瓮缸里沙炒的烫皮骨、云片翻出，摆在小竹簸里；香肠腊肉板鸭已晒出了油，晾篙上打几阵北风，上锅里一蒸，一一切片装碟；红曲鱼腌透了酒，撒姜丝，辣椒粒子蒸入味；冬酒化了糟，用笊篙沥净，一坛一坛用谷壳晡熟，舀入锡壶下炊鼎炭火坐一会儿，就可以热气腾腾上桌；打禾泡、做姜糖、炸珊瑚条、滚状元红、炸扣肉、剁肉丸、捶鱼丝、炸豆腐、炸鱼脯、炸肉膘、包荷包酢、白斩鸡……

这一样一样的年料活，每一件都是为了款待自己，更是招待客人。无论族内家庭子叔，还是外家亲戚，都是一辈子血缘，谁轻慢得了？年前都得一一置备好。

现在，只管将各种茶点酒食一一装碟，用茶篮提到宗厅去上桌。

我家茶篮颇为光亮，七八寸深，团簸大小，直筒肚，结着红绿黑三色花篾格图纹，篮口和岔底整一圈上漆圆篾，架着方方正正的高提梁。父亲说这原本是鞋篮，娶了母亲头年外婆端午倒节送的，主要装些女工器物，比如做鞋的剪刀、锤子、锥子、衲铁、木撑，绩苎麻鞋绳蚊帐用的大小陶瓦，缝补衣物鞋袜的针头线脑，等等。

虽是鞋篮，但横平竖直，粉红嫩绿，那个年代特别流行，用起来也扎实。平家小户，只要合用，哪来那么多穷讲究呢，于是无论提茶侍客，走亲戚上门，也就一一派上用场了。

可母亲是很用心的。她说别小瞧这篮里的一酒一碟，一招一式，体现的不仅仅是自己的手艺，更有一家一户待人接物之心，最紧要的，还隐含着一家的家底和家风。

宗厅已打扫干净，天井盖上了门板，长长摊起的连台桌从厅堂排到门口，鹤堂的兄弟子叔们陆续提着茶篮酒食入门上桌。

新年头次见面，免不了握手抱拳，敬烟递火，互道恭喜发财。

"道仲秉荣宏，崇一高启上。大人定国政，世德起家昌。忠厚谋猷远……"这是石涧郭氏自开基祖道行公以来的行辈字，我们鹤堂一支走得快，现活着最高行辈为"世"，最小已经走到"忠"那一辈了。父亲辈分"起"，不算高，但几十年的村干部，领着村里修路，铺桥，装电，修谱，拉网，一样一样办下来，威望就在人心里。

他向世煌太公等族老长辈们请安拜年，将他们一一恭迎入席，然后依次请德伟、德峒、德章、德福、德锋、德金、德利等族爷爷以及起煌伯伯、起高、起财叔叔等各家兄弟子叔按辈分年龄依次坐定，小龄低字辈的后生们则在末位陪坐，握着一把热锡壶筛酒。

老规矩，妇娘这刻一般是不进宗祠的，但新时代新风尚，也有好些有事没事爱热闹的妇娘跟过来，拿着毛衣针线搬个竹椅在边上随做随听。

食茶只是说法，其实是酒，主要是大家坐前叙家常，议议宗族之事。都是一个宗厅的，知根知底，没有更多的客套和虚礼。各户轮番筛酒，一一举碗，共庆鹤堂新年昌盛，人财两旺。一年中难得一聚，大家举杯邀箸，一边吃一边聊，一边喝一边品，酒过三巡，腊味果子尝个遍，纷纷夸奖各家妇娘茶饭手艺，谁精细谁粗糙谁贤惠，茶篮碟子见分晓。

免不了有爱打闹斗笑的老伙头出来插科打诨，扯些出门打工见的世面，做手艺走江湖的怪历奇闻，将那桌上人听得眉头一惊一耸，桌外妇娘则一个个红了脖颈埋脸迷迷地笑。

笑着笑着正题就掏出来了，这一年的收益如何？新年有什么谋划打算？在校的读书人成绩怎样？各户出门闯世界的后生客女谁赚了大钱？话入高潮，那日子活跳的脸面发光便又起身发烟点火，过得不顺手的也嗑着瓜子埋头跳脑自我解嘲呵呵一笑。

——世界有的是，年成有的是，只要人在，家在，个个有手有脚，就不愁日子翻不了本。

承蒙祖宗造化，咱鹤堂这管风水，做田的做田，读书的读书，做生意的做生意，做手艺的做手艺，代代都有出头人。父亲一边笑呵呵夹一沓香肠带猪肝到世煌太公碗里，一边半探半询地打开新话匣。

——咱这坑山旮旯，山是山了点，但几十年难为老一辈及兄弟子叔支持照应，大家出钱出力，村里一样一样大事办下来，尽管比不得城里光鲜，但比下有余，终归赶得上大阵。现如今鹤堂老字辈年事渐高，我们这一辈也黄土过肩头，却还有两桩事搁在心里过不了身，赶今儿都在，拿到台面打个商量，一是这老宗厅，二是鹤山咀上大识祖公那穴地，都已破漏不成样。特别是那穴地，地门脑塌了个大窟窿，地门堂碑石崩破了大半片，风一阵水一阵的，看了叫我们做后辈的心酸。大识祖公是鹤堂开基祖启仪公的孙子，也是祖上读书出名的头面人，事关咱鹤堂家风承继，也关涉家族体面，赶现在大家日子好过些，是不是紧紧口袋，募资修一下？座上都是哇事作数的当家佬，开口表个态，有好点子好主意也请提出来。

话音刚落，座上人连连点头说好。怎么修？谁主事提头？哪些人落实施工？涉及哪几户山林地和菜园土？大家开始沉思默想。有的当即拍胸脯表态支持，有的积极出主意，有的建议由谁谁来担纲图纸设计，有的说请谁谁来负责择起手日子，也有肚里打咕噜捏捏啬啬的，也有说话嚅嚅缩缩瞻前顾后的……

猛不丁又有几把酒壶从后面冲上来，会酒的不会酒的便都用手遮碗，连说醉了醉了，提壶人便笑着脸一沉，一手抢过碗道："老哥尽管放心！比不得你家酒好，却绝对闹不坏你！酒壮英雄胆，我就喜欢你干脆利索，一是一二是二，做事稳扎，不挣口，不打滑头不拖皮，更何况这是做功德，祖宗眼睛看着呢，多少添一点，向你讨点福寿！"于是各户后生又争着一轮轮筛酒，大家一碗碗连混着喝，最后碗中酒到底是谁家的，多少家的，早已分不清楚，也没必要分清楚。

男子佬们喝到脖子有点粗时，便开始划拳："高升呀——两相好呀——四季发财呀——五魁首呀——满堂红呀——"声音在宗厅里炸开来，直炸得门窗嗡嗡作响。也有那平日红过脸打过架的，有过搬扯或过结的，正打着肚皮官司闹别扭的，这一房和那一房，这个屋场那个屋场，借着酒气，那些平日里的疙瘩开始挥发在猜拳的一招一式里。这是一场在祖宗眼皮下斗智斗勇的新年和平游戏，考验的是心脑协调、观测对手和快速反应能力，赢了的拿三箸晋级下一轮，输了的仰头喝下一碗热酒，无论输赢，谁都不许发火，人生底子都得茶篮一样笑眯眯摆在那里。猜着赢着，比着划着，渐渐把一箸输赢得失看淡了，各人心性体智也就露了底，修宗厅祖地众家事项也就有了谱尺落了定。

没有永生世的表亲，只有永生世的子叔。新年打头，鹤堂人总是用这种提茶篮的方式，提示宗亲之好，同时也用一把把老锡壶告诫后人：身在血脉人伦的乡土，无论你走得多远，宗厅，始终是自己血脉烟火存续的原点和出发地。

二

大年初二，妇娘们开始带着夫婿儿女转外氏。几天后，又纷纷将娘家人请回自己家里，于是山排上、田埂间，随处可见提客篮走亲戚的男女老少。

少时随父母去外婆家拜年，常挑一种宽额肥脸的四角篮。方底，圆面口，敦实，不深不浅，提手挽根绳，两头扁担一穿，利落省劲儿。

外婆家在社溪镇石头背梨子岗，走路二十多里。上鹤山咀，进湖洋坑，爬过齐里埂，顺着蔗寮下、莲花塘一路走，穿过两三里森林铁路，到船坑，沿着雁子坑弯弯曲曲进去，爬过塘坳，便到了上犹进社溪、营前的沙子公路，这样走两三里，岔下蔗山口，一直走山岗排出坑，便见波光水影，迎面一架五六十米长的连排桥，过桥是麻田岗下大片田塅，再过去就上了桃李纷飞的童川十里河排，外婆家屋门便可远远望见了。

分产到户后，家里米谷稍足，那年冬，鹤堂多年没用的石碓抬了出来，一下打了好几甑黄元米果，一饼一饼金灿灿的用门板摊在厅厦晾干。这年去外婆家的客篮笃重，六瓶国公酒，六斤猪肉，六只荷包酢，六包灯芯雪片糕，还有六大饼黄元米果，挑了满满两营前篮子。外公三兄弟，每家送上一份，每份贴上小方红纸，特别有排场。给外公家的那份还特地加上几瓶罐头果品什么的。我们轮换着挑，虽然爬山过埂累得够呛，但心里还是美滋滋的。

外公喜欢用锡壶煨好酒，坐在门枕石前望我们。他戴顶翻耳绒帽，系条白堂裙，嘴叼一杆竹筒烟，远远见我们在河排上来了，出檐阶，跨过坪前沟圳，笑嘻嘻地一步一步迎到田塅头，那只大毛狗也跟在边上一跳一蹦的。等到了近前，蹲下身一把抱起弟弟，心疼地掏出手帕为他擦鼻子，看把我老崽冻坏了，这鼻脓瑟瑟的！然后亲昵地牵上我们，将手罩的一只火笼煨到我们怀里，回头春风满面地朝大屋门作口：快出来接篮！你大姑爷到了！其实表哥表妹们早已追着舅舅笑哈哈地迎出来。舅舅将父亲肩头的客篮抢去担上，表哥则将我们的伞接去，一家人喜气洋洋地回屋里。外婆和舅母忙不迭地从灶房檐阶下来，捞起蓝腰裙擦着手，一边怜恤地叫我们快进屋，这边大姨爹、二姨爹、三姨爹几家迎出来，说他们路近已先到一步，在桌上吃过茶食了。姨娘们则灶头打了热水提到厅门前脸盆架下，一边暖乎乎地争着和母亲叙话，一边心疼地绞了毛巾给我们一一擦脸热手。

外公读过私塾，待客特别讲古礼，除了座次，碗筷摆放，上菜顺序，老锡壶也是相当讲究的，酒煨得要热，筛酒要满，添酒要勤，执壶要稳，酒话要喜，乃至添酒后锡壶放桌角哪个方位，壶嘴朝向都一丝不苟。等舅舅招呼父亲和几位妹郎一一抽烟，泡上茶，筛好酒，外婆、舅母厨下的饭菜已经可上桌了。于是花生瓜子腊货果碟撤下，男子佬一桌，妇娘伢子一桌，扣肉端上来，白斩鸡端上来，炸八块头端上来，臁子肉丸端上来，四盘八碗，摆满两大桌，每道菜上面缀两瓣炸红豆腐，肥艳艳的。坐首席的外公放下烟筒，端起酒碗道：

——东家不食客不饮！寒天冻地的，几十里山路，难为几位姑丈女虔诚，带大带小过来，没什么好茶饭招待，大家趁滚唆起来，漱漱口暖暖身！

然后埋头深唆一口，咂咂嘴，举起筷箸桌上划几圈，食酒要拌呀！大家随便夹夹尝尝，这碗米粉好，肥带精，自磨的粉，蒸了一上午，迷迷烂了，香！于是挑开荷叶，带头抟起一筷子津津有味地嚼起来。见我们驮筷子盯着菜碗不动，歪下头：食呀，毋演文！蛮崽能干，很会读书，奖你个东西！说着一根硕大的鸡髀腿就夹了过来。"米粉"是外公的谦辞，其实是荷包酢，意思是里面肉太少，尽包了些米粉，很过意不去。

外公年轻时在油石一带教书，后来回到村里当了一辈子会计。他大字写得好，但凡红白喜事，整个塅排没有人不请他当理事的，村坊人都尊他为先生。每年除夕，家家户户上门请外公写春联，他来者不拒，笑盈盈地从上午写到断黑，直到家家贴上春联打爆竹吃年夜饭了，他还在灯下乐此不疲磨墨裁纸，自家的对联还没开写，急得灶头忙得团团转的外婆忍不住发躁。

我喜欢外公家屋子。石灰墙，青泥瓦，四扇三间带一花厅，门楣坪前好大一个水泥晒坪，中堂垂一轴松鹤延年画，两侧用毛笔录一对联：承先祖一脉克勤克俭，教子孙两行惟读惟耕。他的卧室在厅堂左侧，一张铺了禾草的蚊帐床，一张堆了几摞书的桌子，一把扶手磨得光溜的藤椅，当腰墙方方正正地用毛笔小楷抄录着《朱子家训》，两侧书：积金积玉不如积书教子，宽天宽地莫若宽容待人。这些字几十年如一日已然渗进石灰墙内里，一笔一画却不含糊。我认得外公写的字，自麻田岗墈河排下来，大塅大塅油菜花田，一路屋场人家，家家门额都垂着他写的联帖，飘着墨香，日头一照红艳艳的。

在梨子岗的日子，外公有时会给我们讲《三国演义》，讲《薛仁贵征西》，讲海脚矮子传奇……有时会从桌上拿几本小人书下来，和我们一起一页一页翻着看，他称这叫小说子，说这个好，有故事，画着好多"老人公子"。于是又教我们学画那些"老人公子"，说忠直的人眉眼神是怎样的，奸猾的人眉眼神又是怎样的。写毛笔字时，记得他教弟弟写自己名字，到那个"春"字，他说，那撇和捺，要写长些，才"装"得稳，好比老锡壶，壶耳和壶嘴是配对的；又好比人，行卧坐立，必须要稳当。

住两晚，一般都会邀娘家人同回自己家做客。姨娘家的表妹表弟就和我们争夺起来，哭闹着要外公外婆去他们家。搬搬扯扯，外公外婆没办法，只得分几路走。回家时，外婆照古礼要回篮，米果糕饼领一半，回一半，猪肉往往原封不动，再赠些自家做的冻米糖、油炸果子等，面上覆两张大大的油炸烫皮，红艳艳的，走在桃李打花苞子的正月头，格外喜气。送我们回的路上，外公会饶有兴致地问起我们的学习生活情况，以及学校的人和事及各种趣闻。

有次说到同村某同伴经常到校外偷鸡摸狗打架斗殴，差点被学校开除。外公听了鼻公头轰一声，刚好爬上塘坳埂垴，背上走出了蚂蚁汗，便将烫皮篮子往路边一放，剥开袄扣，坐在松树排下跟我们讲道理：做人要有样子，毋走邪道，像某某这种人，挺兴势一样，答都毋答涉他，舞鬼设戚的人没好下场！

三

锡壶是客家人交朋待客的酒器。后生客女，但凡成了家，锡酒壶是必备的。叔伯兄弟，上山下田，但凡门前过，内里都会带声嘴——进屋食碗茶呀！若主家提壶舀酒，那是格外亲近的意思了，来者嘴上客气着，声气却软鲜起来，调门也大了好几倍。这是闲时。若逢乔迁做寿，或娶亲嫁女，那叫"做酒"，老锡壶便要隆重登场。做酒不发请柬，看好日子，东家便向亲戚放出口信：我家某月某日做好事，到时请你来唉一口子淡酒。亲戚晓得后，朋友族人互相传告，用心记着。这一天，四面八方都迢迢赶来喝酒。礼金一般是象征性的，会去，便是交情，关系不好是断然不挨门的。酒席坐了多少桌，坐得满不满，便是东家在村坊周围为人处世、人面阔不阔的表现。

有一年正月初六，崖坑姑婆和上塅太婆同时做寿。一天同吃两场喜酒，怎么去呢？兵分两路吧。母亲去崖坑姑婆家，太婆家便派我和哥哥提寿篮过去。

上塅在山旮旯的底部，山腰几棵巨大的老樟，常把他们的屋子遮得云里雾里。樟树下是太婆的家，她有个和我一般大的孙女。夜晚，鹤堂对面禾场咀山下不时能见着马灯走过，那就是太婆那赴墟赶场的上塅人，扁担吃力的声音，吱呀吱呀溯河坝而上，直到变成了一只"火焰虫"，狗叫声便消失在村尾。

太婆和母亲都是社溪梨子岗人，是徐家同个屋场嫁到郭屋来的，自然，母亲亲热地唤她作姑姑。但按郭屋人排辈，我们叫她太婆。山上田间铺满了大雪，树上的冰凌子挂得丝瓜豆角似的，风一吹，簌簌地响，整个河排上的竹梢云朵一样浮动。寿篮里满当当的酒、蛋、寿面，篮面上摆着一块儿新扯的司令布料，中间拦腰扎着喜滋滋的红纸条。母亲叮嘱说小心别将蛋打烂了，否则太婆会不吉利的。我们没袄子，一路上哈着气，冻得鼻涕一缩一缩的，篮子却丝毫不敢松手。到她家时，布鞋已经湿透了底，一双手僵得连筷子都拿不动。她家舅爷老表、家庭子叔到齐，厅厦房间坪上处处充满了欢声笑语。太婆正烧着谷壳焗水酒，几个大酒瓮埋在谷壳堆里，青烟一蹿一蹿的，坪上的台桌上摆满了家家户户借来的老锡壶，见着我们，丢下火铲，一把接过篮子，转身拉我们进灶房。"快烘烘手！灶门上打点滚气，看我蛮崽冻得雪条一样！"太婆一边哈气揉我们的手，一边叫人从后锅打来滚水，将我们脱了鞋袜的脚捉到水盆里暖着。灶房里搭着一排案板，帮厨的妇娘子们甩着刀花……大锅里正煮肉膘子，扑哧扑哧地崩着油星花。太婆拎起鞋子拍掉泥雪末子，一只只码进灶坎烘，然后扯扯做厨的袖子小声说："伢子冻到心肝了，舀碗汤唆下去！"一钵头热汤就送了过来。她撮起唇，绕着钵沿呼呼地吹，一调羹一调羹送到我们嘴上来。我浩浩荡荡吞下几片肉膘，肚子仿佛有了火星子。这边有人拿了碗，从炊鼎提起一把老锡壶，热酒溜溜筛了个满碗，待我们喝个脸红耳热之后，手指开始酥酥发痒，一身也灶膛似的旺了起来。

天暗下来，酒喝透了，唢呐歇了，附近家家户户提着马灯过来领客人去搭铺睡。"真是好亲好戚呀，这天寒地冻的，赶紧招呼客人洗澡，烫烫身子，床铺上才歇得安稳。"理事的男子佬穿厅过堂地帮忙张罗着。

不知道为什么，村里来了客，茶饭不说，一壶热酒，一桶洗澡水是讲究的，否则，就失了东道主的客情。大约山里人拿不出什么好东西吧，柴和水到底是有的。人家专门放下人工，提篮挑担走十几里山路上门来祝寿，不为份心意又为什么？

雪风在屋背奔跑，坪上临时搭的大灶锅热气喷天的。热水一桶一桶提进来。"摸摸看，水够热吗？""哎呀——这大冷天，没做事没出汗，说了不用洗，费柴费水的，不得了的人工嘛！……够了，够了！看这水烧得，既旺堂又暖心肠，托您老人家的福，真是一桶长寿水啊！"客人一边斯文，一边接过桶，嘴巴里一连串的吉祥话。

洗上一会儿，太婆总要端一大瓢热水站在澡寮门外作口：

"水够吗？再添点滚的！""不用了！多好的客情啊。这水够劲，洗出一脑门汗来了！"里面的人应着。于是，坪上扑噜扑噜地冒热气，洗澡寮里呵呵地哈着滚气，整个厅厦暖得跟大灶膛一般。

因为大雪封路，我们在太婆家整整住了三天，那几口大锅，也史无前例地忙活了三夜。

当人们玩也玩了，乐也乐了，吃得肠胃厚，舌头厚，闻到酒气就打咔惊，整天想到菜园子去拗碗白菜条来炒着吃的时候，好，元宵节到了。元宵节一过，待客的腊味九龙盘就该撤了，一切回到人世间谋生去。

这是一种生生不息的民间礼俗接力，执守中原古风的客家人就这样讲究待客之道。我不知这只有着太公名号的锡酒壶，爬过了多少座山，过了多少条河，走了多少村落，出入过多少人家，经历了多少世事烟云和人间悲喜，才抵达我们这一代手里，但我知道它始终是有温度的，一次次将鹤堂人的体温和对人世的理解与希冀，通过一条条山路，一波一波，一代一代，脉脉向远方传播开去。

天伦其庆，祺裘济美。一切已然翻开新的一页，让那些陈年的悲喜欢愁名利恩怨都丢到年旮底去吧，现在，让我们点起爆竹，燃一炷新香告慰神祇，回到亲族，回到血脉，回到人世，共同迎新纳福祈祷天地祥和永岁太平。

本文系首届中国（高密）红高粱文化散文季优秀作品，《散文选刊》2023年第6期转载，收入本辑时限于篇幅有删节

春来北海

叶　梅

一

　　整个冬天的日子里，几乎都在想象北海。南海北部湾的那一片风光，在冬季不如海南三亚那般热烈，也少见碧蓝的天空，但却是温和的，海面上总会有一层淡淡的白雾，随风飘到陆地上的田野和街市，添了一些中国画里的含蓄，以及让人揣摩的意韵。

　　人们最爱去的银滩，被称为"天下第一滩"，说那里"滩长平，沙细白，水温静，浪柔软，无鲨鱼"，赤脚走在沙滩上，洁白细腻的沙子硌着脚底，将一些暖意酥麻传到全身，人和这沙滩就贴心地连在了一起。离得不远的百年老街上，店铺敞开着大门，一对情侣从一家小店里走出，俩人头挨着头，看女孩手腕新戴的珠串，隔着老远，看不清珍珠的大小，却能感觉南珠的光泽映照着女孩的脸庞，她的眼睛也亮晶晶的，跟珍珠一样了。

海滩边的红树林日夜守候着大海的潮汐，冬日的海风吹过它们圆而平坦的树冠，却穿不透根连根、肩并肩的树林。起落的海浪日复一日地潜伏退去，又积蓄起凶猛的力量扑上来，浪花能够将坚硬的礁石咬噬出千坑万洼，却未能撼动这些根脉浸泡在海水中的红树，反倒是将它们咬出了一身盔甲。红树林犹如古战场得胜归来的阵营，排列着面朝大海的钢铁卫士，雄壮庞大。

几年前曾在北海逗留，存留在脑海里的那些画面，在这个冬季被一一唤醒。要知道，我们一起度过了短暂而漫长的时光，短暂得几乎没有感觉到时光的流动，就像停滞的水银，却嗖地过了春秋；漫长的是一波一波令人揪心的疫情，总在以为快要结束时再次毫不留情地降临。这让我想起在采访一位科学家时，他说到爱因斯坦的一个小故事。爱因斯坦的女秘书杜卡斯曾经问他，能否就"相对论"给出一个简单的解释，以便她可以用来回答许多记者的提问。爱因斯坦想了一会儿，然后说："和一个漂亮女孩坐在公园的长椅上，一小时等于一分钟；但是坐在炽热的火炉上，一分钟等于一小时。"

我们已经明显感觉到一分钟等于一小时。手机每天会接到文字相同的通知：× 点 × 分在楼下广场做核酸。而至岁末期间，简单的重复已不重要，听闻熟悉的友人离世的消息就如晴天霹雳，一次次炸响，震惊和悲哀像巨石一般压得心里透不过气，夜晚难以成眠。生命的存在和意义无数次在心中那块巨石上叩击，我在夜空中睁大眼睛，想找到一颗星星。

人类诞生于大自然，与自然界相处了几百万年，一直在尝试认识和理解自然万物，以取得更好的和谐。屈原早在《天问》中关于天地、自然和人世等一切事物现象发问："阴阳三合，何本何化？"但大多数时候，人们被尘世间的事物所困扰，对这样的提问漠不关心，直到灾难临头，才会意识到我们对自然界那些微小的存在了解得远远不够。据考证，病毒已经存活了四十多亿年，而人类的起源不过几百万年。病毒的活跃和退隐都在于自然，而对人类却是重大的提醒：我们还将与那些已知或未知的病毒长期共存，需更加谨慎和谦卑，切忌错误地以为可以随心所欲地主宰一切。

古希腊哲学家苏格拉底曾经说过一句名言："在这个世界上，除了阳光、空气、水和笑容，我们还需要什么呢？"这可能是人类最本真的诉求，简单而又奢侈，在那些短暂且漫长的日子里，化作我对北海及相关的想象。

二

大自然终究是仁慈的。被打开的潘多拉魔盒随着一股黑烟，放出了灾难病毒，但最后留下的一宗恰是希望。

春天，终于来了。我和先生拉着行李箱走向北京西客站，阳光真好，身上的羽绒服都显得厚了，我们说还是穿着吧，谁知道南方的阴雨天会冷成什么样呢？先是到了河南安阳，然后打算从那里去到北海。

从安阳到北海没有直达的火车，在南宁中转。在去往南宁的列车上，可以见到车窗外田野、丘陵的上空飘荡着阴云，一会儿下起了小雨，淅淅沥沥的雨点散落在车窗玻璃上，淌出小小的感叹。越来越茂密的林草，几乎像要贴着铁道，蓬勃得显出南方的气息，隐约地，不时有淡蓝的小花在草丛中一闪而过。就这样到了南宁。

天已黑了，下榻的酒店离火车站不远，放好行李箱，我便走出了酒店大门。门前的保安正在收一把用过的伞。踩着刚下过雨的湿滑地面，随意往左一拐，眼前一片灯火，竟然是一条步行街。好久没逛过街了，看这街并不长，环绕着这座酒店。已近夜晚九点，街上的行人不多，但店铺仍亮着灯。不同于北方门窗紧闭的南方街市，夜晚也是透亮的，大玻璃橱窗里人影闪动，有人倚靠着柜台，有人散坐着喝茶，一些闲适的人间烟火就在那些微黄的灯光里弥散开来。

我站在街心，好奇地东张西望，看这南宁的夜晚。

天空仍飘着雨丝，但含着春来的温润，并不冰冷。一道霓虹灯闪烁着映射在街面上，浅浅的水渍随之显出五颜六色的反光，眼前俨然成了一条五彩的小街。

次日早起上车，一个多小时就到了北海。走出火车站，一眼便看到街上行人的穿戴，有穿薄羽绒服、夹克衫、卫衣的，也有穿短袖的。两侧长满蒲葵的人行道上，几个女孩迎面走来，一位穿米色长裙盖住了脚面，另一位穿紫色卫衣黑色短裤，她们黑发披肩，明眸皓齿，笑着，恍如北海的春天。

很快，就看见了大海。正如漫长冬季里的想象，海面上漂浮着淡淡的白雾，由近至远，白茫茫的海水，望不到边。不得不承认，人有再多的心事，交付于这大海，也只是浪花一朵，并且眨眼间就被击碎，融化了。

三

在大海与陆地之间，又看到了那片浓稠的红树林。

或许是春天刚刚到来，它们在冬季里泛黄的树叶还没有完全返青，也并没有急于露出新芽。它们伫立在海水中，默默地守望着，几年前我见到过的树林看来并没有长高，只是粗壮了气根。从红树林的栈道上走过，树冠就在身旁，俯身便可以看到它们气势宏大的树根，一盘盘延伸开来，深扎在暗褐的湿地里。这里的每一棵树都有无数的支持根，它们一部分扎入泥滩保持稳定，抵抗海浪的冲击，一部分露于海滩之上，当潮水淹没时用以通气，又称呼吸根。这些赤裸裸、坦荡得伸向四面八方的树根毫无畏惧的样子，近乎肆无忌惮。

试想它若矜持，又哪能扛得住大海的淘洗？

北海红树林所在的海滩，当地的渔民原来叫大冠沙，后来叫金海湾。现在成为有名的景点，外来的游客有人会问明明是一片绿树，为何叫红树林？导游会说，实际上红树林并非单一树种，由红树科植物构成，这些植物富含丹宁酸，一旦刮开树皮暴露在空气中，就会迅速氧化成红色。红树林分布在世界沿海各地，树种在某一地少则几十种，多则一百多种。北海红树林多见红海榄、桐花树、秋茄，树林边缘还有一丛丛矮小的灌木，臭茉莉、金蕨、老鼠筋，它们看上去弱小内敛貌不惊人，却是无比坚韧地彼此拉扯着，任凭风吹浪打。

红树林的生命史已达七千万年，远远超过了人类。在长期的进化过程中，它们为了生命的延续，适应海边潮间带不稳定且恶劣的环境，演化出极为巧妙的生存方式。果实成熟之后，会留在母树上迅速长出胚根，被称作"胎萌"，也就是"胎生"，然后才由母体脱落，插入泥滩为新生树。种子若是未能在泥滩上扎根而被海水冲走，体内会自备充足的营养物质，弥补在海上漂流的消耗，待漂移到另一块泥滩再度扎根。

大自然藏有无数的奥秘和奇迹，具有灵性的红树林仅透露了一二。已知的是，这道海上森林是陆地向海洋过渡的特殊生态系统，可以净化海水、防风消浪、固碳储碳、维护生物多样性，享有"海洋绿肺"的美誉，也是珍稀濒危水禽重要的栖息地，鱼、虾、蟹、贝类生长繁殖之地。

春来北海，我忍不住早晚朝红树林那边眺望。

一群白鹭选择了树林里的一块洼地，在那里筑巢垒窝，过惬意的日子。太阳升起的时候，白鹭也会翩翩飞起，却不知它们飞向何处。大海与陆地，可任由选择，其中的故事，只有鸟儿们知晓。黄昏时，则可以见到白鹭成群结队地飞回，那片暗绿的树林间和洼地上就有了数不清的白点，时起时落。它们飞翔得从容优雅、自在，回到洼地之后似意犹未尽，嬉戏似的跳跃着一次次飞起，再缓缓地落下。

北部湾为世界典型的全日潮海区，潮汐的涨落随着太阳和月亮的牵引，初一十五为大潮。半夜时分推涌的大潮直到东方日出之时，淹没了沙滩，红树林只冒出一丛丛暗绿的树梢，金海湾没于汪洋大海之中。我很担心地寻找白鹭栖息的洼地，心想潮水会不会打翻了鸟儿们的巢穴？但很快发现担心纯属多余，洼地虽被海水淹没，白鹭们却并没有半点慌乱，反而兴奋地飞跳于树梢和海水之间，时而低首叨食，时而亮翅飞翔。每一次潮水的起落显然都给鸟儿带来了丰盛的佳肴，而它们早已将窝巢建于潮水扑打不着的树冠之间，毫无后顾之忧。

聪明的鸟儿是如何计算和把握的呢？于这大海潮汐，于这树林泥滩，一代代地将生存的密码传于后世。

大潮落下之后，赶海的人也来了，提着小桶和沙铲，将骑来的电动摩托放在靠海的马路两旁，然后就奔着潮汐刚落的沙滩而去，远远地成了一个个点缀在沙滩上的小黑点，又像零落而生的小树。相比庞大的红树林，这些小树肯定经不起风浪的冲击，于是，在潮水即将上涨之时，贪恋赶海的人们也都不得不拎着挖好的沙虫、牡蛎纷纷离去。他们在停靠的电动车旁，相互分享赶海的收获，不管多少都兴高采烈。

夕阳照亮了北部湾的海水，朝着陆地吹来的海风有了浓浓的暖意，这时的"回南天"带着大海的潮气，一阵阵拂着人面。行道旁，红艳艳的朱槿，又称作扶桑的花儿开了，还有繁星一般的点地梅，那一朵朵朴素的小花也开了，洁白的花瓣，嫩黄的花蕊，无声无息生气勃勃地绽放着。我迎着风走在海滩上，那些冬日的想象就在眼前。仿佛是一个梦。

原载《散文百家》2023 年第 5 期

弱　水

————

卜　布

　　水从脑际涌来，泊在记忆的弦上。一个穿绿衣服的女孩，提着一双红色的塑胶凉鞋光着脚站在大堤上，与之呼应的是堤岸外的一片绿，一大片沉静自如的绿，仰卧于波涛之上，身体曲线随波涛起伏。阳光穿过尘埃，照在上面，光耀之后，才能看清那是一个母亲的形象，她凝视着女孩，眼神里是疼爱、宠溺，以及忧伤。

　　这忧伤让我一次次从梦中惊醒，随之而至的，是那一场刻骨铭心的记忆。记忆之初，女孩和我坐在棉田的坝上，蟋蟀、狗尾巴草和沟渠里水的流动，谱成一曲田野的歌。长年的湖风湖水，让女孩皮肤并不白皙，但久居青山绿水间，性情也就上善若水，为人温温柔柔，从不发愁、动气，脸上总是挂着微微笑意。村里的爷爷奶奶将她比喻为湖里的"江猪儿"。"那是湖里的神仙，身姿矫健，转体灵活，很美，很爱笑，跟你一样。"女孩并没有见过"江猪儿"，自打她出生，"江猪儿"就没有出现过。这并不让她觉得十分遗憾，人对从未相识的事物缺乏情感。但那刻她拨弄狗尾巴草的手势有些迟缓，原本明亮的眼睛也犹如蒙了一层薄如蝉翼的湖雾。

湖面上，是很容易生成雾的，尤其是水汽充盈的夏季。以至于没有谁能真正看清这片水域。天地间总是一派烟波浩渺，感觉整个世界都在流淌。视野的远方是一望无际的平原，没有山，连芦苇也长成波浪的模样，与地平线连在一起。村庄、油菜花、棉花、在棉田里劳作的农人、湖心撒网的渔人，都仿佛是湖心中飘荡起伏的黑点，不，是珍珠，大湖孕育出来的珍珠。

女孩的村庄，就是大湖孕育出来的一粒。村子里布满了水，一刻不歇地静静流淌，水稻、西瓜、蔬菜、谷仓就在水的滋润里长了起来，随之一起生长的，有清晨、露水、花骨朵、星空，还有女孩和她的小伙伴们。她们在水的怀抱里长大，白天，择水而戏；夜晚，枕着水流的声音入眠。

和她们一起住在大湖里的，还有翠鸟、白头鹎、棕背伯劳、苍鹭、池鹭、牛背鹭、董鸡和水鸡，它们在芦苇丛中筑巢、产卵和繁殖。

还有鱼！许许多多大大小小各种各样的鱼。它们和大湖的亲近程度更甚于女孩。不，鱼和湖本就是一体的。

女孩最爱拿起妈妈做的鱼捞子，做爸爸的小跟班，划船出湖打鱼。

船是简朴的，不过五六米长，一米多宽，木制的船舱和甲板，头形如弯月微微上翘，船底平滑便于水流通过，船尾呈斜面内收，船舱上扎着竹篾编制的弧形船篷，船篷上蒙着油布。女孩喜欢站在甲板上，看阳光落在波光粼粼的河面，朵朵发亮的浪花在脚下跳跃。间或也会遇到撑着划子出门劳作的同道人，他们穿蓑衣，戴斗笠，将三四米长的竹篙往河里使劲一撑，又或坐在木筏子的舱内，双手拿桨，一前一后地用力一推一摇，划子往前走，人也朝前看。他们或扬臂撒网，或采摘菱藕，撑起一个家。

此时的大湖是那么和蔼，像个含笑的好脾气的妈妈，耐心地配合着天上彩霞的炫技。先是漫天金芒，她就变成奇大无比的黄色绸缎；倏尔变成浅浅的银红，她就变成稀薄的像遮盖新娘子的粉红面纱。再过一会儿，许多碎锦似的杂色小片跑了出来，她便送它们随着淡宕的微风向天尽头去了。

待到五颜六色都褪了，四围如雨的虫声冒了出来，银盘般的月亮也从湖里钻了出来，女孩和爸爸的谈话声便渐渐低了下去。他们轻摇着船，拨弄着浪，把网一抛一撒，湖心里便长出一朵朵"莲花"，花瓣一层裹着一层。等"莲花"渐隐，网就被收了回来，一起来的，还有大鱼，小鱼，螺蛳，蚌壳。除却大鱼，其他的都是不能要的。爸爸说，大湖是有规则的，任何不守规则的人都会受到惩罚。女孩不知道是什么规则，但爸爸说的肯定是对的。她小心翼翼地把网里的小鱼择出来，轻捧着放进水里，银白的月光一股脑倾泻在她的脸上，泛出光。"哗哗，哗哗"，那是湖水撞击两岸的拍浪声，还有湖畔芦苇、杨柳被风拂动后发出的声响。夜归的打鱼人，披着月光，不慌不忙，划着小木船登岸，将船停稳，掬一捧水饮了，带着劳作一天的收获回家去。

什么时候，这一切变了？等她从中学毕业回来，爸爸再也不愿意去大湖打鱼，说鱼小，煮出来还有股煤油味。

变了的何止是鱼的味道，整个大湖，都变了。湖水定是不能喝了，从里到外，都已然混浊发黑，还散发出一股刺鼻的柴油味和农药味。站在大堤上，女孩想起爸爸曾经说过的话："不守规则是会被惩罚的。"

那个六月，村里的劳力又被抽调到防洪大堤。沙包，卵石，一层层地被码到堤上。一车车穿着橙色救生服的抗洪勇士和"抗洪救援""一方有难，八方支援"等大红横幅标语，在绿色棉田间的乡村公路上呼啸而过。村头的喇叭好长时间都不唱流行歌了，播音员扯着嗓子喊着这样那样的提示："别睡太熟，别下田，随时准备转移……"管涌、穿堤、内渍，这些专业术语早已不陌生了，防洪堤上的战事时不时会传到村里，夜晚偷溜回来的男人告诉自家的堂客："真到了那天，可别记挂着你的坛坛罐罐，带上孩子和钱就行了。"

女孩坐在棉田里，她手里捏着一根狗尾巴草，却忘记了跟它玩耍。她微仰着头，侧着耳朵，仔细，认真，紧张，似在等待什么，又像是在害怕什么。当她终于听到由远及近的摩托车鸣叫，单车摇起的丁零声，人群的奔跑声，急促、慌乱的哭喊声，噌地就从地上跳了起来，来不及穿上脱掉的红色凉鞋，甚至来不及拍掉粘在屁股后头的枯草。她在漫野的棉花地里使劲地奔跑，炙热的大地灼伤了她的脚板，棉花树一排排从身边倒退，风，汗，快要跳出喉头的心脏……她拐进村头，闯进一户一户人家："决口了，倒垸了，快点逃。"变调的声音在村子上头回旋，散发着招魂般的死亡气息，恐怖多于悲伤。

当大湖一点一点逼近村子，女孩只能站在防汛楼顶，感受她的愤怒，狂躁。木制的门脱离了原来的禁锢冲向远方，书柜、床、桌、椅、板凳打着转转地追了出去，原以为坚不可摧的红砖瓦房，发出一声剧烈的哀鸣，轰地倒了下去。芦花鸡跳上棉秆柴垛瑟瑟发抖，与它对峙而立的是吐着芯子的水蛇。还有她的小黄！出生不到一个月的它还没有学会游泳，浮浮沉沉中来不及吠叫，惶然地用那双流泪的眼睛寻找往日爱护它的主人。她多想如往日一样，把它搂在怀里。她的嗓子突然哑了，失去水分的嘴唇干裂，让她无法再张嘴说半句话。

这是一场两败俱伤的对立。

女孩和她侥幸从水荒里逃出的乡亲们回来，捡起砖瓦、檩条、门窗，重建自己的家园。这一次，他们把防汛楼、防洪堤都建得特别牢靠，但大湖突然瘦了下去。还是站在大堤上往下看，原本一望无垠的水面，变成了沙漠，许多树木已经枯萎了，湖床上长满了荒草，随处可见晒干的蚌壳、螺蛳，失去生命的小鱼。她穿着钉子鞋在干涸的湖滩上走，也只能踩出浅浅的干干的脚印。这个季节，正是雨水丰沛的时候，实在不应该出现这样的情况，却又实实在在地发生了。

女孩已然走到了湖心，这大概是她怎么也想不到能够抵达的深处。她茫然地环顾四周，只有沙，被风吹起来的沙，一阵阵，一层层地朝她而来。水呢？她在寻找，找了好久，终于，她看到了。那是一口浅浅的狭长的水塘，在太阳的照耀下发出光，像眼泪。

没有鸟，它们似乎比人类更早预知灾难，早早地从这里迁徙了。

救救大湖！

发出这声呐喊的，是女孩，是女孩的爸爸，是揪紧了心的湖乡人。从开始的一两个人，到后来的三四个，五六个，一个群体。

有些奇迹真是不可思议的。就像人类当初用钢钎、铁锹、锄头、箩筐，在大湖造田，筑坝，安营扎寨，创造了一场专属于人类的文明一样，如今他们要以断臂求生的决心与意志，再度打响一场战役。

这是一个又苦又累又不讨好的活。如果没有一种信仰的力量，或者说一种理想主义的奉献精神，很难想象这一场坚守他们是如何完成的。平均每天，他们要围绕大湖走上四五个小时，和他们相伴的，是寒冷的风，潮湿的雨，被湖风掀起的不那么好闻的空气，还有一不小心就找上来的血吸虫。他们倔强地守望着，心里只有一个念头，只有大湖。

我终于再度看清大湖的真相，那分明是澄明之境，那里面似乎啥也没有，又似乎有万物，婆娑的树，葳蕤的草，悠悠的云，风儿在波纹上写诗，白鹭在湖心中弹琴……这分明是一条天性善良的河流，简单，纯粹，温驯。这无辜的湖，我们竟然将她归咎于灾难的祸首。

一只神兽出现在我们面前。它远远地站在草丛里，用一双晶莹的透亮的眼睛和我们对视，我想走近它，它却飞一样地逃进了树林。

我从守望者的口中得知了它的神奇身世，相对始终保持微笑的"江猪儿"，这头像马、角像鹿、颈像骆驼、尾像驴的奇兽更具神秘色彩。在口口相传的神话故事里，它曾是姜子牙的坐骑，为兴周灭纣立下赫赫战功。而在历代帝王的眼里，它是吉祥兽，驯养于皇家园囿，"杀其麋鹿者如杀人之罪"。有关于它在洞庭之滨的传说，大概可溯源到战国时期，典籍《墨子·公输》记载："荆有云梦，犀兕麋鹿满之。"而它在历经气候变化，人类活动，清朝末期八国联军的洗劫后绝迹中原，更成为人们心中的痛楚。

这个神奇的物种，它们是怎么样找回家的？

"人心好不好，动物都知道。"带我去看麋鹿的向导这样讲。他是本地的渔民，也是保护大湖的志愿者。他扫一眼一望无垠的大湖，领着我环行在这条岁月大湖的边上，地面松软，走在上面有种绵绵的舒适感。我感谢他在环行之前，给我递过来一双黑色的带齿的塑胶套靴，这是湖乡人的必备，才二三十块一双，环走大湖却是相当实用。我的向导也穿着这样一双套靴，他已年过六旬，但身子骨还相当硬朗、结实，一双大脚板踩得很响亮，又很快，我一路小跑才能追上他，上了船。

向导对两岸的麋鹿很熟悉。他每日早晨六点入湖，晚上七点返回，数次穿行在河道中，都能碰到鹿群在河床边缘喝水或者休息。那一年，湖水漫过了大堤，水退后，一头小麋鹿的角被网兜住，是他帮它解困，送它回到了芦苇丛里。"起初只有几只，现在小崽子们都长成大鹿了，"他说，"比牛都大。"

似乎是为了印证他的话，船没开多久，一头大麋鹿就出现在我们的视线里，它似乎已经习惯往来的船只，即便我们离它不过四五百米，它也还在那里慢悠悠地吃草。我没有靠近打扰，有些事物知道它在，知道它安好，就够了。

风忽然大了起来，是从大湖面上吹来的风，很清凉地掠过耳边，将我的头发吹起，一些飞舞，一些抚摸我的脸。大湖温柔地待在那里，她略显衰老的面容，满含泪水的眼眸，依然深情地凝视着我们。当我的目光和她接触，我看见了一幅画，那些苍老的岁月，那些相爱、相杀、相随的故事，那些守望洞庭的孤勇者，在画卷里发出耀眼的光。在光里，我还看到一个人，他站在一条河流的面前，神情严肃，眼神深邃。我顺着他的眼神望过去，那是一片苍茫的天地之外。那过于遥远的地方，我是看不见的，也许一辈子都无法抵达的，譬如说这水的源头。但我知道，天下之水，岂止大湖。

事实上，战役开始的地方，远不止大湖。大江的治理似乎开始得更早一些。

我看见了传说中绝迹多年的"江猪儿"。当漫天的霞光纷纷落在波浪上，一些活泼的身影在浪花里跳舞。先是又窄又长的嘴巴像鸭嘴兽般向前伸出，又像鸟喙一样微微向上翘起，再是那隆起的额头，它们的鼻孔竟然长在头顶上。随后，它们又露出像一弯银辉闪烁的新月般的三角形的背鳍。"嘘哧，嘘哧"，它们自由畅快地呼吸，时不时喷出一股亮晶晶的水珠子，这飞溅的水珠被朝霞或夕阳照亮，宛若一道斑斓的彩虹。

我开始相信老人们所说的，这是江中的神仙。在晨雾刚刚散去的浪头上，它们对着日出的方向出神地仰望，像一群朝圣的精灵，那仰望的姿态，是一种发自灵魂深处的渴望。而在那些月光如水的夜，光影流转的江面上，一个个优美的身体跃出了水面，朝着月亮一仰一仰拜月的姿势，更让我感到一种莫名的神圣和敬畏。我想起了我的女孩，那个与这精灵同名的她，为江湖哭泣的她，是否曾经看到。

我闭上眼睛，像是醒着，又像是睡去。在恍惚间，我听见女孩在低吟浅唱，不，不是女孩，是大湖，是一汪清水，像外祖母带着宋家嘴方言的摇篮曲。在熟悉而又遥远的旋律中，那青蓝的、蔚蓝的、深蓝的液体朝我涌来，开始是一种无法阻挡的浩荡，后来渐渐变得平缓，轻轻漫过我的脸，钻进我的耳朵、眼睛、嘴巴、鼻腔，进入我的大脑乃至我身体的最深处。那些往事，宛若水草，在若水的抚慰下，渐渐松弛，清晰，最终，完全浮现在了我的眼前。

原载《湖南文学》2023 年第 9 期

夏日山谷

———

项丽敏

一

一场雨后，山谷里涌出许多好看的云。

雨是夜里下的，凌晨雨止，鸟儿们叫得甚是起劲。

夜里下的雨如同远客，悄没声儿，担心自己的到来会打扰到你，只在走了之后，留言说，我来过你住的地方了。

从山谷里涌出的云就是夜雨的留言。

出门就看见那些云，浸着雨后的湿意与清新，被山谷一骨朵一骨朵繁衍出来，长出各种形状。

云聚在山间，并不急着到哪里去，像是在等什么。山谷繁衍出更多的云，堆在一起，把青色山峰变成白色雪山，眼看着快把山给遮没了。

就在这时太阳光跳出来，跳到哪朵云上，哪朵云就发出光，白荷花一样的光，由里而外渗透的光。

山谷又繁衍出一朵心形云。太阳光跳进这朵云里，心形云荡了荡，从中间拉开一扇窗子，露出山峰的模样。

太阳光从一朵云跳到另一朵云，又从云上流到荷塘里。碧绿荷叶上、粉白与粉红的荷花上、岸边翠生生的新竹和绛紫的芭茅花上、白色的一年蓬上，到处淌着光。

坐在廊前，看看天空的云，又看看荷塘里的花。

有风跑过来，轻轻摇动树上的风铃。

风铃是半个月前挂到树上的，比树叶略深的绿色，松果形。

"丁零，丁零"，风铃的声音像是在说"多美啊，写首诗吧"。

确实很美，这样的夏日光景，值得用一首诗来留存。

可我又不想刻意写诗。一想到要从这样的光景里萃取一首诗，美就有了负担。

诗不应该是写出来的，而是应该像那些云一样，自己冒出来，长出来。

聚在山腰的云在太阳光里躺了一会儿，变轻了，排着队，向天空奔过去。有一朵小白狗形状的云，跑着跑着变成骆驼，跑着跑着又变成猪。前后不过两分钟。

仰头看着，期待那朵云变成奔马的形状，但它跑进一棵树冠后，就散开了，不见了。从树冠另一边又跑出一匹四不像的云来。

"这就是诗啊。"我对自己说。那些跑着跑着就不见了的云，本身就是一首诗。

空空荡荡，心无挂碍，也是一首诗。

二

栀子花开了。傍晚在山谷漫步的时候遇见，采了几朵，养在餐桌的玻璃杯里。

清晨推开卧室的门，栀子花的香气一下子扑过来，小花狗一样，人走到哪里，香气就跟到哪里。

花香让屋子有了灵动，雨天暗淡的光线也变得明亮起来。

院子里有块小菜地，一周前种了几棵小番茄，昨天又种进一些百日菊、牵牛花、重瓣凤仙和一些说不出名字的花。

菜地原先是种着小白菜的，我住进来后，房东把小白菜拔了。

地空在那里，平整如宣纸，忍不住想在上面画点什么。

"可以种花吗？"我指着空地问房东。

"尽管种，"房东露出憨笑，"你租了这房子，院子就归你用了。"

于是开始张罗着种花的事，网购了花种，又向喜欢种花的朋友讨要花苗。

我在这院子里只住一个夏天，或许来不及看撒下去的种子开出花朵就要离开。没关系，种植本身就是愉悦的事，看它们一天天生长的过程，也是一种宁静的陪伴。

三

连日雨水。下雨的时候，山谷里的世界变得很小，只有池塘、树林和对面卧蚕形的山。

在屋子廊前坐下，听风奔跑着穿过山谷。几只领雀嘴鹎忙不迭地飞过来，嘴里发出急促的鸣叫，一头扎进枇杷树的枝叶里。

枇杷树的叶子大而厚实，是鸟的天然保护伞。

山谷树多，风声也大。荷塘对面，整座山像是一只巨大的兽，抖动身上的绿色毛发，低啸着。

池塘里水波推叠，新长出来的荷叶相互碰撞，俯下去又仰起来，如同一群身着绿罗裳的小姑娘，很快乐的样子。

又有几只鸟儿鸣叫着飞过来，在合欢树上停留片刻，一齐飞走。从叫声里我认出那些鸟，是银喉长尾山雀。

银喉长尾山雀的体型可真是小，当它们从合欢树上飞过，轻盈得如同蝴蝶。

合欢树的枝条细长柔软，风中有舞蹈之姿。枝头花苞吐绽，粉红色的小伞被雨裹住，撑不开的样子。

也不知道雨下了多久，天色明亮起来。远处山峦露出靛青的颜色，云雾环绕峰巅，真似是有神仙住在那里。

四

天一落黑，合欢树就收拢了叶子，像鸟儿收拢翅膀，呼呼，睡着了。

天一落黑，萤火虫就出来了。和萤火虫一起出来的还有星星。

星星是从树梢上出来的，一蹦，就到了天上；萤火虫是从蒲苇草里出来的，慢腾腾地飞着，一会儿看见，一会儿看不见。

蒲苇草在荷塘边，又长又浓密。蒲苇草是萤火虫的家。

萤火虫飞到小院里来了。牵牛花藤上一只，猕猴桃藤上一只，提着灯盏，这片叶子上看看，那片叶子上看看。

又飞来一只，绕一圈，钻到篱笆下。

篱笆下有什么呢？

小院里还有苦瓜藤，已经开花了。先前的两只萤火虫飞过去，在一朵花上碰了头，提着的灯盏也碰到一起。

轻一点啊，别把灯盏碰碎了。

篱笆下的萤火虫飞出来了，也不知道它找到了什么。

山谷里，星星多起来。有星星在跳舞；有星星在飞；有星星悄悄落进池塘，窃听水里的秘密；有星星就挂在树梢上，假装成萤火虫的模样。

五

接连刮了几天大风。

夜晚的风更大，把山谷当成跑马场。挂在小院树枝上的风铃起劲儿地响着，丁零丁零的声音一会儿钻进我的梦境，一会儿又消失。我的睡眠也就这样时断时续，心里也不觉得懊恼。醒来也好，只有醒来才能听到夜间山谷的声音。

也有一些夜晚，什么声音也没有，没有蛙声，没有夜鸟鸣声，没有风声、雨声，而我还是会突然醒过来，被一种寂静惊醒。

那是只有山谷里才有的寂静，仿佛进入真空，一切生命都被抽离的寂静。

在那样的寂静里醒来的人，更容易觉出这世界的空无。

而在风声雨声中醒来，才是置身于实实在在的人间。

拂晓时分，狂奔一夜的大风终于有了倦意，赶着它的马群远去了。山谷里的树安静下来，林鸟从藏身处发出试探的鸣叫，像一个怯生生的访客用手指叩击着山门。

片刻，从池塘对面的竹林升起绿莹莹的蝉鸣，这夏日的歌者，用它诵经般的吟唱宣告一天的开始。

六

凌晨三点，听到麂子叫声。

叫声就在小院外面。

在山谷听麂子叫已是常事，不会再像刚住进来时觉得新奇，只是距离这么近地听到，还是第一次。

麂子叫了好一会儿，理直气壮的样子，一点也不担心会把住在这里的人吵醒。

很想起来看看麂子的模样，睁眼望向窗外，天色还没亮呢，以我的视力，走出去看见的也是一团模糊。再说开门的动静也会惊动麂子，没等我出门，说不定它就跑开了。

能够这么近地听麂子叫，也是难得的体验，并不觉得被打扰。换作是个醉汉在外面叫嚣不休，我肯定会厌恶的，即使没有制止的勇气，也会把开着的窗玻璃关起来，把窗帘拉上，或者拿个东西把耳朵堵住。

近来夜里也时常听到猫头鹰的叫声：嗷，嗷，嗷……

叫一声，顿两拍，把夜晚衬托得安静又寂寞。

没听过猫头鹰叫声的人，会觉得有点惊悚，以为这是传说中的"鬼叫"。在我的听觉记忆里，这叫声却有一种遥远的亲切感——小时候住在偏僻乡村，夜晚醒来，听到的就是这声音。那时候并不知道这是猫头鹰的叫声，只是觉得这是夜晚该有的声音，能给人宁静的安慰。若没有这声音，夜晚反而会空荡荡的，没着没落。

麂子叫声持续了十多分钟，也许更久。人在半梦半醒中，时间概念也是模糊的，有时做了一个情节复杂的梦，好像经历了半生，醒来看看时间，不过片刻而已。

麂子的叫声离开以后，有一会儿寂静，接着，蝉声响起来了。凌晨的蝉声是从低处开始的，像一只沉在水底的大网，慢慢地，拉起它的四只角，慢慢地升高。

等网升出水面，窗子就亮了，鸟鸣从林子里飞出来。

早安，夏蝉。早安，鸟儿们。早安，新的一天。

还有什么比在大自然的声音里醒来、迎接新的一天更幸福的事呢？

在这无常世界，每一天的开端都像一次新生，每一次日出都是一个奇迹。能够把握的幸福，也只存在于此刻，下一时刻的事情是无法预测的。

我住进山谷里，就是想让自己有限的生命空间多一些这样的幸福。哪怕它是零碎的，只存在于短暂的瞬间。

我把自己变成空空的容器——把耳朵掏空，把心放空，摆在这里。落进来的一切，哪怕是夜半时分的雷电和凌晨三点的兽鸣，都是我收集的音乐和风景。

原载《文学报》2023 年 6 月 8 日

仁者老田

王必胜

9月1日，著名的作家、资深的报人、恩师袁鹰先生，因病去世。他原名田钟洛，又名田复春，在单位大院和朋友中间，人们都叫他老田。他生于1924年秋，是望百之寿，去年初秋我看望他时，他还说百岁一定要祝寿的，没承想酷暑流火，9月头一天，他竟没能挺住，住院大半年后，永远离开了我们。

老田多年前因一次摔倒卧床不起。三年前，他不能下地，我与同事罗雪村去看望，他仰卧在可升降式的床头，给我们写字，找书，聊天。他精神尚好，谈吐清楚。每每雪村为他素描，他风趣地说，这样子画不好的啊。床头柜上放着翻旧了的唐诗选和几本新书刊。之前，他虽不良于行，但偶尔下地与大家交谈。因喜欢他的手札，钢笔字和毛笔字都很有力道，雅致，所以一次，我忍不住求他写句留念的话，他文不加点，用粗笔写了李白的《渡荆门送别》的诗，说我是那块儿人，此诗的楚地乡愁，我最能理解。看他有点抖动的手，一气呵成地默写，多么不忍，多么荣幸。其实，我本已收藏他的多封信札，随手记在便笺或台历纸上，随意，温馨。这次，专请先生写毛笔字，因年事高，行动有难，他只好用签字笔，但是笔力仍劲道，有章法。他随和，明慧，每每相见，都是很愉快和美好的，所以，每隔一段时间，我便约上雪村到袁府拜望。

他的家在一所普通的单位小区，并不宽敞。客厅一角，有三两书柜和一张旧式两屉桌，形成一隅书斋，自谓"未了斋"，雅致隽永的斋名，由书法家黄苗子题写。书桌上老式玻璃板，压着原来报社老领导邓拓的著名诗作《留别〈人民日报〉诸同志》手迹，墙头挂有冰心的题词：海阔天高气象，风光月霁襟怀。东侧是夫人吴老师的生活照。局促的未了斋，明德唯馨，先生晚年在此安度十数载，时有文章面世，也接待来访友人。

老田原籍江苏淮安，他自述，初中时从杭州逃难到上海，住在曹家渡一带弄堂里，1943年考入上海之江大学，后来受进步人士和革命志士精神感召，参加地下党工作。1947年毕业后，在上海集英中学等学校任教，在《联合晚报》《新民报》工作。二十世纪五十年代初从上海《解放日报》到人民日报社。他主持报纸副刊，任文艺部主任多年。人们印象中他是谦和的兄长，也是尊敬亲和的师长。无论单位同事，外面作者，年长年少，多以老田称之。一是当年不兴别扭的官名叫法，那样子显得俗气；二是他的慈祥和厚道，大哥大叔甚至大爷似的慈爱，你没法去生分地叫个官名来。

他创作凡七十多年，作品有四十多部，可谓著作等身。高中时，写有《师母》一文，是他最早的文章。取名袁鹰，见于上海"孤岛"时期的诗作，因为母亲姓袁，也渴望人生如鹰高飞，故取此笔名并沿用至今，成为响亮的文名。查资料，袁鹰散文，在当代文学史上留有专门的评述和分析。早年的中学课本收有他的《井冈翠竹》《小站》《渡口》《黄河的主人》等散文。

他的散文，写事记人，情怀幽幽，触景生发，内蕴深挚。早年作品，如二十世纪五六十年代发表的上述名篇，具有浓烈的现实感，细密的生活细节，对社会历史乃至人的激情思考。新时期开始，他正当盛年，创作了《十月长安街》《玉碎》《京华小品》等意蕴深沉的散文随笔。个人的创作，也与他主持的报纸副刊上的高扬思想解放大旗、思考社会人生相契合，特别是为受迫害的冤假错案申诉，为思想斗士讴歌，传诵一时。长篇散文《玉碎》，记叙了被"四人帮"污蔑为反党反社会主义的"三家村"主角邓拓，一个忠贞于革命和党的事业，为革命文化作出重要贡献的人，是为邓拓平反的较早的重要文学作品。散文《十月长安街》，描写天安门举国欢腾，庆祝粉碎"四人帮"胜利的历史时刻，抒发了"千秋青史人民创造"的豪迈情怀。这一时期，他以散文随笔加入了新时期文学的拨乱反正、激浊扬清的工作。人生风风雨雨，新闻工作几十年的历练，他"万千风云心底过，一支毛锥写纵横"。无论是长篇还是短制，大处着眼，细部下笔，思想锐利，情感浓烈。晚年的作品，回忆人生，记录史实，描绘文坛过往，个人性的回忆现出新闻文化史，文字冲淡，平和，简约，深思。他回忆人生过往，出版了《袁鹰自述》。2006 年出版的《风云侧记：我在人民日报副刊的岁月》，是一本有特色并引起较大反响的书。回首副刊岁月，悲欢交集，编辑往事，写来随意轻松，却意蕴沉实。有文化名家的过从，也披露一些文章发表经过，如电影《武训传》讨论、《红楼梦研究》批判、"大跃进"、"反右"、"十年浩劫"、"拨乱反正"等新闻文化史上的重要事件。书中描绘与文化大家，如冰心、夏衍、胡乔木、周扬、邓拓、林淡秋、袁水拍、陈笑雨、赵朴初、赵丹等人的过从，写文字交谊，谈他们的文章，并附录了一些珍贵的信件、手稿、照片。曾经引起过麻烦的"编辑部故事"，老田一一写来，风云岁月留下深深印记，启迪后人。作为过来人，老田以对历史和文化负责的精神、一颗老新闻人的赤诚，八十高龄遍查所有资料，完成了一部当代副刊史的扛鼎之作。

二十世纪五六十年代，是老田写作的重要时期，他有散文《第一个火花》《风帆》，诗集《江湖集》等出版，同时，他的儿童文学有《丁丁游历北京城》，诗有《篝火燃烧的时候》。少儿诗作涉及国际题材。1953 年，他的《寄到汤姆斯河去的诗》，以美国和平战士不幸的事迹，讴歌了反战和平的爱国主义和国际主义主题，获得 1949—1953 年全国少儿文艺创作二等奖。1960 年创作的《刘文学》，获得全国少年儿童文学创作一等奖。他的少儿诗作，敏锐隽永，音韵铿锵，是散文之外的重要收获。他多次到域外访问，1963 年访问巴基斯坦，创作了国际题材的儿童诗，1985 年 3 月，荣获巴基斯坦总统颁发的"领袖之星"勋章。

他在文坛、报界几十年，曾任中国作家协会书记处书记、主席团委员等职，为文、为人，谦谦君子，始终葆有清纯的童心，无论是写作还是生活，善心美意，持守不变。那年搬家，我们多次表示去帮忙，看他满屋的图书刊物，想打包装车多么难，可是，他却自己一本一摞地收拾。他每有文字成稿，八十多岁高龄，亲自到街头自费打印，即使是我们的报纸约稿，都找人录成电子版打好，又专门到邮局寄出。他住没有电梯的旧楼，一住三十多年，上下三楼是个大难题，可他泰然以对。

他的爱心善行，修身修为，是人们熟知的。"文革"前，他将八千元的稿费交了党费，这笔钱在当时可以买一个小院。他回忆说，我们夫妇两人工资完全够生活，家庭负担并不重。那个时候这笔钱大体上相当于三年的工资。我想得很简单，交了就交了，也没有什么，当时报社其他同志也有过，不像我这么多就是了。这之后，常是有了稿费他就交党费。

四十多年交往，我几乎没见过他生气发火，也没有与谁红过脸，批评过人，哪怕是部属、学生。工作上有了问题，他主动担责。有人说他宅心仁厚，有人说他老文人风范，也有人说他是老好人。总之，他是宽厚长者，他以一个老派文人、老共产党人的风范，像一缕清风，一股清流，诠释了善良和美好的真义。

9月1日，得知他仙逝，匆匆在朋友圈写上几句寄哀思：顷悉噩耗泣无声，半载沉疴不忍闻。音容慈怀德劭高，文采华章风骨存。一身清气百年寿，满心春温后辈情。"风云侧记"谁人续，"井冈翠竹"忆故人。仁者老田。先生之风，山高水长！

原载《中国社会报》2023 年 9 月 17 日

细细碎碎的光

———

斤小米

喧嚣与萧条的渡口

父亲坐在禾场里，半眯着眼，似乎在想什么，又似乎只是干活累了，休息一会儿。

夏天的傍晚，暑气还在禾场上肆虐，父亲就已经开始等待属于他的晚餐。他回望劳累的一生，终于可以在这个时刻安静地享受一下暮色。橘子林成片地招摇，此时青橘与橘树叶片融在一起，呈现出一层比一层更重的墨绿，父亲已经习惯了生活的沉重，这样的暮色与橘色，与他的心意交织，刚刚好。

远处早已废弃的子堤，因为二十几年前一场声势浩大的洪水，断掉了。我们的禾场是这一带位置最低的，子堤从前像座山压着远处的视线，如今缺了口子，露出远处的天光来，远处的远处，是那条一直在流淌着的河，那条河上，曾经写满悲欢离合的故事。他坐着坐着，在望与不望之间，整个身影一不小心就消失在低矮的地势与迅猛的时间相碰撞之处。他是乐意这样的，他磅礴一生八十年的经历，岂是纸笔可堪其重，又岂是存在与虚无可以释义。

一碗油爆青椒，一碟水煮茄子，一个咸鸭蛋，一锅绿豆稀饭。青椒是刚从土里摘的本地种，有特殊的香味，令人闻了就要流口水，茄子也是那种有了生芝麻一样的籽却依旧鲜嫩的，怎么做出来，味道都极好。现在杂交品种多了，原来的种子，原来的味道，让人格外怀念。他拿起筷子，夹起一块辣椒，又半眯着眼尝了尝，大声问妻子，辣椒结很多了吧，明天上街去，也能换几个钱。

怎么去？又开你的小电动三轮车？不要吓死我才好呢！她笑着回答。哪怕已经六十五了，她说话依旧像是在撒娇。听她这么一说，父亲心里极为舒坦，驼背往椅背上一靠，说，年轻人说，我那是敞篷车，很拉风，你还嫌弃，你以为还是以前，要过河渡水，又久又危险。她便又笑起来，说，要得要得，明天一大清早就去摘辣椒，跟你上街！

他们这样说着话，岁月静好，光阴停驻，仿佛三十几年前那条河流边的渡口，人声喧嚣里，父亲对我说着话。

河水清澈，河底的水草、游鱼、卵石，全都清清楚楚，"千丈见底"，"游鱼细石，直视无碍"，大抵就是那个样子。渡口边距离岸比较远的高地，是参差错落的几户人家，每户一条乌篷船停在门口的河面。可能是看惯了乘客来来往往，他们极少停下手中的活与人攀谈几句。渡口最热闹的是一个商店，很小，很暗，商品少得可怜，货架上落满了灰，几个玻璃罐里，无非一些花花绿绿的糖果，或者几包烟。上街的人带着自家的果蔬去，换一些钞票或者衣物糖果之类的新鲜玩意儿回，又或是揣着不一样的见闻，揣着一点一滴改变生活的希望，再看这个渡口商店里的东西，谁还能瞧得上？但这里是一个极佳的休息场所，等船的间隙，坐在阶沿摆的一线长凳上，人手一根烟，划根火柴点燃，对着水天相映的河面，胡天海地地聊，甚是惬意，船一来，各自散去，毫无牵挂，又是另一种好处。有时零零落落几个人，彼此不识，只默默地坐着看河。人多的时候，很多人只能围着商店站定，三三两两各自说着家长里短，让人不由得想起"渔梁渡头争渡喧"的诗句，遥想起借助水运而繁荣起来的时代，以及那些船码头上的故事。

春夏水涨，河水一直往上漫，商店被浸到水里去，只剩腰际以上，船也靠到了平时的大路上来。没有靠船的桩，人们只能人为地做桩，水越涨越高，越来越黄浊，桩不断后退，河面越来越宽，上面漂浮着各种草屑树皮，河带来的危险也越来越大。空气中弥漫着某种不能言说的危险气息，人们窃窃私语，说着落水鬼对几个孩子下手的事，以及去年淹死的灵魂守在相同的地方等待抓替身的事，他们故意压低声音，却又绘声绘色，给这条河流书写神秘、广阔而幽远的时空。

然而，这一切都会随着秋天水退而退去。冬天来临，河面因为枯瘦，结上冰，更加窄得不成样子，渡口边的商店孤单地兀立在寒风中，别有一种苍凉的诗意。过渡上街买卖的人就如树梢上的落叶，一天天变少，直到过年，要打年货了，只能来这里过渡，才又能热闹一阵子。

年复一年，渡口重复着喧嚣与萧条，人世的起起落落悲欢离合都在这里上演。原本以为，几千年岁月更迭，无非如此。但我见证的四十年光阴，便是沧海桑田——由于城市的发展，那条河已经成为城市的后港，高速公路，一级公路修起来，便捷的运输条件，使人们无情地抛弃了它，如今，它一旦枯瘦下去，便再也难以丰盈，从前看起来澎湃磅礴的河面，窄得如同一条带子，而昔日的渡口，早已死寂，无人光临了。

电动三轮车可以载着八旬老人和他的妻子风驰电掣地驶过柏油马路，碾压往日辰光，父亲往前面走去，来不及回头。那个他总半眯着眼望过去的大堤缺口里，却洄流着不可磨灭的时光，直到他远走，我也远走。

供销社里的凝视

"我三岁死了娘，四岁死了爹，没有兄弟姊妹，我是一个孤儿，我是外婆养大的。""百禄桥有一孔亲戚。"母亲一边说着，一边开始整理去娘家的礼物，一块腊肉，一袋橘子，几个良薯，还有悄悄用一块手帕包起来的花花绿绿的钱。母亲神神秘秘地对我说，钱是要给姥姥和满姨的，一年见一两次，要尽点孝心，不要告诉你爸爸。

对母亲的秘密，我向来守口如瓶。因为那些母亲要给钱的人，都对我特别亲，而这些钱也只是母亲省了一年才省下来的一点点，厚虽厚，却少得可怜。

从沅江去百禄桥，要在寒风中走十里路，到烟包山大堤边的渡口等船，船在胭脂湖上行走—两个小时才靠岸，再走两三里曲曲折折两面是丛林的小路，才先到外公外婆和大舅舅家。在我很小时母亲就告诉我，他们都不是她最亲的人，只是她的伯父伯母，并没有养她，外婆教她做针线活，用豆豉下一口饭，但仍然是她的娘家人。母亲见到他们时，眼里有光，脸上的笑有着发自内心的激动。

外公家在百禄桥街边上，做豆腐，卖豆腐，有一座一进一出的房子，厨房里成天黑洞洞，飘着豆子的热香气，卧房的粗布蚊帐整天关着，像围着一堵半黑不黑的墙。大舅舅家挨着外公外婆，房子很长，肥胖的大舅妈生了十一个孩子，两个得了小儿麻痹症，三个夭折了。他们与我相见，总是匆匆忙忙又客套，我完全记不住表哥表姐们的模样，更别说极为相似的名字了。

小舅舅是个木匠，在那个时代，有一技之长的他，第一个住上了楼房。他与母亲更亲近些，据说是因为他已经寄到了我母亲这一脉，算是亲兄妹。

这里还有一位姑外婆、两位姨外婆，小云姨，白鹅姨以及与我年龄相近的两个姨、三位表兄。当然，最重要的是这里住着母亲的外婆，一位年逾八旬双目失明牙齿掉光的小脚老太太。她一听到母亲叫"外婆"，就会瘪着嘴，很激动地站起来，抖抖索索地伸出双手要母亲抱住她，不久她就从怀里掏出一块手帕擦拭眼角的泪。

每年正月，最期待的事莫过于与这些亲人相见，在时光的镜像里，母亲叫"大哥""小哥""外婆""满姨""大姨"，每一个称呼都十分响亮，饱含着母亲一年来的思念。周围洋溢着一种朴素而真诚的气息，每个人都对我们的到来表现出极大的热情。大家相聚在小姨外婆家里，挤在一块儿，说一些令我似懂非懂的家长里短，有时候说着说着，母亲和他们就哭到一块儿，好像在痛斥什么，又像是一种怀念。我看不懂大人们的表情，又没有同龄或同性的玩伴，便到她家门前的池塘边看水，又四望着参天的杉树，天光云影，鸟声长长短短，有种说不出的惆怅。

百禄桥从前藏在高高低低的山里面，很闭塞，家家户户用的都是摇曳的煤油灯，一到傍晚，四野寂静，山色笼罩过来，黑得吓人，更添一份神秘。母亲所讲的鬼故事发生的地点就在这里，这份神秘分外令人向往。

然而，所有美好的一切都抵不过在胭脂湖等船去百禄桥的那一两个小时有诱惑力，为了这一两个小时，无论百禄桥是怎样的，都值得期待。大抵因为序曲华丽，后面的一切才更像盲盒，能给人极大的惊喜吧。

等船原本是一件极为无聊的事，天冷起来，只能蜷缩在码头边吹着风傻等，一分一秒都难熬。好在码头边的人家点了个藕煤炉烤火，招呼我们过去坐，陪我们等船。烟包山大堤将外河的沅水与内河的胭脂湖一分为二，一边是波涛汹涌惊涛拍岸，一边却水平如镜秀雅沉稳。冬天的胭脂湖失去了往日碧绿的颜色，变得灰沉沉苍茫茫的，万物萧条，水也跟着萧瑟起来。

小孩子不懂萧条是人生的本色，只爱热闹。码头边大堤尽头有一个很大的供销社，红砖外墙，又长又高，气派得很，从大门里走进去，一排长长的玻璃柜台，亮晶晶，新崭崭，和着货物，散发出一种"新"的气味，令人心旷神怡。

跟母亲说，我去供销社里看东西，听到船响就过来。一路小跑冲进供销社，隔着玻璃柜台往里面看文具盒、本子、钢笔，各种颜色、款式、花纹、图案，看得人心动不已，恨不得伸进一只手去，一一拿出来抚摸。柜台里面的墙壁上有各种款式的衣服，各种颜色和质地的毛线，开水瓶……琳琅满目应有尽有。玻璃柜台的两头，一头堆满布料，一头堆满写毛笔字的宣纸、红纸、黄纸之类。这里简直无一不新奇，无一不激起人无限占有的欲望。我久久地凝视这一切，仿佛要把它们看到我的心里去，这样我就能拥有它们了。大概因为我是一个小孩子，营业员头也不抬地坐着织她的毛衣，卷曲的刘海微微泛黄，分在额头两侧，颇有几分蒋雯丽的神韵。

我麻着胆点着一个有凸起的铁臂阿童木图案的文具盒，说，可以把这个给我看看吗？她放下针线，抬头看了我一眼，微笑着说，可以的呀，小姑娘，想看什么阿姨就给你拿什么，天这么冷，你一个人来供销社，是要搭船吧？

她眼睛亮晶晶，皮肤白净净，身材细柳柳，声音甜糯糯，我发誓，她是我一生中见过的最美丽的女子。我顿时被她牵走了魂，痴痴地看着她，她比供销社里任何一样商品都好看，一笑，整个花花绿绿得近于黯淡的供销社都被她的笑容照得通明透亮。

她一定是这个世界上最幸福的人吧，每天陪着这些用不完的东西，出门就是两面大湖，饮着湖光水汽，听着各种风的声音，想宁静就宁静，想闹腾就闹腾，自由自在。

多年以后，我的梦里依然会重复出现两样东西，一是通往百禄桥的大船，一是供销社的玻璃柜台。只是，大船是那种有几层的游轮，坐在上面不似漂在胭脂湖的手划船上那样缓慢，而柜台上的玻璃不见了，伸手就能拿到任何我喜欢的东西。

从烟包山乘船，在胭脂湖上漂流，到百禄桥。每分每秒，都如同欢乐跳动的精灵。多年以后我才知道，原来陆路去百禄桥，南北两边都可以，便捷轻松。那时母亲为何执意带我坐船，不得而知。也许是因为，乘船的静谧时光，正好可以捋捋她深藏的忧伤；也许是因为，光是听听那船底的水响，看看两岸的山色，就足以让她饮恨的半生得到抚慰。

时间如露如电，生活亦真亦幻。此时彼时，哪一刻才是真呢？或者，母亲还在，我亦仍在供销社那个女售货员的眼眸里，而现在的我，只是童年之我通过炫目的玻璃柜台、繁丽诱人的文具造出的一个像吧？

原载《当代人》2023 年第 10 期

八十年代野中记忆

——

汪惠仁

　　野中，是安徽潜山野寨中学的简称。从野寨中学出来的孩子，习惯这么称呼自己的母校。今年是野中建校八十周年——八十年前，因纪念抗日阵亡将士而建。野中的深厚，我虽有些微体会，但无力道出。我在天津生活了三十多年，关于潜山老家，始终没有忘掉的，其中大部分都是和野中有关。面临潜川，背依天柱，近旁是三祖寺，这就是野中之所在。当年我家住在野中，我的整个八十年代都在野中度过，我记下几个片段，献给八十年代，也献给野中。

电视机

　　二十世纪七十年代末，我随父母迁居到白水湾的潜山五七大学——实际上就是个师范学校，我开始知道世上还有电视机这种奇妙的东西。虽然只是黑白电视，但每到周末的下午，当专门保管电视的老师把电视机柜子抬出来的那一刻，师生们的脸上便洋溢着幸福的表情。白水湾，群山环绕，远离城市，微波信号很弱，多数的情况是，夜晚的空地上，几百个人兴致盎然地在看电视显示屏上的麻点（有时是方向随机的织布纹样），麻点依稀能组合成人的形态的时候，观众当中便爆发出巨大的欢愉声，直到有人判断节目播放完毕，人群才散去。

五七大学的幸福时光很快就结束了，我父亲又接到了工作调令，他告诉我们，暑假结束前，我们就要搬家了，要搬到野寨中学。我的情绪是低落的，我喜欢那个闪烁着麻点、让我们猜测节目是否结束的电视机。我怀疑野寨中学没有这么高级的设备。

完全出乎我的预料，1980年，野寨中学居然有两台电视机，其中还有一台是彩色电视机，而且是二十四英寸大的。声音是清晰的，图像多数情况下是稳定的，即便出现了帧图翻滚的局面，我们也都是情绪稳定的，因为我们有张有林老师，他是我们心目中的信号调试大师。他通常轻咳两声，在电视机的右上角打开一个盒子，飞快完成技术动作。当时也有凑上来偷师调试奥秘的，那人刚凑近，张老师已啪的一声关上了盒子，信号神奇地回到正常状态。于是，关于这个世界的一些信息，我不再像在白水湾那样在显示屏的麻点里去猜了，我看见了审判"四人帮"，看见了女排，看见了世界杯，看见了山口百惠。到《射雕英雄传》《霍元甲》的时候，学校里的老师家基本上都买了电视，学校的电视就没人再看了。

小灰楼

二十世纪八十年代初，我们家刚搬到野中的时候，野中的办学条件还是艰苦的，老师和学生的住宿、教舍建筑极为简陋。记得当年进校门，依山势而上，只有几排建筑，最前面的是灰楼，后面是单职工宿舍——也是灰色的楼，然后是红楼，稍后增添了新教学楼和招待所。我们家最初住在红楼的一层，没有厨房，格子窗上没有玻璃，为防风挡雨，钉着塑料布。有一年的冬天格外冷，管理公物的王汇元老师，给我们家的窗户塑料布上又加钉了一层塑料布。

我习惯把单职工宿舍的那个灰楼叫小灰楼。

小灰楼的二层向东西各有伸出的廊桥，从我们家这个角度望去，西边的廊桥通常是安静的，我经常看见的是，傍晚时分，方雄飞等几位年龄稍长的先生从廊桥走出来，结伴散步。东边的廊桥则是另外一幅图景，是青年教师的乐园。二十世纪八十年代，是一个喜欢歌唱的年代，是一个喜欢舞蹈的年代，是一个喜欢体育的年代。下午的课一结束，到晚自习开始之前，每天的这个时间段，野中师生的身体便展现出无穷的活力，设施简陋的操场上，野中人在奔跑着跳跃着，而小灰楼东侧的廊桥则成了文艺廊桥，正如《老残游记》里说的，花坞春晓百鸟乱鸣：王灼怀老师演奏着手风琴，演奏着这种能将心怀打开的乐器；其他的青年教师唱着那个年代的最新的流行歌曲，《祝酒歌》《故乡的小河》《我们的生活充满阳光》《鼓浪屿之波》《骏马奔驰保边疆》，等等。唱《骏马奔驰保边疆》的那位老师我已经记不起名字了，嗓音极其洪亮，中气十足，他总是把骏马之后的那个连音拖得很长很长，直到我听得都喘不上气了他才接着唱出奔驰两个字。

我也是后来才知道，二十世纪八十年代我父亲其实是重回野中，他曾经是野中的教师，"文革"开始那年，他和我母亲就是在小灰楼上结的婚，婚床的蚊帐上贴满了大字报。小灰楼东边的廊桥，见证了二十世纪八十年代中国人身心的巨大改变，那是一个大部分知识分子走出人生阴霾的年代。

乌　老

回忆野中，乌老是绕不过去的。他生于1901年，前后师从熊十力、马一浮先生，八十年前他是野中的核心创办人。除此之外，他还担任过宣城中学、安庆一中的校长，谈现代安徽教育史，乌老也是绕不过去的。

我之所以有勇气谈起乌以风先生，是因为在二十世纪八十年代，他和我的外祖父、父亲有着密切的交往。在我读初中的时候，我在家里就看到乌老的一些著作，其中，除了《天柱山志》是已经出版的，其他的大都是蜡刻油印本，印数很少，我记得的，有《马一浮先生学赞》《儒释道三教关系史》《性习论》。另外，《岳云山馆诗稿》，我最早看见的是他自己的笔迹，蓝靛纸复写本，那是他送给我外祖父的，后来，这个诗稿，又有王先创先生蜡刻油印本。乌先生是我父亲的老师，把《儒释道三教关系史》文稿交给我父亲，有委托校勘的意思。父亲接此重托，自是不敢怠慢，日夜推敲，亦与乌先生请教数度，无奈乌先生后来身体每况日下精力不济，他生前没有看到这本大书的出版。父亲多次与我谈及这个过程，皆引以为大憾事。

乌先生和我外祖父的交往，则在另一个层面，他们都是在民国年代有着丰富阅历的人，最重要的，他们都是诗人。乌老诗艺，鹄的高标，唐宋之妙，兼收并取。他写人生之超迈，有"立极方知天地大，凌空不见古今愁"；他写家变后情感之无力挽留，有"嘉陵江水峨眉月，水向东流月落西"。我外祖父王新森先生，亦善诗，其长诗《天柱行》，情浓思深，辞采奔涌，写尽了天柱山的自然与人文魅力。乌老曾讲，《天柱行》是可入天柱山艺文志中重要文献的。在安庆，乌老与我外祖父，心意最为相通。我记得有一回，外祖父到野寨，把乌老请到家里吃饭，那顿饭，母亲做了精心的准备，从食材到摆盘，可谓精致，家里最好的酒是古井贡，也拿出来了。两个老人，时而纵议高谈，时而黯然追怀，青眼互抚，佳句相酬，眼看酒瓶将空，两个老人谦让再三，乌老说，好酒，剩下的酒我拌饭吃。

野中建校七十年的时候，我说野中最难得的，是留住了野中气息。这种气息的源头就是乌老。一个高人，俯下身子，做平常事，这个平常事里就含着高人的气息了。二十世纪八十年代，乌老的山谷口草堂就在野中的围墙旁边，那真是个草堂，屋顶上铺着的，不是瓦，是茅草。

从野中出来的孩子

我的一位野中同学叫董裕平，因为他的老家在油坝，与我同乡，所以虽然我在油坝的时间很短，但一提是油坝人，就天然更亲密一层。

他似乎自幼就是那种聪慧而有意志力的人，我现在回忆起来，十五六岁的孩子，就有着远大理想抱负的，他是最突出的。有一次我在他的课桌上看见一个纸条，上面写着：鸾驾车，发轫在龙年。他在南京大学（也许不准确）毕业后到蚌埠卷烟厂短暂工作，其间我去看过他一回。那时也没有快捷的联络方式，他并不知道我要来。凌晨我在蚌埠下了火车，出站后没有去卷烟厂的安全的交通方式，草草吃了一碗面条就叫了一辆黑三轮。小面馆的大姐给我递眼色，意思是要小心。我告诉她，放心吧，我带着刀呢。到卷烟厂的时候，门卫早睡了。被我拍醒的门卫，打着哈欠把我带到了厂职工宿舍，唯一亮着灯的，就是董裕平的房间。相见也没什么话，我抽了支烟，毕竟在卷烟厂，不抽烟是对卷烟事业的不恭。只记得我被他的发奋震撼了，他丝毫没有名校毕业后的优越与松弛，他不满意当时的生存状态，他要继续学习，到别的地方去，他甚至打算把国家的经济抓上去。我看见书桌对面的墙上，密密麻麻地列着他的学习计划，或者还有几句自我激励的警句。

我在这里记下他，是想说，这就是从野中出来的孩子。

谁不想在俗世当中成功呢？从野中出来的孩子也一样有这样的想法。不同的是，在成功学之外，从野中出来的孩子有着自己特别的志向与趣味。

原载《美文》2023 年第 8 期

春水潺潺

——

陆春祥

一

　　严光隐居富春山。他万万没想到，富春江山水近两千年来因他而灵动活泼起来了。这里，成了中国隐逸文化的一个重要起源，也成了历代文人雅士精神朝圣之地。

　　谢灵运，奔着他心中的偶像严光来了。

　　谢灵运爱山水，爱在了骨子里。他甚至组织人马，从自家别墅始宁山庄开始，一路开山伐树到临海，为的是看剡溪两岸的景色。他为登天姥山而创制的鞋子"谢公屐"，让李太白做着美梦，一路追着。自然，他是不会放过富春山水的，那里隐居过的严光，与自己同是会稽人，他必须去。而且，他去永嘉做太守，这富春江也是必经之路。这一下，就写了四首诗，而且，主要是写富春江，写严子陵钓台。

《富春渚》《夜发石关亭》《初往新安至桐庐口》《七里濑》，这四首诗中的后两首，全部写桐庐境内的人文风光。

现在我们来看他的名篇《七里濑》："羁心积秋晨，晨积展游眺。孤客伤逝湍，徒旅苦奔峭。石浅水潺湲，日落山照曜。荒林纷沃若，哀禽相叫啸。遭物悼迁斥，存期得要妙。既秉上皇心，岂屑末代诮。目睹严子濑，想属任公钓。谁谓古今殊，异代可同调。"濑的本义是沙石上流过的急水。七里濑，又称严陵濑、子陵濑、严滩，是严光隐居地流经的一段江，现被人称为"富春江小三峡"，上至建德的梅城，下到桐庐的芦茨埠，是百里富春江最优美灵秀的江段。

谢灵运显然是心事重重，昨晚没睡好，不过，虽是贬谪，还是要赶路去赴任的。小船逆流慢行，秋天的早晨，富春江的景色确实怡人，看着那满山红了的枫叶、急流的江水、陡峭的江岸，还有那荒山野外落叶纷纷，秋日里的禽鸟叫声就开始凄凉起来了。也有好心情时，船过江流平缓地段，清流中的石头都看得很清晰，太阳落下去的柔光，照得满山生辉。

贬谪的游子，触景伤怀。不过，我已经悟出了人与自然和谐相处的微妙道理，不在乎别人如何看自己，这严子陵，那任公子（《庄子·外物篇》中任国公子），都是自己学习的榜样。

只要有一颗安定的内心，就可以志存高远，这个道理，古今都一样。

二

"石浅水潺湲，日落山照曜。"这"潺湲"用得多妙呀，弄得后来的诗人留恋不已，竟不怕抄袭嫌疑，反而频频援用。

唐武宗会昌六年（846年）秋天，江南丘陵连绵，山道两旁，秋果硕硕，枫叶红了，四十三岁的杜牧，从池州刺史任上调任睦州刺史。睦州是偏僻小郡，"万山环合，才千余家。夜有哭乌，昼有毒雾"（杜牧《祭周相公文》）。这里的环境与生活条件都差，且离长安越来越远，杜刺史的心情可想而知。

然而，杜牧到了睦州后发现，这地方的山水和百姓其实都挺不错。谢灵运的"潺湲"用得太好了，他要继续用——"有家皆掩映，无处不潺湲"。这首著名的《睦州四韵》将唐代睦州山水活化了出来，成了唐诗中的经典。

几乎所有的文人学士都对严光崇拜之至，杜牧也不例外。工作之余，他一定会去州府梅城下游三十里的严子陵钓台，除膜拜之外，更有对富春山水的流连。在杜诗人眼里，这两岸的山水实在太可爱了，白墙黑瓦，茅屋人家，忽隐忽现，溪水潺湲，流过山石，漫过山涧，小鸟在茂林中幽幽地鸣叫。

日近正午，农户人家的炊烟袅袅升起，家家都住在风景里。而我，客居于此，真被眼前的美景陶醉了，像一个喝醉酒的人一样倒在了落花前。

我读唐朝以前写严子陵及富春江的诗，"潺湲"纷纷跳入眼帘——

南朝沈约《新安江至清浅深见底贻京邑同好》："愿以潺湲

水，沾君缨上尘。"唐朝洪子舆《严陵祠》："水石空潺湲，松篁尚葱蒨。"唐朝孟浩然《经七里滩》："挥手弄潺湲，从兹洗尘虑。"唐朝张谓《读后汉逸人传二首》："高台竟寂寞，流水空潺湲。"唐朝严维《发桐庐寄刘员外》："舟人莫道新安近，欲上潺湲行自迟。"

"潺湲"太有名了，据《严州图经》标注，梅城曾建有"潺湲阁"。

我幻想着走进潺湲阁。阁中，谢灵运、杜牧的塑像一定很是醒目，是他们的诗成就了这个阁。自然，沈约、吴均、刘长卿、王维、李白、孟浩然、白居易、苏轼等，这些历朝历代著名文人墨客抒写睦州山水的诗画，也为潺湲阁增光添彩。看那些诗，诗意画面感顿生；看那些画，画意却如诗般凝练，睦州的美丽山水，都如精灵般生生活化了。

想象不尽，一时竟恍惚了。

三

和杜牧同时代的诗人方干，他的老家就在严光的隐居地边上。

方干是晚唐著名诗人，《全唐诗》收录他的诗有三百四十八首。他有才，多次考试，成绩优异，却因容貌有点缺陷（唇裂），最终都未被录取。这样的境遇，注定了他的人生不会太得意。不过，他并没有太多的消沉，原因就是，他家边上有严光。

方干在《题严子陵祠二首》中写道："苍翠云峰开俗眼，泓澄烟水浸尘心。惟将道业为芳饵，钓得高名直到今。"飞泉，野渡、哀猿、孤月，严光体验到的，他也在休验，只不过，山色更浓了，树木更壮了。

三月三，气温上蹿得让人只能穿一件衬衣了，方劲松陪我去严陵坞。方劲松是县编办主任，他是方干的后人，家里有家谱。严陵坞就在严子陵钓台的正对面，车贴着富春江水边的简陋公路蜿蜒行进。我们到了严陵坞小村。十几户人家的小村，极安静，水边一排老松，松与松之间有横索连着，村民在上面晒着毛笋干。那些笋干的样子很特别，看着像扁扁的鲳鱼。"鲳鱼"不是铃铛，风吹过来，它们只左右摇晃而已，默默无闻。透过"鲳鱼"，对面的东西钓台及严陵祠都清晰可见。只是，隔着宽阔的富春江水面，那些山石和屋宇的样子都极小。

我去过钓台多次，却从未到过严陵坞小村，而这里，恰是观察钓台的另一个极好的侧面。

门前有大大的竹篾垫，上面摊着茶叶，我们走进水边的林锋伟家，他正和父亲一起做茶。他家有五十多亩茶山，他做红茶，都是用别人的品牌，他也做绿茶，他说自己刚刚注册了一个叫"钓台林上"的品牌。我们喝一杯绿茶，满口的清香，再换一杯红茶，温润可口。我们一边喝茶，一边闲聊着钓台。1977年出生的林锋伟说，少年时的夏季，他常和几个同学一起游到对面，"天下第十九泉"中常有游客丢下的硬币，他们捞硬币，回家买棒冰吃。不过，严陵祠里，他们是不敢进去的。我们听了都笑着说，水性真好，胆子真大。

富春江水电站建设以前，芦茨溪两边搭个木桥，人们来往方便。画家李可染的名作《家家都在画屏中》就是取材于这一带，画中溪水潺潺，古木葱郁，青山白云，下湾渔唱，东山书院，孤屿停云，炊烟袅袅，都是天然景观，芦茨村美得让人心醉。

方干自己因相貌原因没有入仕，而他的后人却替他挣足了面子。在宋一代，自他的八世孙方楷于仁宗天圣八年（1030年）登科以来，一直到他的十三世孙方登于理宗淳祐十年（1250年）登科，二百多年来，共出了十八位进士，称芦茨为"进士村"，毫不为过。

四

方干和严子陵是近邻，多写了几句，再转回写诗人们赞颂的严光。

这一定要说到李太白。《李太白全集》中直接或间接写桐庐的诗有十二首之多，自然，他写桐庐，主要讴歌对象就是严子陵。试举这首《古风其十二》："松柏本孤直，难为桃李颜。昭昭严子陵，垂钓沧波间。身将客星隐，心与浮云闲。长揖万乘君，还归富春山。清风洒六合，邈然不可攀。使我长叹息，冥栖岩石间。"

松柏就是松柏，它不可能像桃李一样，单单为春天而奔放。高洁的严子陵，就在富春江这碧波之间垂钓，他的心，与浮云一样悠远，他不事王侯，归隐富春山，树立起的做人标杆，看似清风拂人面，实则很难学到。

据文友董利荣的不完全统计，向严光表达敬意的唐代诗人就有七十多位，如洪子舆、李白、孟浩然、孟郊、权德舆、白居易、吴筠、李德裕、张祜、陆龟蒙等。诗人们借景抒情，借人抒怀，严光、严光富春山的钓台，几乎就成了赛诗台。

我在台上临风，春风拂我脸，此情此景，引得内心万念快速流动。

时光倒流，严光、范仲淹、黄公望，都在富春江畔复活。

春水潺潺，诗情潺潺。

原载《解放日报》2023 年 3 月 25 日

纸上的李白

祝　勇

很多年中，我都想写李白，写他唯一存世的书法真迹《上阳台帖》。

他的诗句越是真切，他的肉体就越是模糊。他的存在，表面具象，实际上抽象。即使我站在他的脚印之上，对他，我仍然看不见，摸不着。谁能证实这个人真的存在过？

不错，《新唐书》《旧唐书》中，都有李白的传记；南宋梁楷，画过《李白行吟图》——或许因为画家自己天性狂放，常饮酒自乐，人送外号"梁风子"，所以他勾画出的是一个洒脱放达的诗仙形象，把李白疏放不羁的个性、边吟边行的姿态描绘得入木三分。但《旧唐书》是五代后晋刘昫等撰，《新唐书》是北宋欧阳修等撰，梁楷，更比李白晚了近四个世纪，相比于今人，他们距李白更近；但与我一样，他们都没见过李白，仅凭这一点，就把他们的时间优势化为无形。

只有那幅字是例外。那幅纸本草书的书法作品《上阳台帖》，上面的每一个字，都是李白写上去的。它的笔画回转，通过一管毛笔，与李白的身体相连，透过笔势的流转、墨迹的浓淡，我们几乎看得见他手腕的抖动，听得见他呼吸的节奏。

这张纸，只因李白在上面写过字，就不再是一张普通的纸。尽管没有这张纸，就没有李白的字，但没有李白的字，它就是一片垃圾，像大地上的一片枯叶，结局只能是腐烂和消失。那些字，让它的每一寸、每一厘，都变得异常珍贵，先后被宋徽宗、贾似道、乾隆、张伯驹、毛泽东收留、抚摸、注视，最后被毛泽东转给北京故宫博物院永久收藏。

从这个意义上说，李白的书法，是法术，可以点纸成金。

一

李白的字，到宋代还能找出几张。北宋《墨庄漫录》载，润州苏氏家，就藏有李白《天马歌》真迹，宋徽宗也收藏有李白的两幅行书作品《太华峰》和《乘兴帖》，还有三幅草书作品《岁时文》《咏酒诗》《醉中帖》，对此，《宣和书谱》里有载。到南宋，《乘兴帖》也"辗转"到贾似道手里。

只是到了如今，李白存世的墨稿，除了《上阳台帖》，全世界找不出第二张。问它值多少钱，那是对它的羞辱，再多的人民币，在它面前也显得苍白轻飘。李白墨迹之少，与他诗歌的传播之广，反差到了极致。但幸亏有这幅字，让我们穿过那些灿烂的诗句，找到了作家本人。好像有了这张纸，李白的存在就有了依据，我们不仅可以与他对视，甚至可以与他交谈。

站在它面前的那一瞬间，我外表镇定，内心狂舞，顷刻间与它坠入爱河。我想，九百年前，当宋徽宗赵佶成为它的拥有者，他心里的感受应该就是我此刻的感受，他附在帖后的跋文可以证明。《上阳台帖》卷后，宋徽宗用他著名的瘦金体写下这样的文字：

> 太白尝作行书，乘兴踏月，西入酒家，不觉人物两忘，身在世外，一帖，字画飘逸，豪气雄健，乃知白不特以诗鸣也。

根据宋徽宗的说法，李白的字，"字画飘逸，豪气雄健"，与他的诗歌一样，"身在世外"，随意中出天趣，气象不输任何一位书法大家；黄庭坚也说"今其行草殊不减古人"，只不过他诗名太盛，掩盖了他书法的知名度，所以宋徽宗见了这张帖，才发现自己的无知，原来李白的名声，并不仅仅从诗歌中取得。

二

那字迹，一看就属于大唐李白。

它有法度，那法度是属于大唐的，庄严、敦厚、饱满、圆健，让我想起唐代佛教造像的浑厚与雍容，唐代碑刻的力度与从容。这当然来源于秦碑、汉简积淀下来的中原美学。唐代的律诗、楷书，都有它的法度在，不能乱来，它是大唐艺术的基座，是不能背弃的原则。

然而，在这样的法度中，大唐的艺术，却不失自由与浩荡，不像隋代艺术，那么的拘谨收压，而是在规矩中见活泼，收束中见辽阔。

这与北魏这些朝代做的铺垫关系极大。年少时学历史，最不愿关注的就是那些小朝代，比如隋唐之前的魏晋南北朝，两宋之前的五代十国，像一团麻，迷乱纷呈，永远也厘不清。自西晋至隋唐的近三百年空隙里，中国就没有被统一过，一直存在着两个以上的政权，多的时候，甚至有十来个政权。但是在中华文明的链条上，这些小朝代却完成了关键性的过渡，就像两种不同的色块之间，有着过渡色衔接，色调的变化，就有了逻辑性。在粗朴凝重的汉朝之后，之所以形成缛丽灿烂、开朗放达的大唐美学，正是因为它在三百年的离乱中，融入了草原文明的活泼和力量。

我们喜欢的花木兰，其实是北魏人，也就是鲜卑人，是少数民族。她的故事，出自北魏的民谣《木兰诗》。这首民谣，是以391年北魏征调大军出征柔然的史实为背景而作的。其中提到的"可汗"，指的是北魏道武帝拓跋珪。"万里赴戎机，关山度若飞。朔气传金柝，寒光照铁衣。"这首诗里硬朗的线条感、明亮的视觉感、悦耳的音律感，都是属于北方的，但在我们的记忆里，从来不曾把木兰当作"外族"，这就表明我们并没有把鲜卑人当成外人。

这支有花木兰参加的鲜卑军队，通过连绵的战争，先后消灭了北方的割据政权，统一了黄河流域，占据了中原，与南朝的宋、齐、梁政权南北对峙，成为代表北方政权的"北朝"。从西晋灭亡，到鲜卑建立北魏之前的这段乱世，被历史学家们称为"五胡乱华"。

但从艺术史的角度上看，"五胡乱华"则促成了文明史上一次罕见的大合唱，在黄河、长江文明中的精致绮丽、细润绵密中，吹进了"天苍苍，野茫茫，风吹草低见牛羊"的旷野之风。李白的诗里，也有无数的乐府、民歌。蒋勋说："这一长达三百多年的'五胡乱华'，意外地，为中国美术带来了新的震撼与兴奋。"

到了唐代，曾经的悲惨和痛苦，都由负面价值神奇地转化成了正面价值，成为锻造大唐文化性格的大熔炉。就像每个人一样，在他的成长历程中，都会经历痛苦，而所有的痛苦，不仅不会将他摧毁，最终都将使他走向生命的成熟与开阔。

北魏不仅在音韵歌谣上，为唐诗的浩大明亮预留了空间，书法上也做足了准备。北魏书法刚硬明朗、灿烂昂扬的气质，至今留在当年的碑刻上，形成了自秦代以后中国书法史上的第二次刻石书法的高峰。我们今天所说的"魏碑"，就是指北魏碑刻。

在故宫，收藏着许多魏碑拓片，其中大部分是明拓，著名的，有《张猛龙碑》。此碑是魏碑中的上乘，整体方劲，章法天成。康有为也喜欢它，说它"结构精绝，变化无端"，"为正体变态之宗"。也就是说，正体字（楷书）的端庄，已拘不住它奔跑的脚步。从这些连筋带肉、筋骨强健、血肉饱满的字迹中，唐代书法已经呼之欲出了。难怪康有为说："南北朝之碑，无体不备，唐人名家，皆从此出……"

假若没有北方草原文明的介入，中华文明就不会完成如此重要的聚变，大唐文明就不会迸射出如此亮丽的光焰，中华文明也不会发展到后来的样子，一点点地发酵成李白的《上阳台帖》。

或许因为大唐皇室本身就具有鲜卑血统，唐朝没有像秦汉那样，用一条长城与"北方蛮族"划清界限，而是包容四海、共存共荣，于是，唐朝人的心理空间，一下子放开了，也淡定了，曾经的黑色记忆，变成簪花仕女香浓美艳，变成佛陀的慈悲笑容。于是，唐诗里，有了"前不见古人，后不见来者"的苍茫视野，有了《春江花月夜》的浩大宁静。

唐诗给我们带来的最大震撼，就是它的时空超越感。

这样的时空超越感，在此前的艺术中也不是没有出现过，比如曹操面对大海时的心理独白，比如王羲之在兰亭畅饮、融天地于一体的那份通透感，但在魏晋之际，他们只是个别的存在，不像大唐，潮流汹涌，一下子把一个朝代的诗人全部裹挟进去。魏晋固然出了很多英雄豪杰、很多名士怪才，但总的来讲，他们的内心是幽咽曲折的，唯有唐朝，呈现出空前浩大的时代气象，似乎每一个人，都有勇气独自面对无穷的时空。

有的时候，是人大于时代，魏晋就是这样，到了大唐，人和时代，彼此成就。

三

收敛目光，让我们回到这张纸上。然而，《上阳台帖》所说的阳台在哪里，我始终不得而知。如今的商品房，阳台到处都是，我却找不到李白上过的阳台。至于李白是在什么时候、什么状态下上的阳台，我更是一无所知。所有与这幅字相关的环境都消失了，像一部电影，失去了所有的镜头，只留下一排字幕，孤独却尖锐地闪亮。

查《李白全集编年注释》，却发现《上阳台帖》（书中叫《题上阳台》）没有编年，只能打入另册，放入《未编年集》。《李白年谱简编》里也查不到，似乎它不属于任何一个年份，没有户口，来路不明，像一只永远无法降落的鸟，孤悬在历史的天际，飘忽不定。

没有空间坐标，我就无法确定时间坐标，推断李白书写这份手稿的处境与心境。我体会到艺术史研究之难，获得任何一个线索都不是件简单的事，在历经了长久的迁徙流转之后，有那么多的作品，隐匿了它的创作地点、年代、背景，甚至对它的作者都守口如瓶。它们的纸页或许扛得过岁月的磨损，但它们的来路，却早已漫漶不清。

很久以后一个雨天，我坐在书房里，读唐代张彦远《历代名画记》，书中突然惊现一个词语——阳台观，让我眼前一亮，豁然开朗。就在那一瞬间，我内心的迷雾似乎被大唐的阳光骤然驱散。

根据张彦远的记载，开元十五年（727 年），奉唐玄宗的谕旨，一个名叫司马承祯的著名道士上王屋山，建造阳台观。司马承祯是唐朝有名的道士，当年睿宗李旦决定把皇位传给李隆基之前，就曾经召见了司马承祯，向他请教道术。睿宗之所以传位，显然与道家清静无为的思想有关。

司马承祯是李白的朋友，李白在司马承祯上山的三年前（724年）与他相遇，并成为忘年之交，为此，李白写了《大鹏遇希有鸟赋》(中年时改名《大鹏赋》)，开篇即写"余昔于江陵，见天台司马子微，谓余有仙风道骨，可与神游八极之表"，司马子微，就是李白的哥们儿司马承祯。

《海录碎事》里记载，司马承祯与李白、陈子昂、宋之问、孟浩然、王维、贺知章、卢藏用、王适、毕构，并称"仙宗十友"。

《上阳台帖》里的阳台，肯定是司马承祯在王屋山上建造的阳台观。

唐代，是王屋山道教的兴盛时期，有一大批道士居此修道。笃爱道教的李白，一定与王屋山有着千丝万缕的联系。李白曾在《寄王屋山人孟大融》里写道："愿随夫子天坛上，闲与仙人扫落花。"

可能是应司马承祯的邀请，天宝三载（744年）冬天，李白同杜甫一起渡过黄河，去王屋山。他们本想寻访道士华盖君，但没有遇到。这时他们见到了一个叫孟大融的人，志趣相投，所以李白挥笔给他写下了这首诗。

那时，李白刚刚鼻青脸肿地逃出长安。但《上阳台帖》的文字里，却不见一丝一毫的狼狈。仿佛一出长安，镜头就迅速拉开，空间形态迅猛变化，天高地广，所有的痛苦和忧伤，都在炫目的阳光下，烟消云散。

因此，在历史中的某一天，在白云缭绕的王屋山上，李白抖笔，写下这样的文字：

> 山高水长，物象千万，非有老笔，清壮可穷。
>
> 十八日，上阳台书，太白。

那份旷达，那份无忧，与后来的《早发白帝城》如出一辙。

四

一代代的后人，都声称他们曾经与李白相遇。

唐宪宗元和年间，有人自北海来，见到李白与一位道士，在高山上谈笑。良久，那道士在碧雾中跨上赤虬而去，李白耸身，健步追上去，与道士骑在同一只赤虬上，向东而去。这段记载，出自唐代传奇《龙城录》。

还有一种说法，说白居易的后人白龟年，有一天来到嵩山，遥望东岩古木，郁郁葱葱，正要前行，突然有一个人挡在面前，说：李翰林想见你。白龟年跟在他身后缓缓行走，不久就看见一个人，褒衣博带，清新俊逸，那人说："我就是李白，死在水里，如今已羽化成仙了，上帝让我掌管笺奏，在这里已经一百年了……"这段记载，出自《广列仙传》。

苏东坡也讲过一个故事，说他曾在汴京遇见一人，手里拿着一张纸，上面是颜真卿的字，居然墨迹未干，像是刚刚写上去的，上面写着一首诗，有"朝披梦泽云，笠钓青茫茫"之句，说是李白亲自写的，苏东坡把诗读了一遍，说："此诗非太白不能道也。"

在后世的文字里，李白从未停止玩"穿越"。从唐宋传奇，到明清话本，李白的身影到处可见。

仿佛每个人都会在自己的路上遭遇李白。这是他们的"白日梦"，也是一种心理补偿——没有李白的时代，会是多么乏味。

李白，则在这样的"穿越"里，得到了他一生渴望的放纵和自由。

"人生在世不称意，明朝散发弄扁舟"，李白的意思是说："你们等着，我来了。"

他会散开自己的长发，放出一叶扁舟，无拘无束地，奔向物象千万，山高水长。

此际，那一卷《上阳台帖》，正夹带着所有往事风声，在我面前徐徐展开。

静默中，我在等候写下它的那个人。

原载《文艺报》2023 年 7 月 29 日

双溪湖

———

傅　菲

　　湖边露出了二十余米高的深黄斑岩。7月之后，天很少降雨，湖水日浅下去，吃水线刻在斑岩上。桐溪和分水溪注入双溪湖的水量远低于湖水蒸发量。酷暑期，一天蒸发多少水呢？我暂居的院子有一个一千二百平方米的鱼池，每天水蒸发量约两吨。冬日，站在湖尾草甸，可以清晰地看出树轮般的吃水线：一圈圈绕着山体，细密有致，等高线相同，岩渣滓土深黄，碎石嶙峋。水洗去了渣滓土的养分，寸草不生。说是草甸，其实是覆盖了地锦、蓼草的淤泥滩。

　　吃水线之上，是苍苍茫茫的原始次生林和密密匝匝的茅竹林。

　　湖水的大量蒸发，形成了德兴大茅山独特的小气候，越是酷暑，阵雨越烈。阵雨通常在下午两点到四点之间到来，积雨云如一条巨大无比的鳐鱼，在山巅游动，遮蔽了阳光，鱼影投射下来，乌黑黑。三五声响雷捶打下来，响得山崩地裂，云缝泻下清亮的雨。云层是另一种冰山。冰山在崩塌，冰碎化为颗粒状的雨滴，横扫着森林。鸟缩在树梢上，惊恐地望着抖动的树叶。雨珠从树叶滑落下来，吧嗒吧嗒地击打干燥的地面，渗入土层。

雨水流入马溪，也汇聚在树中。我们可以见识到形体优美、色态各异的梯度蓄水池：马银花、映山照、猴头杜鹃、云锦杜鹃、薄毛豆梨、光亮山矾、杜梨、珍珠楠、南方铁杉；木荷、黄山松、大叶冬青、青冈、高山含笑、闽柏；罗浮栲、豹皮樟、缺萼枫香、柳杉、甜槠、硬斗柯、拟赤杨、钟花樱、野漆；玉兰树、香樟、柃木、苦楝树、五叶槭、水杉、苦槠、油桐、山茶、泡桐、赤楠、白背叶野桐……我们也会见识到软体动物、蛙类、昆虫类、鸟类等动物的"水缸"：蘑菇、腐木、腐殖物、苔藓、草根……

积雨云消散，阵雨也消失。暑热的气息暂时隐退，花鲢、鳙鱼、鳊鱼在湖面起跳，拱起一浪浪的水花。钓客坐在桐溪入湖口的林边，日钓夜钓。双溪湖水面面积约三平方公里，鱼大则数十斤，鱼群如舰队深潜湖中。大鱼巡湖，小鱼守郡。钓客坐橡皮船钓，撒酒米、油菜饼做窠诱鱼。吃食的，以鲫鱼、翘嘴鲌居多。手竿抛下鱼线，饵料沉沉下坠，浮漂浮上来，晃悠悠晃悠悠，浮漂轻轻下沉，再急速下坠，手腕往上轻抖，拉起鱼竿，沉手的重。提起来，鱼钩挂着巴掌大的鲫鱼。鲫鱼贪食，舔几下鱼食，拽着鱼钩往湖底跑。翘嘴鲌则是直接拽着鱼钩跑，像个饿坏了的偷食者。

钓鲫鱼、翘嘴鲌过不了遛鱼的手瘾。钓鱼不在于渔获，在于遛鱼。德兴铜矿的退休工人组团来，开着手扶拖拉机，拉一车的油菜饼，装在满是洞口的蛇纹袋中，沉入深水。过了三五天，他们再来钓鱼，一个人撑七八根路亚，支起太阳伞，穿着厚衣服（防晒），吃着干粮，日夜钓。油菜饼香味重，泡烂后，饼浆被水荡到数百米开外。鳡、鲤、鳙、花鲢，寻味而来，吸食洞口散出的美食。吸着吸着，鱼钩被吸了进去。竿头铃铛响得像货郎的串铃，当当当，竿头深深地弯下去。钓客双手抱住鱼竿，往上拽，不但拽不上来，反而被鱼往湖里拖。钓客惊叫着：大鱼，大鱼，足足有五十斤。钓客拉开线匣，鱼线被鱼拉得吱吱吱作响，游入深水。钓客关了线匣，前胸靠树，双臂抱抄着树，一手拽着鱼竿一手收线。树成了他藏身的碉堡或战壕，以树借力，稳住身体，平衡重力，和大鱼拔河。钓客收五圈线、放三圈线，鱼被拉近至湖边。湖面平静，谁也不知道大鱼在深水下怎么挣扎。

钓客也不知道。手在感觉水下的神秘世界。鱼忽东忽西，忽南忽北；时而上时而下，时而悠然时而愤然。愤然了，大鱼迸发出意想不到的千斤之力，反向而逃。钓客拉开线匣，又放线，鱼再次沉入湖底。鱼钩是挂钩，分三组，一组六个，以苹果型钩在饵料（一坨油菜饼）上，只要一个钩挂住了鱼唇，鱼即使有洪荒之力，也脱不了钩。鱼只有奋力奔跑（游），拉断鱼线，才可以活下来。大鱼越奔跑，鱼钩就钩得越深。大鱼有记忆，只要它侥幸挣脱了，便不会再吃进鱼钩。它不再吞食，而是小口小口地吸食。它将小心谨慎地吃食，不再贪食。它有机会为曾经的贪食而懊悔。

大鱼从经验丰富的钓客手中逃亡，需要上帝的眷顾。钓客继续放线，鱼感觉不到拉力，鱼唇的痛感在减缓，甚至暂时消失。它以为自己安全了。它为此万分庆幸。它沉在湖底，纹丝不动。它暂时忘记了自己的身体在慢慢移动，水浪推着它移动似的。钓客的手感觉了鱼的"想法"，缓缓关了线匣，悄无声息地收线。鱼慢慢靠近湖边，水光渐渐变亮，鱼"醒"了过来，一个翻身，腾起水花，又一次沉入水中，游往深湖。复而再，再而三而四而五而六而七而八而九而……

没有那棵树，钓客或许被大鱼拖入湖中。钓客被鱼拖入水而溺死，并不是没有发生过。会钓大鱼的人，守在树下或巨石之侧，以此防身。

手感觉到鱼的疲乏。鱼游一下，挣扎一下，腾起水浪。末弩之身，只需最后一道收线。钓客突然加速摇线轮，大鱼从水中露出了青黝色的头，鱼嘴潜射出一团水珠，重重地跌入水中。鱼吸入了大量空气，鱼身浮出了水面。鱼如一截浮木，被拖上了岸。一条数十斤的大鱼，在淤泥上喘着粗气，腹部鼓鼓胀胀。钓客瘫倒在地，看看时间，一条鱼足足遛了两个多小时。

鱼过了四十斤，鱼线拖不了，抄网也抄不了，只得用耙子耙上来。我也是湖边钓客，晒得像个非洲人。我只有做三件事是极其专注的：钓鱼、码字、烧饭。我看着浮漂，无论多烦躁、郁闷，不需要五分钟，就忘记一切烦恼。写字、烧饭也是如此。我很仔细地研究过自己，发现自己只适合干一个人可以干的事，适合干手感愉快的事。这样的人，适合孤独生活。这样的人，大多是无趣的。我原谅了自己是如此乏味地生活。我也因此觉得平静地生活是多么珍贵。约三五个钓友在水边枯坐一天，满怀着期待，真是美好。我通常把钓上的鱼，大部分放回水里。鱼在水里，才是鱼。

职业钓客也来双溪湖钓鱼。钓客泡一箩筐玉米，泡水五天，吸足水分，抛撒在湖的深水处（面积约二十平方米）做窠，以玉米作饵料，钓鲩鱼、鲤鱼，一天可钓百余斤鱼。他们扎帐篷过夜，自带炊具做饭，当然，这是八年前的事，现在只有零星的钓客在偷钓。饵料污染水，作为德兴市的饮用水源，禁止任何污染。湖边的村子也因此搬迁。

在雨季，湖水暴涨，水一层层抬升，淹没草甸和荒田。桐西坑的公路桥半沉于湖中。而雨水并没有停歇的意思，日复一日倾盆而下。每一个山沟都成了临时征用的河床，每一块巨大的崖壁都挂起了瀑布。瀑布叠瀑布，一幅幅挂在林木之间，如一匹匹昂首的白马。汛期，湖坝放闸，巨浪倾泻，落入数十丈深渊。泄水声振聋发聩，传之十数里外。鱼随水浪，跌落谷底。数十斤重的青鱼、鲩鱼、鳙鱼，砸在坝墩，断裂两半。乡民撑起捞网捞鱼头。一个大脚盆，只装得下一个鱼头。三个鱼头可供双溪全村人吃个大餐。

峡谷被水浪分出两岸青山。树木被冲击而下的空气，摇得哗哗作响。高峻的山峰缥缈，森林多了几分郁郁春色，木荷花白了，马银花红了，黄钟木花黄了，泡桐花紫了。峡谷有多古老，河流就有多古老。瑞港源自于此。

在吴方言中，港即河。在赣东北，有比较多的宽阔河流，以"港"命名：岑港、十五都港、廿八都港、岭底港……瑞港。港又不仅仅是河，还有与河水等长的外延：宜居、停泊、安定。瑞港，吉祥之河，出自深山，九曲回肠，途经绕二镇的瑞港村，在双港，与绕二河汇流，弯过丘陵，入界田乡境内，始称长乐河，最后注入浩瀚的信江，流程约百余公里。

在赣东北，瑞港是我见过的最优美河流，河水洁净，沿岸树影婆娑，所经之处（高山、丘陵、盆地），地貌多样。河岸的树，以香樟、山乌桕、梓树、枫杨树、冬青、水柳、刺槐、朴树、粉叶柿居多。桥以石桥居多。2020年初冬，因瑞港路段塌方，我从瑞港村口绕道界田，去德兴市区，见河流在高大的阔叶林中蜿蜒起伏，我索性徒步。在这样的树影烟村中，我会恍惚。我会怀疑世俗世界的存在，轻易地相信桃花源世界的逼真。

瑞港有非常多的鱼：鲫鱼、马口鱼、鳊鲅、鲩鱼、鲤鱼、鲇鱼、青鱼、宽鳍鱲、翘嘴鲌、鲳鳊、黄颡、白鲦、针鱼、花鳗、鲥、短颌鲚、棒花、鲂鱼、寡鳞飘鱼、唇鱼、鲸，等等。瑞港村前，有一块约1.5平方公里的沙洲，树林掩映，河湾如弧月，四季有钓客来垂钓，钓鲫鱼钓鲳鳊。钓客不在于钓，在于与林为客。尤其是春夏交替之际，柳绿桃红，鱼群追逐鱼群，水虾结群浮游，瑞港被鱼闹腾，扒开汀草，鱼卵一泡泡孵在草根。鱼洄游，到了瑞港村，再也溯源不了，择草而产卵。

双溪湖坝虽高，却鲜有三五斤重的小鱼摔死。湖水喷出来，小鱼飞跳，翻着跟斗，随飞溅的水浪，落入河中。

人爱吃鱼，鸟也爱吃鱼。鱼鹰、蓝翡翠、褐河乌、草鹛、灰背燕尾、小燕尾，沿河流分布，啼鸣于树于岩。它们是山中留客。入了冬，普通秋沙鸭、小䴙䴘来到了双溪湖。鄱阳湖是普通秋沙鸭在中国南方越冬的主要栖息地之一。大茅山与鄱阳湖相隔百公里，普通秋沙鸭以家族为群落，栖息在双溪湖中。

普通秋沙鸭栖息之地，须具备四个条件：河（湖）面开阔，岸边有高大延绵的乔木林，丰富的食物，无人打扰的洁净环境。普通秋沙鸭是哪一年来到双溪湖的呢？并无人知道。它是秘密访客，只有双溪湖知道。

2020年冬月，我来双溪湖寻找普通秋沙鸭。湖水很浅，吃水线如螺纹。或许湖面太宽阔，我看不到游禽或潜禽。环颈雉倒是四处出没。湖边的芭蕉坞，二十年前的校舍和球场已被开垦出菜地。菜地却无人耕种，长出了茅草和矮灌木，有人在这一片荒地种植了枫香树苗。我走在树苗地，两只雌环颈雉扑扑飞走。竹林边，有一丛芭蕉旺长。我心想，此时下雨该多好，雨打芭蕉，当是美好的境界。

湖之源为桐溪和分水溪，遂名双溪湖。大茅山是一座巨大的天然水塔。亿万棵树托举起了湖。河生湖，湖生河。

2022年2月22日，我环走双溪湖。细雨迷蒙。湖安谧。我没有观察什么，只是静走。雨打竹叶。大山雀叽呀叽呀啼叫。人在自然，会有内心丰沛的获得。雨季即将来临，湖会灌满水。水泻下湖坝，河水汤汤。

其实，瑞港是一条极度弯曲的河，呈"〰"形，沿着山边向南而去。河的曲流，由山势决定。河，为什么匍匐、曲折地弯弯流淌呢？是因为大地太广阔，需要尽可能地哺育，哺育草木，哺育虫鱼鸟兽。河的生命，不仅仅在于长度和深度，还在于它所哺育的万物苍生。河令人敬畏。

原载《文学报》2023年8月10日

三角山哨所的军礼

—————

剑 钧

一

　　夏日。三角山哨所的黎明好美。

　　清晨的第一缕阳光，透射过大兴安岭深处的林海，映照在边境上的国门界碑上。海拔一千零三十九米的山顶上，迷彩色的哨所高扬着五星红旗，挺拔的相思树旁铭记着《相思树的故事》，高高的哨塔上闪动着执勤战士警惕的目光。

　　当我和一行作家从半山腰，踏着五十八级木制台阶，随着李小健少校登临三角山哨所时，眼前是一眼望不到边的山地草原。微风轻拂着毛茸茸的草浪，绿得遥远，绿得空旷，让我顿生"一览众山小"的惬意。

　　"对面就是中蒙边境了，我们每天都要在这条边境线上巡逻，守卫着身后的祖国。"李小健指着前方的茫茫草原说道。他做过驻守三角山边防连队指导员，熟悉三角山哨所的一草一木。

我伫立在哨所旁的平台上，环顾四野，看到山峦起伏，闻到绿野草香，一条蜿蜒的小河从眼前静静流淌，是何等安宁，仿佛呼出一口气就能轻拂起一片涟漪。想到我刚刚从国门那边过来，看到"中国1382号"（2）界碑的红色印记鲜红鲜红的，一问才知，那是巡逻兵为了防止界碑的国徽和碑文褪色，每隔一段时间就要描红，那鲜红的颜色是战士们用心用情，一笔一笔描出来的。

7月的三角山哨所，满眼绿色，迎来了阿尔山最美的季节，可这时节只有两个月，全年无霜期也仅有九十天。在这儿，常年驻守着北方战区陆军某边防旅四连，他们的青春就像苍翠的樟子松，浓绿中透着忠诚，透着可爱。这里有远离城市喧嚣的静谧，也有贴近军旅生涯的骄傲。近年，随着国防和军队现代化建设步伐加快，大学生新兵走入三角山哨所已不是新鲜事了。大学生新兵任伯训从校园走进军营，面对国旗，举起右手，敬的第一个军礼，就让他体味到了一名军人的光荣、责任和尊严。

"初到连队，班长说三角山的风很大，我还以为是班长惯用的唬人话，可轮到巡逻值勤了，我才领教了这塞外狂风的厉害。"任伯训刚入伍后不久，穿上了帅气的巡逻服，第一次出勤务，心里充满了兴奋和期待。哪知巡逻车刚开出三公里，天上就刮起了白毛风，伴随着漫天暴雪，车窗外灰蒙蒙一片。他心里直打鼓："巡逻车在雪路上已车履维艰了，要到了巡逻点，下了车那还了得！"车子在雪地里艰难行进两个小时方来到巡逻点。任伯训整理好装具，跟随班长跳下车，脚没着地就先领教了凛冽寒风的"霸气"，还没等站稳就被狂风刮倒在地。班长一把将他拉了起来，拍了拍他的肩膀，甩了一句："站直了，别趴下。"

狂风卷着雪片像刀片似的割在脸上，任伯训在风雪中深一脚浅一脚地走着，没走多远就感受到呼吸困难，风雪卷着沙石打得他喘不过气来。看着班长坚定的步伐，他的倔劲儿上来了，用手紧紧揪着班长的大衣，不让自己掉队。他和战友脚踩着厚厚的积雪，每迈出一步都是在向暴风雪挑战，在中国军人面前，他们无可阻挡。

"出完勤务回到连队，我的手脚都冻僵了。帽子、衣服里全是沙土，脸上也涂了厚厚一层灰尘。这般经历在边防一线平常得就像吃饭喝白开水一般，早就习惯了。"任伯训深有感触地说，"那天，我们来到镌刻着'中国'两个大字的界碑前，几个战士都不约而同地向界碑敬上一个庄严的军礼。也就在那一刻，我的热血沸腾了，从心底溢出满满的自豪感：我站立的地方是中国，我们是在用脚步去丈量祖国的边境线，我们是在用青春去守护人民的好生活。"

二

我在三角山哨塔下行走，猛然有种神圣的感觉。蓝天、白云、绿野、山峦都在哨兵的视野之内。伴随着日出日落，他们日复一日，为祖国站岗；年复一年，守护这片土地。我脑海里曤地蹦出一句耳熟能详的话："哪有什么岁月静好，不过是有人替你负重前行。"这话用在这些可爱的战士身上，再贴切不过了。当我们走进哨所宿舍，前来欢迎的战士向我们敬了一个军礼。我心里顿时暖暖的，这军礼是情，这军礼是爱，这军礼也是无声的誓言。

在当值排长引领下，我们融入战士中间，再一次感受到了"咱当兵的人，有啥不一样"：所有军被都叠成了豆腐块，方方正正，有棱有角，连成了一条直线；所有杯子都为同一款式、同一颜色，杯耳、牙刷都朝着同一方向，连毛巾都按序排列，形成了一条直线。

"叠被子看似平常，但整理内务并不简单，它磨砺了我的心性；训练虽然辛苦，但并不枯燥，它强健了我的体魄。"战士向珩的感悟是，"生活每天虽然在重复，但并不乏味，锻炼了我的意志。投身军营我自豪，我每一天都在成长，献身伟大的强军事业，终将是我一生弥足珍贵的经历。"小的时候，他在电视机前看到军旅题材的电视剧，就心生对军人的崇敬，尤爱那身绿军装，再手握一把钢枪，多神气！来到边防，一身戎装融入火热的军营，向珩方意识到军人真正的样子远远没想象得那么简单，穿上军装，就意味着要承担神圣的责任与使命。"军人的样子就是面朝异国他乡，背朝祖国守护；军人的样子就是无论严寒酷暑，日复一日的坚守；军人的样子就是无边草原上巡逻的背影……"时常有人问向珩后悔当兵吗？每天站岗巡逻不觉单调吗？对之，他总会骄傲地大声说："我从不后悔！"

在任伯训眼里，投笔从戎是他的青春梦想，何来"后悔"二字？他大三那年应征入伍，离开大学校园，走进绿色军营，这是他在最美好的青春年华里，做出的无悔抉择。在他看来，走进中国人民解放军军营，就是走进了另一种意义上的大学校园。

当兵第二年，任伯训曾经的大学同学们毕业了，穿着学士服在校园合了一张影。有细心的同学联系到了远在塞北边防线上的他，让他发一张帅气的军装照，也好合成全班同学的"全家福"。出乎意料，他只是笑了笑，以自己不上相，没合适的照片为由谢绝了。在班级微信群里，昔日的同窗在狂欢，似乎要留住四年大学时光。他为了祖国和平安宁的环境，为让更多的人无忧无虑地生活，却在边境线上默默无闻地站岗放哨。他将此当作无怨无悔的奉献，但在他曾经的班级里，个别同学却在说着风凉话："放着好好的大学不念，非跑去当兵受那份罪，何必呢？现在连个毕业照都没得拍。"这种戳心窝子的话，也是他最终谢绝合成"全家福"照片的真正原因。"有的同学可能一辈子也不会理解我的选择，我也不会去和他们辩驳什么，但是我的家庭和我所受的教育都告诉我，我必须这么去做。"

我为任伯训写下的那句话所感动："我是一名普通的大学生，也是一个平凡的士兵。我对祖国的爱没有书本写得那般震天撼地，有的也只是站岗执勤，日复一日的简简单单、朴实而无华。我走出学校，来到北疆边陲，在三角山——我的第二故乡默默地为祖国奉献着自己的青春与热血。今时今日我依旧走在边防线上，没有因为这里的枯燥、艰苦而退缩，没有因为逢年过节没能和家人团聚而懊恼，因为我知道：我是一名中国人民解放军战士，一名边防战士，是最可爱的人，在做着最可爱的事。"

三

三角山哨所正前方的那条河是哈拉哈河的支流努木尔根河，也是中蒙的一条界河。我在这里听到一个曾经的新兵，伴随哨所成长的故事。今年 3 月，姚冉服役期满，就要退伍了，他最后一次站在哨位上，警觉的目光炯炯，注视着夜空之下，白雪皑皑的冰封河流和山地草原。零点了，万籁俱寂，又是崭新的一天，哨位上，尽管狂风凛冽，寒气入骨，他的心还是炽热的。回望身后的诗和远方，那点亮夜空的万家灯火，都在倾诉着祖国的和平、安宁与吉祥。

姚冉站完最后一班岗，又充满深情地向哨所飘扬的五星红旗敬了最后一个军礼，也就在那一刻，他的眼睛湿润了，想到就要离开难忘的军营，就要离开休戚与共的战友，就要离开难舍难分的三角山哨所了，他有满肚子的话想对战友说，对家人说，对祖国母亲说。

2021 年 3 月，姚冉从风光旖旎的江南水乡扬州来到塞外冰天雪地的阿尔山，在这个雄鸡昂首的拐角处，他走进了三角山哨所，开始了他的军旅生活。不久，他见识了哨所的第一场雪，这雪下得好大好大，把山路都封住了，但仍阻挡不住军人巡逻国境线上的脚步。这是一座以山形呈三角状而得名的高山，一夜之间就披上了银装。很少见过雪的他，抑制不住内心的新奇和兴奋，踏着积雪，站在镌刻着"祖国在我心中"的雕塑前拍了一张照，对军营生活充满了憧憬与渴望。

但是，他这个南方兵很快就感觉到了不适应。塞北的极寒天气让他领教了什么叫"千里冰封，万里雪飘"。尤其是在零下四十多度的风雪中执勤站岗，再好的御寒服也会被打透的。他开始想扬州邗江老家了，想江南水乡的瘦西湖，想集文物古迹与园林风光于一体的大明寺，想"春风又绿江南岸"的瓜洲古渡……

时至今日，姚冉第一次在哨位上独自站岗的情景仍历历在目："我怎么也想不到，那最后的三十分钟是那么漫长，又是那么思乡。"已是凌晨一点三十分了，秒针一格一格，不紧不慢地在时钟里走着，时针分针却纹丝不动，这已是姚冉五分钟内第七次看钟了。之前，他和老兵一道上哨，两小时会飞快流走，可这次一个人，感觉就不一样了。前一个半小时过得挺快，他还告诫自己："打起精神，还有最后半小时。"谁知，此时他腰站酸了，背站疼了，腿站麻了，时间似乎也一下子拉长了。孤寂的夜色，除了秒针和自己，地球也仿佛静止了。接下来的日子，该怎样熬下去？下哨后的姚冉有点消沉，久久无法入睡。

上等兵何书看出了他的心思，开导他："你不能在那傻站着，傻看，得让脑袋动起来。"

"我一直在动啊，左右摆头观察情况，都快成条件反射了。"姚冉有点蒙。

"我说的是动脑子，不是摆头。"何书指了一下姚冉的脑壳，一脸恨铁不成钢的表情，"你如果将站哨看作困守牢笼，一分一秒都是煎熬，只有把脚下哨位视为无声战场，才能体会到个中奥秘。哨位就是战场，也是人生的历练场，要学会成熟，学会当兵，学会做人。"

老兵的话一下子说到他心坎去了。是啊，在这个平凡普通的哨位上，一个年轻的士兵能完成青春的历练，磨炼意志，也是一种成功呀。那天指导员带领全体新兵参观了荣誉室，讲连队的光荣传统，讲三角山哨所的神圣，讲老连长李相恩和爱人的动情故事。他耳边环绕着老兵的贴心话："白天多穿点衣服""晚上盖好被子""多吃点饭可以御寒"，这话暖在心窝里热乎乎的。他明白了一个道理："作为一名边防军人，人民的子弟兵，站岗放哨是光荣的，是荣幸的，牺牲小我，顾全大家，值！"想到这儿，他心头又一次燃起了雄心壮志，抬头挺胸，为祖国站好岗。

从那天起，姚冉变了，中国军人的责任感和使命感激励他去迎接三角山哨所的每一个黎明和每一片晚霞。离别的日子到了，他将自己的床铺整理得齐齐整整，依依惜别的那一刻，他向朝夕相处的战友和首长敬了一个标准的军礼。他泪水盈眶地想："回到老家扬州后，我还会惦记三角山哨所的，那里有我的青春，那里有我的战友情，那里有我的梦开始的地方。"

原载《解放军报》2023 年 8 月 13 日

杜甫如父

许冬林

    少年时不喜欢杜甫。

    是真不喜欢。他总是很老的样子，一身秋色深重地在诗句里沉郁。每一句都那么沉甸甸，是暗色的，土黄色接近赭黑色，要用半喑哑的嗓子吟咏。我总疑心古人抄写他的诗句时，要比抄李白的句子多费些墨。抄他的诗句，笔锋要沉下来，落笔有力，墨色透得深。

    初中时读《石壕吏》，第一句"暮投石壕村，有吏夜捉人"，就把我吓着了。我们那时在乡下野蛮生长，也是一路"捉"过来的——学业之余的娱乐，是捉猫捉狗捉鸡捉鸭捉鸟捉虫子，没想到还有夜晚"捉人"的。因为惊恐，所以读诗常常绕过杜甫，就像在乡下疯玩时，喜欢绕过一脸正色的父亲。

    少年时的印象里，杜甫不仅严肃，还老。我们当然不喜欢老脸孔，谁不喜欢一掐能掐出汁水的小清新的嫩面孔呢，所以那时喜欢写小男女情深深雨蒙蒙的李商隐，什么"相见时难别亦难，东风无力百花残"，什么"锦瑟无端五十弦，一弦一柱思华年"……而杜甫呢？他在一句又一句地老病着。什么"白头搔更短，浑欲不胜簪"，什么"万里悲秋常作客，百年多病独登台"，什么"亲朋无一字，老病有孤舟"，什么"名岂文章著，官应老病休"……杜甫总像是在叹息或者是在发牢骚的父亲，他又穷又老又病又孤单又壮志未酬，一副不走运的男人模样，让人想帮又帮不上，只好悄悄离他远点。

他自号少陵野老，我的语文老师在讲到杜甫时总喜欢称他老杜，就好像称呼一个老邻居似的。许多年后，才知道，杜甫并不老。他死时才六十岁不到，放到现在，还没到退休年龄。他"白头搔更短"时，四十五岁；他"南村群童欺我老无力"时，五十岁不到，可是他在诗句里，就那么很现实主义地老着病着愁着，好像他一直是低头的踽踽独行的愁苦姿势。以至读到"会当凌绝顶，一览众山小"这样气势磅礴的句子时，也以为是中老年的杜甫半佝偻着腰喊出来的，使出了洪荒之力，事实是，那是二十几岁的杜甫到洛阳进士考试落第后北游齐、赵之时所作。他在诗句里老得让人怀疑他年轻过豪情万丈过。

他还总端着伤时忧国的大架子。伤时忧国，那时我们稚嫩的小心灵真是不懂啊。

语文老师在讲台上深情讲解，"感时花溅泪，恨别鸟惊心"，花开花落，禽鸟啁啾，倒是在乡下习见，可是溅泪和恨别那样的精神境界和情感高度，我们就抵达不了了。我摇头晃脑地背诵名句"感时花溅泪，恨别鸟惊心"，心里是不服气的，总认为杜甫是个爱哭丧着脸的老男人，好端端的春天，愣是被他写得荒芜清冷。

可是，岁月里走着走着，慢慢发现自己喜欢起杜甫来。少年时绕过杜甫，没想到中年时忽然发现，怆然含泪、低头沉吟的杜甫站在我中年的路口，在等我。原来，杜甫隐匿在我的岁月里，隐匿在我的心灵深处，只等我长到中年，只等我经历人间坎坷人世辗转后，杜甫就会现身，就会迎面走来，与我执手相看，默然懂得。

中年多奔波漂泊。"丛菊两开他日泪，孤舟一系故园心""飘飘何所似，天地一沙鸥""露从今夜白，月是故乡明"……在异乡的天地里，看枫叶飘零，看黄花盛开，看芒草萋萋，看大江东流，在那些思乡的清愁里，我们会相逢杜甫。李白是少年，是我们激情四射神采飞扬的青春年华，是我们曾经的理想主义；可是杜甫是中年，是我们正经历的辛苦辗转的当下，是我们不得不认领的现实主义。在中年的颠簸辛劳里，常常会慨然而叹：原来，我们离杜甫这样近！

半生过去，你已经切身切肤地感受过人事的疏离变幻，有时候，是一转身一眨眼便成沧海桑田。人间离散，是"有弟皆分散，无家问死生"，是"人生不相见，动如参与商"；人间重逢，是"今夕复何夕，共此灯烛光"，是"昔别君未婚，儿女忽成行"。

杜甫的感叹，是中年人的感叹，要用戏曲里老生那略显嘶哑的有一点风沙感的唱腔唱出来才得味。中年之后，读《牡丹亭》，最喜欢读的是杜丽娘的父亲杜平章出场的那几折，尤其是

《移镇》和《御淮》，一个中年的封建社会知识分子的沉郁苍凉之心和家国江山之情，总令人感动不已。"砧声又报一年秋。江水去悠悠。塞草中原何处？一雁过淮楼。天下事，鬓边愁，付东流。"在杜平章身上，我能读到杜甫、辛弃疾、岳飞那一帮有家国情怀的知识分子的影子。

每一个苍老的父亲，都像是末路的英雄，有未酬的壮志，有独酌浊酒的无奈。每一回读杜甫，都像是面对苍老的父亲，面对外表冷峻而内心火热的沉默的父亲。所以，中年之后每一回读杜甫，都会暗自替他心疼，像不忍见父亲悲伤一样不忍见杜甫在诗歌里沉郁顿挫。

杜甫如父啊。

是在杜甫这样的"父亲"这里，发现"我"之外还有"你"，还有"他"，还有"我们"，还有泪眼蒙眬中所见的"三吏三别"这样的悲惨世界。读到"牵衣顿足拦道哭，哭声直上干云霄"，我会禁不住落泪；读到"朱门酒肉臭，路有冻死骨"，我会沉痛感慨到不能言……是杜甫，像父亲一样，以沉郁之语，告诉我，这个世界，除了"我"，还有苍生。

我的阅读和理解里，李白是抬头写诗的。这抬头的姿势里，45度向上仰望的，是悬挂的瀑布，是长风和高楼，是皇帝，是求仙的不羁心灵。而杜甫，是低头写诗的，这45度向下俯望和照拂的目光里，有苍生，有烽火连三月的家国。

中年以后，我和父亲聊天的次数越来越多，我们情感的交集点，或者说对生命体悟的交集点，越来越多。我向着父亲变老的方向也在变老。我们越来越像同盟。每回和父亲聊天，像和一个杜甫对话。我在他乡求学时，不善言辞的父亲会在某个夜晚给我打来电话，跟我细说日常。父亲年轻时也曾出远门谋生，坐船在江上，"星垂平野阔，月涌大江流"那样的旅途风景，父亲是习见的。我虽为女儿，却像是暗自继承了父亲的情志，我们都以匍匐的姿势努力行走，我们紧贴地面，不像李白那样高蹈飞升。我们每一步都是泥泞。虽然人世道路艰难，但我们一直壮心未已。

是在理解了父亲之后，读懂了杜甫；是在喜欢了杜甫之后，重新喜欢寡言的沉重的父亲。

就这样，在中年，我与杜甫在精神上相逢。喜欢杜甫，理解杜甫。原来他那么像父亲，像中年的自己。

喜欢杜甫，还喜欢他沉郁顿挫之间不时晒出的小清新。那是经历人世困顿之后，转身发现的寻常人间的清美宁和。又好像，是天地仁义，用美景来安慰他的老病，安慰他的忧时伤世，告诉他人间也有亲切。

在蜀地，在草堂，他欣赏"两个黄鹂鸣翠柳，一行白鹭上青天"，他喜见"舍南舍北皆春水，但见群鸥日日来"……每回读到"肯与邻翁相对饮，隔篱呼取尽余杯"，我就不胜感动。因为，和杜甫一起匍匐在民间的，还有一个邻翁，那么近，隔着篱笆喊一声，杜甫就有了陪饮的人。如此，孤独就减了一寸。

杜甫如父。邻翁也是父亲。

原载《读者》(原创版) 2023 年第 8 期

书店六帖

肖复兴

一

　　孩子上幼儿园，我常在黄昏时候接他。离幼儿园不远，有一家书店。书店的旁边，有一个冷饮亭。书店里有一处专卖各种杂志，花花绿绿地摆满架子，这大概是孩子和书店最早的亲密接触。四十多年前的事情了。

　　爱吃雪糕，也喜欢看《幼儿画报》《幼儿童话》……每次到了那里，只要看见它们，孩子就非买不可。这样的画报，一般每个月或每半个月出一本，架不住品种多，出版日期不一样，便轮番上阵，几乎不出一星期就会有新面孔出现，招呼着孩子去那里，磨我掏腰包。

　　那时候，日子过得并不富裕，我便和他妈妈商量，得有个限制，要买吃的，就不能买画报。这样，让他知道过日子的艰难，也看看他到底更喜欢哪一种。商量妥当，我从幼儿园接他出来，到书店门前，他又像以往一样鱼和熊掌都要。我对他说："爸爸兜里的钱不够了，咱们一家子一个月还得过日子呢，你必须从吃的和画报两样里选一样。"他大眼睛眨了眨，望望我，看得我的心不住发软。天很热，看好多家长接了孩子都给孩子买雪糕，心想自己对孩子是不是太苛刻了。但我很快就把浮上来的恻隐之心像把皮球压进水里一样压了下去。孩子虽小，察言观色的本领都很大。"爸爸……"他可怜巴巴地叫了我一声。我咬咬牙，握住他的小手，坚决地说："你挑吧，只能买一样。"

他知道我那短暂的犹豫如风逝去，磨蹭了一会儿，只好说："那我就买画报吧。"我给他买了《幼儿画报》。他立刻看了起来，看了一路，爱不释手。回到家，我先让他喝了一大杯凉白开水，有些心疼地问他："渴了吧？"他摇摇头："不渴。"继续看画报，那里面仿佛有无数有趣的东西吸引着他，有孙悟空战无不胜的金箍棒，帮他战胜了馋涎欲滴的雪糕。

二

读小学四年级那年春节，孩子想去逛地坛庙会。我说："好啊，收拾收拾，咱们一起去。"他摆摆手说："我和同学约好了，一起去逛庙会。"那时候，我家住在和平里，离地坛不远。

出门前，我给了他三十元钱。在那时，这不算个小数目。逛庙会，总要买点儿吃的、玩的，如大长串的糖葫芦、呼呼转响的风车。孩子最喜欢把风车插在自行车车把上，迎风哗哗直响的声音，对于孩子而言，就像春之声。

逛了一下午，孩子回来了，没见他带回大长串的糖葫芦和风车，也没见他带回别的年货，只抱回了三本书，一本《战国策》，两本《韩非子全译》，说是新华书店在庙会上设了摊，他买了三本书，一共花了二十九元五角钱。三十元钱，只剩下五角了。"我连买一串羊肉串的钱都不够了！"孩子冲我抱怨着说。但我看得出，孩子抱着这三本书爱不释手的样子，很有些得意。

三

前门大街是一条繁华的老街。在这条一里地长的老街上有三家书店，老街中段路东是新华书店儿童门市部，它的北面是老正兴餐馆、南面是普兰德洗染店，三家店一直坚持到二十世纪九十年代，伴随孩子度过整个童年和少年。

新华书店儿童门市部，专卖儿童图书。孩子上小学的时候，我常带他到这里买书。他的很多书都是从这里买的，买到了他渴望的《少年自然百科辞典（生物生理）》，厚厚的一大本抱回家，像是意外得宝。

小学四年级，一次作文，老师布置了《第一次刷白球鞋》的题目。娇生惯养的孩子哪里刷过鞋呀！他挺认真，为写作文，第一次自己刷起了白球鞋，竟然把一盒白鞋粉都用光了，也没有刷好鞋，便让妈妈再买一盒，他要接着刷，接着写。他和妈妈约好，放学后，在新华书店儿童门市部碰头。

那天放学后，我和孩子先到那里，买了几本书，然后等他妈妈。我们两人坐在书店门外的台阶上等，等了半天，他妈妈也没来。准是下班晚了，路上又堵车，我安慰孩子，顺便问他这篇作文打算怎么写。好在刚从书店里买了新书，他坐在那儿看书。一直等到日落黄昏，一街车水马龙，人流来往。三十多年时光过去了，我还记得夕阳的光芒在孩子手中的书页上，萤火虫似的一闪一闪地跳跃。

四

初二的时候，放学之后或星期天，孩子常一个人或约上同学去逛书店。骑上自行车，从学校出发，花市书店、东单路口的中国书店、灯市口的旧书店、隆福寺的旧书店……一路风光看不尽，总会有踏花归来马蹄香般的收获。

他和同学到东单北口路西的中国书店，看到了一套三大本的《二十六史大辞典》，非常喜欢，可一看定价，二百九十元呢，太贵了吧？他和同学面面相觑，惊讶得都差点儿叫出来。他只好小心翼翼地把书递还给售货员，恋恋不舍地离开书店，心里一直惦记着这套辞典。

春节时，他有了三百元的压岁钱。过完年，开学第一天，中午放学，他没有去食堂吃午饭，先骑车跑到中国书店，生怕辞典被人买走。走进书店，看见书架上这套书依然在，他招呼着售货员，兴冲冲地指着那套《二十六史大辞典》，叫道："我买这套书！"

五

上中学后，孩子特别爱逛书店。那时候，东单、西单和前门一带的新华书店、中国书店和旧书店都还在。这些书店也是我读中学时候常去的地方。世代的轮回，时光潮水一般退去，它们如礁石一样坚守在原地，成为我们两代人成长的见证。在一座城市里，书店真是一种特殊的存在，别看不怎么起眼，对一个渴望读书的孩子来说，却充满那样神奇的魔力而不可或缺，是其他地方不可取代、无可比拟的。

孩子去这些书店，一般都会"贼不走空"一样，带一两本书回家。我知道，买书的钱，是从他自己的午餐费里节省出来的。我很担心他吃得不好，弄坏身体，便对他说："买书是好事情，饭要吃好，买书的钱不够，我再给你！"我让他实报实销，他去书店买书的热情更加高涨。后来，他索性对我说："爸爸，实报实销太麻烦，你最好还是跟我一起去书店得了！"

在书店，有我相陪，他不再担心兜里的钱够不够，可以随心所欲买书。

在书店，有我相陪，他气粗胆壮地向售货员要这本或那本，再不用受气或受白眼。自己一个人来时，常会因为人小而被瞧不起，一怕他看不懂，二怕他没钱。

在书店，有我相陪，他可以一显自己挑书的手艺和眼光。他的后背和他手上的书，都落有我的目光，他便像演员登台有了观众而自得其乐。

在书店，有我相陪，他像个大人，又像个孩子，在两者之间跳跃。我和他的目光，在书架或书页之间相撞，心心相通。有一次，从书店里出来，他对我说："我要是百万富翁就好了，用不着百万，几十万也行，我就把书店里所有的书都买齐！"

和孩子一起逛书店，是他的节日，也是我的节日。

六

孩子到美国读博，我去看望他的时候，他带我去他常去的书店看看，都是专卖旧书的二手书店。

一处是鲍威尔书店，紧邻芝加哥大学。店不大，书架林立，有点儿密不透风，但分类明显，很好挑书。这里的书大多是从芝加哥大学教授那里收购的，大多是各个专业的学术类书籍。他们淘汰的书，像流水一样循环到了这里，成为学生们很好的选择。那些书上有老师留下的印记，可以触摸到老师学术的轨迹，读来别有一番味道和情感。孩子的好多书是从这里淘到的。

一处是书虫书屋，在新泽西州的小红莓镇。它建于二十世纪七十年代，是一座独栋别墅，典型美国老式住宅。书架高抵屋顶，地上、地下和院子里堆满了书，几乎难以下脚。每间屋门上都有标识，写着书的种类，历史、小说、诗歌、戏剧、画册……读者查找很方便。一楼右侧是结账的地方，四周也被书包围，对面的柱子上贴着一张旧报纸，上面刊载着半版对书屋的报道。从报道上，知道这里的书一部分是主人收购来的旧书，一部分是小镇居民捐献的旧书。我花十美元买了一本《500年世界文学书籍插图集》，花二十美元买了一册《梵高的速写》，成为孩子在这里买书的延续，也给自己留一份纪念。

　　流年碎影在书店里闪现。孩子长大了，我老了，很多书店找不到了。

原载《解放日报》2023 年 4 月 13 日

一江南流

罗　铮

一

小河弯弯。水流清澈见底，细碎的鹅卵石密布河边，水与石撞击出款款波纹。三两枯枝四仰八叉。孩子们成群嬉戏，水花四溅。

在赣南，类似的小河星罗棋布。它们与村舍交相辉映，播撒文明的因子，孕育生命的种子。它们四处奔腾，织成密密麻麻的水系，大多跟着章江、贡江的步伐北上，在八境台下汇成赣江。但尚有一小部分河流，桀骜不驯地穿山越岭，毅然南下。

它们的领头者，叫福鳌塘。

初次见到福鳌塘，我怎么都无法把它与狂野联系起来。天高云淡，四周群山环绕，古木参天，偶有鹊鸟轻盈展翅，湖面碧水荡漾，波光粼粼，满是岁月静好的味道。福鳌塘汇聚了山间一众溪水泉流，却波澜不惊，毫无矜色。它缓缓注入镇江河，出安远县，流经定南县的九曲河，进入广东省境内。另一条发源于附近的寻乌水，自寻乌县三标乡桠髻钵山向南，经龙岗圩、澄江、吉潭、留车，在斗晏水库下游出赣入粤。两条河水从东西两翼浩荡南往，百转千回，在广东省龙川县合河坝壮阔合流。

一条崭新的大江应运而生，是为东江。这条充分汲取了红土地营养的大江，绵延 562 公里，集水面积 35340 平方公里，占珠江流域总面积的近 6%，平均年径流量 257 亿立方米。它流经龙川、东源、紫金、惠城、博罗，在东莞的石龙与珠江汇合注入狮子洋，再由虎门流入南海，滋润着广袤的南粤大地。

自公元前 218 年秦始皇派遣五十万兵马"南征百越"起，东江流域就开始浸润中原的先进文化。随后，无论是"八王之乱"，还是"安史之乱"，抑或"靖康之难"，中原百姓挈妇将雏举家南迁，都将东江流域作为首选目的地。千百年来，浩浩汤汤的东江与周边土地水乳交融，将五彩缤纷的民俗、文化、传统一一收纳。时间久了，身体里贮存了众多沧海桑田的记忆，愈发深邃强健。尽管与长江、黄河、淮河相比，它的体量逊色不少，但在中华民族这个典型的大河民族里，历史悠远、流域宽广的东江，依然是丰厚的命脉之源。

正如福鳌塘的低调温和，东江同样不事张扬，长期以来静水流深，直到六十年前。

1963 年，香港遭遇六十年一见的大旱，每四天才供一次水，一次只供四个小时。水荒使"东方之珠"容颜枯槁，三百五十万人陷入困境，二十多万人逃离家园。危急时刻，人们把目光投向了东江。引东江水济香港，成为解燃眉之急的唯一渠道。

东江至深圳供水工程难度极大，但中国人民从来都是奇迹的创造者。1964年2月20日，约一万名建设者在昔日宁静的石马河，拉开了战天斗地的序幕。吃的是粗茶淡饭，住的是临时工棚，施工装备落后，就靠肩挑背扛。常常奋斗至深夜，天蒙蒙亮又接续鏖战。短短一年时间，建设者们凭借满腔热血和豪情壮志，开山劈岭、凿洞架桥、修堤筑坝，抵御了五次台风、暴雨、洪水的侵袭，建成了八十三公里河道、八座抽水站、六座拦河大坝。东江水逐级提高四十六米，越山倒流进深圳水库，再经由三点五公里的输水涵管传入香港，彻底解决了香港同胞的饮水难题，实现了"让高山低头、令河水倒流"的奇迹。

1965年3月1日，东江至深圳供水工程正式供水，全香港鞭炮声声。从此往后，深藏于赣南重山复水间的东江走到聚光灯下，变得家喻户晓。

二

"问渠那得清如许？为有源头活水来。"东江水质的好坏，取决于东江源区。东江源区主要涵盖安远、寻乌、定南三县的大部分土地，外加会昌、龙南二县各一隅。在江西境内流域面积达3532.6平方公里，约占东江全流域面积的十分之一。构造运动和流水的作用使得源区形成了深谷悬崖、崇山峻岭。源区内河流密集，水系发达，降雨量丰沛，植物区系保留了大量亚热带第三纪型植被和第三纪古热带植物区系，是我国特有植物、珍贵物种较多的地区。

从地图上看，这片区域像一把缓缓打开的秀美折扇。它曾以博大的胸怀接纳了成千上万颠沛流离的民众，成为客家文化形成与传播的发祥地。而今，又赋予其饮用水水源地的重要身份。它的肌体是否康健，生态系统是否平衡，水土涵养是否到位，关乎珠江三角洲的可持续发展，关乎香港的繁荣稳定，关乎全国生态安全的战略格局。尽管安远、寻乌、定南各县的经济总量和财政收入都远逊于瑞金、兴国、于都等县市，但源区人民毫无怨言，倾心守护着这条水源生命线。

护水必先护林。

"老龚叔"是当地百姓对龚隆寿的昵称。这位年逾花甲、身板壮实的汉子，已经在三百山巡山护林四十三载。见到老龚叔的时候，他刚巡山回来，汗水几乎把迷彩服上的迷彩淹没了。他卸下斜挎在身上的电喇叭，一口气干了一大搪瓷杯的凉开水，才坐下来歇着。

"第一次巡山的时候，觉得山路特别漫长。一天几十里，双脚都磨出了水泡。"回忆起第一次巡山，老龚叔记忆犹新。走着走着，他逐渐健步如飞。这一走，就从黑发走成了白发。每天晨光熹微，身着一套迷彩服，脚穿一双解放鞋的老龚叔就拎着心爱的电喇叭，揣点干粮，雷打不动地进山巡逻了。他端详着电喇叭，似在自言自语："这个是我最好的伙计。以前只能靠吼，现在可好，打开按钮就能反复播放。"说罢，他露出甜美的笑容，两排洁白的牙齿格外显眼。起初还有人上山砍树，偷偷采矿，但在老龚叔的耐心劝导下，都红着脸放弃了。如今，电喇叭里传出的"爱护树木，人人有责；滥砍滥伐，祸及子孙"，已经成了村民的"安心热线电台"。

"少说也有十万公里！"当被问及总共走了多少山路时，老龚叔的情绪有些激动。四十三个春夏秋冬，他走坏了一百多双鞋，碰到过毒蛇，浑身被蚊虫叮咬了不知多少次，但他从未退缩，初心不改。

巡山之外，还有巡河。

"近几年河道垃圾少多了，每天只需要打捞两个小时左右。"五十好几的老刘呷了一口土烧，话语里隐隐带着自豪。每天清晨，他都要撑着自家的竹排，拎着网兜，到县里的河道四处寻觅垃圾。他的工作是安远县河道护坡生态修复工程的一部分，这项浩大的工程通过集中清理废弃物、水面日常保洁、河道滩涂森林及草本沼泽恢复、江心洲岛屿生境序列建设等手段，清理凤山至镇岗段河道十三公里，绿化河岸面积十万平方米。

在安远等县，脐橙和蜜橘是老百姓的摇钱树。可是种果树要喷农药、施化肥，就会污染水。特别是春天和夏天，雨水多，残留的农药和化肥容易排进河里。因此，源区果农咬咬牙，忍痛砍去丰产期果树一千九百余万株，折合近四十万亩。这一砍，几乎砍走了部分果农的全部经济来源，但他们无怨无悔。

六年前，如果提起寻乌县文峰乡的柯树塘，周边的村民只会摇摇头，长叹一口气。由于早年稀土的粗放开采，曾经郁郁葱葱的柯树塘，如今裸土露天，疮痍满目。每临春季，山体崩塌严重，山上的土壤被雨水沿着山谷冲刷下来，淹没了田地，沙化了良田，致使河床抬高，河道淤塞。人心向外，整个上甲村一片萧条。相关部门也采取了一些措施，比如建造拦土墙、拦土坝，但苦于山上没有配套的复绿行动，难以持久发挥效用。

可当前的柯树塘，竟不可思议地再次充满绿意和生机。我驱车拐进路口，眼前草木摇曳，层林尽染，"山水林田湖草，生态文明上甲"的牌子赫然醒目。沿途，裸露的土壤覆上了绿植，猕猴桃、百香果、橘子、油茶、竹柏漫山遍野。如果第一次到这儿，根本无法想象这儿曾经沟壑纵横，寸草不生。外出的村民陆续归巢，人气回旺。当我攀上观景台，游目骋怀，草木漫无边际，山峦巍峨相叠，似乎随意挑选一个方向，均可投入绿水青山的怀抱：乌泥嶂、天子印、驼背寨、磷石背、文笔秀峰、蜡烛台……

文峰乡工作人员看到我吃惊的样子，憨厚地笑了："我们采取山上山下、地上地下、流域上下'三同治'的综合治理模式，短时间让区域内水土流失的状况得到明显改善，土壤得到有效改良。"寻乌县生态环境局负责人也顺势补充："下一步，我们还要发展乡村旅游，开发民宿，打造素质拓展基地，有的老百姓已经同意签协议了。"

六平方公里的废弃矿山完成了集矿山遗迹、科普体验、休闲观光于一体的华丽转身。

在寻乌县，旧貌换新颜的远不止柯树塘。原先的不毛之地纷纷迎来蝶变，一座座"花果山"生机盎然。矿区水土流失量大幅降低，植被覆盖率跳跃性提高，这一降低一提高使得植物品种由原来的少数几种草本植物剧增至草灌乔植物一百余种。水体质量好了，入河水质当然就大为提高。更让人欣慰的是土壤理化性状显著改良了，令人担忧的生态断链得到持续修复。废弃矿山走绿色发展道路，昔日的"环境痛点"成为"生态亮点"和"产业焦点"。仅仅三年光阴，寻乌、安远、定南三县二百二十八个稀土矿区、十五平方公里面积，全部完成治理。

东江源头有好水。

三

三百山上，清风习习。

八十多年前，客家姑娘陈水香迫于战乱，孤身一人从广东汕头北上逃难，在僻静的安远县停下脚步，白手起家。这个后来成为我外婆的姑娘，含辛茹苦拉扯大六个孩子，又不顾"带外孙，咬脚跟"的俗语把我带在身边。小时候，我总望着远处雾蒙蒙的山峦，牢牢记住了三百山的名号。只是三十多年后，我方有缘登临三百山，一览山中千姿胜景。

沿福鳌塘进山，只见森林茂密、绿树成荫，奇峰异石、重峦叠嶂，大小飞瀑灵动秀丽。溪水汩汩，流着野草和山花的香味，流着日光，流着岁月。沟谷间云雾缭绕、峭壁凌空，既可近观古朴清幽，又可远眺奇秀雄险。踏上漫云栈道，走过玻璃天桥，仿佛完全置身于苍茫林海，与天地山水融为一体。这儿的森林覆盖率高达百分之九十八，一百一十六科、七百五十多种木本植物争奇斗艳，空气中负氧离子平均每立方厘米七万个单位，鼻子里的空气似乎真有股淡淡的甜味。听说运气好的话，还能遇见蓝喉歌鸲、领鸺鹠、游隼、白眉山鹧鸪等野生动物，甚至寻访到一点江西人文始祖"赣巨人"的蛛丝马迹。

作为东江的源头，三百山更充盈着东江元素。单级落差超一百二十米的东江第一瀑，似一匹飘飘坠下的银色长绢，雄浑壮丽。东江第一滩倒映叠翠山峦，袅袅雾岚燕腾。东江大峡谷巨藤倒挂，浓荫蔽日。东江源温泉旅游度假区别具风情，游客如织。"东江源·三百山旅游文化节""东江源·三百山乡村马拉松赛"精彩纷呈，享誉四方。

六十年来，广东和香港人民饮水思源，一次又一次来到三百山，来到东江源区，看看这个让他们魂牵梦萦的地方。他们在这里植树造林，捐资助学，甚至投资兴业，不仅是对源头活水的无限敬意，也是对源区人民护水养水的崇高礼赞。"东江的水啊东江的水，你是祖国引去的泉，你是同胞酿成的美酒，啊，一醉几千秋。"歌曲《多情东江水》的旋律，常常在山间回荡。

我常思考，经济社会的发展离不开产业的更新换代，但从长远意义看，更离不开一座座青山、一湖湖绿水。新时代的发展与保护该是何种模样？我突然顿悟了。寻乌、安远、定南三县人民，不是已经用赣粤两省桥头堡的亲情，用客家人特有的淳朴坚韧，用当年十送红军延续下来的红色血脉，给出了清晰的答案吗？他们的行动，不单单是牺牲小我、维系一江清水这么简单，更重要的是，践行了祖国一家亲的承诺和全国一盘棋的战略，为全国的经济社会发展和生态环境保护协同推进找到了一条可资借鉴的路径。他们的脑海中，始终有一条东江，有一个东江源区，有一份东江源头的使命。

长江从远古走来，黄河在咆哮，浏阳河弯过了几道弯。放眼全国，知名江河都有脍炙人口的比拟。说起东江，似乎一时语塞。它似乎从一出生，就传承了赣南人民质朴谦逊的秉性。当然，也传承了这片客家原乡厚重深沉的特质。浩瀚磅礴的江水，潜藏着历史悠久的文化底蕴，氤氲着我住江之头、君住江之尾的守望相助，记载了无数感人肺腑、可歌可泣的故事。它的悠悠南流，恰似一幅赣粤港三地中华儿女同源同宗的壮美画卷徐徐铺展。

巍巍东江，巍巍东江源。

原载《大地文学》2023 年夏季卷

草木医

———

祁云枝

　　尽管天天和草木打交道，我依然不能完全了解它们。

　　我或许能说出它们的尊姓大名、产地和生态习性，却无缘知晓流动于草木里的诸多神迹，诸如，藏匿在根、茎、叶、花、果里莫测的气力，是如何通过一碗水的煎熬，击败横行于人体里的病、毒、伤与痛的？

　　有段时间，我常站立窗前，呆望楼宇间的一线天，偶尔看到如小时候的蓝天白云，思绪便活泛起来，那些童年里被郎中或母亲拣选，用来治病救人的本草，纷纷从记忆里伸枝展叶，与头顶的蓝天白云对接起来。

荞麦

这个秋天，在一处名为"荞麦花海"的山头，我见到了分别已久的同乡。看到它们，我笑了，它们也在笑，笑容，是以花朵的方式绽开的。

一座山伏下身躯，驼起一条螺旋状多彩的河流，翻卷出粉红、碧绿、紫红的浪花，每一寸山岗都柔情蜜意。扑面而来的浪花里，我闻到了曾经生活过的村庄的味道。

迫不及待地向荞麦花靠近，我在年少时就熟悉它们。

当我在荞麦花前站定，感觉身上的每个细胞"唰"地一下都醒了，齐齐地竖起一片树林，林子里的每片叶子都伸开双臂，想要拥抱荞麦。指甲盖大小的粉色小花，绽放得无所顾忌，开成一嘟噜，连成一大片，天地间便妩媚起来。

这该是乡村旅游推出"荞麦花海"的缘由吧。

和童年一样，站立花前，总想把荞麦花叶织成衣裙穿在身上，眼前这座山，正穿着令我着迷的碎花衣衫——紫红的茎干、三角形的绿叶、粉白的小花，全都嫩生生的。阳光在素雅的衣衫上腾挪，闪跃出巴比松画派的神韵。

一些人和事儿，水流般沿荞麦花蜿蜒而来。

荞麦，在乡下并不多见。它属于粗粮，当年，有限的自留地里，乡人多种植细粮小麦，只在倒茬地或是灾年错过最佳播种期的庄稼地里，才能看到荞麦的身影。荞麦生长期短，从种子落地到收上场，大约七十天，是步履匆匆的庄稼。

荞麦开花的时候，乡村单调的土地上呈现出少有的诗意。

由红秆绿叶托举的小白花，瓣顶有从花心炊烟一样洇上来的粉红。至纯至简的五枚花瓣，俨然田地长出的"五言"，蜜蜂在歌咏，蝴蝶在翻阅。风行花朵，摇晃着美妙的诗篇，一句诗"田夫荷锄至，相见语依依"，鱼儿似的从浪花里跳跃出来。

父亲在荞麦地里给我们讲过一个笑话，说是一个当兵的回乡探亲，看他大（陕西方言，爸爸）在荞麦地里忙碌，随对着满地花朵拿腔拿调，撇着普通话问："爸爸，这红秆秆、绿叶叶的东西叫什么名字呢？"他大二话不说抢起锄头就打，被打得趔趔趄趄的兵娃子赶紧求饶："大，大，甭打咧，甭打咧，你快把我打死在这荞麦地里咧。"

哈哈哈！哈哈哈！荞麦花也乐了，一些花开怀大笑，前仰后合，一些花半掩芳唇，笑不露齿。笑声混合着蜜蜂的嘤嗡在空气中荡漾。

那时年少，荞麦花随心存留，成为令人开心的花朵。之后，看见荞麦花，必想起笑话，也必说给身边的人听，大家一起哈哈大笑。荞麦花有资格教导一个浮夸之人，让他谦逊起来，不忘记家乡的一草一木。

我们渐渐长大，只有荞麦花替我们收藏着童年的笑声。

"荞麦，最降气宽肠，故能炼肠胃滓滞，而治浊滞、泄痢、腹痛、上气之疾。"这是"药圣"李时珍说的，他的这段话，其实是现身说法。

李时珍在壮年时有次患病，肚腹疼痛，如厕便泻，泻也不多，但白天晚上总有多次。淅淅沥沥两个月后，他自感逐渐虚弱消瘦，擅自服用了消食化气的药物，并不见效。凑巧一位高僧听说了，便传授给李时珍一偏方：单用荞麦面一味做面条或做面糊糊吃。李时珍连吃五天，果然痊愈。

李时珍认为，这正是荞麦所谓的"炼肠胃滓滞"。

我目睹过荞麦治病的大能。那时候，荞麦医病的本领，需得通过五爷才彰显出来。五爷是村子里德高望重的郎中，擅长推拿。张三脚崴了，李四腰闪了，王麻子胳膊肘脱臼了，等等，都会去找五爷，五爷也都能手到病除。

当年，村子里的人似乎都是半个郎中，伤风感冒类的小病没人去医院，大都寻一两味草药解决。在人人皆医的乡村里，五爷无法靠行医养家糊口。五爷家也有麦田菜地，和大伙儿一样面朝黄土背朝天，在土里刨食。农闲时，五爷喜欢坐在村子里的大槐树下，一边吧嗒吧嗒抽着旱烟，一边分享些简单实用的祛病良方，他身上有种令人踏实的草木气息。

通常，大槐树下是村子里的聚会厅、饭堂，也兼信息交流站，男女老幼有事没事都喜欢凑过去。饭时，一准儿端着饭碗，手擀面居多，一边吃一边谝。时事新闻，家长里短，还有诸如五爷分享的医病妙招，鸟雀一样从大槐树下飞出，飞入家家户户，钻进更多的耳朵里。

无论春夏秋冬，大黑的头顶上都戴个厚厚的棉帽子，一刻也不敢卸下——大黑患了头风病。头风，像一柄猎人手中的枪，时时刻刻在暗中窥伺着大黑，大黑用一顶棉帽子躲避，仍不时被头风击中。大黑说他总觉得头顶上有嗖嗖冷风刮过；疼痛，也像无数找不到出口的蚂蚁，在他的头里撞击、噬咬。大黑去过乡医院，诊不出个子丑寅卯。家里没钱，去不了省城医院，大黑只能将就着用棉帽子抵挡。新荞麦上场入仓后，五爷告诉大黑，准备二升荞麦面粉，用水调制成两张饼，烘热贴额上，冷了即换，要焐到微微出汗。一周后，大黑终于摘掉了帽子，困扰大黑一年的头风，被荞面赶跑了。

一天，栓全在大槐树下刚吃完一碗面，还没送回饭碗就"哎哟哎哟"地喊叫起来，迅猛之势像一场突发的雪崩，饭前毫无征兆，饭后地动山摇，似乎有一双看不见的手一下子扼住了他的命脉。栓全蜷缩在地上，喘着粗气，一会儿说胸闷，一会儿又说恶心想吐，冷汗小溪一样自他的额上流下。五爷从大槐树旁经过，闻讯赶了过来，给栓全切脉后说："这是绞肠痧，赶紧回家，取荞麦面一把，炒黄，用水煎服。"栓全媳妇照做，果然奏效。

荞麦面经过水与火的煎熬，似乎一下子有了灵魂，拥有了令人讶异的能量。从入口开始，以秋风落叶的速度走经入脉，融入血液，调整失衡的身体，救人于水火。虽然我始终都无法参透荞麦治病的秘密，好在，荞麦一直以慈悲为怀。

"三块瓦砌个庙，里面坐个白老道"，草木有灵，居住在黑褐色三棱体荞麦壳里的"白老道"，果然精通自然之力。

艾　蒿

艾蒿，是迄今为止我仍然离不开的一种本草。

艾蒿生长在家乡的沟渠边、河滩上。惊蛰后，艾蒿和白蒿、米蒿一同醒来，一同苏醒的，还有很多被我们称之为野菜的小草。它们伸胳膊展腿，像书法家怀素信笔挥毫，横竖撇捺弯钩，

"纵横千万字"的草书，熙熙攘攘，给田野披了层绿衣裳。

新鲜的草木，像新鲜的日子。

父亲在节前启刀磨镰，他要去河滩上割艾。艾蒿的味道一旦在院子里飘散，端午节就来了。

天光擦亮万物时，一大捆带着露珠的艾蒿回家，我和妹妹手脚麻利地选出几枝艾蒿，用马蔺叶子绑好，安插在门楣和柜子上，剩下的，听从我俩的调遣，单排站在院墙边，士兵般齐整。墨绿色的叶面微微卷曲，露出叶背的银白。

浓烈的药香从枝叶间散发出来，在院子里冲撞、回旋。那味道，有香有苦也有辛，说不清到底是香多一些，还是辛与苦多一些，恰如我们的苦乐年华。

艾蒿晾晒到半干时，父亲收拢它们，端坐艾蒿中间，取出两撮在大手间搓揉起来，就那么一捻一搓，一条长长的艾绳逶迤而出。最后，所有的艾蒿都变身绿绳子，在父亲脚前盘踞成一个巨型蚊香。这盘艾草绳晾干后，也的确是我们家整个夏天的蚊香，父亲称之为"火药"。

傍晚，打开门窗，把截取的一段"火药"点燃，放进屋子中央那个盛了草木灰的瓷盆里。

黄昏被黑夜慢慢涂抹，艾绳在瓷盆里明明灭灭，发出轻微的噼啪声。在腾起的缕缕青烟里，蚊蝇落荒而逃。一屋子艾烟，仿佛孙悟空用金箍棒画出的圆圈，什么虎豹狼虫，俱莫敢近，我们安睡期间，夜夜无虞。

端午节当天，母亲还会将早年的艾蒿和柴胡研磨成粉，加入雄黄粉一起缝进用绸缎做成的心形香包里，再用花花绿绿的丝线，履行仪式般郑重系在我们的脖子、手腕和脚腕上；伤风感冒和磕磕碰碰的小伤，在母亲眼里，一锅艾蒿水就能摆平……这世间美妙之事，莫过于人与艾的相爱，艾蒿向荣，人面欢欣。

当我写下这些文字的时候，我的父母已先后离开了这个世界。是艾，让我这做女儿的，把父母的爱从童年无休止地拉长到青年和中年。这是一条"爱"之河，取之不尽，用之不竭。也让我在某些时刻，很想成为一株传递爱的艾。

如今，艾蒿以艾炷的形式，经常游走在我的皮肤上。

整日里面对电脑，一些疾病不请自来。某天，我的右手腕疼得连点击鼠标这样的动作都如同在刀尖上行走。我的目光不得不从电脑屏幕上撤离，当我把胳膊肘撑在桌面上，手掌缓缓降下，我发现手腕处凸起了一个疙瘩，花生米大小，圆溜溜，瓷实。待手掌伸直和胳膊成一条线，那疙瘩又不见了，但能摸到，酸、胀、涩、痛，仿佛锈了的滑轮，活动手腕，听得到骨头的摩擦音。

天，这疙瘩是何时出现于手腕的？它看我不曾理会，径直以刺痛的方式告知。

时光的利刃，就悬在我们头顶，一直削切着我们的机体，虽然这利刃看不见摸不着，但削切的结果，隔三岔五就显现了出来。

去寻医问药。医生看了一眼，说："这是腱鞘囊肿，需手术切除。"

"手术"二字，让我的惊惧陡然升级，我低估了这个突然冒出来的小小疙瘩。

我刚想询问，医生的目光把我尚未说出口的话语剪成了碎片。

"可以保守治疗，但有可能会更严重。"见我迟疑了几秒依然点头，医生大笔一挥，写出一串活血、止痛和消炎的药名，吩咐我手腕处要休息制动，多用热水浸泡。

老中医的药方更吓人，他说："先用火针刺破囊肿，用手按压排出里面的积液，辅助针灸治疗，再贴膏药巩固。"火针刺破疙瘩的画面，想想就叫人战栗，还要加上后续漫长的针灸。临走，我只买了两盒膏药，与其如此遭罪，不如与疙瘩和平相处，先尽量减少右手腕的使用频率吧。

不久，便静默在家。一日上网，见一专家说艾灸可强身健体，散布于空气里的艾草小分子还可杀毒杀菌。突然间想起家里还有一盒艾灸贴，因我家先生不喜艾味就搁置起来。我翻找出来征询他的意见，先生说试试吧，比起消毒水，艾草的气味要好闻一些，也环保。

缕缕白烟从抽水马桶状的孔眼里冒了出来，在手腕的皮肤处游走片刻，化作细线袅袅散去，患处即所谓的阿是穴感到了温热，空气里也有了少时常闻的艾香。

铅笔粗细的小艾炷上方，清灰一寸寸变长。变短的艾炷、变长的灰炷，与一个人的生命长度与年龄的关系何其相似，皆此消彼长。待艾柱燃尽，揭下悬空的底座后，患处颜色泛黄，皮肤上冒出几粒亮晶晶的水珠，这是被艾从身体里拔出来的寒毒吗？

索性天天艾灸。直到有一天，我曲手腕时突然发现那个凸起的疙瘩不见了。是的，它真不见了！那疙瘩仿佛连接上了艾蒿隐秘的信号，被艾烟一天天拽走了。手腕，又恢复了从前的灵活。

我晃动着手腕奔向我家先生，喊：看！好啦，好啦。厨房里飘来青韭鸡蛋的味道，真香。一定得喝上一盏，小小艾炷把腱鞘囊肿给干掉了，免去了手术与火针之痛，治疗过程优哉游哉，太值得庆贺了。

这一天，距离我第一次艾灸，过去了四十一天。

先生也很吃惊，笑着说他收回从前对这种气味的微词，并吩咐我多买几盒艾炷，他要灸因多次崴脚如今已怕寒怕累的脚腕。

从此，童年结识的悠悠艾香，一次次涨满家里的角角落落。和当年我的母亲一样，一些小毛病，我都用上了艾灸，腰膝酸痛时灸一灸，伤风感冒，也灸一灸。几十年过去了，失散多年的气味，重又停泊在斗室里。

若是萃取艾蒿精神，最恰当的词，莫过于"爱"。或者说，在所有的草木里，只有艾蒿，才配担起这个"爱"字。"艾"与"爱"，同音，也同义。

"彼采艾兮！一日不见，如三岁兮。"《诗经》里的这几句情诗，是进入中年后的我，只想说给艾蒿听的。

原载《西部》2023年第5期

"那生活的意义是极为丰腴的"

——读吴伯箫《窑洞风景》

马　力

《窑洞风景》是一篇追怀延安往事的散文。

1938 年春天，吴伯箫站在苍辽的塬上，展目望去，陕甘宁边区的气象，令初到延安的他眼前一新。四月的风吹艳了墚峁间的桃花，吹来了赶牲犁田的吆声。他畅吸着清鲜的空气，脚踏新的生命起点，朝着认准的人生方向出发。当他跟随延安大学的干部奔往晋察冀边区，已是 1945 年的秋季。

吴伯箫说："我在延安生活了八年，度过了我青年的后期。"阔别延安十五载后，他的感情依然留在那片热土上。一组怀忆延安的散文就是此期写出的。"回到延安写战地见闻，进入北京才写延安生活，这跟成年回忆儿时差不多。高尔基写《我的童年》不是在他过流浪生活的时候，而是在他蜚声世界文坛之后。现实生活，有些可以因景生情，即席赋诗为文，有些就不行，往往要后天写前天，二十年后写二十年前。亲身经历的事，也要经过一番回味、提炼，把浮光掠影变得清晰明朗，片面感受汇成完整印象，才能构成一篇作品的雏形。真的写出来，最恰当的时机又不知等多久。"这段话，是他忆写延安岁月时的真实感受。那一刻，宝塔山的树声，延河水的波声，嘹亮的号声，激越的歌声，又响在滚烫的心头。"声音绘制色彩，声音绘制形象，声音绘制感情"，他的内心听觉被再度唤醒。战斗记忆就像听见呼唤的鸟儿，热切地飞回来，栖止于灵魂的天空。回忆性写作形成吴伯箫散文的抒写特色，而《窑洞风景》中浸入的对延安生活的浓挚情感，将这一特色表现得尤为明显。

这篇作品另具的意义，则是有助于梳理作者成长史的脉络。

吴伯箫是从北京师范大学走出来的，虽几度更调迁转，但常在教育界供职；又受着新文学思潮与运动的陶染，"五四"知识分子的气质自是带着的。他的早期文学活动和创作，表现着进步的思想倾向。吴伯箫的人生转折，是在进入延安抗日军政大学学习期间开始的。身入边区，时空转换，在这"解放了的自由的土地上"，他见到了热情的大众，看到了广阔的生活，听到了民间的言说，学到了先进的理论。四近的物、周围的话、身边的人，入眼、入耳、入心，他的思想感情一天天起了变化，适应并融入全新的环境。

吴伯箫参加了延安文艺座谈会，并就文艺工作者到学校教学的问题做了发言，提出深入实际、熟悉生活、接触群众、普及文艺方面的看法，这成为他"写作上的分水岭"。不竭的精神动力，促他立足在工农的立场上，转向新的创作实践，也迎来散文风貌的嬗变。

他自觉确立崇高的精神取向。艰辛年月锻造出铁的意志，也养成革命者的幸福观。对延安的热爱，对信念的坚守，是这一认识的思想基底。一个以人民解放为价值目标的人，能够发掘战斗生活的丰富内涵，实现由物质幸福到精神幸福的跃升，看待世间事物的眼光自会不同。面对陕北传统民居，无论高处的靠崖式窑洞，无论低处的下沉式窑洞，无论平处的独立式窑洞，除去筑造布局和结构形式所显示的居住功能，吴伯箫更着眼于建筑体负载的精神含量。在这个层面上，窑洞已升华为满蕴着理性与感性的意象，成为具有代表性的边区景观。

《窑洞风景》这样起笔："住窑洞，越住越有感情。那种感情，该像'飞鸟恋旧林，池鱼思故渊'吧，日子越长久，感情越深厚。不过也有些不同，窑洞仿佛是叫人看了第一眼就感到亲切，住了第一天就感到舒适的。……若拿紫禁城里的宫殿跟窑洞相比，老实说，我喜欢窑洞。"上来这几句，明快直截，就像他认定的窑洞的好处：简单朴素，开门见山。

支承这种感情的，是强大的精神力量。这一点，吴伯箫写得格外分明："物质条件是简单的：窗明几净，木板床上常常只是一毯一被（洗干净的衣服包起来算枕头）。精神生活是丰富的：拥有一壁图书，就足以包罗宇宙万有。"充实、乐观、向上，是革命队伍的整体情绪状态，在吴伯箫看，身处这种状态，激扬感奋之至，即使人过中年，仍然不失青年的心情、襟怀和气魄。他曾在一篇文章里讲，在延安，自己的"精神是最愉快的，年纪愈大愈感到年轻。有生几十年来，唯有这个时期，我活得最有意义，最自由，最好"。纵使荆棘满途，他照样瞧得见希望，瞧得见从云罅透射的万道阳光。

他自觉确立高尚的审美取向。精神上的富足，在改变看待事物眼光的同时，也使吴伯箫添了一双发现美的眼睛，用心观照，黄土高坡上的一切，那么透亮，那么新美，一一纳入审美视野。笔墨浓郁的，是这样三段：

> 窑洞虽然只有一面透光，南向、东向、西向的窑洞，太阳一样可以照得满窑通亮。晴朗的夜里，一样可以推窗纳月，欣赏李太白的诗句："床前明月光"。
>
> 常见夕阳衔山的时候，一边是缕缕炊烟从山头袅袅上升，一边是群群牛羊从山上缓缓回圈。"日之夕矣，牛羊下来"，正好构成一幅静静的山野归牧图画。若是山高一点，炊烟缭绕，恰像云雾弥漫，又会给人一种"白云生处有人家"幽美旷远的感觉。
>
> 西湖白堤的"间株杨柳间株桃"，被称为江南绝妙景色。这种窑洞建筑的"一层窑洞一层田"，不也可以称为塞北的大好风光么？

多美呀！一字一句，充满诗性想象，更洋溢革命的浪漫主义。边区景象映入他的眼里，又用文学语言生动地呈现出来。

延安在吴伯箫心中有着特殊的位置，神圣而庄严，那是"革命的帕米尔"。只因"窑洞里出真理"，他才会深情地写道：

"我怀念起那照耀世界的延安窑洞的灯火了。那灯火闪烁着英明的革命舵手的智慧，那灯火辉映着斧头和镰刀的光辉。……那窑洞的灯火是永远发亮的，那窑洞的灯火所照耀的地方是无限广阔的。"他才会觉得在冬天的雪夜，和三五个邻窑的同志围聚在火盆前，听着新炭发着清脆的爆声，看着红炭透着石榴花一样的颜色，又透过门窗棂格的拼花图案憧憬光明的前景，耳边犹如飞响胜利的战歌。正是由于"那生活的意义是极为丰腴的"，整个窑里才煦暖如春。他描画的窑洞，属于建筑学，也属于革命史。诚如茅盾所言："如果你也当它是'风景'，那便是真的风景，是伟大中之最伟大者！"

王统照评价吴伯箫的早期散文"对于字句间颇费心思"，尤好文辞的锻炼。他的作品表现着一种清丽幽婉的韵调，语词总是纯美的。而他在延安时期的创作，则展拓一片新域。美，照例坚持着，只是不再耽于先前的缠绵感伤，而向慷慨豪迈倾心。他的浑朴明朗的文学风格的形成，是以边区的革命实践作为重要支撑的。艰苦的斗争、火热的生活、昂奋的激情、理想的光彩，给他的创作注入红色基因。唯其如此，《窑洞风景》这种抒写延安记忆的篇章，方能"像鼓点似的敲击出时代的节拍，像颂歌似的激荡着革命的情操，将读者引向崇高的思想境界中去"（林非语），并且映现作者在红色旗帜下前行的身影。

原载《中国社会报》2023 年 6 月 12 日

父 亲

—

任芙康

　　我爸宠我，全厂广为人知。厂子在二十世纪五十年代的大巴山，唯一"省属"：四川省渠江矿冶公司。从铁矿、煤矿开采，到炼焦、炼铁、炼钢、轧钢，"拳打脚踢"，无所不能。鼎盛时期，员工超过两万。

　　厂内家长，尤其汉子，大多性格硬朗，鞭策儿女，流行直截了当，张嘴就骂，抬手就打。而这般家常便饭，叫人见惯司空。环顾前后左右，仅有我爸破例，家里家外，对孩儿的指导、指教、指派，从来包裹着一团和气。

　　于家中受到善待，居然在同学间收获羡慕与友好。即便男生里的顽劣之徒，亦不会欺我、侮我。个中缘由，至今费解。

　　我爸读完初小，跟着堂哥，赤脚四天，走完一百五十公里，当上宣汉县城茶馆学徒。不足一年，成为火炉、铜壶、盖碗、掺茶一应事项的行家。老板仁厚，每日打烊之后，便督促徒弟读书、写字。

1949年末，茶客中一位长者，喜爱我爸聪慧、懂礼，引荐他进厂参工。我爸不负期冀，入党、提干，一路顺遂，连年荣获优秀党员、先进工作者称号。"光荣"鳞集，我爸回回推让不脱，便将印制着荣誉名号的茶缸、毛巾之类，分赠同事。"事情是大家做的，本来就不该我独吞。"众人听罢，无不大欢。

发蒙之前，经我爸指点，大概识字上百。懵懵懂懂之中，我爸言传身教，又让我晓得一些事理。比方，身陷一场山火，差点丢命，明白了"火借风势，风助火威"；出门口渴，攀山寻水，记住了无论山有多高，水都痴情相随，这叫"山高水长"；除开冬日，穿行山路，应手中有棍，便于"打草惊蛇"；欲知当日气象，仰头望天，民谚入心，"有雨四角亮，无雨顶上光"。诸如此类，不让人烦，只觉有趣。

家里炊事，归我妈管，但我爸只要在家，总是主动洗菜。人说叶子菜难弄，于他却是拿手好戏。淘菜之先，必会择理清爽，然后大盆盛水，用力搅动。换水三遍以上，一篮青菜便洁净透亮。多年后，目睹洗衣机启动的滚滚漩涡，方知我爸淘菜的路数，早就深谙翻转之妙。

我爸对人和气，有口皆碑。但在我印象里，他发过一次大火，对象是他亲哥（即我的大爹）。我十岁前后，食物稀缺，煮饭炒菜的锅罐，亦成为俏货。当时厂里有少量生产，只作内部供应。忽一日，我大爹从乡里跑来，让老弟帮忙，说茅舍已无锅可揭。

谁知刚过十余天，大爹又上门，仍需锅罐。我爸一听，认定他哥在倒卖挣钱，脸色大变，断然回绝。转天早晨，我爸上班走后，大爹动身回家，我妈将家里一口旧锅找出。大爹死活不要，直到见我妈泪光闪闪，才肯放进背篓。这一去两断消息，直至一年后，大爹病重，我爸我妈得信赶回，兄弟始得尽释前嫌。

曾与人言，我从五六岁起，持续数十载，对每年的陈谷子烂芝麻，总会记住几件（反倒是近年经历，成了一笔糊涂账）。1962年，便记住有个"八字方针"：调整、巩固、充实、提高。这算是平生头回感到，国家大事能看到，听到，并就在身边。这政策具体到工厂，一是"放人"，一是退赔。

所谓放人，是将1958年进厂的工人，悉数下放回家。遣散工人一幕，至今宛若昨日。各工区、车间被遣散的工人，背着行李从方圆数十里外赶来厂部，领取补偿资金。

所谓退赔，是之前三四年，工厂对周边农村集体及个人的损害，旧账新算，予以赔偿。这一工作，关涉钱物，凡有牵扯的公社，先行发动，让农民自己申诉。厂里需要拿出真金白银，因此十分看重，抽调科室人员，两人一组，分赴乡下。

因人手紧张，我爸一人负责东岳公社。正值暑假，便带我同去。东岳场位于一面长长的坡顶，进得公社院子，领导都来握手，长桌上已摊开各大队上报的表格。稍事寒暄，我爸便逐一审看起来。午饭时，公社办起招待，但我爸婉言谢绝了"接风"。

翌日，由公社派出两人陪同，开始逐户走访、核实。其章法简便，几方认定后，赔款不经公社、大队转手，直接让社员落袋为安。此一过程甚为平顺，似无一户得寸进尺；反倒有几家，我爸觉得过于本分，索赔偏低，便酌情给予追加。评估中，我爸自会为厂里省钱，但更愿意替社员消气。由于财物、田土、道路、竹木受损，等于祸从天降，都是农家吃亏在先，又被推诿数年之久，赔付中，除了道歉，理应包含补偿性关照，这会让农民看出工人大哥纠偏的诚意。

我们这个四人小组（实则三人，我属玩耍），天天走村串户，早出晚回。饿了，食自带的馒头、榨菜；渴了，饮主人现舀的井水。每天回到街上，小食店吃小面、米饭、炒豆腐、青菜，偶尔加盘肉丝、肉片，已是十分快活。傍晚时分，我爸会带我下到坡底坝子，一方堰塘，是当地大小男人的天然泳池。半月过去，大功告成，跟着我爸回厂。下到公路上，几次停步回头，便牢牢记住了东岳场那面长长的石坡。

1963年夏天，我小学毕业，考进城里第一中学。令人难以置信，接到录取书第二天，机缘巧合，我爸也获通知，调去城内行署机关。那时工作变动，讲究人走家搬。面对熟悉的房子，屋里屋外，看看这，摸摸那，少年的我，亦生不舍之感。

厂里宿舍紧张，鼓励个人建房。六年前，我爸寻得厂部礼堂后身，自盖两室一厨。当时购买砖瓦、石材、木料、洋灰，外加专业匠人的工钱，完事拢账，统共花费一百六十元。所有杂活，概由同事帮忙，职工食堂吃饭，只是花去几包烟钱。房龄区区数年，又住得比较爱惜，我家房子，一时为人瞩目。听我爸表示，房子不卖私人，有人便猜测这是"抬价"，遂纷纷添钱，远超成本数倍之多。我爸毫不松口，最终以建房的原价，卖给工厂总务科。我家几位老友，煞费苦心而未能如愿，气得望房兴叹：

这老任虽未财迷心窍，但肯定鬼迷心窍了。

我爸从不求人办事，也不习惯办事便求人。写这篇文章，盘点往事，觉察出金无足赤，我爸为我，竟然是求过人的。我下乡插队的大春沟，家家晚上油灯闪烁，虽离公社不过一公里，却因无缘买到电线，电流传不过来。我爸下乡看我，听生产队长诉苦，这地方山清水秀，砖厂也挣钱，日子有缺憾，就是愁于无电。我爸听后，想了想，承诺试试。没过多久，我将入伍远行，赶紧回城催问。我爸说已求助专区农机站站长，眼下就可提货。我当天返队，第二天队长率领牛车三架进城；第三天请来五六个电工，指挥全队壮汉干活；第四天晚上，大春沟家家门窗大开，露出昔日高不可攀的光明。

我爸始终崇敬北京，先后到过三回。最后一次最为圆满，赶上天安门开放，这对他是一种意外的幸福。城楼上，我爸逐一细看，眼不够用。转完楼上允许参观的地方，又去俯看金水桥前的车水马龙。我拿着相机，"导演"我爸，让他对着广场挥手。我要为老人家留下一张模仿伟人的照片。他远远望定广场南端的纪念碑、纪念堂，然后转身，面露羞色，连连摆手："不合适，不合适。"他侧身倚栏，"就这样照吧。"我屏住呼吸，连拍数张。洗印出来，这是我爸不多的留影里，最为开心的照片。他的笑脸四周，满是天安门的雕梁画栋。

我始终固执地相信，我爸身上，带有某种少见的气韵。写到这里，冥思苦索，只想挑选一个妥帖的词语，挑选一个我爸兴许并不理解的词语，恭恭敬敬地献给他。终于，想到了，并确定我爸消受得起。

这就是"雍容"二字。

通常，有身份的人，有地位的人，有财富的人，家世显赫的人，学问无边的人，才可与该词相配、相符。我爸一生，布衣蔬食，心口如一，和气待人，踏实做事。他高尚，他纯粹，他脱离了低级趣味。雍容就是他身上的一束光，习惯自然地照向周边的男女老少，使他成为众多至爱亲朋景仰的人。

原载《新民晚报》2022 年 12 月 27 日，文字有删节

白鹭与天鹅

王雪茜

一

　　从朝鲜半岛迁徙而来的豆雁，在二月底便到达黄海北岸，从我国南方北迁的白鹭和大天鹅也在同月抵达。我上下班喜欢乘坐沿江线路的远郊车，看稿之余，目光可在鸭绿江两岸随时切换。《新唐书》记曰："有马訾水出靺鞨之白山，色若鸭头，号鸭渌水。""马訾水"是鸭绿江的古名，"靺鞨"是中国古代居住在东北地区长白山、松花江、黑龙江一带的民族，即后来女真族的祖先。另有一种说法，认为鸭绿江为满语音译，在满语中意为"边界之江"。每年三月到九月，上下班途中我都能看到成群的白鹭，它们悠闲地在鸭绿江的一个个江心小岛上飞来飞去，尤其车行至灯塔山公园附近，运气好的话会看到一两百只白鹭同时起落，像无数的云朵在风中翻飞，如仙如画。灯塔山公园山脚下有一片茂密的树林，是白鹭非常喜欢的歇息地。白日在江上嬉戏、觅食的白鹭，傍晚便回到树林。远远望去，恍如一树树的白花，令人觉得只有白云和白鹭在天地间最耀眼闪亮。

鸭绿江流域以及周边的河滩，是白鹭以及更早到来的苍鹭的繁殖地，它们在这里谈情说爱，生儿育女，哺育幼雏，一直到十月份，幼鹭渐渐长成，白鹭们才携着儿女返回南方。

一日，偶抬头，发现灯塔山对面路边竖着一个小区的指示牌——江山和鸣，立时觉得这四字真恰如其分。临江，靠山，又有白鹭为邻，人鸟和鸣，风水宝地，这小区的人好有福气啊！

忽然有一个春天，我发现灯塔山附近看不见成群的白鹭了，视线里偶尔出现三两只，也是一副失魂落魄的张皇模样。百思不得其解，问了住在灯塔山附近的朋友，才知道，按照设计规划，树林被砍掉了，就地建了小区篮球场。白鹭们大约去了别处。"和鸣"静了音，唯余江山。可失去了树林的山，失去了鸟类的江，我觉得就像失去了血管的皮肤，"江山和鸣"不就成了没有心跳的躯壳了吗？

夏天时，到绿岛办事，意外发现绿岛的白鹭似乎多了好多，一群规模和样貌颇为眼熟的白鹭在鸭绿江朝鲜一侧岸边觅食。日未落，它们便急慌慌飞回绿岛。我疑心它们就是灯塔山的那群白鹭，只是疑心罢了。

有一个更美的画面，不容忽视，必须在此时补充出来。那是梨花盛开的时节，我们在一家农庄吃饭，无意中发现对面草河湿地的一小片小树林中，隐约着数点白光，跟农庄的一树树梨花遥相呼应。庄主说那是白鹭。忍不住绕行一圈至小树林附近，果然，十几只白鹭蹲在树枝间。附加的惊喜是，这群白鹭正在求偶期，为了吸引异性，头背部和颈部已然长出了繁殖饰羽。真是"飘飘乎如遗世独立，羽化而登仙"。有的三两只聚在一起窃窃私语，有的很是活泼，从一棵树飞到另一棵树。我视线正前方的那对白鹭，头上的两枚辫羽像女孩子长长的银色发带，羽枝在风中飘摇弄姿。雄性把头颈由 S 形弯曲成 O 形，旁若无人地给它的新娘梳理颈背的细长饰羽。这一双鸟儿多么像正在拍婚纱照的小情侣，举手投足间，流淌着蜜一般的柔情。它们的装饰性婚羽，在逆光中根根分明，蓑羽雪光般耀眼，比新娘子的白头纱还要招摇。

正暗自欢喜，不知从何处冒出来一对男女，大呼小叫，一惊一乍。男子大概为了讨女孩欢心，也或许仅仅是顽皮，捡起一块石头，用力向树上抛去，白鹭们受了惊，呼啦一下飞起来，繁殖饰羽逆风绽开，宛如从手风琴流泻出纯白的月光。女孩欢呼起来，举着手机不停地拍照。一想到这惊鸿一瞥的美伴随着的是人类的自私与傲慢，我就猛然懊恼起来，觉得生而为人，实在是应该抱歉。

没有一只鸟会像人类一样，歌唱单身快乐。在求偶季节，鸟们都会拿出自己的看家美貌。有些鸟会生出美姿各异的繁殖饰羽。这是一个心动的约定，鸟们心照不宣。在我们湿地的鸟类中，白鹭、绿头鸭、凤头䴙䴘、黑脸琵鹭等，不论雄雌，都会长出繁殖羽。黑脸琵鹭是全球最濒危的鸟类之一，有"鸟中大熊猫"之称。只有过了两岁的黑脸琵鹭才有换新装的资格。鸭绿江湿地的黑脸琵鹭数量极少，我只在摄影师拍摄的图片里见过。

2020年，惊蛰日，宽甸县杨木川镇白鹭村。拂晓，烟波微茫，青冥浩荡。晨雾给柞树和槐树笼上了一层仙气。成千上万只白鹭列在枝头，等待日出。六点四十分，群鹭忽地腾空而起，以白云为衣，以山风为马，在近四万亩生态林上空翩跹绕飞两周，接着快速错落，四散而出，飞往周边的河滩湿地。这场清晨外出觅食前准时开启的盛大狂欢仪式，如神女聚会，景象壮观，唯美空灵。作为"大气和水质状况的监测鸟"，白鹭对栖息地和繁殖地十分挑剔，绝不将就。而山明水秀的白鹭村，对鹭鸟来说，就是天堂的模样。

二

另一种美得像仙女下凡一样的大鸟，是跟白鹭外形接近的天鹅。天鹅和白鹭有同样优美的大长颈，乍一看好像是一奶同胞，其实凭直觉很容易区分。天鹅偏胖，嘴偏扁；白鹭纤瘦，嘴长而尖。相比于白鹭对我们这边气候和水域的恋恋不舍，天鹅算是匆匆过客，它们从鄱阳湖和洞庭湖或黄河三角洲一路北上，在我们这边"加油"之后，稍作休息，便继续北上，到蒙古或俄罗斯等繁殖地生养后代，留在我们这里繁殖后代的"懒鹅"少之又少，即便产卵，也很少能顺利孵化。

合隆水库边的库塘湿地，是天鹅默认的北迁歇息地。水库南面毗邻大片水稻田，周边不乏鱼塘，芦苇丛生。近年，北面又修筑了封育围栏。这里的浅水滩水域开阔，水生植物繁茂，除了天鹅，苍鹭、白头鹤、黑嘴鸥、小白额雁、凤头鹏鹈、东方白鹳、白尾海雕、灰鹤、大鸨、鸿雁等也是这里的常客。每年三月初，这里的天鹅数量会达到高峰，约有上百只之多。有一个动作我百看不厌：天鹅将它的脖颈一下子完全扎进水里，远看，水面上只余一团雪色。那么长的脖颈竟可以如此灵活，弧度优美，柔韧自如，真不知它是怎么做到的。当然，在"天鹅诗人"鲁文·达里奥笔下，天鹅那神圣的脖颈无疑是个巨大的问号，蕴含着天籁般的思索。

我有时忍不住会想，鸟类迁徙的内在驱动力是什么呢？温度？食物？固然对，但更重要的一个因素，我想，是基因吧。延续基因，进化基因。在鸟儿的意识里，种群的延续永远比个体的存活重要，这可能也是鸟类决定迁徙的主因吧。人类自认为高鸟一等，自然从不用担心这个，人类也无法理解"云之君"的境界。有个疑虑一直困扰着我，稻田里残存的农药对天鹅和其他鸟类究竟有多大的影响？每次在稻田边逡巡，我都十分留意，近几年，我一次也没有在稻田附近发现天鹅的尸体。一些生长在稻田里的小鱼小虾体内一定有毒素存留，通过食物链自然会在天鹅的体内蓄积，这会不会引起天鹅生理和生活习性的变化？会不会降低它们的生存能力和繁殖能力？会不会改变它们的基因？有次陪媒体朋友去观鸟园采访，我抽空问了工作人员这个困扰，他却诧异地盯了我两眼，嘴角撇出一丝冷笑，你们写文章的人，脑回路怎么就不在正道上？你吃的大米、蔬菜，哪个离得了农药，你还不是活得好好的？我一时语塞，竟然无言以对。

难道这不是一个值得弄清楚的问题吗？众所周知，在延续基因和进化基因这个问题上，所有的鸟类都不敢敷衍。尽管如此，有时也由不得它们，最大的干扰因素仍然来自人类。譬如我们这边的天鹅，原本是很少在稻田里活动的，可由于北面大片苇塘变成耕地，加之修筑了封育围栏（据说是为了更好地管理湿地上的天鹅），天鹅的生存环境被迫碎片化，这导致天鹅为了生存，不得不改变活动区域和饮食习惯。或许是我的疑心病作祟，今春，我再次见到这些天鹅时，总觉得它们比往年肥胖些，雄性的求偶行为似乎也少了很多，雄雌愈加难以分辨。

你可能会问，天鹅为什么不换个地方栖息呢？人挪死，鸟挪活呀！起初我也冒出过这样的疑问。拍天鹅的摄影师朋友觉得我真是多此一问，当然不会回答我，他只是感叹，现在越来越难拍到天鹅在我们这边繁殖后代的照片了。

对鸟类摄影师的跟拍和追拍行为，我的朋友、野保专家小白认为，是绝对无知无耻，不可原谅的。

"你留心一下就会发现，被摄影师盯上跟拍的孵卵过程，大多无法顺利完成。"他说。每当谈到这个话题时，他总是皱着眉头，一副痛心疾首的样子。

我理解小白，他对野生动物的喜欢已不仅仅停留在爱护层面上，他研究它们已渐痴迷，任何一种对野生动物有可能造成骚扰和伤害的举动，哪怕是无心之举，都会令他义愤填膺，他也因此得了个"鸟人"的绰号。而我觉得，在小白心里，鸟类才是

"鸟人"，自己就是"人鸟"，就如在达尔文眼里，自己就是"人虫"，昆虫就是"虫人"。在我看来，从天性来说，没有任何一种鸟不害怕人，即便是麻雀、喜鹊、乌鸦这类随处可见的留鸟，朝夕与我们相处，仍旧对人类充满警惕。而在繁殖期，鸟类对人的恐惧更达到了极致，任何一点来自外界的干扰都会让它们诚惶诚恐，胆战心惊。

"女人怀孕时，受到惊吓会流产，鸟儿也一样啊，它们的繁殖环境更脆弱。"是的，我早就听摄影师朋友说过，十巢九覆。尽管我们这边食物充足，气候宜人，它们却仍毫不犹豫地继续飞向人迹罕至的最北方。

我书架上有一本俄国作家米哈伊尔·普里什文的书《鸟儿不惊的地方》。我一页没看过，买它，纯是因为喜欢这个书名。

有一则新闻说，某地有一位专拍天鹅的爱心摄影师，每年都要购买大量的玉米，喂养迁徙到某地池塘的大群天鹅。这也是一件令我联想颇多的事情。我们小区有位心善的阿姨，见不得流浪猫狗忍饥挨饿，于是常呼猫唤狗，喂东喂西，竟致小区野猫野狗数量激增。白天，野狗四处乱窜；夜晚，野猫细声尖叫，民怨沸腾，阿姨则感叹人情冷漠，委屈满腹。最终，小区物业给母猫母狗做了绝育手术。老实说，对于此类善心，我很不屑，对野生动物而言，可能也非善举。同理，对迁徙类天鹅而言，定时定点投喂行为更是无知之举，长此以往，会让天鹅产生依赖心理，丧失自主捕食能力。我更怀疑人为投喂会导致它们体质下降，增加感染疾病的几率，甚至有可能使天鹅基因突变，器官退化，比如长喙变短。这恐怕不是危言耸听。大自然有自己天然均衡的生态系统，人类的自以为是只会适得其反。

原载《四川文学》2023 年第 6 期，文中数字标题系选编者所加

吊酒师傅

李冬凤

　　"做——饭——哟。"重阳节前后，李咸俊便要在村子里吆喝。他背着手，在一条条屋巷里来回踱步，浑浊的声音里带着沙哑，嗓子像被高度酒灼伤，但极具穿透力。这就是枫树李家一年一度吊酒的开端。

　　枫树李家是一个三千多人的村庄，横卧在篁竹峰下，皆为李姓。像这样的大村庄一般都拥有自己的工匠，诸如木匠、石匠、铁匠、铜匠、篾匠、桶匠、裁缝、弹花匠、杀猪匠，繁盛的时候还出现过银匠、皮匠、鞋匠、豆腐坊、染坊之类。但有一种匠人，枫树李家不会有，周围村庄无论大小都不会有，那就是剃头匠。剃头匠的第二职业是轿夫。远远近近，凡是沾染上了这个职业，在村子里便待不住，要么搬到同类职业者较多的小村，要么住到远离村庄的独门独户，从此与其他村庄不能通婚，不能开亲。远近村庄的人离不开这个职业，虽然与剃头匠见面也有说有笑，但心里却无端生出厌恶。若是遇上自己家的儿子与剃头匠的女儿有私情，父亲必然会火冒三丈，用扁担打人仍不解恨。若是儿子还一味固执己见，宁愿不要这儿子，也不会成就一段"孽缘"。乡下人虽然卑微，却也有自己的骄傲。后来镇上开起了发廊，这群人便一夜之间消失在茫茫人海之中，就连这些独门独户或剃头小村也变成了断壁残垣。可见，他们也是何等憎恨自己。

枫树李家近些年还出现了最为时髦的"大匠人"，中国首颗暗物质粒子探测卫星总设计师李华旺算是最牛的匠人。从村里还走出了不少桥梁专家、企业家、医师和律师，老匠人还没退出历史舞台，新生代匠人已遍布各地。

人未必个个有出息，但心里不可缺少骄傲，枫树李家如此多的匠人，便是他们的骄傲。种田之余，兼做手艺，如做木匠的二棍，做篾匠的早生，会阉猪的山贵，会打铁的运松，活得自由自在，日子过得很是惬意。又如，我父亲是个裁缝，春秋季节转换、逢年过节，村里人就抢着到家里来扛缝纫机。这家快完工，下一家便上了门，缝纫机一时扛不走，就先抢走皮尺或者熨斗，算是预定。工钱自不必说，上户三餐两点必不可少，叫师傅也极尽恭敬。再如，村里卫星总设计师的叔叔是个桶匠。

剃头匠在乡土上消失了，金、银、铜、铁匠消失了，皮匠、篾匠、桶匠也消失了，甚至没有留下任何痕迹，这一切似乎源于商业大潮。石匠、木匠、裁缝在寂寞的乡村已是形单影只，挑着担子的"豆腐西施"也不知还能吆喝到几时。我记忆中的酿酒师在如炸弹般的各种品牌的瓶装酒冲击之下，似乎早就应该销声匿迹，然而，枫树李家仍然有吊酒师傅。乡下有句老话，熬糖吊酒，越吃越有。

吊酒师傅不是所有村庄都有，偌大的枫树李家也就李咸俊一人。吊酒是一个季节性很强的职业。气温高了不能吊酒，气温太低也不能吊酒，一年只能吊两次酒——桃花酒和重阳酒。桃花盛开正阳春。阳春，不冷不燥，淘米做饭拌粬正合适。夏热退尽便是重阳，《吕氏春秋》之中《季秋纪》载："命家宰，农事备收，举五种之要。藏帝籍之收于神仓，祗敬必饬。"农作物丰收之时，便可祭飨天帝、祭祖，以谢天帝、祖先恩德，故而，酿重阳酒者居多。

乡下人吊酒用的是古法。吊一锅酒，先要将粮食淘洗干净，用清水浸泡一夜，然后放到蒸锅里蒸煮，出锅冷却到一定温度，再装缸发酵。完全发酵之后，再次倒进蒸锅煮几个小时，才能接酒入坛。吊酒是技术含量很高的手艺，粮食品质、谷物的纯净、温度的控制、发酵时间长短的把握，还有酒药子的选用，一个环节出问题，轻则影响出酒率，酒的口感、度数和品质；重则无酒可接，或接而无用，浪费原料，耽误工时。吊酒师傅往往凭的是感觉和经验，蒸煮时间、冷却的温度和发酵程度完全靠师傅口尝、鼻闻、眼看、耳听、手摸。吊酒的关键程序是成酒和出酒，在灶上叠放两个蒸置锅，物理原理其实很简单，下边置有酒料的蒸馏锅，上边置冷却器，在两者之间，悬吊着一个铅皮漏斗，漏斗的喇叭嘴对准着上边圆锥形锅底的陀螺尖。酒料被蒸得直往上冒热气，这些饱含酒分子的热气，遇到上边凉凉的锅底，凝结成无数颗水珠，水珠大量往下淌，淌到陀螺尖处，像清泉注入漏斗里，这便是酒。漏斗有根管子，通到蒸馏锅外，注入下边的酒坛里。

在过往的岁月里，吊桃花酒恰逢春荒，仓里五谷羞涩，肚子尚填不饱，哪来粮食酿酒？酿桃花往往是一句空话，李咸俊只吊重阳酒。

李咸俊的叫喊让枫树李家的"酒虫子"躁动起来了。重阳一般是农闲的开始，累了一个夏天的男人此时开始赖床，像卸了磨的驴，唯独李咸俊的叫喊能让他们兴奋起来。他们一骨碌爬起来，趿拉着拖鞋，跑到厨房，把正在做早饭的女人吓了一跳。平常早饭都要送到床上吃，这是咋了？

男人说，去把缸里的糯米全部舀来，听到没，全部！男人急促且抑制不住喜悦地命令自己的女人，而自己已从门旁拿出扁担，勾起两个水桶，去挑井水。

一担担清凌凌的水挑进门，女人不但拿出了早就预备的糯米，还取出了阁楼上的饭甑、竹匾和谷箩，拿到池塘里洗去积尘，严阵以待。池塘边柳叶已泛黄，掉落下来泛满了池塘，天上的太阳像个红灯笼挂在柳梢。池塘边上的女人们都在做同一件事，刷洗饭甑竹匾谷箩，嘻嘻哈哈的欢笑激起一阵阵涟漪。

糯米倒进大脚盆，反复搓洗，上木甑蒸。洗米的水倒进旁边的破缸里，则是猪最有营养的"饮料"。枫树李家的女人都是精打细算过日子。女人做完了这些，男人便在自家最大的锅里架饭甑，向锅里加恰到好处的水，然后将米倒进饭甑。这些做完之后，女人便开始生火，柴要用火力旺的硬柴。

这时李咸俊也开始忙碌起来。他穿梭在巷子之间，检查着各家各户的蒸饭状况。饭要一次性蒸透，不能夹生，夹生再蒸就难了，一甑饭就废了。李咸俊看火候据说有绝招，他只要看一眼甑面上冒出来的蒸汽形状，就能判断出甑里饭的生熟情况。他一个人一次性要看上百户人家的火候，忙得脚板不沾灰。一进门便发指令，加柴，加水，说完人已出门。锅里的水烧干了，要加预备的热水，因为如果加了冷水，蒸汽"上汽不接下汽"，饭就可能夹生。如果李咸俊说，退火，把灶里的柴退干净，这锅饭就算熟了。等一袋烟的工夫，男人便开始起甑，将饭倒进竹匾里，铺开冷却，午后李咸俊便会来拌米糇。

遇到蒸糯米饭的时候，家里的孩子也很兴奋，放学回家总要在竹匾里偷偷抓一把饭往嘴里塞。女人心疼儿子，转身给儿子装一大碗，还在饭上面撒一层砂糖。这时男人往往大眼瞪小眼，尝尝就可以了，用得着那么大的碗？

枫树李家的中心有一棵大樟树，这里是村里的信息收发站，谁家有个风吹草动，在这里都能听得到，小到鸡毛蒜皮，大到娶亲生崽，或者打骂公婆、夫妻吵架。吊酒的信息自然少不了，谁家今年种了一亩田的糯谷，专门用于吊酒；谁家今年吊了五锅酒，这些都是男人的话题。女人也有自己的话题，如一个女人说，你家男人霸气，吊了十锅酒。女人在自己男人面前不敢吭声，在这里却放得开，霸气个啥？饭都吃不饱，整天就想喝骚尿。又说，喝骚尿也罢了，还要添菜，添菜也罢了，喝多了还要发酒疯，谁受得了？说到此处，一群女人眼睛都红红的，想哭又哭不出来，最后化作了一声声叹息。枫树李家的男人喜欢李咸俊，女人却恨死了李咸俊。

李咸俊言语少，所以从不去大樟树下，也便不知道女人心里的苦涩。他每年都是郑重其事地吊好他的重阳酒。

李咸俊来了，把手探进竹匾饭堆里，若不冷不热正合适，他便把米粬拌入饭里，拌匀后再将饭一层一层压进谷箩里。米粬是他带来的，也只有用他的米粬，他才包出酒，甚至是好酒。最后，他还要在谷箩最上层铺上一层米粬，再盖上纱布，压上砖头。出门时，还要叮嘱，明天晚上，谷箩下面会有液体渗出，你尝尝，如果有点甜，说明米糟来了，转过天，再把米糟兑井水，放进缸里继续发酵。记住，一斤米兑一斤水。这段时间，李咸俊特别忙，一些无关紧要的活儿就不得不交给户主去做。你看，李咸俊还没交代完，隔壁就来催了。

枫树李家的男人喜欢喝酒，村里唯一的酿酒师傅又这么忙，为什么不再出一个或几个酿酒师傅？这恐怕只有李咸俊知道。乡下的手艺人讲究的是师承。一门手艺，全在手上，师傅不教，还真难以捉摸。

李咸俊一般都是在进九前后开始吊酒。他没有自己的酒坊，都是在祖厅门口搭起土灶台。各家陆续用水桶挑来酒娘（已充分发酵的酒糟），逐个将酒娘倒进锅里，锅里架上蒸笼，笼上方再加盖铝制锅。铝制锅呈圆锥形，上面装冰冷的井水。蒸笼里的酒蒸汽遇冷便会凝结成酒，酒顺着铝制锅锥尖滴落，再用管子导引出蒸笼，流进接酒的坛子里。铝制锅盖外沿有巢，加入的井水温度升高了就得排出来，再不断加入冷的井水。所以，吊酒开始，出酒口经常围着一堆男人或者说酒虫子和看热闹的人群，出热水口则聚集着一堆女人，她们接一盆热水，洗衣服、洗菜，或洗一些杂物。

　　李运镜是村里最大的酒虫子，每年都要吊十多锅酒，所以第一个挑酒娘来的总是他。除了挑酒娘来，还得挑硬柴来，烧酒娘的火力不怕旺。等土灶里的火熊熊燃烧起来后，他才得空去井里担水。李咸俊只负责看火。管子里开始出酒时，李咸俊便用小酒盅接一小口尝尝，然后对聚在周围的人说，你们也尝尝。于是一群酒虫子依次尝酒。刚吊出来的酒称头酒，度数都在七十度以上，且是滚烫的酒，哪怕是一小口，都像一团火，从口腔一直往食道和胃里燃烧。酒虫子就喜欢这种刺激。酒量大的一次刺激不过瘾，便再接一小杯，喝下去后还得装出一副陶醉的样子，闭着双眼，仰着脸，嘴里发出啧啧的响声，然后长舒一口气说，好酒！这时不仅李咸俊脸上露出得意的笑容，酒的主人李运镜也笑呵呵的。李运镜兴趣高涨时往往会说，人都说你有酒透（喝酒后，酒很快从汗液中排出），喝不醉，试试不？酒我管够。饮酒者原就好酒，与李运镜斗了一辈子酒，谁也不服谁，听到李运镜这话自然跃跃欲试。然而又不想背个好酒的名声，看着旁边一堆女人，便想加一些筹码。如果喝穿了透，没醉，就把你女人的头巾送我？女人手里在洗东西，心其实都在这出酒口。李运镜老婆桃花取下头巾嗔笑，有本事你就喝，送个头巾算啥？亲一个也不是问题。饮酒者没有退路便只有喝酒。一切酒透都是传说，饮酒者自然是大败而归，桃花的味道没闻到便被抬回了家。所谓喝一辈子酒，丢一辈子丑，然而酒却屡次让男人癫狂。或许，男人和女人都离不开这种癫狂。

　　李咸俊吊酒不喝酒，却培养了一群酒鬼。李斌还是个孩子的时候就被喻为"酒小鬼"，因为李斌的父亲是酒鬼。父亲可一日不食，但不可一餐无酒。他不追求酒的品质，好酒糙酒只要有就行。李斌奶奶迫于无奈，往往会把一瓶酒兑成三瓶，放在茶几上。李斌放学回家，口渴了，便把酒当茶喝。奶奶撞见大叫，鬼崽哩，这是酒哦，不是水！李斌说，奶哦，这是水哦，一丁点辣而已。李斌有了第一回，便有第二回，渐渐也有了酒瘾。奶奶原本是想让儿子少喝酒，没想到孙子因此上了瘾。李斌从此也加入了尝酒的行列，不过他尝的是尾酒（一锅快要酿结束时流出来的酒）。村里的酒虫子一般都不希望自己的孩子和女人喝酒，但有别人的女人和孩子想尝酒，都是极力去怂恿。李斌是一个，李运镜的老婆桃花也是一个，之后又出了一批这样的女人和孩子。吊酒时尝酒，无论是头酒还是尾酒，尝酒者都是空腹，你尝多少都没关系，哪怕是喝醉。枫树李家的男人和女人的酒瘾就是这样炼成的。

二十世纪九十年代，吊酒师李咸俊去世了，把手艺传给了儿子江苏佬。江苏佬在村里吊了几年酒，挣不到钱，便不愿干，丢下吊酒的家什，去南方打工了。江苏佬不愿酿酒还有一个原因，村里年轻人嫌酿酒麻烦，远不如买瓶装酒便捷。哪怕是劣质的瓶装酒，口感也未必比酿的酒差。

江苏佬走后，枫树李家的老酒虫子也吊酒，但都是请外地的吊酒师傅。他们扛着酿酒的器皿，从村头吆喝到村尾，有气无力地叫喊："吊酒不咯？"三长一短，听得人昏昏欲睡。吊酒的场地也不是在祖厅，而是在村部，没有了往日的人气，无赌酒的场面，更无女人和孩子的欢笑。枫树李家的吊酒史呈一派末世景象。

又是一年重阳节，酒虫子李斌从外地打工回来，在家张罗着吊酒。李斌说，这么大一个村子，没有一个吊酒师傅，丢的不是一门手艺，丢的是人。李斌在外喝酒，结识了一位酒友。酒友是山东大汉，在他打工的镇上办了一个小酒厂。

李斌酒后头脑发热，想传承村里的吊酒手艺，居然给山东大汉跪下了，要拜师学酿酒。山东大汉也是一个爽快人，加上喝酒对上了路，愿意把心底的东西都教给他。李斌的想法还不是传承吊酒手艺，而是办一个酒坊。他把自己房子的一楼腾空，砌了一口大灶，请专业施工队钻了几十米深的水井，安装了一套 304 食品级不锈钢的酿酒器具。东边房里放发酵的酒缸，南边房里搁酿好的酒，大厅做展示厅。

酒坊算是办起来了，酿的酒也有一个品牌，叫"李氏吊酒"。李斌不给乡亲吊酒，乡亲想喝吊酒就来酒坊买。李斌的酒坊开了一年便关张了，李斌气得把所有的器具都砸了，又外出打工了。让酒虫子咬了几十年的李斌不知道，酒离开了"吊"便没味了，他的传承里只有酒，没有"吊"。

枫树李家再也没有吊酒师傅了。

原载《北京文学》2023 年第 7 期

美丽的得耳布尔

——

李青松

得耳布尔，是大兴安岭林区的一个小镇，隶属于内蒙古自治区呼伦贝尔市。从版图上看，它已经很靠近边境了，西边的界河就是额尔古纳河。

一

得耳布尔的情况有些特殊。在这里，先有林业局，后有小镇。也就是说，得耳布尔林业局的开发历史要早于得耳布尔建镇的历史。得耳布尔小镇是在得耳布尔林业局发展到一定程度后，才有的行政建制。当地人把得耳布尔林业局简称"得局"，把得耳布尔小镇简称"得镇"。

对于大兴安岭林区来说，得耳布尔的生态地位非常重要。

大兴安岭的朋友恩和特布沁告诉我，得耳布尔这种复合型的生态系统主要有四大生态作用——大兴安岭生态功能区的重要依托，额尔古纳河流域的水源涵养区，呼伦贝尔草原的生态屏障，大兴安岭重要的物种基因库和生物多样性保护地。

当年，那些向各地延伸的铁路，哪个没有用大兴安岭林区的木材做枕木呢？那些向地下深处开掘的矿山，哪个没有用大兴安岭林区的木材做矿木呢？那时候的大兴安岭林区，真叫热闹非常，工人们也忙碌非常，铁路线上汽笛声声，一列列装满木材的火车不停驶向各地。

在林区，说到树，无法绕开落叶松。老舍先生曾说："兴安岭上千般宝，第一应夸落叶松。"1961 年，老舍来大兴安岭林区采风，盛赞落叶松的品格和精神。

在得耳布尔，乃至整个大兴安岭林区，森林的主体都是落叶松，分布面积大体占森林面积的七成，有落叶松分布的森林，又被称为"明亮的针叶林"。通常，松树属于常青树种，而落叶松绝对是个例外。落叶松喜光耐湿，夏季的松林间清爽葱郁。入秋后，一簇簇针叶迅速变黄，灿烂明媚。紧接着，变黄的针叶相约飘落，在地面累积成厚厚的"松毯"。

落叶松的球果，每颗有三十二个鳞片，每个鳞片裹着两粒种子。种子长着翅膀，御风而飞，能达百余米。风是落叶松种子的主要传播者，除此，还有松鼠、桦鼠、黑琴鸡、花尾榛鸡等野生动物，也在觅食时不经意传播落叶松的种子。在得耳布尔，越是阴坡，落叶松越是长得茂盛。落叶松品性坚韧而内敛，在秋天集中落叶是为了保存能量，以度过严寒的冬季。

与落叶松伴生的往往是白桦树。白桦树是阔叶树，在落叶松林里散落分布。在林区，我们通常看到的白桦树，往往都是以个体面貌出现，很少有成片生长的情况。让我想不到的是，在得耳布尔的卡鲁奔山上居然有成片的白桦林，而且面积很大，非常壮观。近年来，林区人还开发出了桦树汁饮料——从成年白桦树干中提取汁液，制成饮料，口感微甜微涩，涩不压甜，回甘绵润，且有一种奇异的芳香。

二

把目光投向得耳布尔小镇吧。

一座座崭新的楼房之间，体现林区风格的木刻楞建筑尚有遗存，木板条围栏也间或可见。小镇有两条主干街道，横一条，竖一条。横竖之外还有若干条，但那些算不得街道，应该归类为小巷子了。主干街道两边店铺林立，多是些饭店酒馆，以及土产山货行和日用品超市。若问当地有什么美食，连娃娃也能脱口而出——柳蒿芽炖排骨、黄花菜炒鸡蛋、老山芹包子、四叶菜馅饺子。

这里常住人口不过一万人。当年刚刚开发时，伐木人来自四面八方，有本地猎户，有转业军人，有闯关东的汉子，有刚毕业的大学生……他们怀着不同的梦想，操着不同的口音，在得耳布尔落户安家。

现年八十八岁的徐殿荣曾经是一名志愿军战士。1959年，他转业来到得耳布尔青年岭林场，成为一名林业工人。先是做运材司机助手，后来做了小工队的物资管理员，一串钥匙挂在腰间，一走路，哗哗直响。那时，考虑到家里人口多，劳力少，日子拮据，他主动要求去当伐木工。不过半年，他就成了林区里远近闻名的出色油锯手。

1991年11月，徐殿荣光荣退休。晚辈们问他："爷爷，你这辈子伐了多少木头啊？""伐了多少木头？——哎呀，没数！"他看了一眼置于墙角的那把锈迹斑斑的油锯，自言自语，"堆起来是一座山，放倒了是一片海！"

徐殿荣有两个愿望：一个愿望是希望儿女们吃喝不愁，日子过得平安幸福；另一个愿望是盼着林子快快长起来。林子大了，鸟才多；林子大了，林区才像个林区。

徐崇方是林二代，徐殿荣的四儿子。1986年高中毕业时，因为林场小工队有一个接班名额，他便放弃了高考，当上了采伐工。由于他头脑灵活，手脚勤快，2021年，被调到林业宾馆当经理。现在呢，担任康达岭民宿的店长。

我问他："你父亲对你有什么影响？"徐崇方沉思片刻，说："他教我怎样做一个好人。"他接着说："他那一辈人，肯吃苦，对林子有感情，对国家的林业事业怀着赤胆忠心。"

"我有时间的时候，会陪他去林子里转转。只要一进林子，他就兴奋，眼睛就发亮！"徐崇方说。

三

得耳布尔，因得耳布尔河而得名。

得耳布尔是宽阔的河谷之意。得耳布尔河发源于得耳布尔境内的青年岭林场，全长一百七十二公里，由东北向西南流经得耳布尔镇，以及二道河、康达岭、永青等林场，汩汩滔滔，于额尔古纳市注入额尔古纳河。

得耳布尔河的水源来自森林里的融雪和降雨，每年发生两次汛期：一曰春汛——由于积雪融化时间过于集中，地下永冻层无法渗透，导致五六月间河水暴涨；二曰夏汛——夏季里，森林里腐殖层含水量达到饱和，加之降雨继续增多，至8月初时，夏汛暴发，河水横冲直撞，甚至发出呜呜的叫声。

得耳布尔河里鱼很多。当地朋友说，河里能叫出名字的鱼有哲罗鱼、细鳞鱼、柳根鱼、老头鱼、鲇鱼、狗鱼等。我在林区行走期间，吃过红烧哲罗鱼、酱炖细鳞鱼，还有油炸柳根鱼。哲罗鱼与细鳞鱼肉质细腻紧实，入口极香。柳根鱼个头不大，长不过一个指头，经油炸后，酥香脆爽。这几种鱼都是冷水鱼，别处很少见，但在大兴安岭林区，在得耳布尔这样的地方，却可以吃到。

须笼是林区人捕鱼的渔具。须笼是用柳条编制的，小口窄颈，腹阔而长，颈前装有柳条倒须。捕鱼时，用木壳子将河水横拦，中间留一小口，将须笼小口与之对接，鱼进入笼内，因有倒须而不得出。人们为了把鱼诱进须笼内，常常将一块骨头置于笼中。

不过，得耳布尔人更喜欢冬天凿冰眼捕鱼。有史料记载："冬则河水尽冻，厚四五尺。夜间，凿一隙如井，以火照之，鱼辄聚其下，以铁叉叉之，必得大鱼。"——那大鱼，想必是哲罗鱼吧。

凿冰眼捕鱼，也有用丝网挂的。有经验的捕鱼人往往选择水深流急的地方凿冰眼——每隔两三米凿一个冰眼，冰眼凿妥后，用长杆把丝网一个眼一个眼地穿过去布网。布网完毕，尽可回家睡觉。次日清晨，再把冰眼凿开起网，丝网上就会挂满鱼。

四

在得耳布尔，有两个卡鲁奔，一个是卡鲁奔山，一个是卡鲁奔湿地。卡鲁奔，意思是有宝藏的地方。早年间，当地的猎人在这座山上狩猎，遇雨，就到一个山洞里躲避，并拢起一堆篝火，烘烤衣服。离开时却发现，灰烬下的石块融化了，那融化了的东西又凝结成大小不一的颗粒。猎人看着那些闪亮的颗粒惊愕不已，于是，就给这座山起了一个名字——卡鲁奔。

卡鲁奔山确实是一个奇特的地方。

卡鲁奔山的东坡山腰上有一个洞，洞口阔不到一米，洞深则不可测。为何说不可测呢？因为现有测量工具都无法测到它的底儿通到什么地方。

山洞名曰冰凌洞。由洞名就可以看出，这个山洞并不温暖。洞口终年挂霜，寒气袭人。洞里更是如同冰窖，厚冰相叠，且有怪音回响。于是，这个冰凌洞就不免有了一些传奇的味道。

早年间，当地猎人捕到大动物，不方便弄下山去，就存放在冰凌洞里，待得耳布尔河结冰后，再用马拉爬犁运回去。伐木人作业期间，带的食物也存放在冰凌洞里保鲜。

这里更是雷电密集区域。每逢雨季，卡鲁奔山的上空常常雷声轰鸣。据当地人说，雷声是与地下的金属矿物质是对应的，雷声密集的地方，一定有丰富的矿藏。果然，后来地质勘探部门探得，这里既有铅锌铜等金属矿，也有黄金白银等稀有矿藏，成矿带蜿蜒数里，矿脉深厚，面积广阔。

有宝藏的地方，就有看守宝藏的眼睛。卡鲁奔山上耸立着一座瞭望塔，有十八米高，常年有护林员在上面值守。这里曾多次发生雷击木火情，幸亏被瞭望塔上的护林员及时发现，迅速扑救，才没有酿成大的火灾。过去，护林员在山上的生活相当艰苦，所需物资都要靠马匹驮载运上山去，生活用水则要到山下的得耳布尔河里打取。

为了解决山上护林员的吃水问题，某日，林场请来水文专家进行勘探，在卡鲁奔山北坡找到一个点位。可是，钻探设备和打井机器轰隆隆凿了七天，生生凿了八百米深，也没有凿出一滴水，大家极为沮丧。就在打井队停止操作、拆卸设备、准备次日下山的时候，有人说，再往下打一米看看情况。结果，一米下去，奇迹出现了——一股水流喷涌而出。

我在卡鲁奔山上找到了那口井，特意留影纪念。刚要转身的时候，有人悄悄告诉我："这口井通着得耳布尔河呢！""是吗？"我瞪大了惊愕的眼睛。"喏，那就是卡鲁奔湿地。"

站在卡鲁奔山上，向南看到的得耳布尔河谷，就是卡鲁奔湿地了。湿地，被称为地球的"肾"，是一种独特的生态系统。湿地既有涵养水源和净化水质的功能，又有蓄洪防洪的功能。湿地，还是鸟类和水生生物的重要栖息地。

二十世纪，卡鲁奔湿地曾施行过"湿地改造计划"——在湿地上种落叶松、白桦树。可惜，湿地含水量大，落叶松和白桦树容易烂根，种下的落叶松和白桦树活了几年后，就大片大片枯萎了。时间改变一切。如今，"湿地改造计划"的痕迹已经踪影皆无，代之而起的是天然生长的蒿柳、兴安柳和茂盛的小叶樟。

卡鲁奔湿地边有一处牧场，被改造成了"康达岭林场民宿"。我在那里住过一夜，被安排在一顶帐篷里。那里的夜晚安静得很，打开帐篷的小窗，可以望见天空的星星，一颗一颗，清清楚楚。渐渐地，星星就密集了，就成了星星的河。我甚至怀疑，夜晚泛着亮光的得耳布尔河，是一些野性的、不守规矩的星星，把天上的银河掘开一个口子，悄悄溜下来造成的。

忽然，天上的星星一下就隐去了。星星呢？星星的河呢？起雾了，大雾遮蔽了星星，也遮蔽了星星的河。帐篷的小窗口有浓重的雾气往里涌，我明显感觉到寒意袭身。

我赶紧关上小窗，回到床上，倒头便睡。次日清晨醒来，听到外面同行的朋友们正在议论早起看日出的情景，话语间满是兴奋之情。我虽没有去看，但不后悔，因为在得耳布尔，处处都有美景。得耳布尔，森林涵养美。得耳布尔，生态涵养传奇。

原载《人民日报》2023 年 10 月 16 日

听声记

张 扬

    雨天，撑伞过老街，弹棉花的声音穿透雨帘，如箭射来。循声望去，不远处有一个弹棉花铺子。弹棉花的老人正将弯弓架在右肩，左手拿着木槌，有节奏地拨弄着牛筋弦。再侧耳倾听，弹棉花之声有如古琴铮铮。

    蹈空而来的声音，有着莫测的牵引力，人的心神随它游走。生火做饭时的风箱声，铁匠铺里敲打的叮当声，池边河畔村妇的捣衣声，古驿道上的马蹄声，驶向远方的火车声……诸声像被巨大而神秘的黑洞吸走，某个时间当口又隐隐传来回响。

    老屋旁有一座竹园。满园清气，风萧萧竹萧萧，风轻轻竹摇摇。春时，东风徐来，竹叶厮磨，响声细细密密。竹笋迫不及待地破土而出，若听见啪的一声，准是最外层的笋衣被撑开了，落了地。夏日午间，一两片竹叶打着旋，飘至竹根，浅浅触地，声如花落。西风过竹园，竹叶翻飞，声如急雨。雪下了一夜，雪花随风潜入竹园，天放晴后，竹下积雪迟迟难融，唯有竹枝落雪纷纷，簌簌之声，不时响起。尚是孩童年纪，住过草屋，大风刮着屋顶上的茅草，发出一阵紧似一阵的尖厉声，以为屋顶就要被掀翻，夜里惴惴不安。十余年前，独自到杜甫草堂转一圈，默诵《茅屋为秋风所破歌》。那年，眼见着茅草被秋风层层卷起，拄着拐杖的诗人手足无措，却心忧天下寒士。疾风吹松树，其声势不亚于风卷茅草。埋有多位亲人与乡邻的松树岗，遇到大风袭来，松涛呼啸如江声涌至，听了但觉凛然。古人形容风撼松冠，以为松涛在耳声弥静，这般理解近似"蝉噪林愈静，鸟鸣山更幽"的句意。

风声是文学作品中出现的高频词。若无风声，文学世界将会多么寡趣。风与雨总是纠缠难分，风声雨声彼此渗透。春风和煦春雨浙沥，夏风强劲夏雨热烈，秋风瑟瑟秋雨绵绵，冬风刺骨冬雨如刀。风雨原本纯粹自然，掺入人的情绪后，便被抹上人间悲喜。栉风沐雨，人生在世当有"一蓑烟雨任平生"的旷达与随意。

几年前，与友人深山行。晚饭后散步，山村四面环山，影影绰绰，一轮明月升起，皎洁之光映得周遭宛如白昼，连栖息的鸟儿都惊飞起来。王维写道："月出惊山鸟，时鸣春涧中。"苏轼喜用"月明惊鹊未安枝"一句，辛弃疾对此颇有同感，以"明月别枝惊鹊"入词。更早年代的曹操对酒高歌，吟道："月明星稀，乌鹊南飞。绕树三匝，何枝可依？"《三国演义》写及有人当面说此句不吉利，曹操因而大怒杀人。这是小说家笔法，有违曹操赋诗本意。喜鹊、八哥、乌鸦均是乡间常见之鸟。出没绿树丛中的喜鹊总爱上下摆动尾巴，"喳喳"声叫起来好似同谁打招呼，又像一个劲儿地在提醒什么。一只只羽毛纯黑的八哥在大片草地上啄食，犹如一个个黑点在移动。到日本名古屋参观时，听到密集的乌鸦发出"啊——啊——"声，起先心理上有些不适应，随后几日时闻乌鸦群号，也就习以为常。在日本，乌鸦被视为吉祥鸟，它的现身与啼鸣并非所谓的晦气。二十岁那年，我在医院陪护患病亲人，深夜屋顶上孤鸿哀号，又断断续续有妇人啼哭声传来，即刻惊醒。其时处境与心情，接近《乌夜号》所写："如闻生离哭，其声痛人心。"春夏两季，鹁鸪啼鸣不休，"鹁咕咕——鹁咕咕——"之声苍古悠远。单看外形，很难想象它们会发出那么沉郁有力的啼鸣。晨曦中，鹁鸪叫声飞越马路、楼宇，与小区里老人们健身播放的背景音乐杂糅在一起，既古老又现代，既荒诞又奇绝。午间，鹁鸪叫得急切，经日光照射，声声啼鸣显得多情而敏感。夕阳西下，伴随着晚风传开的鹁鸪叫声，于无限温柔中透着丝丝清凉。

我居住于城西郊，有一个三面临水的小岛，清幽如世外桃源。在此扎堆的群鸟，像小岛上空屡屡呈现的诗句。数次起早去往小岛，仅为观鸟听声。走在杂木丛中，几只野鸡突然蹿出，又鬼魅般隐身。薄雾缥缈，暗色在快速退隐，聚集于树丛、芦苇中的鸟鸣声此起彼伏。鸟声密密匝匝，有圆润的，也有粗犷的，有急促的，也有舒缓的。林荫深处传来的一种鸟鸣，像人打呼噜声，又有鸟声如人吹的口哨。有一年夏天，在山间一座木屋中暂住，每日晨光熹微，就被清脆的鸟声准时叫醒。一只鸟如约而来，它在树枝上晃荡，树枝随之一下子弹到住处墙壁上，发出有规律的响声。也是在深山中，看见数十只鸟从四面八方飞到一株大树上，像人聚集开会。大概意见未达成一致，鸟们竟吵起来，上下翻飞，乱叫一气。过了一会儿，现场安静下来，随后这些鸟扑棱棱地四散而去，空留树枝乱颤。我不懂鸟语，只能揣测鸟儿们的这番争吵。若干古籍记载，春秋时东夷介国介葛卢通牛语，闻牛叫，便知母牛的三头牛犊被杀了。唐代编纂的《艺文类聚》称秦国国君秦仲知百鸟之音，还能与鸟对话。广为人知的是公冶长善解鸟语的故事，白居易就艳羡公冶长有这特殊本领。

灯火如豆的年代，鸡鸣中夹杂着织布声，更有清朗的读书声。按《礼记》所述，鸡初鸣，子辈当起侍奉父母。陆游写过多首《示儿》诗，譬如"食尝甘脱粟，起不待鸣鸡"之句，可见他的苦口婆心。有人爱画鸡，乐在画上题写鸡的"五德"。"鸡有五德"为汉代韩婴归纳，其中所谓"信"德，对应的当是鸡的勤奋。唐寅颂赞一唱天下白的雄鸡："头上红冠不用裁，满身雪白走将来。平生不敢轻言语，一叫千门万户开。"我自小不喜好斗的公鸡，怜的是温顺的母鸡。犹记春寒料峭，老母鸡开始抱窝，日夜卧在铺有干稻草的稻箩中。二十余天后，它辛勤孵化的种蛋终于迎来出头时刻。灯火昏黄，稻箩里响起轻微的啄壳声，四周仿佛都静止了。守候在一旁的大人和小孩连大气都不敢出。乡间造物向来萦绕着某种神秘感，譬如育秧、酿酒、腌菜。一只小鸡率先破壳，接着一只又一只小鸡争相出壳。老母鸡极力撑开翅膀，护着这些站立不稳的鸡崽。少年好奇，欲伸手捉小鸡，又怕被老母鸡啄了手。此季喂养小鸡，以稻米为主，辅以切碎的菜叶。小鸡日益见长，满屋可闻稚嫩的鸡鸣声。几个月后，它们羽翼渐丰，由一团团毛茸茸状长成了笋鸡。小鸡初始叫声是单音节的，声弱而急促，待气息足些，由"叽、叽"声演变为双音节的"叽叽——叽叽——"。再往后，雄鸡司职叫醒，一只带头"咯咯咯——"，其他雄鸡也跟着一遍又一遍打鸣。雄鸡喜欢站在高处，譬如山坡或者桑树巅，抖一抖它华丽的羽毛，亮一亮它的好嗓子；母鸡下蛋，"咯哒——咯哒——"声，似炫示邀功。暮色四起，群鸡磨磨蹭蹭，许久才入鸡寨。若是领头的公鸡被杀，其他的鸡似乎感受到了唇亡齿寒的悲伤，一连几日吃食都不太有精神。

鸡鸣狗吠是田园生活的经典意象。昔日，鸡鸣狗吠相闻，显示着人烟稠密。反之，鸡犬不留，千里无人烟，恐为人间惨景。在乡间居住，入夜后，零零星星的狗叫声让乡村显得空远；狂吠不止时，又格外让人揪心。与犬吠一样，冬夜猫叫，令人惊心。城中养的一些狗底气不足，叫起来杂乱，往往被更大的声浪吞噬。

门前荷池里，雨落在荷叶上，"嘭嘭"作响；顺着屋檐而下的雨水，先是水柱一般，继而变成细线，末了为滴水状，三滴、两滴、一滴，滴至半夜才歇住。晴日晨昏，池塘水面上，泛起一圈圈水花和大大小小的气泡，同时传来"嗒、嗒、嗒"的声音，那是鱼虾在嬉戏、吐气。纵然无风，水面也透着生气，水下的世界显得安宁太平。若是在枯水季，池水干涸见底，原有景象则泡影般不存。逢夜雨涨池，池塘、沟渠的水满了，溢出来，弯弯绕绕地流向河里。鲫鱼好吃新水，听见流水声便结伴寻至，逆水而上，发出"泼剌剌、泼剌剌"的声响。河、塘的堤埂均被黄鳝打了不少洞。有一年夏夜乘凉，听到塘埂边发出类似老人打哈欠的声音，低沉、浑浊，且不连贯，接连几天均是如此。好奇的乡人找去，并未见到什么，但这奇特现象却被传开了。不久，村里来了一位捕鳝者，在塘埂边倒腾一阵子，未有收获。隔有大半月，捕鳝者又背着鱼篓赶来，在一排树洞里布下带饵的竹钩，还用手在水里打着响指。几条狗对着捕鳝者一阵狂吠，又对着水塘空泛地吼叫，见起不到什么作用，便偃旗息鼓了。捕鳝者隔一会儿就将竹钩取出，有时还换上新饵。黄昏时分，捕鳝者突然奔向一处树洞，竹钩正在猛烈晃动。他拽了拽，没拽动，脱了鞋袜，下到水塘里，撅着屁股在树洞中摸索。过了一会儿，他缓缓地站起身，双手死死地掐着一条巨型黄鳝，黄鳝的身子缠在他粗壮的胳膊上。上岸后，他请围观的人帮忙扶住鱼篓，然后将黄鳝慢慢放入。看热闹的乡邻从家中拿来一杆秤，称一称，扣除鱼篓的重量，这条黄鳝竟有两公斤重。"鳝王"就这样被捉走了，它发出了近似老人打哈欠的声音，成为乡村一则传奇。

春来，油菜花灿若金叶簪子，红花草绵延如云霞。赤脚走在长有红花草的田里，耳旁蜜蜂嗡嗡响，脚底痒痒的，整个人被暖烘烘的气息包裹着，宛在幻境。英国诗人托马斯·纳什所写的《春》，有花树鸟鸣，郭沫若翻译的版本尤为妙绝，诗中"啁啁，啾啾，哥哥，割麦，插一禾"属于模仿鸟鸣的拟声词，呈现的是春日的生机、活力。

由春至夏，蛙声如战鼓。水暖蛙知，起始听到的是稀稀拉拉的几声，没几日，远近都是蛙声，绵绵密密。一场雨后，抽穗扬花的青禾上缀着晶莹的雨珠。夜间行走在稻田间，伏在田埂边的青蛙蓦地跳出来，迅疾一挫身、跃起，即遁入稻田了。微风拂过，水珠粉碎，稻花散发出淡淡的清香。进入伏天，蝉的鸣叫如热浪一样，一阵接一阵袭来。仲夏出现的三伏蝉，越是天热，越叫得起劲。有如诗人突至的灵感，夏日暴雨常即兴而来，噼里啪啦地砸在地面上，地面溅起一个个裹着灰尘的水圈，如一朵朵小花速开速朽。空气闷热，无数蜻蜓低飞，细微的振翅声汇聚成更大的声响，如同暴风雨来临的前奏。孩子们拿着网兜兴奋地追逐着飞虫，将大人们催促回家的呼喊当耳边风。夜间，虫声幽幽，露水打湿了竹床上的蚊帐，少年的梦酣然而绵长。早晨的虫子看起来老实，走近它，它也不会轻易飞起。午间，少年从柳树旁经过，星天牛无声无息地趴在树干上，一只拖着长丝的虫子忽地从柳叶上垂下来，在人的面前晃来晃去。九十二岁的法布尔在逝世前，看着阳光中飞舞的小虫子，嘴角露出一丝不易觉察的微笑。他与昆虫共舞了三十年，死后葬在自己心爱的荒石园，长年与昆虫为伴。他的一生不会孤独，他见过无数奇形怪状的昆虫，听过无数美妙的虫鸣声。

好物难坚，琉璃易碎，音乐却有超越一切藩篱的力量，甚至可抵千言万语，可敌千军万马，可传千秋万代。孔子听到《韶》声，以为三个月都可以不吃肉。《诗经》中采有民歌，惜乎古音古调多散佚不存，今人也已不谙，再难复原旧时吟哦之风。王维折柳惜别，诸多感慨化为一曲《阳关三叠》，暮云四卷，斑驳渡口好友相送，一片冰心可鉴。李白乘舟即将离去，汪伦踏歌送行。醉吟先生浔阳江头夜送客，忽闻舟上琵琶声，同病相怜之感油然而生，当即邀请歌女抚琴重弹。大弦嘈嘈，小弦切切，数曲罢了，泪湿青衫。雪天别过友人，李叔同怅然若失，情难自抑，挥泪写道："长亭外，古道边，芳草碧连天。"百余年来，《送别》唱声不绝于耳。一阕新词可斟酒，一首老歌可饮茶。少年听歌云雾缭绕，青年听歌急管繁弦，中年听歌船到江心，晚年听歌风雨潇潇。听曲人过往是少年，转眼成曲中人，叹时光滔滔，谁也逆转不得。听闻旧曲，悯人也怜己怜万物。

有人专门收集人声，连商贩叫卖、劳动号子都一一收纳。过往，故里新屋筑墙，河塘兴修，上工的人们自发地喊起号子，"嘿哟——嘿哟——"，铿锵的声音、卖力的人群、热气腾腾的工地，都成了记忆中抹不去的余绪旧影。现今，凡有建筑事，搅拌机、挖掘机轰轰隆隆地开进开出。在皖北看"草台班"演戏，和乡民们聚拢在一个四面来风的场地上，听着一声声拉魂腔，恍若戏中人你唱我跳你来我往。也曾现场听过岳西高腔，男女嗓音飙至高阶，如仙家山尖赶云。到苏州，不慌不忙听评弹，字字声声俱是江南风韵，一声数转，一唱三叹。黄梅戏小戏里，二人对唱犹见民间调性，割草喂猪，走街观灯，打情骂俏，欢欢喜喜。

鲁迅有着"听夜的耳朵"，不仅听大地、时代的声音，也听自己内心的声音。《过客》中，声音常在前面"催促我，叫唤我，使我息不下"，这实际就是人的内心的声音，它常常会冒出来，影响着人的认知与抉择。人的内心世界是丰富的，外在的世界是繁复的，在内外多种声音的交织、激辩中，个体的自觉自省自信尤为重要，正如鲁迅所言："但总可以说些较真的话，发些较真的声音。只有真的声音，才能感动中国的人和世界的人；必须有了真的声音，才能和世界的人同在世界上生活。"听声即听世界，世界中有你有我，有虚有实，有可及有不可及。声声有来处，声声归于无，要于无声处听惊雷。再惊人的雷声落至人间，滚一地烟火气，及至岁月沁色，一如阶前青苔斑斑，墙上雨线扭曲，便有了滋养人心的深沉意味。

原载《红豆》2023 年第 4 期

楔入时间缝隙

———

习　习

一

有人说，博物馆是一个地方的精魂，是时间的精魂。

日照莒县，五千多年前，莒氏部落先民的聚集地。莒国曾为"东夷之雄"。东夷，对黄河流域下游东方各民族的总称，包括现今日照在内的山东省中南部。

在莒州博物馆，当我看到不同的"旦"，仿佛一下子碰触到了"日照"二字的要义。远古泥土烧制的陶尊表面，"旦"像一幅画，拙朴的刻线，细看，满眼云山日出的磅礴。不同陶器，不同的"旦"：太阳跳出山峰、高一些、再高一些，太阳在葱茂的林木上、太阳安稳地落入山洼。"旦"像时刻表、像日晷，铺陈在博物馆远古的时光里。

需要不停追溯。

1957年，莒县陵阳河，连续几日暴雨，冲刷出一些古老物件，人们看出了异样。之后，发现和挖掘出了更多久远的器具，刻画了"旦"的陶尊便在其中。作为时间的明证，与"旦"前后被发现的十几颗样貌丰富的图像文字，可上溯五千年，比甲骨文还要早一千五百多年。图像文字是中国汉字的雏形，也明证了日照文明史的悠长。

就在莒县，那些"旦"被呈现后，有人年复一年仔细观察，发现春分秋分之际，清晨的太阳，恰在山峰正中冉冉升起，和广口陶尊上一枚"旦"的图像别无二致。或者，就在五千年前某一天的同一时刻，匠人一边远眺，一边把这朝霞里夺目的日出时分刻画到了新鲜的陶胎上，再经过和太阳一样滚烫的火焰的烧制，"旦"便留存到了今天。先民描摹事物记录事物，图像文字引导出了象形文字，而象形文字几乎是世界上不同古老文明的共同特征。

到今天，"旦"字保持着最原初的意义。天亮了，太阳升出地平线，新的一天开始了；一年最崭新的头一天是"元旦"。可主词亦可谓词的"旦"和可主词亦可谓词的"日照"，多么相似。"日照"之名始于宋元祐二年（1087年），和图像文字相隔了约四千年，相隔四千年的古人如此心心相印吗？

定然有可追溯的原委。我想，古人对"日照"总结释义的"日出初光先照"（乾隆年间《日照县志》记载）是原委之一。但在我意念中，还需追溯。世间的太阳，它安排晨昏、轮回四季，带给大地上所有生命必需的温暖和明亮，它拟定世界的秩序，它在天宇，至高无上。世界上很多古老地方都把太阳作为神崇拜。在西北，宁夏贺兰山、嘉峪关黑山，我见过岩画上的太阳神在古老的崖壁上光芒四射。日照"日出初光先照"，祖先们似乎更深刻地感受着太阳神对日照的眷顾，太阳文化便在日照尤为显著。《尚书·尧典》载，尧王曾在日照观察日出日落的规律，制定历法。《山海经》有记，日照天台山，有东夷人祭祀太阳神的汤谷。至今，在天台山，还能寻到许多相关遗迹。

"旦"像日照的图腾。

太阳天天从东方升起，"日照"之名，让我觉得，日照的每一天都是新的。

二

莒县出土的文物中，还可深味的一样器具是酒具。成套酿酒器、大量高柄酒杯、盛酒的觯形壶等，有些墓葬出土的酒具竟占随葬品总数的三分之一以上。

酒对我的家乡——苦瘠甲天下的甘肃陇中是奢侈的。酒器琳琅，意味着粮食富足。莒县出土的这些酒器，说明五千年前的日照物产丰富，且先民已掌握了成熟的酿酒技术。

最引人瞩目的是日照东海峪出土的蛋壳黑陶镂空高柄酒杯，杯壁最薄处仅零点二毫米。没有上釉，但器面细润丝滑犹如玉石。这种被世界考古界誉为"四千年前地球文明最精致之作"的黑颜色的陶器，在远古陶器中有着异样的明媚。仔细端详那个明星般保存完整的蛋壳杯，作为酒杯的核心，上部的酒腹只占了酒杯三分之一不到，而裙裾般精美镂空的手柄和底座占了更多位置。镂空手柄中有一颗陶丸。精湛的技艺和耐人寻味的设计，似乎告诉我们，酒的意义绝非今日之理解。酒柄中的那颗定心陶丸，举杯间，与陶壁相碰，发出悦耳之音——五千年前先民的耳朵，在嘈杂的市声中，辨别出了音乐的存在。酒器兼为乐器，有了远古东方的宗教意味。

《论语》里的孔子，在齐国听闻韶乐后，三月不知肉味。他慨叹："伟大啊！音乐竟能叫人陶醉到这种程度。"孔子所听"韶乐"又称舜乐，起源于五千多年前。舜，作为五帝之一，是东夷族群的代表。也正说明，五千年前的日照，便有了妙不可言的韶乐。殿堂内庄严的韶乐响起，孔老先生可否辨听出蛋壳酒樽的神妙之音？

一样是酒，一样是音乐，一样都叫人愉悦陶醉，一样都关乎精神。再小的酒樽，站在那里，都玉树临风。黑陶酒杯，有的仅重二十二克，它们纤巧又庄严地吟诵着日照的远古诗意。

三

地图上，日照的半个身子被海水围拱着。我想起第一眼看到雁荡山时的所思，这山的奇异相貌当是大海所赐。到日照五莲县五莲山、九仙山，脑海里马上浮出了雁荡，几乎在同一时间，我捕捉到当地人说的话，苏轼当年到五莲山时赞叹："奇秀不减雁荡。"

山不在高、有仙则灵。仙山和仙人，仙气贯通才能有这八个字。

五莲山确实有仙，雪白的仙鹤。在五莲山气象万千的崚嶒怪石间，翩若惊鸿。相传，苏轼任密州太守时（五莲为密州所辖），在五莲山一块平坦巨石上为仙鹤建一诗意盎然的楼榭，并在巨石一侧题字"仙鹤楼"，落款"熙宁九年九月末"字样。

看不够"仙鹤楼"三个字，距今九百余年的手笔，端庄敦厚，细细端详一笔一画，仿佛很亲地看到了苏轼那个人。

上善若水。在我眼里，苏轼的达观智慧皆是水的性情。有惊涛拍岸卷起千堆雪的水，也有月色如水般幽微的水。他的人生，像日照大海边题了"撼雪喷云""星河影动"的巨石旁的海水，水被石头击碎，很快复原为水原本的样子。

苏轼任密州太守时，正是蝗灾旱灾肆虐的年份，他为民生疾苦奔波操劳，祈雨、灭蝗虫、治盗贼，甚至教农民种南方的茶。他同时是个文人，智者乐水仁者乐山，他又仁又智。苏轼喜食，到哪里，都能将当地不起眼的食物用自己的理解变为美食。他自然也喜酒，酒文化悠久的日照在这一点上应该很得他心。熙宁九年中秋之夜，苏轼在五莲山写下了千古名篇《水调歌头·明月几时有》，"丙辰中秋，欢饮达旦，大醉，作此篇，兼怀子由"。苏轼在五莲山喝足了酒，看到高空一轮满月，想到亲人，想到月盈将是月缺，如同无常的人世，恨不能把这圆满的月亮留住，便在一卧石上题下"留月"二字。苏轼豪放大气的《江城子·密州出猎》也是在五莲山酒后所写，"酒酣胸胆尚开张，鬓微霜，又何妨！持节云中，何日遣冯唐"。想着苏轼此人，这样的文字百读不厌。作为史上最著名的豪放派文人，他没有豪放到粗陋，他的细微和深情一样在他的诗文中处处可见。他时常物我两忘。在日照，他豪放时"左牵黄右擎苍"，深情时"料得年年肠断处，明月夜，短松冈"。

苏轼在密州做太守，密州用仙山接纳了他这位仙人。他在密州，留下了至今让人们念想不已的文字。他"留月"日照，日照的五莲，日月同辉。

仙鹤楼后来呢？

1668年7月25日，山东临沂的特大地震波及五莲一带，山上巨石滚落，仙鹤楼被毁。仙鹤楼仙鹤般飞升了，而今在那块平坦的巨石上还留有人工凿孔和建筑基础。不远处，有两个马槽，传说是苏轼出猎时马儿饮水的小池子。

四

还是在五莲，有个奇异的石屋。石屋坚不可摧，有着与时间抗衡的巨大本领，它老起来看上去很缓慢，只是石头上日复一日地堆积上了些时间而已。就像日照定林寺里四千年的银杏树，而今依旧枝繁叶茂，岁月拿它没有办法。

石屋在五莲山山脚西侧的丁家楼子村，它就是建于明代万历三十八年（1610年）的著名的丁公石祠，是当地文化名人丁耀亢为纪念其父丁惟宁而建。丁公祠由石祠、仰止坊组成。石祠全石砌筑，一百零八块石头，无一寸木一根钉。进得屋内，正气迎面袭来。

石屋的奇异主要在人。

一是建造者的奇异。丁耀亢，日照五莲晚清著名文学家，著作颇丰。在五莲山，而今还能看到多处他的题字，有的就近在苏轼的题字旁，隔着六百余年的时间，他好像正近切地靠着苏轼。"雄心傲骨气铮"的丁耀亢因为创作奇书《金瓶梅续》，年过花甲的他被羁押狱中一百二十天，双目失明，四年后病逝家中。而今，他丰厚的文字，成了日照珍贵的历史文献。

一是被纪念者的奇异。丁惟宁，丁耀亢之父，明嘉靖四十四年（1565 年）进士，曾官至御使、巡抚直隶、郧襄兵备副使等。

丁惟宁为人耿介、刚正不阿，后遭人诬陷，"拂衣而归"，在五莲山下求得一方世外桃源。最令世人惊奇的是，在这安静的一隅，传说丁惟宁以兰陵笑笑生之名，续其父丁纯所著《恶豪传》一书，创作了《金瓶梅》这一明代"第一奇书"。

作为文学史上的一大谜案，很多人在佐证丁惟宁就是《金瓶梅》的作者，缘由之一，离丁公石祠不远，有条山谷叫"兰陵峪"，丁惟宁曾在兰陵峪旁居住二十年。我还看到有位学者用二十年时间通过缜密的研究，发现《金瓶梅》使用了大量山东方言。

我是个外人，但我能做这样的推断，在生机勃勃勾栏酒肆烟火气极浓的宋元话本的基础上，《金瓶梅》的出现绝非偶然，至于它的命运那是另说。我还记得，进得丁公石祠，先看到的是一副对联："一部金瓶梅，千古丁公祠。"丁公石祠身后站着九仙山，身边站着五莲山，全都气象非凡。那天黄昏，灿烂的云霞，覆盖着这块儿仙地。

原载《文艺报》2023 年 10 月 18 日

我慢慢走过万绿园

——

王子君

我一个人在万绿园慢慢地走。

我喜欢一个人在万绿园慢慢地走。

每一次回海口，我都要挤出时间去万绿园走一走。我看园中结满椰子的椰子树，看海岸边新植的红树林，看海水温柔地亲吻绿岸。我觉得它是熟悉的，又是陌生的。如果是在夜晚去万绿园，则像是去到一座魔幻宫，园南滨海大道上的灯光秀，电影蒙太奇一般，秀出瞬息万变、色彩缤纷的图案，美轮美奂。

万绿园是海口最大的开放性热带海滨生态园林，占地广阔，园中栽种了以椰子树为主的数百种、近万棵观赏植物。1994年10月万绿园开建时，海口掀起了"全民共建万绿园"的热潮，市民捐款一千多万元。很快，荒凉的滩涂覆盖上了绿油油的青草，填海造出的土地种上了千姿百态的植物。1996年1月万绿园开园，从此万绿园成为海口人记忆的一部分。

我想起三十多年前的海口，眼前一片恍惚。是梦，非梦？

我曾很多次被问到，当初你为什么来海南？我也会不厌其烦地回答，我是被椰子树的魅影迷住的，被海口的热带风情留在了海南。那个时候我是可以自由地选择的，我选择留在海南，留在闯海建省的激情里。

那时候我就住在万绿园东南面滨海新村的一座民居里。我不能确定我是 1988 年 8 月几日上岛的，除非我去翻我的陈年日记，但我想，任何一个日子都可以是我上岛的时间。记得一上岛就遇到了台风，被当地人称作"碰碰车"的三轮车，在风雨中无处停靠，而在台风中的椰子树，那柔曼又刚俊的形象让我做出了选择。

从住的地方向西行二百米左右，就到了龙昆南路，再往北一拐，走个百十来米就到了海边。后来我们搬到了同在滨海新村的市工商局六楼，我住进了一间"用几块三合板围钉起来""不到六平方米，没有封顶，没有窗户"的小屋，也就是后来我的"著名"的"纸屋"，这里到海边的距离也很近。海边那条如今叫滨海大道的宽绰公路，那时候仅仅是一条极普通的城市基础路，路基下边就是海滩，海滩很宽阔，海岸边杂草丛生，淤泥四散，弥漫出一种荒沙野滩的气息。很多个早上，我都会到海边去，看数得清人数的渔民在海里捕鱼，看海滩上数得清人数的大人小孩捡拾贝壳。那个场景，对他们来说是维持生计的一种劳作，对我这样的外来的、以前没见过大海的年轻女子来说，却很温馨很浪漫，很有吸引力。

我忍不住下到海滩去，在沙滩上慢慢地走，或者弯腰捡一枚贝壳，仔细地欣赏它的色彩和斑纹，请教小孩子贝壳的名字；或赤脚走到浅浅的水中，任海浪轻轻在我的脚面拂来拂去。早潮已退去，海水清澈，沙滩温润，海风轻轻地吹，霞光照耀着海面，海面上银光闪闪。我回头看自己的脚印，深深浅浅，像人生的经历。

偶尔，我也会在入夜时分去看夜晚的海。海滩东侧有一片小小的树林，那里总是人影绰绰。一些前卫的闯海青年支起帐篷，喝着啤酒，面朝大海朗诵诗歌或放声歌唱。他们的狂欢反衬出海滩的野趣和侘寂——对了，那一片树林，连同这宽阔绵延、野生状态的海滩，正是如今绿草如茵、花木茂盛的万绿园前身——我在诗朗诵或歌声中，凝神静听夜海的涛声。月光映照着海面，映照出一条波光粼粼的路，通向远方，通向更远方。

龙昆南路是一条南北向的道，和东西向的海秀路构成城市的主干道。那个时候的龙昆南路上，两边的树木才栽种不久，非常低矮，地面覆盖泥土，一遇雨水，道路就淹在浑黄的积水里，车一过，黄汤飞溅，恼人得很。龙昆南路以西是杂草滩涂，偶尔夹杂着小块农田，景象荒芜，尚未有开发的迹象。不过没过多久，龙昆南以西，就有了高楼大厦，有了国贸，有了世贸，有了市井繁华。如今这繁华早已延伸到了西海岸。我现在回海口，就是回西海岸，我在海口的家就安在西海岸，离滨海新村，离老的市区，离我的"纸屋"所在的旧址，有近二十公里的距离。西海岸建筑风格个性凸显，道路宽阔，商圈舒适，海风徐徐穿越，现代滨海城市气息浓厚，非常适宜居住。

后来，我的人虽长期离开了海南，但我的心从未离开过海南。是这块土地给了我青春的生命成长，给了我发现并挥洒自己才情的机会。我永远感激海南这座岛屿，感谢海口这座年轻的省会城市。当我离开海口以后，我希望在海口有一个更美好的住处。有一天从万绿园向西行，经过西海岸，我一眼看中了这个地方。我毫不犹豫地将西海岸当作了自己今后回到海口的落脚地。

那个时候是没有西海岸的，也没有东江，只有海甸岛和白沙门，只有国贸。那个时候从海府路到文华大酒店，就已经觉得好远好远。如今，四通八达的交通网络，不仅把琼山、澄迈连在一起，而且把琼中、三亚等地都变得很近很近。

我必须说，西海岸是海口翻天覆地、变化巨大的一个明证。

从外观上，今天海口这座城市我已经不认识了，或者说它日新月异的外貌远远超出了我的想象。它的发展，是有过很多坎坷，是有很多不尽人意的地方，离我们那一代闯海人当年的理想还有距离，但是它确确实实改变了模样，变得美丽现代，前景光明。每当我由东向西穿过市区，我就激动、感慨，一代代建设者的汗水凝铸在每一座建筑里，浇灌在每一棵椰子树下，熔炼在智慧的城市规划之中，叫她如何不美丽如何不令人憧憬？

上次我回来，去逛西海岸的远大购物中心。这是一家集百货、超市、餐饮、娱乐休闲于一体的多业态大型现代商场，环境非常好。在一家服装商铺，一个女孩热情地迎上前来介绍新款服装，笑盈盈地说，这服装在我们海南，这个季节穿特别舒服。看长相听口音，女孩是地道的海南人。我也笑着说，我知道，我就是海南人哈。女孩不信。我说，三十多年前，我们来海南时，还缺电少水，交通以碰碰车为主，到这边来极不方便，更没有这么漂亮的西海岸呢！那时你也还没有出生呢！那女孩突然眼睛放光，哎呀！你曾经是闯海人？真是谢谢你们那一代人！我们今天有这么好的条件，都是你们当年艰苦打拼奠定的基础，你们太了不起了！你放心，我们一定会将你们的奋斗精神发扬光大的，把海口建设得越来越美丽。女孩明艳的笑容和自信的语气，让我打心眼里欢喜。海口不仅外在变化巨大，人们内存的精神也有了巨大的变化。

今次，我又一次独自来到万绿园。

下午的万绿园，空旷，清爽。青绿的草地漫无边际地延伸。有些树木一看就知栽种期不长，嫩叶稚干，在清润的海风吹拂下和温煦的阳光朗照中，呈现出亚热带植物随处可见的青春气势。园里鸟语花香，蹒跚散步的老人，散落在绿地中、石椅上的恋人，聚精会神拍照的游客，构成一幅悠闲自在，人与自然相生相亲的图画。

我想起第一次独自来到万绿园的情景，十年前？十几年前？时间的概念很是模糊，但那画面依然清晰。我在园中随性地漫步，见到几位工人在给花浇水。我问他们，这漂亮的花叫什么名字？他们说叫小叶龙船花、大叶龙船花。我羡慕他们在这工作好幸福，天天有花做伴，他们却抱怨说，每天在太阳下工作，又热又累，收入却不够养家糊口……他们都穿着长袖工装衣，男的戴着草帽，女的戴着尖斗帽，围巾把脖子和下巴围得严严实实，只看见眼睛。我注意到他们无论男女，眼睛里都没有笑意。

我有两年没有来过万绿园了，这一次，我在园子里停留了整整一个下午。我感到万绿园相较于两年前，容颜更新。是椰子树更高大更壮硕了？是红树林更青绿更茂盛了？是海水更明净更幽蓝了？我说不清楚，但我能清楚地感受到它更美好了，它是海口更加美好的一个缩影。

在我最喜欢的热带观赏植物区，我看见几个园林工人正在移栽花木。盛开的三角梅鲜艳夺目，工人们的脸上洋溢着热情明媚的笑容。哦，花是美好的事物，无论是谁，见到花想必都是愉快的。每天与花打交道，心情也会舒畅。不过，最重要的还是海口现在的发展越来越好，让人看到了无限希望。有希望在，自然就有好心情。

告别园林工人，我来到公园南面的宝华海景大酒店，上到二十八楼的咖啡厅里。我喜欢坐在这高楼上凭窗俯瞰万绿园，眺望风景。东北方向的世纪大桥、海甸河，西边的钟楼、假日海滩、观海台，壮丽的景色尽收眼底；极目处，琼州海峡波涛万顷，连通浩瀚南海，汇向世界各大洋；近海处，游船、帆板、渔船穿梭往来，自由而有序，一派蓬勃景象。晚霞正铺满天空，万绿园郁郁葱葱，闪耀着金色光亮，像一艘坚不可摧的舰艇，悄然守护着海口城……

我心里一热，思绪一下子飞向当年闯海时那艰辛而满怀希望的日子。三十多年前和三十多年后的画面，叠映在一起，交织在一起，那是海南岛的历史，是海口的历史，是万绿园的历史，是从一穷二白到繁荣昌盛的历史。那些映象与画面，一页页飞快地闪过，但它不再是电影蒙太奇，它是真实奋斗的历程。

原载《海口日报》2023 年 9 月 19 日

黄河三叠

简　默

一

我承认，在二十岁之前，我没见过黄河。

在黔南沙包堡镇读小学时，每当听到《黄河大合唱》中开篇的发问："朋友！你到过黄河吗？你渡过黄河吗？……"我总会羞愧地低下头。我的音乐老师姓敖，教英语是他的主业，教音乐是他的副业。敖老师一眼觑中了我，叫着我的名字，问道："你到过黄河吗？"我像一截瘦骨伶仃的木棍杵在课桌后，垂下头嗫嚅道："没到过。"在四下一片哄笑中，我机械地坐下了。敖老师肯定清楚黄河流向了北方，凭着他的经验和想象，他大概认为像我这样的山东人一定到过黄河，甚至满怀期待着我向那些没到过黄河的南方同学描述下我见过的黄河，可我偏偏让他失望了。这一次深深地刺激了我，我暗暗地想，以后有机会一定要看看黄河。

五年级放暑假，我刚满十二岁，父亲将两只浅蓝色的旅行包用布带系在一起，一前一后地搭到右肩膀上，像两只大拳击手套反复击打着他的前胸与后背。我和弟弟紧紧跟随在他身后，这是我们俩第一次坐火车。一列被漆成春天颜色的火车，载着我们仨，从都匀站出发，一路逶迤起伏，穿桥梁钻隧道，经高原历丘陵，进入了平原。伴随一声长鸣，火车冲上南京长江大桥。车厢里的乘客像一个个浪头，奔向两边的窗户，就像要穿过玻璃，纵身跃入江中，化作一朵朵浪花。我的反应慢，待我意识到火车正在驶过长江头顶时，它长长的身躯已经舞动到了大桥中间。矮小的我挤不进人群中，仿佛一只窜天猴，一次又一次地拔起自己，努力向上蹿，但就是看不见窗外。正当我焦急之际，火车的尾巴已经摆过长江大桥，人群猝然松动，闪开一条缝，我终于望见了正在后退的长江。火车轰隆隆碾过我的心，头也不回地开往陌生的北方，长江被甩在原地，不紧不慢地向前奔流，一如我们的生活。

这是我第一次看见长江。这时，我已经读过李白的"黄河之水天上来"和杜甫的"不尽长江滚滚来"，一条大河和一条大江，挂起唐诗的云帆，自天上，自水天交接的远方，在前赴后继的入海途中，拐了一个弯，流到我的梦里。

若干年后，我才恍然认识到，这两句诗是两行清泪，诗人一吟一泪流，吟出万古流淌的大江大河，是它们永不干涸的源头，磨洗不掉的胎记。

一梦就到了二十岁——一个不拒绝出门远行的年纪。我参加工作的第一站是矿务局的一个仓库，它远离城区，四周被麦田和村庄环绕。我的工作是负责看管仓库里的设备，不停地对外出租和回收。上班一个月后，同事书生到济南瞧他的股骨头坏死，需要针灸治疗一段时间，单位派我去陪护他。一天晚上，一位济南病友说到了黄河，他说济南黄河大桥是当时亚洲跨径最大的桥梁。我听后心一动，真想不到心心念念了这么多年黄河，原来黄河就在眼前。第二天早晨，安顿好书生，我骑着自行车出发了，一路打听着，穿街过巷，来到北郊，上了黄河大桥。粗如小孩胳臂的斜拉索向两边绷紧了自己，构成了好看的扇形，充满着力量。桥下宽阔的河面上，黄河水自西向东缓缓流淌，奔向她最后的归宿。此时正是9点钟，太阳经过一夜养精蓄锐，浑身抖擞着光芒，升上了天空，洒下万千金光，映照在河面上灿烂闪烁，像漂浮着的万斛珍珠和黄金碎屑。

　　我惊呆了，内心激动万分，但我是个内向的人，内心再激动也只是默默而深沉地跟黄河打了个招呼：黄河！我来了！黄河肯定听见了，一阵大风刮过，河面上卷起无数漩涡，她干脆以这些漩涡拧成一个声音，穿过风声和浪花，回答我：孩子！我听见了！

　　当晚，伴着书生的鼾声，敖老师叫着我的名字，问道："你到过黄河吗？"我骄傲地答道："到过。"同学们一齐向我投来羡慕的目光。接着，他又问："你渡过黄河吗？"我低下头，支吾道："没渡过。"仅此一问，我猛然惊醒，窗外月光皎洁如水。我知道，我与黄河之约仍要约下去，我的黄河之梦仍要做下去。

二

这些年，我一直在路上。

有一天，我回首走过的地方，惊讶地发现，我一直在黄河身边转圈。

从甘肃、宁夏到青海，我溯流而上，距离黄河源头越来越近。我遇见了主动脉似的黄河干流，也邂逅了她毛细血管似的支流，她们一律清凌凌地流淌，或疾或徐，或呈土白色，或碧绿如翡翠，河底大小石头和鱼儿清晰可见。在青藏高原，一座座雪山，一条条冰川，都圣洁如垂天的哈达，将自己栽种到大地之上。随着季节变迁，它们受了太阳热情的感染，消融了自己，化作涓涓溪流，汇成不舍昼夜纵横大地的黄河。

在宁夏中卫的沙坡头，我享受着高空滑沙的刺激和乐趣。站在坡顶，与定格在时空中的王维塑像相依相偎，遥望黄河远上，似一条又长又细的飘带舒展在大地上。此时正值黄昏，夕阳缓缓下沉，定身在了飘带之上，像是别在黄河衣襟间的一枚勋章，又大又圆，没有一丝寒凉，反倒散发着热气。我想起乡间原野上的母鸡下出的笨鸡蛋，啪地磕开，里面的蛋黄就是这种颜色，鲜红如血。"长河落日圆"描述的正是眼前的景象，像王维的许多诗句一样，这句也颇有画面感。它沉浸在雄阔酣畅的山河禅境中。黄河不废，万古长流，日升日落，昼夜更替，此长彼消，循环往复，所谓永恒如斯，浴火重生，说的就是这条长河和这轮落日。夕阳终于支撑不住了，掉入了河中，激起满天霞光，仿佛钢花出炉，四下飞溅，天地燃成一片火海。恰在此时，我自坡顶驭风滑沙俯冲下去，向前冲入河中，化为水滴。

徜徉在青海湖边，风扬起乌尔朵，驱赶羊群似的湖水一波又一波地涌向岸边，像在叠着罗汉。浪花一遍又一遍地唱着偈陀，我不知道它为什么又为谁而唱，但我不敢说它在我脚下，我看上去比它高，这其实是空间距离上的错觉。我闻到了黄河的气息，这气息是真实的，来自亿万年前，挟带着冰雪的凛冽和纯粹，让我猝然清醒如遭电击，呼吸欢畅如沐春风。

黄河是青海湖的前生。这片湖开口诉说着关于这个湖的遗传变异史，以及湖中的每一块礁石、每一粒贝壳中隐匿的密码。一种叫湟鱼的鱼也现身提供了佐证。那时黄河清澈见底，各种形状的云彩在水中梳妆沐浴，一条条鲤鱼自由自在地游来游去。威力巨大的地壳运动，截断畅流无阻的黄河，日月山挺身隆起，围堵形成堰塞湖，一部分鲤鱼彻底脱离黄河，永远留在了湖中。后来，堰塞湖拓展成一个咸水湖，习惯淡水的它们不得不逐渐适应这咸水，鱼鳞一片一片地脱落，变成了无鳞鱼，仅仅留下鳃处几片鳞片，仿佛特地以此来怀念那条姓黄的河。当这个湖被唤作青海湖时，它们也作为一个新物种，被命名为青海湖裸鲤，即众人熟知的湟鱼。每年七八月份，湟鱼由青海湖逆流而上，游入每一条流进青海湖的淡水河中，它们成群结队，浩浩荡荡，一路历经拦河坝阻隔、小支流搁浅、鸟类捕食等劫难。在水流的不断刺激下，性腺发育成熟了，游到流水平缓的河道里，产卵受精后将卵留在这儿，自己则休养生息，等待一场雨水重新漂回青海湖。这就是湟鱼一年一度的溯河洄游，它们是在繁衍后代，更是在循着黄河遥远的气息，借助一条条河流，寻找祖先的故乡，重温曾经的生活方式和习惯。因此说，湟鱼洄游是河流上的行为艺术，是千年乡愁的活化石，自有其文化标本意义，湟鱼因此也是一种附着文化属性的动物。

年轻的黄河三角洲形如扇形，这是九曲黄河裹挟着几千千米外的泥沙，与迎头涌来的渤海碰撞后塑造出的地貌。我想起了济南黄河大桥上一根根斜拉索构成的同样形状的索面，都是我喜欢的形状，简洁大方，一目了然，从原点出发，向四下辐射和扩充，具有无限的可能性和冲击力。

只能怪我与黄河口的缘分未到。抵达黄河口的那天下午，恰逢大风，水势汹涌，浊浪滔天，无法乘船亲历黄河奔赴生命最后一程的壮观场景，聆听雄浑黄与沧桑蓝交替奏响的壮丽乐章。黄河入海，黄蓝交汇，是接纳，是包容，是和而不同，是味道由淡入咸，是一条大河成为汪洋大海，是流浪千遭的水流回故乡。

住在利津县城，走上几步，脚下逐渐凝滞，是沙砾混杂着大小贝壳和蜗牛壳，在柏油路两边，一直铺向前方。芦苇扎根其上，迎着有些咸腥的晨风，腰肢柔美地摇曳着。这种植物随处可见，遇土即生，即使再贫瘠恶劣的土壤它也能存活，无所谓野生或家养，它的存在原本就是有意无意地营造野趣。我猜测眼前是一片新生的陆地，抓起一把脚下的沙砾，也许还能舔得出盐碱味儿，舌尖也会因此被刺激和灼痛。我想象得出她曾经的沧桑、饱受的苦难，油然心生敬意。

在黄河口生态旅游区，盐碱环境催生了耐盐碱植物，有碱蓬、白茅、罗布麻、柽柳、盐蒿、马绊草等，它们手挽手，共同聚起黄河口植物部落。我第一次辨清了一夜白头的荻和在守望中泛黄的芦苇。潮汐冲刷过后，在泥沙中形成的潮沟，是另一个黄河口植物部落，荻与芦苇在此凸凹有致，纤毫毕现，惟妙惟肖，也唯有自然的膂力与慧心，才能信手涂鸦出这一帧帧杰作，精美绝伦，独一无二。

一个声音总是在耳边问我："你渡过黄河吗？"也许在他看来，渡过黄河才算真正到过黄河。像我这般浅薄地跟她打个招呼，在她岸边走一走，吐出梦呓似的赞美诗，连鞋都没湿就转身走了，不算真正到过这里。来到甘肃景泰县黄河岸边，前方河流宽阔而湍急，我们要渡河到下游去看石林，它藏匿于一条深深的峡谷中。羊皮筏子适时现身了，这是我第一次与它相遇。只有出没于黄河胸膛的它才会说这条河的方言，才识得这条河的水性。如果有一天你在黄河岸边看不见它了，就只能去博物馆寻找它，你可能会看到，它像一只瑟瑟发抖的羊，蜷缩在某个角落，身上落满了灰尘，冠以民俗和非遗的头衔被人评头论足。我只知道在没有桥飞架起两岸以前，两岸的居民和旅人出行时仅能依靠它，仿佛只有它懂得黄河，也只有桀骜不驯的黄河敞开胸怀接受它。说是羊皮，其实已经不是我们日常生活中看见的羊皮，而是经过一系列处理加工后吹足气的皮囊，表面透明光洁，映得出天上的太阳，也盛得下水中的月亮和繁星。此刻，它载着我们，贴紧河的胸膛，顺流而下，像一只只羊活着时一样，渡水如履平地，稳稳当当。我们不担心它会发脾气颠覆我们，自有熟稔它性情的船工划着它，因此，我们兴奋地跟后面筏子上的同伴挥着手，探身掬一捧河水，听任阳光、水和泥沙自指缝间缓缓俱下。直至靠岸，它们被扛出水，倚在堤上晾晒，阳光均匀地照在每一个皮囊上。我隐隐约约地听见它们胸腔间滚动如雷的呐喊，没了最初渡河的高兴与骄傲，四周一下子安静了下来。

三

我曾经认为，黄河距离我所在的城市尚远。我邻近的城市，有一条黄河故道，多次坐车路过，其地基落差比公路低了两三米，已经看不出昔日黄河的模样与痕迹，仅是一条废弃的河道。我惊叹于黄河改道的伟力，柔情似水，坚硬如水，黄河发起飙来，摧枯拉朽，一往无前，颠倒红尘，重置楚河汉界，废黄河正是此产物。

后来，我有机会了解到，黄河不断改道带来的水源汇成了微山湖，原来黄河距离我如此之近，日夜潺潺流淌。

在砀山县，我也遇见了黄河故道，它与邻近城市的废黄河是同时期的产物。黄河改道冲刷和留下的盐碱地，孕育了砀山酥梨，每一个酥梨的内心都流淌着一条甜蜜的黄河。据说，你将一个酥梨举至半空，轻轻地撒手，落到地上，它会摔得粉碎。那一声落地脆响，远在沾化的冬枣揣着黄河盐碱地的血脉与神经听到了。一粒冬枣踊跃跳下枝头，有点儿勇猛地砸到地上，没砸疼土地，却将自己砸得粉碎。在沾化的下洼镇，我看见了那棵传说中的冬枣嫡祖树，以它为母树，开枝散叶，繁衍出了四世同堂的枣乡佳话。这里每棵树上都是冬枣累累，我在这白中泛红的冬枣林里，找到了我的故乡，找到了中国，也找到了世界。

我一直渴望，有一条河流过我门前，可以使我淘米洗菜，烹水煮茶，洗濯冠缨，可这对身心俱困在城市的我，永远是一个无法实现的奢想。我退而求其次地想，在一座城里，能够日日夜夜听到河的歌唱，嗅到河的气息，看见河的身影，足矣。

直至我遇见滨州——一座地名以三点水为偏旁的城市。在她母亲般温暖的怀抱中，一点水是黄河，一点水是乳汁，一点水是眼泪。如果你在她蓝色路牌的指引下，沿着东西方向走，一条路一条路地走下去，可以一直走到黄河十八路，这让我自然而然地想到了黄河的"九曲十八弯"。如果你在黄色路牌的指引下，向着南北方向走，一条路一条路地走下去，可以一直走到渤海三十二路。滨州人习惯以"黄儿""渤儿"来称呼这些公路，它们纵横有序地构成了城市动脉，任由人和车子欢快地徜徉在这黄蓝交汇之间。可以说，这是一座被黄河垂青的城市，黄河穿城而过，有了黄河加持，她便水光潋滟了，水迹淋漓了，水波荡漾了，水袖飘拂了，挂起云帆，直济沧海。

我住的酒店门前，是一座水上公园，至今我也说不出它的名字。它的开挖引来了黄河水，构成好大一片清澈浩荡的水域。从此，附近的居民有福了——黄河水流到了他们的家门口，他们就在黄河岸边住。早晨，迎着喷薄欲出的朝阳，踏着长龙摆尾似的栈道，一路向前蹀去，岸边芦苇青翠地伸展，挑出娇嫩淡红的芦花。远处的朝阳像是临盆在即，躁动不安，不久后一跃而出，金光迸射，仿佛是从黄河腹中跃出的一条金色大鲤鱼，撞过龙门，跃上了天。天上云彩轻描淡写，凝神端详，顿觉韵味无穷。朝阳、云彩、拱桥、绿树、路灯、楼群，纷纷投影到水面，像是一只丹青妙手在挥毫泼洒，这里似在人间，胜却人间。我突然觉得我的渴望离我如此近，就在眼前，即使在此驻足短短一两日，也足以宽慰一生。

沿着黄河大堤，我们向着黄河走，堤上堤下落差至少有七八米，堤下杨树成行，大都笔直挺拔，少数齐刷刷地歪向一边，那是大风刮过时它们与横扫一切的风拔河的结果，虽然它们身不由己地倾向风掠过的方向，但脚指头似的根须仍然牢牢地抓紧了土地，才不至于在刹那间轰然倒地。小街湾是在滨州眺望黄河的最佳位置。流至此地，黄河甩了一个弯，风高浪急，水势滔滔，水声吼吼，在正午阳光的照耀下，河水有时呈铁锈色，有时呈金黄色，黏稠稠的波浪堆卷，一口一口地，打着旋儿，呼啸而过，像一口巨大的锅，不分昼夜地熬着一锅油，上面有一只无形的手不间断地搅拌着，但这油太黏太稠，就要凝结搅不动了，又好似一只陀螺，原地转着圈儿，闪着亮晶晶的油花。河的对岸是河水冲刷出的沙滩，有一棵棵树筑起的屏障。这岸是大小石块参差砌出的护堤，石缝间钻出一些野草，一根根肆意生长，不成片，却郁郁葱葱，与河水的黄对比鲜明，也与对岸的树隔河呼应，绿是它们扯出的旗语。黄河曾有断流之时，我们常将黄河比作母亲，黄河断流等同于母亲断乳。断流的日子里，她两岸的子孙无不忧心如焚、嗷嗷待哺，呼唤母亲河水源充沛，长流不息。岸上的老柳树将这一切都忠实地记录在了自己的年轮中，许多棵这样的老柳树并肩站在一起，组成一部黄河断代史。

回来路上，我看见在城市道路中央，或者马路牙子上，红色的抽油机一升一降，一起一落。生活就在这不厌其烦的动作中，保持着安宁与平静，正如身边的这条大河，我们注视着她在自己源远流长的容器里，永远安澜从容，且歌且舞，水清河晏。

原载《黄河黄土黄种人》2023年7月上半月刊

开阔地

———

沈俊峰

走出这一片大山之后，会有一个什么样的开阔地，我不清楚，但是我一根筋地认定，我遇到的下一个场景一定是一片开阔地。我无数次想象过越过那一片开阔地的姿势，匍匐、奔跑抑或飞翔，歌唱、欢笑抑或沉吟，却唯独没有想过我灰头土脸挂着泪的模样。可是，那又怎样呢？

一

终于等到了这个时刻。

我攒足的劲儿，像一只吹得饱胀的气球，豪气冲天，无知无畏，似乎就要炸裂满腔的激情。面包牛奶会有，还会异常丰盛。谁给我的这个自信？或许就是青春吧。我下定决心要抛弃家里的坛坛罐罐，轻装出山，和过去决绝；进城，和未来拥抱。

一屋子的家具不甘心，大衣柜、五斗橱、床、写字台、电视柜、床头柜，皆以焦渴的眼神望着我，等待着跟我一起进城。我抚摸着它们光洁的肌肤，眼前竟然一片模糊。城里什么样，我们住在哪儿，我茫然无知。说实话，我没有能力安置它们，只有盲目的勇气。这勇气来自刚刚看过的一部电影，刘邓大军中原突围，挺进大别山，于是打破坛坛罐罐，轻装上阵。一门大炮陷入泥泞拽不出来，眼看要贻误战时，怎么办？炸了它。"狭路相逢勇者胜。"一个"勇"字，道出了人世间多少真谛。

此刻，我以这样的勇气，与刘邓大军背道而驰。我要突围大别山，挺进城市。

这些家具，妻死活舍不得丢。她情绪激烈地护着它们，就像护着自己的命。我一头恼火，说破苍天也无法让她屈服，只能忍下，妥协，随她的意，最后答应带上它们。这让我明白，许多时候，理智不一定就能战胜情感，坚持自己也并非易事。

二

省城合肥，我心仪已久，无数次描绘过它的好，是我认定的开阔地。如今，在高楼林立、车水马龙、人头攒动中，我却有一种嘈杂的不安全感。我像一只山间的野羊，突然奔波于城市的水泥大道上，竟然找不到一株可以放心啃的嫩草。军工厂二十多年，给我打上了深深的山野烙印，抹不去的自在野性。我知道这样难以融入没有什么好处，在什么山唱什么歌，在城里就要唱城里的歌。我要努力改变。我还不到三十岁，从头再来未为晚。

我默默前行，悄悄变化着每一步的姿态。

"开阔地"的日子紧张忙乱，疲于奔命。早晨，我们把女儿送去岳父母家再去上班。傍晚，疲惫不堪地用蜂窝煤炉做饭炒菜。以前在山里抬腿五分钟就能到单位，现在，需要奔波一个多小时。时间耗在路上，就像乱花大把的钱，让人心疼。最初的新鲜感之后，是千篇一律的日子，日复一日的生活，也令我厌倦，心烦无助。

改变自己的确是一件很难的事。

妻不愿看蜂窝煤慢条斯理地燃烧，拉着我一起去她娘家吃饭，主动交生活费。干休所用管道液化气，做饭烧水都方便。女儿常常赖在外婆家不愿意回来，于是，妻将那间放杂物的房间收拾出来，带孩子去住。之后，我也住进去。如蚕食一般，有一种试探性的无赖和无耻。住在丈人家，多不自在，却少了许多后顾之忧，对我来说，不过是夜里睡一觉，一大早又出门上班去。

我们真正住在那间民房其实没有几天。那间房子像是专门租给家具住的。我俩工资加起来才两百元，租房要五十元，如果不是家具，就不需要花这笔钱。这个道理让人尴尬，妻叨咕几句便不再说话，或许是说不出口。我也沉默，暗自后悔当初的妥协。

家具成了负担。我建议把它们处理了，卖掉或者干脆丢掉。妻仍不愿意，千辛万苦带了出来，情重难舍，怎么可以随意丢掉？那就继续承受吧。后来，我将大衣柜搬去了干休所。这一个大衣柜也足够我们的衣服安家落户。

干休所在北城，我上班在南城，离得远，没有直达公交。单位在市府广场有班车，可是我及时赶到市府广场也不是一件易事，因为公交车常常会堵在路上。上下班，我总是有一种漂洋过海的感觉。为了掌控时间，我买来一辆自行车，晨出暮归。路途遥远，还有坡路，每天跑个来回，也是很累，好在那时年轻，恢复得快，劳累就像雨湿了地皮。不过，天长日久，还是感觉到疲惫像雾霾一样包裹过来，挥之不去。

三

我供职的这家大型国企，分房要排队，据说以厂龄为主，排到我，不知猴年马月。我只能充满希望地等，渺茫地等。

我忽然发现过去的努力都成了零，我一无所有，一切皆要从头开始。在这座城市，我没有可以联络交往的人脉。军工厂出来的人，都是单纯惯了的人，出山进城，就像旱鸭子扑大海，会呛水，甚至会被淹个半死。机关一个领导总结说，搞经营做生意最容易上当受骗的，就是三线军工的人。然后他举例若干，让人听得心惊肉跳。

我的心蒙上了一丝灰暗和悲凉。当初我与世界一起出发，如今我只能看见世界的背影。我发誓要赶上那个背影。

但是路途凹凸不平，风浪随之到来，生活露出了它无常的本真。岳父体检查出了白血病。接下来，他住院，家人照料，一家人在阴云密布下开始了紧张的忙碌，无心也无暇再照看孩子。这让我体味到人生的艰难，体味到无路可走的茫然和绝望。我俩都要上班，孩子放在哪儿？没有幼儿园愿意接收两岁多的孩子。

我只能打父母的主意。父母所在的军工厂尚未搬迁，父亲在搬迁筹建处建新厂，母亲刚退休，领着弟妹在山里。我要将女儿送到山里去，交给母亲。那是星期天，大弟乘厂里的客车来合肥接女儿。分别的那一刻，女儿哭号着不愿意跟他走，抓住我的衣服，死活不松手，哭得撕心裂肺。大弟抱着她上车，她拼命挣扎，小手伸向车窗外站着的我们。我泪眼婆娑，说不出话。这大概就是"生离死别"的"生离"吧。幸好有父母帮忙，否则，我不知道该如何渡过这个难关。

七月，合肥晚报刊登了省艺术学校艺术幼儿园的招生广告，三岁可以入园。我喜出望外，有一种"漫卷诗书喜欲狂"的杜甫味儿。临近八月底，我把女儿接回来，准备上幼儿园。女儿在山里待了小半年，懂事许多。

为了送女儿，也不误上班，我买了一辆变速自行车，以求速度更快些。第一天去幼儿园，女儿抱着我的腿，哭喊着不松手，怎么哄劝都没有用。那时厂里实行打卡，时间一到就关闭大门，迟到要登记，要罚款，要通报。我一个才调来的新人，怎敢当这个出头椽子。我急得一头大汗，老师也赶过来帮忙，硬是掰开了女儿的小手。然后，我骑上自行车狂奔，不敢回头，只觉得泪水滚滚，耳边灌满了呼呼风声。

四

我艰难地在我自以为是的开阔地匍匐前行。一年多过去，我像是从黑暗中来到光明之地，眼睛开始慢慢适应，能看清楚周围的景物，也镇静下来，可以从容地打量自己和眼前这个世界。

当你一眼看穿自己职业的尽头，就失去了生活的热情和动力。一个师范毕业生，混迹于技术至上的工厂，出路何在？心中的那一片开阔地，是大海，是天空，我要变成一条鱼、一只鸟，而现在，我觉得海要干枯，天被分割。那些日子，我时常仰望天空，想在天空中寻到一条出路。流水不腐，户枢不蠹，我愿奔腾向前，永不停歇。

机会终于来了，晚报上登了一则期刊社招聘编辑记者的消息，这让我感到震惊和意外，我一直仰望的编辑记者职业，竟然可以用这样的办法来实现。

条件是，大专文凭以上可以报名，我不够格，只好拿着几块发表的"豆腐干"，和同事小曹一起，鼓足勇气前去碰碰运气。对方果然要毕业证复印件，沟通了几句，也不松口，我只能心虚地往回转。走了几步，小曹愤愤不平，折回身为我打抱不平，问他们，你们是要人才还是要文凭？对方说，当然是要人才。小曹将我那几块"豆腐干"文章呈上，说你们看看，是否有资格报名。

回想这一幕，我有点哭笑不得的感觉。

正在抉择中，一个欣赏我的上级领导，介绍我调往某政府部门当秘书，写材料。家人都赞成，唯独我不赞成。因为，我想早日摆脱羁绊，自由飞翔。我以为编辑记者会离文学更近，离自己的梦想更近。

我陷入文学的"水深火热"无法自拔，也不想自拔，即使面临深渊，我也会毫不犹豫地跳下去，试试冷热酸甜。在一片惋惜声中，我觉得轻松起来，从来也没有过的轻松。

调到省城一年半，我跳出体制，成为一名聘用人员。早知如此，当初我又何必费尽九牛二虎之力找关系办调动呢？我有点激动，隐隐觉得有一股滚滚向前的力量，像洪流，让人身不由己，像在飞机上看见那些洁白的云朵，想扑下去拥抱。

在青春的年华，遇见春天，我是幸运的。我以这样的姿态通过我的开阔地，走到我的大海。条条大路通罗马，有脚力，那就往前，有何惧怕。

五

在编辑记者岗位，自觉有两个收获，之一，收入翻番还要多，能暂时证明我的选择并不荒唐；之二，借助这个平台，视野变得辽阔，组稿、编稿、写稿的过程，既学到了知识、积累了经验，也打磨了自己，能看见自己向着理想高地跨步的身影。

总编是一个可爱的小老头，会给省城的一些著名作家打电话，约他们写卷首语，然后，写一张便条，让我按图索骥，登门取稿。总编的苦心不言而喻，让我感动。

那几年，我常常骑着自行车，游荡在合肥街头。鲁彦周、那沙、白榕、孙肖平、曹玉模、方君默等著名作家、诗人的家，我都去过。有的老作家成了我的好朋友。那天，我和同事小李去老诗人方君默家，他给我们朗诵他的诗。方老的音色浑厚，富有磁性，开口便将我们带入诗的情境，短短几句，竟让小李泪流满面。回程的路上，小李不好意思地望着我一笑，说，被这老头的诗感动了。

白榕曾在《人民文学》做编辑，编发过老舍的《茶馆》，王蒙刚出道时的《小豆儿》也是经他推荐发表。后来，白榕被下放青海，辗转调回家乡安徽，成为我的好友。白榕独居，养了一只猫，写过多篇关于猫的文字，他笑说："有人说我是猫作家。"有时候，白榕会打电话给我："俊峰啊，你不带我玩了？"我一手拿电话，一手给作者写回信，笑着回他："带您玩，带您玩。"

老作家孙肖平常来编辑部送稿子，和大家聊天，欢天喜地。他的两个儿子都比他有名，一个是歌手孙国庆，另一个是当时身在国外的歌剧艺术家、编剧、作家孙禹，我们就问他一些歌坛上的事。那时，我的女儿读小学，喜欢唱歌，孙肖平建议说，等孩子变声期过了再学唱歌吧。

干休所大院有一幢旧楼，属于妻所在单位的固定资产，被改造成了职工宿舍，妻分到一个大间。这一大间有二十多个平方，虽然简陋，却来得及时。

民房里的那一套家具终于有了归宿，妻长舒一口气，脸上有了笑容。这一套家具，她死活要带来，几年来没派上用场，反而成了负担。房租早已够买一套新家具了。

两年后，我买了一套八十平方米的新房，不到六万元。搬家的时候，我想带着那套家具，妻却不愿意，坚持买了一套新的。

至此，我觉得自己真正越过了那片开阔地。山里的岁月，躲在了我身后，装进了我心里。几年之后，我来到北京，省城的岁月，也躲在我身后，装进了我心里。没想到的是，京城是一片更大的开阔地……

原载《海燕》2023 年第 9 期

村子里的风

张金凤

　　风就像个流浪的孩子，不知道从哪里来，来到村子里就赖着不走。是谁也赖着不走啊，村子里太好玩了。村子里充满孩子们的欢笑，风是爱玩的，它也是个孩子，村子里的风有时候比个孩子还调皮，看见孩子们玩得欢，风慌慌张张地就闯了进去。它从孩子们的刘海前掠过，从他们的腋窝下钻过，从背后轻轻地推搡他一下。咦！谁摸了我的头？谁挠我痒痒呢？谁总是藏在我背后，我回头时他就跑掉了？他们互相猜疑着、嬉笑着、追逐着，跑得满头大汗。捉迷藏一样的风也跟着兴奋地狼奔，还不忘忙里偷闲伸出手，给孩子们揩揩汗珠。有时候孩子跑猛了，一个趔趄差点摔倒，风就使劲扯他的衣裳，想把他拽住。村子里的孩子都泼辣，有时候摔倒了也不哭，爬起来拍拍身上的土，照着磕伤的地方吹口气，吹得风像夏日的急雨般，慌着去安抚微微发红的伤处。然后他们，包括风，又疯玩在一起。

顽皮的风，有时候比村子里的老人都沉稳，它沿着胡同，贴着屋檐，顺着墙角慢吞吞地走，跟在那慢吞吞的老人身后，就像要低头捡起些什么。捡起什么呢？那老人是要寻找被时光吞掉的脚印，风能捡起些什么呢？帮着老人寻觅些记忆吧。于是风就掀开一枚枚枯树叶，抠抠每一块老石头，甚至吹一吹被踩硬的路面，仔细辨认。老人在墙根坐下来，风也蹲下来。老人说，今天的日头多好，风丝儿都没有，这哪里像个大冬天呢？风听了有些紧张：我明明在嘛。蹲下来的风就不是风了？风听见土墙说。那截土墙来自早年间的一座房子，如今只剩这截土墙根，村子里的老人们常常聚集过来一起晒太阳。冬日暖阳照着乡村街巷，暖洋洋的南墙根儿，一排黑铁锅一样的黑棉袄疏密有致地排列，像一幅水墨画里的石头、蝌蚪或者点苔的苔藓、水草丛。来得早的坐在一块光滑的黑石头上、几截破旧木墩上；来得晚的就蹲在地上，坐在从家里捎来的马扎上，或者倚靠着土墙站着。土墙被无数个黑棉袄的后背磨得光溜溜。那些老铁器一样的老人，脸上沟壑纵横，肤色酱紫黝黑，不动的时候像一块块地沟里挖出来的黑石头。他们的腰里大多别着杆烟袋，挂着个烟袋包，话说得寡淡了，就抽出烟袋闷上一炉烟丝，"吧嗒吧嗒"地抽几口。

乡村的上午空寂无声，天瓦蓝，蓝得刺眼，猫儿狗儿在草垛根蜷卧，相安无事。风悄悄潜伏在柴火垛上，听老人们说话。黑棉袄们沉静下来，一辈子经过了那么多事，现在似乎什么都不重要了，只有这阳光是最可爱的。有颗覆盖着霜雪般的头颅开始打蔫，苍白的头慢慢蜷缩进衣领子，打起瞌睡。没有一丝风的南墙根儿，头顶上慢慢就冒油光了，太热！他把棉袄脱下来，双手在温热的棉布缝隙里搜索。眼神不济了，可是手还好使，一个个热滚滚带着体温的小肉蛋蛋被粗糙苍老的手指捏住，双手坚硬的手指甲就是虱子的受刑台，"嘎巴"一声，干脆利落解恨的声响给一个寄生吸血小虫的生命终结敲了丧钟。风听了忍不住笑了笑，柴火垛也嘎巴响了一声。

吸引风的还有村子里好闻的香气。村头老石屋里常常飘出炖肉的香气，人们都说那老两口有眼光、好福气，别人都去住大房子，他们却要守着老屋，说老屋有祖上的气脉。他们把盖新屋的钱供养孩子读书，那个出息的孩子在城里，常常给他们寄钱回来。读书郎也喜欢这老屋，这是老爷爷的基业，他童年的欢乐、少年的苦读都记载在老屋的墙上呢。这些，风都知道，他早起读书的时候，风也学会了几句：三更灯火五更鸡，正是男儿读书时。风走近炖着羊肉的炉灶，炉灶里的火苗更旺了，"咕嘟咕嘟"的香气就更浓烈，风舔着嘴唇吸进了足够多的肉香。它又钻进读书郎的那间房，半墙的书，每一本都被他翻看过很多次。有一本书摊开在书桌上，那是老先生刚读过的，他的老花镜还摆在旁边。风也端正了样子，翻起书来。它一个字也看不懂，但是翻书的时候，那"沙沙"的声音很动听，风感觉自己也斯文了许多。咦？那几个调皮的孩子也在屋里读书呢，他们读书的样子那么可爱，那么儒雅，像小秀才一般，安静得风几乎都没看见他们。读书郎把自己那间房子收拾出来，摆上他读过的和新买回来的书，每天房门打开，村子里的孩子都可以随时来读书。怪不得街上疯跑的孩子变少了。风想。

风闻着炖肉的香，把自己也裹成了一阵香风，它经过麦秸草垛的时候，那只蹲守在垛顶的狸花猫馋得"喵呜"了一声。它经过老蒲团的时候，那些陈旧的玉米皮都变得鲜润起来。它裹着一身香气穿过还没有升起炊烟的村庄，很多人家都被肉香染得鲜活。于是，这阵浓香的风唤醒了村庄的烟囱，不久，家家飘出了香气，粥的米香气、烙饼的麦香气、煎鱼的鲜香气、腌辣菜疙瘩的卤香气、老咸鱼的腥香气，炒鸡蛋的油香气。风贪婪地在这些香气里钻来钻去，把自己弄得混杂起来，成了个香棒槌。贪吃的你呀！芦花母鸡的"咯咯"声好像在取笑它。

　　风还喜欢村子里的各种花香，篱笆墙上攀着的牵牛花从露水莹莹的清晨开始，粉豆花开在家家做晚饭的时候，硕大的南瓜花太阳一样照耀着庭院，梅扁豆花要到初秋才繁盛。风在这些花间穿来穿去，花粉被它带得到处是。有一朵羞涩地接纳了它们，过几天，风又来看看，花朵鼓胀起小肚子，坐了个瓜。风扶着花叶笑弯了腰，连说着恭喜恭喜。风也有无能为力的时候，蝴蝶和蜜蜂帮助花们传喜讯，风就可以不用那么忙。风最难过的是看见葫芦花的时候，它总是开在天擦黑时，那些蜂儿、蝶儿、虫儿、蛾儿都睡觉去了，难道叫蝙蝠来帮你吗？那屋檐下的胡子，忽来忽去太粗鲁，况且它对花蜜没兴趣。风一阵阵在葫芦蔓的雪白花朵上搅动。可算是来了救星，那个又大又丑的蛾子白天不敢出来，怕大家笑话它，它就像戏里的王怀女，笨拙而颜色丑陋。它用长长的须子去探取花粉，再送到另一朵里去。风于是放心了，对葫芦蛾子拱了拱手。日落风静，夏日闷热，风也热得出村歇歇了。

饭香、菜香、花香，这众多的香里，风最爱闻的是大姑娘的香，她们的脸是香的，手是香的，汗也是香的。她们通身都有香皂洗过的味道，头发上是皂角的香，脸上有淡淡的雪花膏的香，很像庭院里那株月季的花香，她们的手有时候是香脂的香味，冬天的风太硬，她们洗手的次数多，风就咬开了口子。风自责起来，它其实是想帮她把手揩干的，没想到好心做了坏事。她们手上抹了香脂，就不会开裂了。夏天的时候，风从绣花的玉秀姐姐门楼底下经过，她正在家槐的浓密树荫里绣一双鞋垫。那是给当兵的情哥哥的吧？风不正经地问。玉秀有点脸红，也有点微微的汗。他在很远的地方巡逻，八月里就大雪封山了，不该给他些家乡的温暖和春天的色彩吗？风点点头，那大朵的牡丹花真喜庆，风也喜欢了，不想走。那你把我也绣进去吧。风想待在那幅春天的画里不走了。玉秀一笑，把牡丹花边的一根兰花草，绣得歪了一点。风知道，那是它自己。风还开玩笑说，我要把你想女婿的事传出去，从村头说到村尾。玉秀说，我不怕，我都要嫁给他了，我很光荣，你只管说去。风撩了撩她手中鲜艳的线，一溜烟跑了。风一路跑一路说：玉秀是村里最巧、最善良的姑娘，她绣的花把蝴蝶都引来了。

村子里还有好听的声音，让风神魂颠倒，风围着那些声音转来转去，把这些好听的声音送到更远的地方。以前街上有锔补匠的声音，他嘹亮的嗓门唱着："锔盆锔碗锔大缸，锔得大缸不漏汤。屎盆尿盆俺都锔，就是不锔破牛筐。"有人把家里裂缝的、摔破的器皿拿出来锔补。日子拘谨，只要锔补一下还能顶个家什用，就不舍得扔。如今，锔补的手艺人早已经改行了，他也驼了背，去野外看庄稼的时候，他偶尔也唱起曾经的锔补歌谣，风尽量把这些歌谣传得远一点，好像那样热火朝天的日子又回来了似的。风在一间旧屋里经过那一堆旧工具的时候，特意慢了脚步，它们满身锈迹，已经衰老得不成样子。

村子里最迷人的是唱茂腔的戏班子，大约是初冬时节开始，忙活了一年，光景也还不错，地光场净的时候，人们就组班子唱戏。草台班子的妆容不多么鲜亮，但是腔口很正，风听着琴音，缠绕着一条破薄膜在天上忘情地飘啊飘，就像戏台上舞动的水袖。舞水袖的人是谁？画了油彩的妆你们怕是不认识了吧，风可知道，她是六十多岁的毛毛奶奶。这个女人个子不高，人精瘦，三十几岁时死了男人，她咬着牙用小身板驮起两个孩子的苦日子。这个女人在苦累的时候从来不哭，她就是唱。男人出意外突然死去的时候，她就痴了好几天，没有眼泪，只是不停地唱《窦娥冤》，唱《寒窑记》，唱累了就昏死过去。从那时候开始，村里人才知道这个媳妇会唱戏。六十岁的人了还能唱武戏，风在天空里使劲地拍巴掌。锣鼓家什的狂风骤雨里，她把手里的一把银枪耍得虎虎生风，要把围困她的苦难一一打退。风一激动就冲进去，吹得扩音器里她的腔调更高亢。

村子里的风很懂规矩，它进入柴门的时候，总是先摇摇门边的红布条，讨一杯添丁的喜酒喝；它进入学堂的时候，总是先把浑身的野气拍掉，它喜欢闻办公室里的墨香；风有时候粗鲁，那个拙婆娘烧火的时候，把风箱推得"呱嗒嗒"直响，风就把她锅底的火吹得四下溅灰；风有时候却乖顺得像八奶奶家的猫，毛色油亮，蜷伏在那里，任谁摸它都呼噜呼噜地回应。风摇一摇婴儿筐上的气球，风拍一拍老椟子窗上的白窗纸，风把八奶奶的白发努力掖进帽子。

村子里的风也都能认出敌人，那一天，一个陌生人闯进村庄，他西装革履，梳着板正的抹了头油的头发。风感觉不对，这股头油的香气里潜藏着什么。风就在他身上绕来绕去，终于搜索出一股血腥味。风赶紧带着这股腥味去告诉狗。狗于是大吠起来，一村庄的狗都知道了，这个自称经理，要带村里几个姑娘出去打工的人是个屠夫。菊花的娘最先警觉起来，狗看着不顺眼的人，咱不能跟他走。于是，菊花留下来，杏花犹犹豫豫，也留了下来，全村的花都没有被屠夫带到远方去。后来，她们都在这里结出了自己的果子。每次想到这里，风就忍不住得意，它和狗们留住了村庄的花朵和希望。于是，它就要跑去摇一摇她们小孩摇篮前的拨浪鼓。

村子里的风有时候口味很重，它围着一身汗味抽着旱烟锅子的男人不走。你也想吸一口吧。男人说。他留在土地上洒汗水让风很敬佩。种地的人辛苦，他能吃苦。种地的收入少，他不羡慕富贵。他说一辈子就梦想有自己的土地，种自己的庄稼，赤脚在土地里走舒服，在城市里走眩晕。风不是没去过城市，灯红酒绿的生活谁不眼红，村子里很多人也去了城市，但是这抽旱烟的人还这么热爱村庄和土地，风愿意跟他在一起。

村子里的风一点都不认生，想进谁家就去推谁家的门，哪怕是刚过门的新媳妇，风也早早去打招呼。就像检阅一样，风围着她闻她的香味，闻她做出饭的味道，甚至看她对公公婆婆的孝心如何，筐箩里的针线怎么样。只要是个本分朴实的媳妇，风就告诉每一个人。如果品行有差池，风也毫不留情，风言风语就在村里传开了。

在村子里待久了，风有很多旧友，它想去看谁就去拍谁的窗。它最惆怅的是，有些门厅去年还常来常往的，今年却被一把锁给拴上了。风一遍遍地拍打着挂了锁的门，呼叫那个人的名字。那个人到哪里去了呢？是远走他乡离开了，还是睡到村外的山岗上去了？风不愿意去想，村庄里的哪个人哪件事它不知道呢？风愿意忘记这些不高兴的事，只是在多次拍打门窗不开的时候，风伤心地把墙头的草很粗鲁地搅扰一通。今年的村庄已经与去年不同，那些光屁股蛋子的娃娃变成了读书郎，那些长大了的读书郎去了更远的地方。有一天，风迎面撞见一个头发花白的醉汉，跌跌撞撞的，抱着村口的老柿树哭，抱着废弃的石碾哭，蹲在坍塌的老房前的一堆瓦砾上哭。风在他身上绕来绕去，没有闻见酒味，也没有闻到它所熟悉的村里人的气味。村里几个年轻人都摇头说不认识他，他出去太久了，连风都忘了他。风去擦他的眼泪。他说，故乡的风都比别处有人情味。他把风居住的这个村庄叫作故乡。

风来风往里，树叶落了一茬又一茬；风言风语中，有些人的脊梁却更坚挺了。没有一棵树不是风喊醒的，没有一个人不是风搀扶的，搀扶他长大又搀扶他慢慢老去。风难道不老吗？风老了，又从地缝里生出新的风。风不止，乡村的日子就永远生动。

村子里的风吹皱一湾水，吹皱一张脸，吹黄了一桩姻缘。风吹开了花朵，又吹落了花朵，最后吹起黄土，掩埋了花朵，顺便掩埋了花树下种花的人。

原载《散文百家》2023 年第 5 期

温暖的记忆

—————

尹汉胤

  二十世纪七十年代，两个姐姐分别去了山西插队和黑龙江生产建设兵团。根据当时北京的政策，我留在了北京，被分配到北京市邮政局，成了一名包裹分拣员。此时家中，父母分别去了干校，年迈的祖母被姑姑接去内蒙古，一家人天各一方，我只能住进了单位的集体宿舍。

  父亲尹瘦石回京休假时来宿舍看我。见我住在一个六个人的拥挤房间，隔壁打牌的喧嚣声不绝于耳，无奈地问我工作之余做些什么。我说打打乒乓球，看看闲书，闹哄哄的心里很烦。父亲理解地嘱咐我，一定不能荒废时光，要将生活充实起来。下次父亲来看我时，为我带来了书籍、毛笔、字帖和一卷元书纸，还特意在一张纸板上打好了格子，将元书纸铺在上面时，便清晰地映出了八十个格子。父亲为我做了执笔临帖的示范后，对我说，每天坚持临帖两篇字，会让人心静下来。然后对我说，你还记得来过咱们家的端木蕻良伯伯吗？他家就住在附近。父亲带我来到虎坊路理发馆，从后门走上二楼，敲开了一扇门。端木伯伯和钟阿姨见到我们很高兴。父亲对端木伯伯说，汉胤就住在附近的邮局宿舍，今天带他来认个门。端木伯伯和钟阿姨得知我就住在附近，热情地对我说，以后经常来家里玩。

由此，我便成了端木伯伯家的常客。每次去拜访端木伯伯，端木伯伯和钟阿姨总是和蔼可亲地与我攀谈，即便有客人在座，也安排我坐下，向客人介绍我，从不怠慢我，使我心里很是温暖。记得有一次去端木伯伯家，他刚午睡醒来还没起身，一只白猫卧在他被子上睡得正酣。端木伯伯就侧着身子躺在床上与我交谈，一直等那猫睡醒离开，他才转动身子坐起来，笑着对我说，这猫压得我动不了身。而据我观察，他躺着保持不动，是不想惊动了猫的美梦。

一次与父亲去拜访端木伯伯，谈话中他们饶有兴趣地回忆起了在桂林的往事。从他们的交谈中我才得知，父亲与端木伯伯早在抗战时期就结识了。抗日战争爆发后，他们共同经历了背井离乡颠沛流离的生活，于1940年分别来到了桂林。两人一见如故，由此成为彼此欣赏、心灵相通的挚友。在桂林他们以笔为武器，创作了大量激励国民抗战的绘画、文学作品，在抗战时期的桂林，形成了一种文化氛围。

那年冬季，临近元宵节，我与父亲在端木伯伯家做客，端木伯伯微笑着对我说，你爸爸在桂林时是个活跃分子。1944年上元节，你爸爸邀我们到他居住的榴园举行上元夜宴。他事先将一把旧雨伞伞骨拆下来，做成一盏宫灯，糊上宣纸，画上图案悬于园中。又找来几个瓶子当烛台，燃起红烛，置于榴园各处，将榴园装点得莹莹烛火，遥遥宫灯，充满诗情画意。那天受邀参加夜宴的有柳亚子夫妇、田汉、孟超、宋云彬、陈迩冬、朱荫龙、安娥、李白凤、秦似以及住在榴园的熊佛西、叶子、王羽仪……大家围坐在烛光宫灯下。为增添节日气氛，你爸爸燃放了一尾鞭炮，然后宣布上元夜宴开席。酒过三巡，你爸爸起身宣布道：今夕上元夜宴，值此良辰美景，怎可无诗，请各位方家联句赋诗。你爸爸率先出句：

> 红烛双烧夜，榴园耀佛光
>
> 酒如滴水满（田汉）
>
> 春意蕨山阳，文字千秋想（柳亚子）
>
> 因缘百世长（端木蕻良）
>
> 联欢上元节（安娥）
>
> 争撷烛花忙（秦似）
>
> ……

　　我听着端木伯伯的讲述，见他与父亲的脸上，此时都流露着美好的回忆。那一刻使我对父亲与端木伯伯的友谊，有了更深刻的认识。在中华危亡之时，他们辞别故乡，自觉肩负起抗战的民族责任，在艰难困苦的战争环境中，以中华民族英勇不屈的精神，对战胜日本法西斯充满着必胜信念。

　　此后，从他们的交谈中，我进一步了解到，抗战时期的桂林，聚集着来自全国各地的一大批文学艺术家，从而在桂林形成了抗战文化城。这些文学艺术家彼此激励，同心协力为抗战奉献上自己的一份力量。端木伯伯在桂林时，进入了一个文学创作高产期，创作了多部剧本、小说、诗歌作品。父亲则在柳亚子先生的指导下，以中国历史上的民族英雄人物为题材，创作了一系列历史民族英雄人物画，在桂林举办了两次个人画展。在桂林的何香凝、柳亚子、田汉、端木蕻良、宋云彬、陈迩冬、朱荫龙……为父亲的绘画，题写了许多慷慨激昂的诗句。在阅读了抗战时期端木伯伯写的文学作品，看了父亲当年在桂林画展的作品照片后，我对未来的生活产生了新的人生思考。

1980年我调到中国作协，开始在刚刚创刊的《民族文学》杂志做编辑。报到时才知道，编辑部竟然设在陶然亭公园的慈悲庵，距离端木伯伯家依然很近。由此，我与端木伯伯的接触就更密切了。

二十世纪八十年代，中国进入了历史新时期。中国文学在经历了十年凋敝后，进入了前所未有的文学爆发期。新老作家从压抑中以势不可挡的觉醒激情创作的新题材、新流派文艺作品喷薄而出，开启了中国当代文学的一个新时代。与此同时，与世界文学隔绝已久的中国，中外文学名著开始解禁。那一时期，人们如饥似渴地争相传阅着中外文学名著，报刊上涌现了一批新锐小说。在当时，一篇新意小说，便会引起全社会的关注。这些扑面而来的文学作品，无疑使我在阅读中产生了许多疑问，带着这些疑问，我便登门求教于端木伯伯。

此时的端木伯伯，正在续写他的长篇历史小说《曹雪芹》

中卷。为使这部书出版得更加精美，端木伯伯特邀请父亲为《曹雪芹》绘制一组红楼人物绣像，为此，他们经常在一起交流。在确定了人物、服饰等具体细节后，父亲很快便完成了人物绣像绘画，端木伯伯见到父亲画的红楼人物绣像后极为满意，为此邀请父亲和我举杯庆祝了一下。

席间，我向端木伯伯问起一些创作手法陌生的作品。端木伯伯听后，宽厚地对我说，这些文学创作手法、流派，并不是什么新东西。当年我在清华读书时，就读过原文的"意识流"小说。由于我们与世界文学的隔绝，才造成了现在年轻读者对这些国外文学流派的陌生。你现在从事文学编辑工作，一定要补上世界文学的这一课，没有捷径，只能通过阅读各种流派的作品，才会从中读出感觉，使自己的文学视野开阔起来，这是作为文学编辑的基本功。所谓师傅领进门，修行在个人……

端木伯伯的这番话使我明白了未来努力的方向。由此，我开始了如饥似渴的阅读，在阅读中我不仅丰富了文学视野，同时在心中萌生了写作的冲动。在经过一段时间构思后，我以自己的生活经历写了一篇小说，心怀忐忑地呈给端木伯伯过目。端木伯伯看着我写的小说稿，脸上现出欣慰的笑容，高兴地喊来钟阿姨，对我说你读给我们听。在我朗读时，端木伯伯和钟阿姨始终神情专注地倾听着，待我读完后，端木伯伯对我说，文中孩子的心理刻画很生动，还特别指出其中一些细节写得很好。最后，还特意说小说中的孩子有你的生活经历……我心中充满了理解的温暖。

1985 年，编辑部决定在刊物封面上介绍少数民族著名作家，我提出了端木伯伯。在得到主编的同意后，我便给端木伯伯打电话，准备为其拍照。端木伯伯听后笑着说，我这么丑还能上封面？我说您是著名的满族作家，形象气质都很好。

来到端木伯伯家，我选定书房作为背景，为端木伯伯拍了照片，发表在 1985 年第 12 期的封面上。父亲及老朋友见到封面后，都说端木伯伯的神态、气质都很好。与此同时，我向端木伯伯约稿，不久就收到了他写的一篇关于云南的散文《藏腰子》。

回顾在那个特殊年代与端木伯伯的交往，给我最大的感受便是，端木伯伯一生在面对人生际遇、命运沉浮、纷繁复杂的生活时，始终以淡然沉稳的心态，将毕生的感悟都付诸文字中。及至晚年，他更加珍惜时间，笔耕不辍，将一生的经历、感悟、思考落笔于书中。端木伯伯逝世后，钟阿姨将其毕生创作的著作文稿，无偿捐献给了中国现代文学馆，留给历史评说。

时值端木伯伯逝世二十七年，诞辰一百一十周年，不禁思绪绵绵地回忆起人生处于孤独落寞时，端木伯伯给予我的亲切关爱与教导，使我在人生低谷时，拥有了文学信仰，笔耕不辍地走到了今天。

原载《满族文学》2023 年第 3 期

最是乡音解乡愁

董晓奎

一

品茶与翻词典，是我这些年来最典型的日常生活。

词典是各地方言词典。我尚不确定，当我在品茶消闲的时候，信手翻起了方言词典，究竟是怎样的一种心绪或情怀？

这个时代变化太快了，网络科技的发展和社交媒体的普及给生活带来了难以想象的便捷，也毫不客气地颠覆了曾经依仗的生活经验，赞颂有时，嗟叹亦有时，这种"悲欣交集"之情多数人有所体会。要抵达何处？那里有怎样的风景？似乎来不及思考和沉淀，便被一浪又一浪裹挟着踉跄而行。变化是常态，不变是可耻的，这种对社会潮流的解读令人心虚气短，冷汗潸潸。唯恐被时代淘汰，失去了存在感，一时间心绪纷杂，彷徨失措，究竟追随哪股浪潮，才能拥有世俗意义的前程和精神层面的归宿？

置身于这样的时代氛围中，我居然接受了一个十分老派的写作任务，整理、解读、书写胶辽方言。这不是老同志的喜好和营生吗？身边人都在研究新玩意儿，个个满面潮红，迎风而立，梦想在风口处赚得盆满钵溢，我却要折身往回走，难道不是另一种不合时宜？

虽然心存疑惑，但没有断然拒绝，隐约觉得这件事儿自有深意，只是以我当时浮躁的心态尚未觉察。就在这个时候，我读了一本日本小说《编舟记》，其中竟有不同寻常的暗示。

"舟"是指词典，"编舟"就是编纂词典。小说主要讲述了玄武书房编辑部几个人齐心协力，呕心沥血，历时十五年编纂词典《大渡海》的故事。人间词语宛如海洋浩瀚无边，词典是大海中的一叶扁舟，人类乘坐这只小船去找寻能够倾诉心情的语言。而人类生活，又是一片海洋，人们要依赖某一种语言去表达自己的喜怒哀乐，讲述自己的前生今世，以及未来。

小说里，有六个人从事这项工作。他们的过去各不相同，但当下的价值取向出奇一致。他们愿意在有限度的生涯里，倾尽全力去完成这项事业。

人类的语言，像浪花，消失与诞生同时发生，于天地间涌动不息。"生命有限的人类，在浩瀚深邃的语言之海上齐心协力，划桨前行"，这样的讲述深深地拨动了我的心弦，我开始低头思考我手里的选题。就像一个小孩子，对手里的一件玩具十分怠慢，经人点拨，才看出它的好，低下头来温柔地凝视着。

那个名叫岸边绿的女孩子，从时尚杂志社调到这里编词典。

时尚杂志的编辑工作与词典编纂有着天壤之别，她对新工作的茫然和不屑，我曾深以为然。这个人物的设置实在太巧妙了，小说通过她的视角，将词典编纂的各个流程展现在读者面前，借助她的内心活动拉近了读者与词典编纂这个工作的距离，实现了读者与文本的沟通。

"或许人类的精神构造就不允许仅仅为了赚钱而工作，在编纂词典过程中，人们学会了成长。"读者与小说人物、读者与作者达成了共识，这种共识深深地吸引了我。

玄武书房编辑部像个老地方一样亲切。是的，读完这本小说，我比别人多认识了一个地方，也多认识了几个与众不同的人。择一事，终一生。他们生动诠释了矢志不渝的含义。这种精神品质，为他们当中有的人赢得了爱情。我也被他们身上这种特质所震撼，我想，我也会爱上他们当中的某个人吧。

"一言以蔽之，是为构筑一个彼此理解的世界而助一臂之力吧。"负责人松本先生的话在我脑海里萦绕，我想象他的模样和说话的节奏，想象他案头的风格。

我将手里的东西紧紧地攥住了。我静下心来认真阅读出版社方言文化一书的策划方案。

以随笔的形式，剖析方言背后的市井生活、民俗风情与文化特质，打捞城市文化记忆，传承地方历史文化遗产，填补地方志中方言志的空白。就这样，我在人海中停下了脚步，返身一头扎进了旧时光，在浩如烟海的文献中爬梳，甘心做一个眷恋往事的"輶轩使者"，做一个执着笃定的"编舟者"，去记录一方人难以忘怀的往事和梦想。

随着这本书的修订、再版，这些年我居然一直与方言厮磨一处，案头的各类方言词典也越来越多。一个感受越来越清晰，每当翻开词典，心就收了回来，进入一种类似于"定"的状态。这大概就是"典"的力量，虽然只是一本本不起眼的方言词典。

收摄心神，聚焦当下——此时，此地，此身，此念。平时读"典"的人，都会示范身心安宁、不随境转、方向明确的良好状态。人间典籍无数，万千疑难终有解时，不必慌张，人人皆有依归。

二

也是在这个过程中，久违的乡愁爬上了心头。"故乡何处是，忘了除非醉。"乡愁是每个人的生命记忆，亲情难舍、故土难离的乡愁情怀烙印在血脉深处。可是，为生计奔波，每天拖着半条命回家，谁有闲情去怀乡念旧？逼仄与宽绰，坍塌与重建，中年时段的窘境，一言难尽，欲说还休。谁还记得从前的模样？

怀一颗赤诚之心，循着方言的线索，回到了童年的家园。打量祖辈的生活方式，倾听他们的心里话，我的心灵获得了前所未有的安宁、欢喜与自在。在这个过程中，我还看到了最初的自己。所谓初心，除了谋生，还想有点梦想，与金钱无关，与灵魂有染。时隔多年，这份情怀，不曾蒙尘，依然鲜活存在。这个发现，让我欣喜宽慰，回返人海中，有了一份不同寻常的定力和耐性。这是我的偏得和幸运。

那天翻看一本东北方言词典，"大膘月亮"这个词条闯入眼帘，有些愣怔，又似曾相识，就像异乡街头遇见儿时相识，搜肠刮肚地印证着、端详着，直至大声地叫出了对方的乳名。这不就是儿时常听奶奶说的话吗？辽南那座千年古镇有多久不曾进入梦乡？

老家城子坦是一座千年古镇，奶奶将我们姐妹三人带大，在她七十四岁之前没有生病的那些年，她的日常生活是由我们姐妹负责照料的。从头到脚，由里而外，我们总是兴致勃勃地给奶奶搞卫生。我们分工明确，你管奶奶洗头，我管奶奶洗脚，她管奶奶去老街的亲友家串门儿。"老太太炕头坐，一福压百祸"，我们姐妹从小就懂得这个理儿。当然，奶奶口中的俚言俗话也刻在我们幼小的心上。老话儿里的伦理意识、道德情怀和为人处世的智慧，如春风化雨给予我们人生最初的启蒙。

方言是我回归故园的路径。还记得，子时过后，皓月当空，夜色如晴昼，奶奶披衣而起，盘腿坐在炕头上。月光下，她那沧桑的面孔，稳如禅定的坐姿，像一幅油画。老人家一辈子习惯盘坐，那双腿柔韧绵软，盘在炕上，像一大块平平整整的暖玉。"今晚大膘月亮……唉，那晚也是大膘月亮，怎么没看见他们走过去呢？"奶奶叹息着，絮絮叨叨地讲述着"闯关东"的往事。

"膔"也是家乡方言，是指智力低下、不明事理的人。年幼的我一直以为奶奶用这个字眼来形容晚秋的月华。直到那天在方言词典里见到这个词条，才恍然大悟。

"大膘月亮"是形容丰满明亮的月亮，如此生动形象，艺术家岂能忽略？文艺期刊上有例句："大膘月亮出山嘴儿，满天星斗眨眼皮儿。"还有："有一天，大膘月亮刚升上来，王小欢又吹起了笛子。"

在现代汉语里，"膘"是用来形容牲畜体格肥壮，用于人时含贬义或戏谑意。东北话"抓秋膘儿"是说过去年代在粮食收获季节改善饮食，提高身体素质。长胖了，就是长膘了；消瘦了，就是跌膘了。从动物身上捕捉相关意象用在人的身上，在东北话中并不少见。

谁能想到，东北人居然用"膘"来形容月亮的姿色。谁说东北人不够浪漫？东北人心底的诗情画意简直无法想象。

前几天在一篇作者来稿中看到一个词：桃花溜溜。我没有贸然删除，饶有兴致地与作者交流起来。她告诉我，这是她家乡的方言，确切地说是浙南畲族所说的客家话。畲族有自己的语言，为何改说客家话，这里面的曲折历史一言难尽。畲族人将"火"称为"桃花溜溜"，多么形象生动，富有文学色彩，实在是太美妙了。我想作者在写作时想到了这个方言，想必也是满满的乡愁。是的，一个人总是在心境柔和、情感饱满之时想用家乡方言说说心里话。

品读"大膘月亮"，赏析"桃花溜溜"，谁还说方言是庸俗的、丑陋的？方言的古雅与诗意令人赞叹，方言叙事写人、状物抒情的能力，某些时候比普通话更出色。

老人睡眠少，夜里醒来了。大膘月亮当空照，余夜未尽，如何消闲？"良宵宜清谈，皓月未能寝"，与谁交谈？我在奶奶身上见闻一个人是可以与自己交谈的，跟自己谈往事，谈想法。她的语调轻柔细腻，夹杂着唏嘘声。我在半梦半醒之间，记着了那些故事的碎片、鳞爪，也记着了那年的月色。

如今我以一个中年人的眼光来看，与自己对话的这种能力其实是很高级的。这是人与自我相处的最高段位，我将其称之为心灵生活。

写作通常是与熟悉的题材"滚"在一起。你熟悉的题材就是你已经完成或正在经历的生活。我继续写方言文化，也关注同类的写作者和研究者。

在泉州人李以健的记忆里，老辈的泉州人喜欢自说自话，喜欢享受这种心灵生活。泉州是侨乡，以闽南话为主要方言。老李住在一条老巷子里，这里有一座明清时期所建的老宅，他将老宅进行了改造，在此安居乐业。泉州流行一首方言歌曲《来去泉州》，其中有一句唱道："走到十八芝，听老李话泉州。"老李是个泉州通，他太了解这座城市的历史了，但他对自己"话"泉州的准确性并不肯定。他想为这座城市写一本书，却迟迟未动笔。方言是他探访这座城市最有效的线索，他清晰地感受到，在他与古人之间，方言仍然是活着的纽带。品读老李的日常生活，我获得这样一种启示：只有理解自己所生活的城市的人文历史，才会身心安顿，岁月静好。

如何理解活着的方言，也许比研究的方言历史更生动。在他看来，真正的老泉州从未逝去，依然存在于那些终日在祖先神像前祈祷的老人身上。他们可以这样待上一整天，天热的时候，他们带把扇子，不仅给自己扇，还会一边说话一边给神像扇一扇。老人的自说自话更像是一场对话，泉州话是他与祖先对话的语言。

泉州老人令我想到奶奶身上的一个细节，奶奶自说自话时，一直仰望着夜空，她其实是与月亮对话。仰望星空是人类的一种本能。人类的梦想也始于仰望星空。历史长河中的一代代人，不论有着怎样不同的命运，都有过相同的生命体验，遥望星空，诉说往事，畅想未来生活。

每个人内心都有自己的乡愁符号，除却乡音，还有故乡的风景。比如在这个五月的季节，倾城槐香，如梦似幻，就勾起了我的思乡之情。人至中年，最是槐香解乡愁。小时候去乡下亲友家玩儿，要走一条漫长宽阔的大道，两边全是气宇轩昂的大槐树，骑着自行车迎风驰骋，从眼耳鼻，到舌身意，浩荡槐香贯穿肺腑，盈满了整个身心。这种印记霸蛮如基因镌刻在辽南游子的血脉里，是我们那一代人共同的生命记忆。

每个民族都有自己不可泯灭的文化印记，如何处理历史上积累和传承下来的文化印记，体现了一个民族的智慧。如今，乡愁已不仅仅是个人的情感体验，而是时代的底色和主题，已升华为国家战略发展的高度。"要妥善处理好保护和发展的关系，注重延续城市历史文脉，像对待'老人'一样尊重和善待城市中的老建筑，保留城市历史文化记忆，让人们记得住历史、记得住乡愁，坚定文化自信，增强家国情怀。"如何有效实现乡愁情感与现代生活相互融合、彼此衔接，使乡愁从传统走向现代，既能迸发时代活力，又能浸染时代底蕴，这是一个重要的时代课题。

方言是传统文化最基本的载体，是地域文化最直接的表现形式，是一个特定群体情感认同的纽带。只有透彻领悟过去的意义，才可以揭示未来的方向。将方言作为一种方法，记得来路，不忘初心，做一个心怀乡愁、精神明亮的人。

原载《辽宁日报》2023 年 6 月 7 日北方副刊方言专栏

在山乡大地

周 伟

大山里的幸福花

世间一切，皆是遇见。遇见，是一份好心情，是一种难得的缘分，是弥漫在每个人眼前的一片春光和美好。那天，在雪峰山深处的洞口县宝瑶古寨，在"咚咚农家"遇见，她似一朵"幸福花"令我眩目。其实，之前加了微信，早在她的朋友圈里遇见，但当面一见，还是有些感动和惊喜！

我说，这么年轻，你倒有点中学生的模样！她一身瑶族服饰，光亮鲜丽，爽朗地呵呵笑着说：你们来了，我开心、幸福呀！不远处，她的两个娃在开心地嬉闹着。我们看着孩子，孩子也看着我们，嬉闹声更是幸福和夸张。开心、幸福，其实就是这么简简单单，无处不在。

那天，她不是特别忙，陪我们去看了古寨大门、游客接待中心、湘黔古道，还和我们在一千七百多年的鸳鸯银杏树下合影。她呵呵笑着说，这对千年古树是坚贞不渝的爱情的象征，只要执着虔诚，在心里种上爱，绝对会结出爱情的果实。接着又带我们去看了她家的老屋，她非常快乐地说起她的奶奶和童年，说起奶奶种的好吃的大南瓜，说起童年扯猪草的快乐时光，说起老屋边的小溪，说起小溪里的鱼虾，说起春天的光、夏天的风，说起秋天的田野、冬天的火塘，说起烟火气的农家和学堂里的简陋与求知，说起农家里的苦乐年华故事，也说起她疯长的大山梦和诗意的远方。

她是有梦的，也是敢于追梦的，她在广州的大城市闯过，见过大世界的车水马龙和灯红酒绿。后来，她又回到大山里，为了留守的父母和孩子，因了大山里有她熟悉的平凡的乡村风景。当然，她一直想着平凡的大山终有一天会拥有梦中新的模样和风景，她一直在想圆自己心中的那个梦。2016年底，她响应县里号召回乡时，县长的一句话让她至今记忆犹新：新时代新农村，需要有一批新农人谱新曲！

她下定决心，回乡创业。说干就干，她在宝瑶开起了第一家民宿"咚咚农家"，包括餐饮、住宿、旅游导游服务、土特产销售等。她叫肖冬，微信网名咚咚，还组建了一个"咚咚农家"电商微信群，里面有好几百人，煞是热闹。她每天忙得脚步咚咚响，为生活忙，为热爱忙，为梦想忙。她在朋友圈里经常发声，对生活充满了热爱，对梦想充满了期待。她刚忙了几桌菜，她刚搬了一堆柴火，她刚洗了几叠碗，她刚换了几个房间的被子，她刚做好了几盘红薯干，她刚接待了几起游客，她刚发走了几批土货……她天天撸起袖子加油干，厨房客厅客房菜地忙，一楼二楼三楼村部跑，劲儿足，精神倍儿好。她还负责村里的电商平台，村里哪家有什么土特产品，什么时候发货，她都心中有数，了然于胸。一有空闲，她还拍个抖音宣传推销。

她喜欢唱歌，无论多么乏味的工作，在她心中都是一首欢乐的歌。跟着旋律，唱着唱着，每天都总是充满着欢乐和生气。甚至于拖地，她也拖出欢快的旋律，她还嬉笑着打趣自己：拖地拖地，减肥减肥；拖地拖地，长个长个！她常常在朋友圈抒发自己的心情，表达对生活的热爱和希望。她诗意地写道：眼中有美，心中有爱，每天都是春暖花开！她相信，叶子绿了又黄，花儿开了又谢，果子结了又落，春风去了秋风来，一切都是最好的安排。

她说，人生如茶，耐得住煎熬，清香自来。她说的是宝瑶熬茶，将一只铁锅放在三角铁架上，用柴火熬制，汤色呈墨褐，微甘甜，入口苦，回味香甜。宝瑶熬茶最讲究一个"真"字，即真茶、真香、真味，对人要真心，敬客要真情，说话要真诚，心境要真静。也许，她是懂得个中真味的，不管有多忙，静下来的时候，她总要喝自家的熬茶，喝着喝着就觉得自己的日子苦尽甘来回味无穷，喝着喝着就觉得自己的人生有了清香有了愿景。

喝完熬茶，先是辅导孩子们的功课，待到夜幕降临，便带两个娃去散步，一路走走、看看，有时还要参加村里的篝火晚会表演，在村部宽阔明亮的广场上放飞自己的梦想。这样的生活使她感到十分踏实和满足，平凡的乡村风景总是温暖和令人沉静。

她总有忙不完的事，她总有接待不完的客，她在网络上总是有那么多的朋友和问候，这一切都源于她的真诚、敬业和对梦想的坚持。无论多忙多累，不管心情是好是坏，她都给自己立下不变的规矩：天气在变，服务不变；季节在变，态度不变；时代在变，品质不变。正如她自己所说：细腻的美好，总是藏在生活深处；生活从来不是选择，而是热爱。

　　这些年，雪峰山深处的宝瑶古寨无数次地出现在各大报纸、电视、电影和网络媒体上，出现在农民的欢声笑语里。大山里的风景，治愈了很多在都市里想家的人，"咚咚农家"，又让多少人找到了回家的感觉。悦耳的咚咚声响彻在幸福的征程上，那是大山种出的幸福花开的声音。我在想，幸福花，是劳动者的花，是勤劳和心血浇灌的花朵，美妙生动而又真实！

老田的幸福田

　　有人说他痴，有人说他疯，也有人说他就是一个十足的"宝古佬"：吃得苦，耐得烦，霸得蛮，站得高，想得深，看得远。他自称宝庆府老田，人称田癫子。这样一个人，谁遇上了他，就再也绕不开了。当然，绕不开的是他这个人和他的事业。

　　"当我们老了，动不了了，怎么办？"老田总是逢人就问，问得直截了当，问得你不由得思考。这无疑是一个世纪之问，全球化的老龄问题不得不重视。其实，老田早在三十岁的时候，就在思考这个问题了。老田不光是去思考形而上的问题，他还要把形而下的解决问题的办法和途径落实、落地。老田大多时候喜欢独处，喜欢猫在他的筱园里，有一群猫陪着他，有满园春色滋养着他，安宁着他。老田喜欢猫，很多时候，老田和它们说着心里话，其乐融融地共进午餐。

在筱园猫着的时候，老田的思考和决定，越来越清晰、越来越明确。有时候，老田一个人走在山坡上，来到银杏树下，或伫立在魏源老年公寓的每一个角落，审视着他面前这一大块"田地"。往往这个时候，夜已经很深了，老田像老农一样蹲下来，久久地蹲着，打量着他心中的田地，思绪疯长一样，高高地飞扬起来。

老田说，解决一切问题的基础就是活着，实实在在地活着，好好地活着。他说企业得活着，人也得活着，大地上的一切生命都得活着，只有活着才有滋味，只有活着才能活得明白。他说，活着的意义，或许就在活着本身！

初看起来，老田像一个商人、医生、学者，但他的骨子里还是一个真正的老农！老农的一切优点和弱点，都能从他身上找到。在他身上，我看到了老农的心善，老农的执着，老农的单纯，老农的天真，老农的勤恳，老农的厚道，老农的坚强，老农的勇敢，老农的报恩和还愿，老农的狡黠与迷信……甚至，包括他看问题的方式，有时也是老农式的，丝丝入扣，实实在在。

他说人老了，就倒过来了，老小老小，越来越小，老的就跟小的一样了。比如说，我在这里办老年公寓，就是要种好自己的责任田，把住在这里的老年人当"老崽老妹"来养，吃好、喝好、穿好、睡好、养好，不能冻了、不能饿了、不能渴了、不能困了、不能累了、不能病了，让他们开开心心、快快乐乐、热热闹闹、欢欢喜喜！

自 1996 年回到家乡从事养老事业，一干就是二十七年。健康地养老，快乐地养老，美美地养老，无忧无虑地养老，他跟大伙儿说得明明白白，他就是要让这些像父母一样的老年人好好地活着、快乐地活着。

当你走进他在家乡创立的魏源康养中心，你会生出这样的感叹：这是一块神秘的田地，一块欢乐幸福的田地，一块比爱还辽阔的田地！田是什么？我不禁在想：有人种才是田，没人种就是荒地了。真正的老农，绝不会不种田地，更不会把田地荒了。这么多年，老田一直在种自己的责任田，他把老人的幸福当成了自己的责任田。老田是种田的好把式，他跟老农一样，一辈子只干一件事，只干好一件事，那就是种田，种好田，种好老人的幸福田。

"老崽老妹"如何养？老田自有一套独家理论和妙法：建立"老崽老妹的幼儿园＋托儿所"的康养模式，打造养老院里的"桃花源"、幼儿园里的"夕阳红"，开创"医养结合＋学校"的养老新风尚。说得具体点，就是在康养中心的"蜂巢式"的主楼里，设置了三千个"学位"（床），每层楼是一个年级，每个年级里有三百个"学生"（老崽老妹），一个班级有六十个"学生"，配备了生活老师、带教老师和医护团队。"老崽老妹"们住在这里，无忧无虑，仿佛回归童年，像蜂巢的幼蜂一样得到精心的呵护和照顾。看看，矗立在群山环抱之中的魏源康养中心，占地一百一十五亩，建筑面积二十万平方米，一排排高楼，青砖黛瓦、飞檐翘角、朱红廊柱、拱门相连、回廊环抱……房间里更是雕花窗棂、古典家具、青花被褥，让入住的"老崽老妹"感到温馨如家。

老田最为遗憾的，是老娘走了十年了，没能住在这里养老，他也没能亲自开着"校车"带着老娘到处走一走看一看。他说："我办老年公寓，就是要对标家的感觉。娘生前喜欢干净、漂亮、热闹，如果我娘还活着，她住在这里会不会高兴满意？"现在，老田的老父亲也住在这里，住得很安心，红光满面，神采奕奕。

老田说得最多的两个词是活着和感恩。他感恩家乡父老，感恩他的团队，感恩山水田园，感恩苍穹和大地，感恩创业以来一切支持他的人！他说，他叫田群力，就是要在这块试验大田里群策群力，共谋发展。他说自己最想感恩的，便是党和政府。改革开放，他是第一个回到家乡创业的知识青年；乡村振兴，带来医养康养产业的重大利好和融合发展；国家城企联运普惠养老政策的机遇，让他和他的企业更好地活着，再显身手大展宏图……

在老田身上，有那么多的故事，那么多的思考，那么多的爱和希望。老田在种一块大田，在山乡大地，在千家万户，在新时代幸福的征程上。

原载《湖南日报》2023 年 1 月 23 日

寒风中灼热的快感

———

袁海胜

秋日的早晨，大承盘腿坐在炕上，昨晚的酒喝多了，他的眼球充血。室内有淡淡的很久没有闻到的煤烟味，志毅正在外屋的大灶上熬粥，被煤烟呛得直咳嗽。一股好闻的小米粥味儿似有如无。志和咔嚓咔嚓切咸菜，咸菜发酵的微酸四处飘散。我醒来时脑袋迷糊，记不清昨晚喝了多少酒。三平方米的炕上睡四个人，略显拥挤。地上的鞋东一只西一只，像是准备逃跑。一排空啤酒瓶墙角发呆，残余的酒气在我的鼻孔徘徊，酒气的缝隙里更浓烈的是汗脚的臭味儿。

我和大承是高中同学。他从很远的辽西朝阳县黑牛营子乡进城打工，赚几两散碎银子，供两个孩子读书。他的打工生涯是从近郊的一座平房出发，这片平房区产生于城市与铁路的纠葛，互不相让的推搡结果是：在一个三角地带，萧条简陋的平房风雨飘摇数十年。平房的主人早就不在这里居住，房子大部分出租，成为打工人群的定居点。

废弃的铁路就在平房的东侧，近在咫尺。铁轨连接边杖子镇的一座火力发电厂，电厂搬迁后，它和下岗工人一起被闲置。铁轨生满孤寂的暗红色铁锈，像是被一件破旧绒衣包裹着。铁轨穿过居民区的一部分，被陈年的垃圾覆盖。慵懒沉寂的平房区，时而会被搬迁的消息激活，大多又成了空穴来风，傲慢的房主人在激悦和愤懑中同租客讨价还价。

来自北票的志何、志毅两兄弟租了一个独院。大承是后住进来的，两兄弟和大承在一个工地打工，两个月前他寻找住处，兄弟俩把他招了过来，分担一点租金。两间二十世纪九十年代初期的砖房，裸露的红砖被晒成白垩色，一寸厚的苔藓沿墙体铺开，房檐下的一溜水槽，是房檐水经久敲击所致。夏天院里最热闹，半寸厚的地衣泛出青绿色，窗前一块四平方米的空地，被两兄弟改建成小菜地，栽点茄子和辣椒，周围又补充上葱和小萝卜，菜园寸土必争，丰丰盈盈。农业人群，走到哪里都会携带种子，哪怕是一寸泥土，也要栽活一棵秧苗。中国人，不仅是农民，骨子里都寄存着农耕记忆。上了年纪的城市居民，喜欢在小区废弃空闲的花池种一些蔬菜和庄稼，把藏在基因里的田园小心翼翼地迁到眼前。

举目无亲的城市里，绿叶蔬菜让远离家园人群的饭桌上，多出家的味道。

平房的院子里有一眼压水井。城市的给水工程和煤气管道不屑穿越这片搁置区域，居民自力更生，打了一眼压水井。土炕土灶、柴火煤块，城市的腹地有了农村一样的烟火气。

往铸铁的井葫芦里倒一瓢水，咣当咣当地压，铁井把上感觉到水冷静的吸力，不断跳动。少顷，井水喷涌而出，亮晶晶溅出铁葫芦半尺高，手上缓力，井水源源不断地压到水桶里。喝一口，沁凉，好舒服。

下工早的大承给我打电话："过来喝点？"喝点就喝点！我买了炸鸡架、花生米、六号肠这些物美价廉又抗消耗的下酒菜，扛一箱啤酒如约而至。车进不来，需走约一千米沙石小道。小炕桌上摆着兄弟俩的拿手好菜"乱炖"，茄子、辣椒、土豆、西红柿一锅烩之。还有一碗大酱，一大盆洗好的辣椒、小白菜、小葱、萝卜缨，全来自自己的小菜园，不打药，不上化肥，纯天然食品。桌上摆着一塑料桶两兄弟的家乡北票特酿的小烧，这种纯粮食酿造的烧酒，醇厚幽香不上头，市面上买不到。

这是一场毫无预谋和猜测的酒局，人人面前摆着一个粗瓷大碗，倒上半碗小烧，有话就说说，没话就喝酒。用手直接抓花生米往嘴里丢，青菜蘸家乡的大酱，炸鸡架的肋骨直接嚼碎，六号肠不切，一人掐一根，用拇指和无名指捏碗沿，吸溜一小口白酒，嘴里吧嗒一下，咂摸酒香。一派平民之乐。一碗小烧喝下，再喝两瓶啤酒，吹牛的瘾便被勾出来，酒桌乱成一片，每个人把嗓门调到最高档，抢着说自己的荣光和辉煌，毫不谦虚。絮叨文学和峥嵘岁月，壮怀激烈，醉卧沙场。平凡的日子，哪有机会让自己真正地醉一场呢？

提起北票哥俩，大承感叹："世上还有这么淳朴善良的人！"他们的生活物资一部分是从家中带来的，像小米、高粱米、玉米面等一些粗粮，剩下的日用品都要自己买。刚开始，他们各做各的，后来哥俩提议："住在一起就是一家人，还分什么你我。以后咱们就一起做饭，谁有吃谁的。"哥俩手脚勤快，每天都抢着做饭，手艺也说得过去。他们从没因为生活用度的你多我少犯过争执。哥俩轮着骑自行车回家运载物资，往返一百多公里从无怨言，让我爱恨交集的小烧都是这样运回来的。"纯真的友谊和善良／寄存在清淡的民间……"大承在诗中写道。

闲时大承琢磨诗文，市里县里的报纸常常挤上他的"豆腐块"文字，这也是我和他一直保持联系的由头。我俩的水平差不多，半斤八两。水平一致，才有共同语言。我俩经常争论别人的文章，心平气和者有之，脸红脖子粗者有之。两兄弟不屑一顾："喊，有意思吗？"

我俩一琢磨，确实没意思，继续喝酒。大承时常在报纸上发一篇文章，能得稿费三四十元，精打细算，凑上四个菜，又有一顿小酒消遣。这种情况多半来自两兄弟的怂恿。兄弟俩是这样跟大承掰扯的："你打工挣来的钱是血汗钱，不能动。稿子是在共同空间写的，点灯熬油，费水费电费感情，稿费属于公共财产，应该大家享用。"

兄弟俩说给我听，我拍手赞同。大承发表文章得稿费的信息，是我义务通知两兄弟的，因为大承没有通讯地址，他的稿费单都是寄到我单位。为了和谐共处，我时常用自己的钱谎称是大承的稿费，买酒买菜，大快朵颐。兄弟俩心知肚明，眨眼致谢。

对于基层的劳动者，生活中的乐趣并不多，却也不少。稿费吃得心安理得，两兄弟四处吹牛，招致工友的冷嘲热讽。大承嘻嘻哈哈满不在乎，工友暗地里也挑大拇指。这就是现实。两兄弟反馈说："这帮人就是表面说闲话，背后也服承哥，工地上谁挣过稿费？"体力劳动者有自己的骨气和傲气，常用尖锐且显眼的情绪保护内心的柔弱。

大承光着膀子，裸露黑红的肌肉疙瘩，肤色代表阳光与表皮的妥协。破旧的迷彩服上衣围在腰间，裤子磨损严重，一双球鞋面目全非。他推着一斗车空心砖，生龙活虎地往升降机前跑，脚踏在地上尘土飞扬，少白头在阳光里熠熠生辉。斗车一次装六十八块空心砖，每天运送约三百多次，装卸都是自己的事，老板计件付酬。码砖运砖卸砖，流水作业。除了运砖，他还运水泥、钢筋、水泥构架等建筑物资，一天忙下来有两三百块钱的收入，钱赚得够辛苦。

我有事路过工地去看他，只能远观，不能打招呼。工头用疑惑的眼神扫我，忙乱地摘掉墨镜，躲到隐蔽角落。我无奈地摸了摸自己凸起的肚腩。

城市的新区建设像森林一样茁壮，不同的是钢筋水泥的楼房不会制造氧气，只有吞噬耕地，挤占大自然越来越少的空间。现代的建筑意识还没引起普通人的警觉，他们仍在城市的缝隙里寻找更优质的居所，为多出几平方米呕心沥血。浮华奢侈的生存观早已击碎理智。

这种担忧大承有。他说："城市这样发展，实际是在透支资源。"他说："老这么整，地球早晚得完蛋。"他说："卑微之身，特别是为衣食舍命的人，不应该想这么多。"

那么谁应该想这些事情呢？

环卫工人更清楚哪里的路面需要维修，哪里的路仍可使用。农民知道自己家的哪块地该种什么，虽然不能完全由自己做主。但事实上，没有谁会咨询这些普通的劳动者。

每天下工后很累，大承回到住处，习惯性地用晒在缸里的温水泡个澡，身心舒爽。缸是他从土产门市买回来的，肚大腰圆，口有残缺，便宜。早晨压大半缸水，夏天的骄阳不到半天就能把一缸水晒热。到了秋天，水的温度略低，洗澡没问题。两兄弟不爱洗澡，身上太酸爽，就跑到大众浴池泡澡堂子，对大承的露天"浴缸"嗤之以鼻。一缸温水大承独自享受。洗完澡，他用洗澡水把被汗水浸透的衣服洗一遍，第二天上工穿正好干透。

夜深人静，大承要雷打不动地写半个小时日记。怕惊扰两兄弟，他用啤酒瓶子栽上一根蜡烛，关掉电灯，在烛光下写作。他说在烛光下写东西有感觉。蜡烛偷看了他的日记，泪痕迤逦爬满瓶壁。志和说："多好的一个酒瓶子，瞎了五毛钱。"

大承的两个孩子很优秀，大女儿读初二，小儿子读小学四年级。两个孩子在班里都是前三名，对此，他很骄傲。这些信息，一半是他酒后吐露，一半是让我看他的日记，他用手遮着前半部分，只漏写孩子的一小段，我仍从粗糙的手指缝看到"你在家很辛苦，我想你"这类让人肉麻的文字。报纸上曾发表过一首他写的诗，题目就叫《日记》，其中有一节是："星星看见了／羞涩地背过身去／月亮看见了／笑鼓了肚子……"年近半百的他，已经过了浪漫的年纪，能保持这种诗情，真的不容易。

打工族是城市里的另类，像人身体里的体液（有别于血液的那种），起到润滑、传递、调节、维持营养平衡等作用，微不足道，却又不可或缺。人体的构架离不开体液，哪怕是最不起眼的一种，像城市离不开打工族一样，他们宛若城市的一个细胞。这是大承对打工族中肯的评价。

对于农业人群，打工的旺季是春夏秋三个季节。春耕结束后，大承就开始准备进城打工。他媳妇给他做的第一件事是把一张羊毛毡子和一条羊毛褥子捆好打包。虽然天气渐暖，他媳妇仍不放心，本想和大承一起进城打工，但家里的孩子也需人照顾，只能把大承的行囊准备得更充分些，心里才略有安慰。这些，大承的文字有详细记录。想媳妇时他从不吝惜笔墨。他的羊毛褥子柔软温暖，大概和媳妇的牵挂有关。

我与大承的交往，时间也许模糊，季节一定分明。春天进城，他脸上还带着农耕的疲倦，招牌式的黑红肤色。假如他坐办公室，一定是个英俊潇洒的帅男人。这是我的假想，有些轻佻和不尊重之嫌。他的额头饱满，宽眼眉，大眼睛，一笑，左侧脸隐隐现出酒窝。大承的相貌，一个"帅"字足可承当。从春入夏，他的肤色深了一层，骨架更结实，谈起文学，喝起酒来铿锵有力，只是少白头有煞风景。我劝他染一染，他问："染给谁看？"对呀！他媳妇远在黑牛营子，他的审美已经收拢在不足三平方米范围，染什么染？

秋收在即，大承准备回家帮媳妇收秋。我买了一个羊头，一包羊蹄，背着媳妇儿从家顺了两瓶好酒，为大承践行。志和志毅两兄弟因为羊汤是用大锅熬，还是用电磁炉熬争得面红耳赤。大承欢天喜地收拾大包小包，竟然也把羊毛毡子和羊毛褥子卷起来绑好。

志和喊："你不回来啦？"志毅喊："你今晚铺啥？"同口异声，大承只好把捆好的毡子和褥子卷重新打开。志和说："你不用捆，留着我铺吧。"大承迅敏地把毡子和褥子重新捆好，系上死扣，丝毫不犹豫。志和拿出一塑料桶小烧，说："这是刚从老家捎回来的，是给承哥准备的礼物。"转头问大承："今天是喝老袁拿来的酒，还是喝小烧？"

大承的目光在塑料桶和两瓶酒间闪展腾挪，举棋不定。最后抬起头，露出迷人的酒窝："这顿咱们喝啤酒，这两种酒我都拿回去。"

两周后，大承回返，眼窝深陷，瘦了一圈。接风宴上，志和志毅两兄弟挤眉弄眼："看把承哥累的。"假装挺心疼的。他们每次回家都会带回一堆土特产，我挑挑拣拣，装了一袋土豆、一袋地瓜，还有一袋小米。如今，鱼龙混杂的市场上，很难再买到纯粹的农产品了。我趁火打劫的作风，他们很高兴，我的贪婪正是他们想要的结果。

天很冷了，大肚水缸再也晒不热洗澡水，大承就用冷水搓，身上越搓越红。两兄弟于心不忍，强拖着他去泡大澡堂。大承直皱眉："十五块钱，买挂面够吃一星期。"他写了一篇散文《洗澡》，其中有这样的话："洗冷水澡好，皮肤毛孔收紧，防止细菌侵入。用浴巾搓，摩擦产生的热能让血液流速加快，皮肤发烫。身体在寒风里灼热的快感，一般人体会不到。我突然想，这和过日子是一个道理啊！逆境冲锋，苦尽甘来……"

进入十一月，城里的露天工程几乎全部停顿，打工者陆续回家。大承和北票两兄弟也将踏上归程。这一天偏赶上我有公务，没能送他们。快下班，我手机一震，是大承发来的短信："快去平房那儿看看，我好像忘把井葫芦里的水落下去，别冻喽！"他们已经和房东解除了租赁关系，而且房东也冷静仔细地检查了房子的里里外外，也就是说，这个平房在房东"咣当"锁上铁门的一瞬，与大承已无半点瓜葛，但他还是如此地牵挂。善良的人，在支配情感时，从不会考虑得与失。我是不会到平房区看那口水井的，即使去也打不开那扇带锁的铁门，因为它已和我无任何关系。我认为大承会原谅我，当思念的热度减退，现实会无情地凸显出来。我又分别接到北票两兄弟的短信，他们的言语更直接："我们到朝阳就会去找你，你到北票就来找我们。"没有多余的寒暄。

我想，普通人的思念，也许仅限一个简单的叮嘱。像大承，让我把压水井的水落下；像北票两兄弟，约定好你来我往的联系。无须多言，情已入心。

原载《朔方》2023 年第 3 期

秋深处的光影戏

黄　璨

　　吕爷家的院子里到处晾晒着金黄色的玉米棒，这儿一片，那儿一堆，铺得金灿灿的，像被醉黄的夕阳染了色。院墙后面露着上半身的杨树叶同样是秋日的黄，说不清有多少只麻雀藏在那里叽叽喳喳地叫，好像发生了天大的事。天却是西北特有的澄净的蓝，像一块色纯且无褶皱的幕布，衬得周围的一切格外宁静，农具、鸡舍、牛圈、斑驳的木门、土黄色的墙、桃红色的绣着鸳鸯图案缀着流苏的门帘。

　　站在玉米堆旁，吕爷打开一个蓝色的棉布包袱，取出十几本据说是从他爷爷那一辈就留传下来的戏本，摊开在玉米棒上，并试图用干枯的手将那些卷了角的页面抹平，却怎么都抹不平。年代太久了，乍一看那些戏本倒像一堆腐烂了的、即将化成灰的朽物，不单边缘残破不堪，便是随手翻开的页面上都这儿一片那儿一块似被煤油浸黄甚至熏黑了的污渍，很有些难看地洇在那些略显粗糙的毛边纸上，散发出一种接近霉烂甚而让人有些嫌恶的气息。然而上面的字迹却十分工整，毛笔的楷书一列列纵向排列，显得认真又严谨，旁边还画着很多的红圈，不知是何意。其中一本的扉页从左至右用竖行的墨色繁体字标注着戏名（《百官图全本》）、年代（民国三十一年）以及"吕毓生"等字样，另有几行浅细的蓝色钢笔字像随意写上去那样横缀在下方："此书不可（送？）""吕兰生""好好保护"，显然是后加上去的。

"吕兰生"便是吕爷的名讳，"吕毓生"则不知是他的哪一辈，名字十分有古意。据《永昌县志》记载，清河、水源一带的皮影戏自清朝乾隆年间由西安传入，杜家寨人刘成得最早创建了"得盛班"。光绪二十几年，"得盛班"分两班演出，后由刘春林传艺给当地吕、樊两家。所提到的"当地吕"，即吕爷祖辈。

原来的戏本不止这些，"文革"后被吕爷哥哥偷偷卖掉了一些，一字一字数着卖的，却是贱卖，没得几个钱。为此吕爷和他哥哥在院子里狠狠地打了一架，直到现在也仍是陌路。祖辈传下来的东西啊，且注明了要吕爷好好保护，简直是割了他的心头肉，亦常常地悔自己疏忽，远远看到哥哥便拿眼睛狠狠地剜，随后绕个大圈躲开，却始终没能躲开心里的那层阴影。

屋里那一大箱子皮影道具，很大一部分也是祖辈传下来的。吕爷后来警惕了，箱钥匙穿个皮绳日夜挂在裤腰上，连老婆碰一下都会大斥，吓得她以后再也不往那一处看。箱子是旧时那种朱红色漆面的箱，细细的金线描着牡丹花图样，表层已许多处剥落，裂开的木纹灰迹斑斑。

吕爷从腰间摸了许久才摸出那把钥匙。他微颤着手打开箱门，八十三岁的人手脚已不那么灵便，却像在开启一个珍藏多年的聚宝盆。果真是一个聚宝盆，扑眼而来一箱子的丁零当啷，拥拥嚷嚷像要冲出箱外，让人一时间有些眼花。吕爷忍不住得意，说话的声调都止不住地飞："这可是皮影的全副家当啊，整个村子都没这么齐全的。"我们立刻表示吃惊，心里亦早已知道，村子包括邻村成为这样"箱主"的人并不多，因着不单能雕刻皮影并上场耍弄几下，还能完整组织起一大帮子人吹拉弹唱演，那阵仗可不是随便什么人都能弄起的。

　　"可惜现在不行喽，现在又是电视又是手机的，没多少人看这个了。"吕爷顿时又失落，语调也转而黯然。他将最上层铺着的那些乐器一件一件小心翼翼地拿出来，鼓、锣、钵、板胡，还有一束挑皮影的竹扦，依次摆放在院子的水泥空地上，整个院子便立时荡动起鼓锣钵的回响，"咚锵咚锵咚咚锵……"想从前，一听到这样的锣鼓声，无论婚丧嫁娶，还是祈愿祝福，全村的大人小孩都会赶集一样笑盈盈地蜂拥而来，肩推着肩，脚碰着脚，连草垛上都缀着一串又一串黑乎乎的脑袋，是那样的热闹。而现在，偌大个村子大都是像吕爷这样老得走不出去的人，想要弄起从前那样一个热闹场面，简直比手里强攥住一把沙子还要难。

　　顺次摆了一地的锣鼓器乐也显出苍老，铜色暗哑，鼓面磨损，且陈迹斑斑，若不经意碰出一点儿声音也幽幽的像从地深处传来。但鼓锣这些东西不怕老，越老声音越透、越醇厚、越显得有韵味，像坛存放百年的老酒，只一口便可引出它的余味悠长、余音绕梁。只那一面鼓，今年"四月八"庙会演出时，被同行当的一个老婆子偷梁换柱成了一面粗糙的劣鼓，害得吕爷颠着老身子几次前去追问，无奈那老婆子死活不承认，非说吕爷栽赃，拿去那鼓的不是她，后来索性连人影都躲着不见了。吕爷只得郁郁地拿回来，看一眼气一眼，几天吃不进去饭。有一次孙子当他面拿出来玩，将那鼓"砰砰砰"敲出闷而短促的声音，像裹了一层厚厚的布，气得吕爷当头便把那最喜欢的孙子大骂了一顿，心上则一下比一下锥得痛。

"那个老婆子啊，真是坏了良心！"吕爷摇摇头继续骂，像往水坑里砸石头，每个字都能狠出一个涡。然而有什么办法，日子一天一天往前，光阴一寸一寸往后，很多过去的好东西都在一点儿一点儿遗失，就像水源这地方的地下水，一丝一丝渗入时间的狭缝里，要想再踩出一个水窝来，竟好比是登天了。

箱中间一层放着的是皮影，亦算得上是整个皮影戏的灵魂。依旧有一部分是祖上传下来的，因着制作它的牛皮经年不坏，除了上面沾着污渍像常年腐在陈泥里，不似最初的光鲜亮丽，样子却依旧是过去烛影摇红的老样子。吕爷小心翼翼地拿出一棵树的皮样，冲着门口透进来的光亮看，只见那树的样子像土黄枝干上一团团绿色的云，浓处墨一般的浓，淡处羽一般的淡，每一团都是自己的方向、自己的意思，格外有那么一种姿态。吕爷的声调随之兴奋起来："看看这树，多攒劲啊，就像真的一样。"于是那树果真就看起来攒劲，团团绿绿的，像是在天上飘。又拿起一个"帅"字旗，嘀里当啷一长串，边角插着三角旗，花里胡哨像过年悬挂在县城路边上的彩灯笼。"这可是皇上出场前的声势，招展开来，威风得很！"这样说着，"帅"字旗已在他手中呼呼地晃起了风。接着又看抬轿子、花头虎、孔雀等。还有，吕爷正刻着的一些皮影。

其实，按吕爷这岁数，他大可不必非要去刻皮影，箱里那些存货足够他这个省级非遗传承人在逢年过节需要时弄出几场子戏。可到了这年龄，除了日常的吃喝拉撒以及帮儿子喂个牛羊鸡之类，他实在没能力也不知道再能干点啥。最起码，刻皮影让他觉得自己还与村里那些无所事事的老汉不一样，还有着别人对他的某种需要，而且每天有了这样固定的事情干，日子不会空荡得难捱。

再说了，刻皮影这活儿还真不是随便什么人都能干的。前期的选皮制皮倒不十分难，只稍微勤快点，将精选的两三年的牛皮用三天时间泡水软化，剔去其上残留的肉末，继续用水泡三天后刮去皮上的毛，再捂上一天，便可以在上面画样稿并进行雕刻，而画样稿及雕刻才是整个皮影制作过程中最难、最为关键的环节。皮坯上要勾勒出生旦净末丑、腾龙、游凤、孔雀、抬轿、褶褶儿、花花儿等各种纷繁复杂的图案，虽有祖辈传下来的样谱做底，仍需一定的美术功底，要勾得形神兼备且线条均匀流畅。方木盒里那一排十多支长短不一、偏锋不同的刻刀，落在又韧又硬的牛皮上，几乎全身的力气都得使上。一个皮影至少要一千多刀甚至三千余刀，那么多细细密密的线条，圆了、直了、曲了，稍不慎刀就会滑线。线条用虚还是实、阴刻还是阳刻、暗线还是绘线，也都得分分寸寸毫无差池。譬如吕爷手底下正刻着的这个包公头，前期悉心画出的大黑脸，要白色眼眶显出他的忠良正义，就得用阳刻；眼眶内上下两根细长的蝌蚪形状的黑色眼线，那"细长"就得用刀像鱼一样游走出柔中带刚的弧线，若手中的刀游走得不够稳当，或是思想抛锚，都很容易将那"细长"刻断，前功尽弃。文头包（文官或书生的头）、武头包（武官或蛮汉子的头），正面角色要五分面，显得威严端庄；反面角色要七分面，要他的丑头陋怪。人整个的身体，头要多大，身子要多宽，手脚要多长，都得按比例分段画出样稿，然后悉心地一笔一笔刻出来。总之，一张看似简单的皮影，光是刻就得花四五天的时间，更不要说还有后期的叠次上色，硬是把一个粗粗拉拉的西北大男人磨成了比水还要柔的性子。吕爷的性子即是这样的柔，说话慢慢的，像一边还在想着什么心事，走路缓缓的，生怕踩着路上的一只蚂蚁，坐在桌前刻皮影时则更是一副淡定从容的姿态，似乎天大的事在他那里都会悠悠地弥了音，然后归于平静。

实在是经历太多，把年轻时打架的性子磨得像砂纸打平了的一块细木板，没了一点儿起伏。想小时候为着吃饱肚子，每日里披星戴月跟着爷爷父亲在村内村外的黄土路上奔命。最初是到农户家里去演，他只是个小跑堂，帮着撑杆子递东西，跑前跑后，腿都跑得像细树枝一样支撑不起身子，一场戏下来也不过换几斗粮食，全家几天能吃个饱饭。何况那时候人人家里穷，能请得起戏班子的农户人家毕竟少，没戏演的当儿就没有饭吃，饿得没招就和兄弟几个到附近一步一脚灰的荒滩上抖沙米粒吃。沙米是什么？戈壁滩长着的那种叫沙柴的，浑身长满干枝利刺的植物，开着小小的几乎看不见的花，结出针尖那样大小的米粒，采摘时很容易落在沙子里找不到，就得在地上先铺上一层草纸，用手抓着刺枝使劲晃使劲地拨拉，让那些肉眼看着都费劲的沙米一粒一粒落在草纸上，虽一天下来最多采到一手捧那样，却好过嘴里死枯枯的什么都没有。只是那手受罪，被沙柴上的刺扎得血丝呼啦没一处完整，十多天都化脓好不了。回想那时候的艰难，心上像紧着一根细细的橡皮筋，勒得脑袋都要发疼。

好不容易活到长大，把皮影的全套武功学满，可以自己弄一个戏班子挣点儿零用钱了，又逢"文革"，不单皮影演不了，还得把所有那些家当无条件上交。全村四五家耍皮影戏的，集起来那么多的戏本啊皮影啊鼓啊锣，堆在村头麦场上，像远处祁连山冒出的一个顶，燃起的火苗比树还要高，牛皮烧出的味儿能把人熏晕过去。还有一些戏本子，被拿去村上的中药铺一页一页撕了包药，等药熬好了，那些老祖宗当宝贝一样留下来的东西也一并进了炉膛里当了火，让人一想起便心惊肉跳，像自己也被架在炉火上烤。

吕爷忍不住长叹一口气，继而紧紧地抿住嘴，脸上的皱纹蹙成了一疙瘩。

"那你的戏本和皮影怎么还留了这么多？"我好奇地问，也为着转移吕爷情绪上的低落。吕爷这才又高兴起来："我将它藏在了西屋炕洞里。只是那年冬天可把人冻坏了，炕不敢烧，全屋就一个铁皮炉子，把家里人冻得感冒了，手上脚上一个冬天都是冻疮，好不容易熬过来。"说着，吕爷身子不由得颤了一下，好像当年的冷一直藏在身体的隐蔽处，这天终于有机会抖了出来。

他又朝箱子的最底层翻。

最底层是亮子，还有牛皮纸包起的文头包、武头包。要说那老箱子可真是深，吕爷几乎整个身子都钻进去，再往外掏。

"亮子"便是皮影戏里的影窗，一张两米宽、四米多长的旧白布，蓝布镶了边，上边横缀着桃红色流苏的垂饰，像过年门楣上挂起的喜洋洋的剪纸花，就好比写意用的宣。胡麻或菜籽油燃起的灯幽而不黯，暖暖地在影窗上笼着，由人用几根细木杆挑着皮影，或站，或坐，翻跟头，打架，磕头作揖，远处是山，天上飞鸟，加上本身花花绿绿的色，虽影影绰绰的不甚清晰，却活灵活现像另一个世界里的梦，很是逗引人。文头包、武头包，同一场戏里用不同的人，不同的戏换头不换身仍是不同的人，如此两个包翻来覆去可演到七八十出戏，简直一个花样年华。可惜吕爷现如今已记不得太多戏，一是人老容易健忘，二是也没那么多机会演，只每年按有关部门要求应景地演上一两回，四五出戏便到了头。怎么说呢，如今这时代同从前那时候简直像换了个天，以至于吕爷时常感到恍惚，觉得那时候也好也快乐着呢，但这时候似乎又更好，吃得饱穿得暖心情也不错。眼看自己从小如影随形的皮影很快就像没影了的样子，吕爷心里有些莫名的惆怅，觉得自己把什么东西给弄丢了，又想不明白究竟丢了什么，只好强迫自己将这惆怅当多余，当吃饱了撑的，你说这好端端的日子不好好过下去，难道还想回到过去的穷日子不成？

这样翻着想着的时候已是响午了，吕爷的老伴开始准备午饭。她是个沉默的女人，初见时只浅浅笑一下，随后略胖的身子在院子里忙忙碌碌穿来穿去，并两次问吕爷肉冻着还没化怎么办。吕爷不抬头，两次都甩出同样一句："那就想办法化！"于是老伴也就不再说什么，继续在屋里院子里穿来穿去地忙，偶尔朝我们这边看一眼。旁边有人问吕爷："您老伴为啥不跟您学皮影啊？"吕爷便趁老伴又从屋里出来时朝她大喝一句："喂，听到没，问你怎么不跟我学皮影。"老伴一时没能明白，呆愣在那里不知说什么好，待明白过来，便又嘿嘿地笑。吕爷也笑，说："我倒是想让她学，可那人太笨，学不会。"老伴听了，也不作声，兀自颠颠地又进了屋。

晌午饭做好了。没见老伴嘴上挂了两次的肉，只一锅白泱泱的汤面条，水源人叫中面条，一盘碧绿的凉拌黄瓜，水灵灵的像刚从藤上摘下来。黄瓜应该是专为我们准备的，吕爷一家都不往里伸筷子。他小儿媳有性格，早晨出门时不看人，也不说话，涩得像一张生柿子皮，午饭亦只低着头呼噜噜地自顾吃。儿子话倒多，但全部心思都在他的蔬菜大棚，黄瓜、西红柿、茄子、芹菜，还有刚从棚里摘下来的绿油油的小西瓜上。他如今正在申报皮影戏市级传承人，以期将吕爷的绝活接传下去，吕爷也寄希望于他。但地里农活加上经营着的两个蔬菜大棚，整日里忙得连气都喘不过来，根本就没时间专门去学。到如今，除了能临时帮父亲组织一下演出，搭个台子什么的，他连个完整的皮影都刻不出，更不要说吹拉弹唱那些。扯开了讲，倘若他父亲是皮影戏长河里的一滴水，那他不过是一个淡水印子，若再不润点儿水进去，随着时间的推移，怕是连那淡的印子都会消失无踪。

吕爷这滴水亦在日月里逐渐变淡。他家世代皮影箱主，按理早该是声名鹊起，然而问起周围一些人，知道的竟寥寥。倒是前阵子兰州职业技术学院传媒专业的一个老师带了几个学生来找他，说要做关于皮影艺人的专题片。那师生四人在附近镇子上连住了三天，每日天不亮便赶来，拍他起床、刷牙、洗脸、吃饭、走路、上房、喂羊、刻皮影，连他感冒去乡上卫生所输液四台摄像机也都跟前跟后围了拍，搞得他走路都不会甩腿了。"你说谁人不刷牙洗脸吃饭啊，连这些个吃喝拉撒都要拍，不知人家那纪录片到底想要讲啥。"吕爷像是在抱怨，脸上却掩饰不住地开心。祖辈留下的这些东西，虽已过了时，但至少还有一些年轻人记得并愿意用这样高科技的方式记录下来。若干年后，倘若他儿子做不了提线传承人，他和他的皮影肯定还在另一处留着，还有一些人能通过另一种方式看得到。

只是，那师生四人拍完后，至今尚未传得一些消息。也不知道在那部专题片里，吕爷会是一个什么样子。

能是一个什么样子呢？不过是西北农村再普通不过的一个男人，为着吃饱肚子学会了皮影，却仍免不了在特殊时期挨饿受冻。也快乐，也忧伤；也烦恼，也向往。喝酒，打架。娶妻养子，侍奉老人。认认真真种地，热热闹闹演戏。直到有一天，如皮影一样会消失在人们的视线里。

人这一辈子，大都不过如此。

所不同的是，每天，当太阳从东边缓缓升起，照入院子的西北角，全村就只有这个普通的已经老了的男人从西屋搬出一张不知用了多少年的古旧的小木桌，开始了他一天最要紧的事——刻皮影。那个时候，阳光暖暖地在院子里一点点铺开，窗台、地上到处都是晒干了的黄澄澄的玉米棒，屋子外墙的白色瓷砖闪着莹莹的光。东侧，饲养家畜堆放草料的那个偏院，间或传来几声悠闲的羊叫或是鸡叫。院门口另一株老杨树，另一群麻雀在上面喳喳地叫。吕爷戴着他的老花镜，身着农村老人常穿的藏蓝色衣服，静静地坐在院子西北角那一处橙色的阳光里，话不多说，目不斜视，全身心沉浸在皮影雕刻中，像油画调子里最深的那一处色，既醒目又显得凝重，当真是西北秋天里的一幅好景致。

原载《广州文艺》2023 年第 7 期